A BIBLIOTECA DE PARIS

JANET SKESLIEN CHARLES

A BIBLIOTECA DE PARIS

Tradução de
Maria Beatriz de Medina

9ª edição

EDITORA RECORD
RIO DE JANEIRO • SÃO PAULO
2025

EDITORA-EXECUTIVA
Renata Pettengill

SUBGERENTE EDITORIAL
Mariana Ferreira

ASSISTENTE EDITORIAL
Pedro de Lima

COPIDESQUE
Karina Vivela

REVISÃO
Mauro Borges
Marco Aurélio de Sousa

DIAGRAMAÇÃO
Abreu's System

TÍTULO ORIGINAL
The Paris Library

CIP-BRASIL. CATALOGAÇÃO NA PUBLICAÇÃO
SINDICATO NACIONAL DOS EDITORES DE LIVROS, RJ

C435b

Charles, Janet Skeslien

9ª ed.   A biblioteca de Paris / Janet Skeslien Charles; tradução de Maria Beatriz de Medina. – 9ª ed. – Rio de Janeiro: Record, 2025.
23 cm.

Tradução de: The Paris Library
ISBN 978-85-01-11940-7

1. Ficção americana. I. Medina, Maria Beatriz de. II. Título.

21-71759

CDD: 813
CDU: 82-3(73)

Camila Donis Hartmann – Bibliotecária – CRB-7/6472

TÍTULO EM INGLÊS:
The Paris Library

Copyright © 2020 by Janet Skeslien Charles

Publicado mediante acordo com Kaplan/Defiore Rights através da agência Literária Riff Ltda.

Texto revisado segundo o novo Acordo Ortográfico da Língua Portuguesa.

Todos os direitos reservados. Proibida a reprodução, no todo ou em parte, através de quaisquer meios. Os direitos morais da autora foram assegurados.

Direitos exclusivos de publicação em língua portuguesa somente para o Brasil adquiridos pela
EDITORA RECORD LTDA.
Rua Argentina, 171 – Rio de Janeiro, RJ – 20921-380 – Tel.: (21) 2585-2000, que se reserva a propriedade literária desta tradução.

Impresso no Brasil

ISBN 978-85-01-11940-7

Seja um leitor preferencial Record.
Cadastre-se no site www.record.com.br e receba informações sobre nossos lançamentos e nossas promoções.

Atendimento e venda direta ao leitor:
sac@record.com.br

Para os meus pais

CAPÍTULO 1

Odile

PARIS, FEVEREIRO DE 1939

NÚMEROS PAIRAVAM COMO estrelas dentro da minha cabeça. 823. Os números eram a chave para uma vida nova. 822. Constelações de esperança. 841. No meu quarto, tarde da noite, ou de manhã a caminho de buscar croissants, séries e mais séries — 810, 840, 890 — ganhavam forma diante dos meus olhos. Eles representavam a liberdade, o futuro. Junto dos números, eu tinha estudado a história das bibliotecas, retornando ao ano de 1500. Na Inglaterra, enquanto Henrique VIII decapitava suas esposas, o nosso rei François modernizava a sua biblioteca, que abriu aos intelectuais. O seu acervo real foi o começo da Bibliothèque Nationale. Agora, na escrivaninha do meu quarto, eu me preparava para a entrevista de emprego na Biblioteca Americana em Paris e revisava uma última vez as minhas anotações: fundada em 1920; a primeira em Paris a permitir o acesso do público às estantes; sócios de mais de trinta países, um quarto deles da França. Eu me agarrava a esses fatos e números na esperança de que me fizessem parecer qualificada diante da diretora.

Saí do apartamento da minha família na fuliginosa rue de Rome, diante da estação ferroviária de Saint-Lazare, onde as locomotivas tossiam fumaça. O vento açoitava o meu cabelo, então enfiei as madeixas embaixo da boina. À distância, dava para ver a cúpula de ébano da igreja de Santo Agostinho. Religião, 200. Antigo Testamento, 221. E o Novo Testamento? Esperei, mas o número não vinha. Eu estava tão nervosa que esquecia fatos simples. Tirei o caderno da bolsa. Ah, sim, 225. Eu sabia.

Minha parte favorita da faculdade de biblioteconomia fora o Sistema Decimal de Dewey. Concebido em 1873 pelo bibliotecário americano Melvil Dewey, o sistema usava dez classes para organizar os livros nas estantes da biblioteca com base no assunto. Havia números para tudo, o que permitia a qualquer leitor encontrar qualquer livro em qualquer biblioteca. Por exemplo, *maman* se orgulhava do seu 648 (serviço doméstico). *Papa* não admitiria, mas gostava bastante de 785 (música de câmara). Meu irmão gêmeo era mais uma pessoa 636.8, enquanto eu preferia 636.7. (Gatos e cães, respectivamente.)

Cheguei ao *le grand boulevard*, onde, no espaço de um quarteirão, a cidade largava o manto de classe operária e vestia um casaco de *mink*. O cheiro acre do carvão se dissipava, substituído pelo jasmim melífluo de Joy, usado pelas mulheres que se deliciavam com as vitrines de vestidos Nina Ricci e luvas de couro verde Kislav. Mais adiante, passei por músicos que saíam da loja que vendia partituras enrugadas, depois pelo prédio barroco com a porta azul e virei à esquina num beco estreito. Conhecia o caminho de cor.

Eu amava Paris, uma cidade com segredos. Como capas de livro, algumas de couro, outras de pano; cada porta parisiense levava a um mundo inesperado. Um pátio poderia conter um emaranhado de bicicletas ou uma *concierge* corpulenta armada com uma vassoura. No caso da Biblioteca Americana em Paris, a imensa porta de madeira se abria para um jardim secreto. Ladeado por petúnias de um lado e grama do outro, o caminho de seixos brancos levava à mansão de pedra e alvenaria. Atravessei o patamar, sob a bandeira francesa e a americana que tremulavam lado a lado, e pendurei meu casaco no cabideiro bambo. Ao inspirar o melhor cheiro do mundo — uma mistura de aroma antiquado de livros embolorados com páginas novas de jornal —, me senti como se voltasse para casa.

Alguns minutos adiantada para a entrevista, passei pelo balcão de registro onde a bibliotecária, sempre cordial, escutava os sócios ("Onde um sujeito encontra um bife decente em Paris?", perguntou um recém-chegado com botas de caubói. "Por que tenho de pagar a multa se nem terminei de ler o livro?", indagava a reclamona Madame Simon), e entrei no silêncio da acolhedora sala de leitura.

Numa mesa perto das janelas francesas, a professora Cohen lia o jornal, uma elegante pena de pavão enfiada no coque *chignon*; Mr. Pryce-Jones examinava o *Time* enquanto pitava o cachimbo. Normalmente, eu diria olá, mas, nervosa com a entrevista, busquei refúgio na minha seção favorita das estantes. Eu adorava estar cercada por histórias, algumas velhas como o tempo, outras publicadas no último mês.

Achei que poderia procurar um romance para o meu irmão. Agora, era cada vez mais frequente, em todas as horas da noite, eu acordar com o som dele datilografando seus panfletos. Se Rémy não estivesse escrevendo artigos sobre a ajuda que a França devia dar aos refugiados expulsos da Espanha pela guerra civil, ele estaria insistindo que Hitler tomaria a Europa do jeito que tomara um naco da Tchecoslováquia. A única coisa que fazia Rémy esquecer suas preocupações — o que equivaleria às preocupações dos outros — era um bom livro.

Passei os dedos pelas lombadas. Escolhi um e abri num trecho ao acaso. Eu nunca julgava os livros pelo começo. Era como o primeiro e último encontro que tive, nós dois sorrindo demais. Não, eu abria em uma página no meio, onde o autor não estava tentando me impressionar. "Há escuridões na vida e há luzes", li. "És uma das luzes, a luz de todas as luzes." *Oui. Merci*, Mr. Stoker. Era o que eu diria a Rémy, se pudesse.

Agora eu estava atrasada. Corri para o balcão de registro, onde assinei o cartão e enfiei *Drácula* na bolsa. A diretora aguardava. Como sempre, seu cabelo castanho estava preso num coque alto, uma caneta de prata na mão.

Todo mundo conhecia Miss Reeder. Ela escrevia artigos para jornais e brilhava no rádio, convidando todos à biblioteca — estudantes, professores, soldados, estrangeiros e franceses. Ela tinha convicção de que lá havia lugar para todos.

— Sou Odile Souchet. Desculpe o atraso. Cheguei cedo, mas abri um livro...

— Ler é perigoso — disse Miss Reeder com um sorriso sapiente. — Vamos para a minha sala.

Eu a acompanhei pela sala de leitura, onde sócios de terno elegante baixavam o jornal para ver melhor a famosa diretora, pela escada em espiral acima e por um corredor na sagrada ala "Só para funcionários" até a sua sala, que tinha cheiro de café. Na parede, pendia a grande foto aérea de uma cidade, os quarteirões como um tabuleiro de xadrez, tão diferente das ruas sinuosas de Paris.

Ao notar o meu interesse, ela disse:

— Essa é Washington, D.C. Eu trabalhava na Biblioteca do Congresso.

Com um gesto, ela me indicou uma cadeira e se sentou à sua mesa coberta de papéis — alguns tentando escapulir do escaninho, outros amparados no lugar por um furador. No canto, havia um lustroso telefone preto. Ao lado de Miss Reeder, uma cadeira sustentava uma pilha de livros. Notei romances de Isak Dinesen e Edith Wharton. Um marcador — uma fita de cor viva, na verdade — chamava atenção em cada um, convidando a diretora a retornar.

Que tipo de leitora era Miss Reeder? Ao contrário de mim, ela nunca deixava os livros abertos por falta de um *marque-page*. Nunca os deixaria empilhados embaixo da cama. Leria quatro ou cinco ao mesmo tempo. Um livro enfiado na bolsa para as viagens de ônibus pela cidade. Um sobre o qual uma amiga querida lhe pedira opinião. Outro do qual ninguém nunca saberia, um prazer secreto para as tardes chuvosas de domingo...

— Qual é o seu escritor favorito? — perguntou Miss Reeder.

Qual é o seu escritor favorito? Pergunta impossível de responder. Como escolher um só? Na verdade, minha tia Caro e eu tínhamos criado categorias — escritores mortos, vivos, estrangeiros, franceses etc. — para não ter de decidir. Pensei nos livros da sala de leitura que eu tocara apenas um momento atrás, livros que tinham me tocado. Eu admirava o modo de pensar de Ralph Waldo Emerson: *Não estou solitário enquanto leio e escrevo, embora ninguém esteja comigo*, assim como o de Jane Austen. Embora a autora escrevesse no século XIX, a situação de muitas mulheres de hoje continuava a mesma: futuros determinados pela pessoa com quem se casavam. Três meses atrás, quando informei aos meus pais que não precisava de marido, *papa* torceu o nariz e começou a trazer do trabalho um subordinado seu a cada domingo para almoçar. Como o peru que *maman* trinchava e polvilhava com salsa, *papa* oferecia cada um numa travessa: "Marc nunca faltou ao trabalho, nem mesmo quando ficou gripado!"

— Você lê, não lê?

Papa costumava se queixar de que a minha boca trabalhava mais depressa do que a mente. Num relâmpago de frustração, respondi à primeira pergunta de Miss Reeder.

— Meu escritor morto favorito é Dostoiévski, porque gosto do personagem Raskólnikov. Ele não é o único que quer bater na cabeça de alguém.

Silêncio.

Por que eu não dera uma resposta normal — por exemplo, Zora Neale Hurston, minha escritora viva favorita?

— Foi uma honra conhecê-la.

Fui até a porta, sabendo que a entrevista havia terminado. Quando meus dedos tocaram a maçaneta de porcelana, ouvi Miss Reeder dizer:

— "Lança-te diretamente na vida, sem deliberação; não tema; a enchente te levará à margem e te deixará a salvo, de pé outra vez."

Minha passagem favorita de *Crime e castigo*. 891.73. Virei-me.

— A maioria dos candidatos responde que o favorito é Shakespeare — disse ela.

— O único escritor que tem um número decimal Dewey só seu.

— Alguns mencionam *Jane Eyre*.

Seria uma resposta normal. Por que eu não disse Charlotte Brontë, ou qualquer irmã Brontë, aliás?

— Também adoro Jane. As irmãs Brontë compartilham o mesmo número: 823.8.

— Mas gostei da sua resposta.

— Gostou?

— Você disse o que sentia, não o que achou que eu queria ouvir. Isso era verdade.

— Não tenha medo de ser diferente. — Miss Reeder se inclinou para a frente. Seu olhar, inteligente, firme, encontrou o meu. — Por que quer trabalhar aqui?

Eu não podia lhe contar a verdadeira razão. Soaria mal.

— Decorei o Sistema Decimal de Dewey e só tirei 10 na faculdade de biblioteconomia.

Ela deu uma olhada em meu currículo.

Sua ficha é impressionante. Mas você não respondeu à minha pergunta.

— Sou sócia daqui. Adoro a língua inglesa...

— Isso eu posso ver — disse ela, com um toque de desapontamento na voz. — Obrigada pelo seu tempo. Vamos lhe avisar o que resolvemos daqui a algumas semanas. Vou te acompanhar até a saída.

De volta ao pátio, soltei um suspiro de frustração. Talvez devesse ter admitido por que queria o emprego.

— Qual é o problema, Odile? — perguntou a professora Cohen.

Eu adorava suas palestras sobre Literatura Inglesa na Biblioteca Americana em Paris, nas quais só se conseguia lugar em pé. Com o inconfundível xale roxo, ela tornava acessíveis livros assustadores como *Beowulf*, e suas palestras eram animadas, com uma pitada de humor astuto. Nuvens de um passado escandaloso flutuavam na sua esteira como o toque de lilases do seu *parfum*. Diziam que *Madame le professeur* era de Milão. Uma *prima ballerina* que abriu mão da condição de estrela (e do marido enfadonho) para acompanhar um amante até Brazzaville. Quando voltou a Paris — sozinha —, estudou na Sorbonne, onde, como Simone de Beauvoir, passou em *l'agrégation*, o dificílimo exame estatal, para ensinar no nível mais alto.

— Odile?

— Eu fiz papel de boba na entrevista de emprego.

— Uma mocinha inteligente como você? Contou a Miss Reeder que não perde nenhuma das minhas palestras? Eu gostaria que meus alunos fossem assim tão fiéis.

— Nem pensei em mencionar isso.

— Inclua tudo o que quer lhe dizer num bilhete de agradecimento.

— Ela não vai me escolher.

— A vida é uma batalha. Você tem de lutar pelo que quer.

— Não tenho certeza...

— Pois eu tenho — disse a professora Cohen. — Acha que os homens antiquados da Sorbonne me contrataram simplesmente assim? Eu me esforcei muito para convencê-los de que uma mulher podia dar aulas na universidade.

Ergui os olhos. Antes, eu só notara o xale roxo da professora. Agora, via os seus olhos de aço.

— Ser persistente não é ruim — continuou ela —, embora meu pai se queixasse de que eu sempre tinha de ter a última palavra.

— O meu também. Ele me chama de "determinada".

— Ponha essa determinação no trabalho.

Ela estava certa. Nos meus livros favoritos, as heroínas nunca desistiam. A professora Cohen tinha razão quanto a pôr os meus pensamentos numa carta. Escrever era mais fácil do que falar cara a cara. Eu poderia riscar coisas e recomeçar, cem vezes se precisasse.

— A senhora tem razão... — eu disse.

— É claro que tenho! Informarei à diretora que você sempre faz as melhores perguntas nas minhas palestras, e faça o favor de ir até o fim.

Com um rodopio do xale, ela entrou na biblioteca.

Por pior que eu me sentisse, não importava; alguém na BAP sempre conseguia me levantar e me equilibrar. A biblioteca era mais do que tijolos e livros; sua argamassa eram as pessoas que se importavam umas com as outras. Eu já havia estado em outras bibliotecas, com as cadeiras duras de madeira e os cordiais "*Bonjour*, Mademoiselle. *Au revoir*, Mademoiselle". Não havia nada de errado nessas *bibliothèques*, simplesmente lhes faltava a verdadeira camaradagem de comunidade. A biblioteca parecia um lar.

— Odile! Espere!

Era Mr. Pryce-Jones, diplomata inglês aposentado, com a sua gravata-borboleta de estampa *paisley*, seguido pela catalogadora, Mrs.

Turnbull, com a franja torta de um branco azulado. A professora Cohen devia ter lhes contado que eu me sentia desanimada.

— Nada jamais está perdido. — Sem jeito, ele me deu um tapinha nas costas. — Você vai conquistar a diretora. Basta escrever uma lista dos seus motivos, como faria qualquer diplomata digno do cargo.

— Pare de mimar a menina! — disse-lhe Mrs. Turnbull. Ela se virou para mim e falou: — Na minha cidade natal, Winnipeg, estamos acostumados com a adversidade. Ela faz de nós quem nós somos. Invernos com temperatura de quarenta graus negativos, e você não vai ouvir ninguém se queixando, ao contrário dos americanos... — Ela se lembrou da razão para ter saído de lá, uma oportunidade de mandar em alguém, e enfiou o dedo ossudo na minha cara. — Anime-se e não aceite um não como resposta!

Com um sorriso, percebi que lar era um lugar onde não havia segredos. Mas eu estava sorrindo. Isso já era alguma coisa.

De volta ao meu quarto, não mais nervosa, escrevi:

Cara Miss Reeder,

Obrigada por conversar sobre o emprego comigo. Fiquei empolgada por ser entrevistada. Essa biblioteca significa mais para mim do que qualquer outro lugar em Paris. Quando eu era pequena, minha tia Caroline me levou à Hora da História. Foi graças a ela que estudei inglês e me apaixonei pela biblioteca. Embora a minha tia não esteja mais entre nós, continuo a buscá-la na BAP. Abro os livros e procuro pelo envelope colado no verso da capa, na esperança de ver o nome dela no cartão. Ler os mesmos romances que ela leu me faz sentir que ainda estamos próximas.

A biblioteca é o meu porto seguro. Sempre consigo encontrar um cantinho das estantes para chamar de meu, para ler e sonhar. Quero garantir que todos tenham essa oportunidade, principalmente as pessoas que se sentem diferentes e precisam de um lugar para chamar de seu.

Assinei o meu nome, encerrando a entrevista.

CAPÍTULO 2

Lily

FROID, MONTANA, 1983

ELA SE CHAMAVA Sra. Gustafson e morava na casa ao lado. Pelas costas, o pessoal a chamava de Noiva de Guerra, mas ela não me parecia uma noiva. Para começar, ela nunca usava branco. E era velha. Muito mais velha do que os meus pais. Todo mundo sabe que uma noiva precisa de um noivo, mas o marido dela tinha morrido havia muito tempo. Embora falasse duas línguas fluentemente, na maior parte do tempo, ela não falava com ninguém. Morava aqui desde 1945, mas sempre seria considerada a mulher que veio de outro lugar.

Era a única noiva de guerra em Froid, do mesmo jeito que o Dr. Stanchfield era o único médico. Às vezes, eu espiava a sua sala de estar, onde até as mesas e cadeiras eram estrangeiras: delicadas como mobília de casa de bonecas, com pernas esculpidas em nogueira. Eu xeretava a sua caixa de correio, na qual cartas vindas de lugares distantes como Chicago eram endereçadas à Madame Odile Gustafson. Comparado aos nomes que eu conhecia, como Tricia e Tiffany, "Odile" parecia exótico. O pessoal dizia que ela tinha vindo da França. Quis saber mais sobre ela e estudei os verbetes sobre Paris na enciclopédia. Descobri as gárgulas cinzentas de Notre-Dame e o Arco do Triunfo de Napoleão. Mas nada do que li respondia à minha pergunta: o que tornava a Sra. Gustafson tão diferente?

Ela não era como as outras senhoras de Froid. Elas eram corpulentas como cambaxirras, com seus suéteres encaroçados e sapatos sem graça de um cinza de penugem. As outras senhoras iam ao mercado de rolinho no cabelo, mas a Sra. Gustafson usava suas melhores roupas de domingo — saia pregueada e salto alto — só para pôr o lixo para fora. Um cinto vermelho destacava a sua cintura. Sempre. Ela usava um batom de cor viva, até na igreja. "Essa com certeza tem uma autoestima elevada", diziam as outras senhoras quando ela seguia até o seu banco perto do altar, os olhos escondidos pelo chapéu *cloche*. Ninguém mais usava chapéu. E a maioria dos paroquianos se sentava ao fundo, sem querer chamar para si a atenção de Deus. Nem do padre.

Naquela manhã, Garrote Maloney nos pediu que rezássemos pelos 269 passageiros de um Boeing 747 que fora derrubado do céu por mísseis K-8 soviéticos. Na televisão, o presidente Reagan tinha nos falado do ataque ao avião que ia de Anchorage a Seul. Enquanto o sino da igreja tocava, as palavras dele soavam nos meus ouvidos: "Pesar, choque, raiva... A União Soviética violou todos os conceitos de direitos humanos... não deveríamos nos surpreender com brutalidade tão desumana..." Os russos matariam qualquer um, ele parecia dizer, inclusive crianças.

Até em Montana, a Guerra Fria nos fazia tremer. O tio Walt, que trabalhava na base aérea Malmstrom, disse que mil mísseis Minuteman tinham sido plantados como batatas em nossas planícies. Embaixo de criptas redondas de cimento, as ogivas nucleares aguardavam pacientemente vir a nós o vosso reino. Ele se gabava que os Minutemen eram mais poderosos do que as bombas que tinham destruído Hiroshima. Dizia que mísseis buscam mísseis, e assim as armas soviéticas contornariam Washington e mirariam em nós. Em resposta, os nossos Minutemen se elevariam, atingindo Moscou em menos tempo do que eu levaria para me aprontar para a escola.

Depois da missa, a congregação atravessava lentamente a rua até o salão paroquial para um café, rosquinhas e a irmandade da fofoca. Mamãe e eu ficávamos na fila dos doces; no púlpito da cafeteira, papai e os outros homens se reuniam em torno do Sr. Ivers, presidente do banco. Papai trabalhava seis dias por semana na esperança de se tornar o vice-presidente.

— Os soviéticos não deixarão ninguém procurar os corpos. Ateus malditos.

— Quando Kennedy era presidente, os gastos com defesa eram setenta por cento maiores do que hoje.

— Somos um alvo fácil.

Eu escutava sem escutar — na cautela sem fim da Guerra Fria, essas conversas sinistras eram a trilha sonora dos nossos domingos. Ocupada empilhando rosquinhas no prato, levei um minuto para perceber que mamãe estava ofegante. Geralmente, quando ela tinha um ataque, havia alguma razão: "os fazendeiros estão na colheita e a poeira no ar provoca asma", ou "o padre Maloney passa aquele incenso como se quisesse desinfetar". Mas desta vez ela agarrou o meu braço sem dar nenhuma explicação. Conduzi-a até a mesa mais próxima e à cadeira ao lado da Sra. Gustafson. Mamãe afundou na cadeira de metal, me puxando para baixo junto com ela.

Tentei chamar a atenção de papai.

— Estou bem. Não faça uma cena — disse mamãe, com voz de quem falava sério.

— Trágico o que aconteceu com aquelas pessoas no avião — lamentou a Sra. Ivers no outro lado da mesa.

— É por isso que fico onde estou — concluiu a Sra. Murdoch. — Vadiar por aí só traz problemas.

— Muita gente inocente morreu — observei. — O presidente Reagan disse que um parlamentar foi morto.

— Menos um aproveitador. — A Sra. Murdoch enfiou o restinho da rosquinha entre os dentes amarelados.

— Que coisa feia de dizer. Todo mundo tem o direito de pegar um avião sem ser derrubado — eu disse.

Os olhos da Sra. Gustafson encontraram os meus. Ela fez que sim, como se o que eu pensava fosse importante. Embora eu tivesse adotado como passatempo observá-la, essa era a primeira vez que ela me notava.

— Corajoso da sua parte tomar uma posição — disse ela.

Dei de ombros.

— As pessoas não deviam ser más.

— Concordo plenamente — disse ela.

Antes que eu conseguisse falar qualquer coisa, o Sr. Ivers mugiu:

— A Guerra Fria já dura quase quarenta anos. Nunca vamos vencer.

Cabeças balançaram em concordância.

— Eles são assassinos de sangue-frio — continuou.

— Já conheceu algum russo? — perguntou-lhe a Sra. Gustafson — Já trabalhou com algum? Pois eu já, e posso lhe dizer que não são diferentes do senhor nem de mim.

O salão inteiro ficou em silêncio. Onde ela conhecera o inimigo e como "trabalhara" com um deles?

Em Froid, sabíamos tudo sobre todo mundo. Sabíamos quem bebeu demais e por que, sabíamos quem sonegou os impostos e quem enganou a esposa, sabíamos quem morava em pecado com algum homem em Minot. O único segredo era a Sra. Gustafson. Ninguém sabia o nome dos seus pais nem como o pai dela ganhava a vida. Ninguém sabia como conhecera Buck Gustafson durante a guerra nem como o convencera a largar a namorada do ensino médio e se casar com ela em vez de ficar com a outra. Boatos circulavam ao redor dela, mas não iam para a frente. Havia tristeza nos olhos dela, mas seria perda ou remorso? E, depois de morar em Paris, como ela se contentara com esse pontinho sem graça na planície?

Eu ERA aluna de "primeira fila, mão levantada". Mary Louise se sentava atrás de mim e rabiscava na carteira. Hoje, na lousa, a Srta. Hanson tentou ao máximo despertar o interesse da nossa turma da sétima série em *Ivanhoé*; Mary Louise murmurou "Ivan não é". No outro lado da sala, os dedos bronzeados de Robby se curvavam em torno do lápis. O cabelo dele, castanho como o meu, era cortado em camadas. Ele já sabia dirigir, porque tinha de ajudar a família a transportar o trigo. Levou o lápis à boca, a borracha cor-de-rosa passando pelo lábio inferior. Eu conseguiria fitar eternamente o canto da sua boca.

Beijo francês. Torradas francesas. Batatas à francesa. Todas as coisas boas eram francesas. Até onde eu sabia, a vagem francesa era mais gostosa do que a americana. As músicas francesas tinham de ser melhores do que a música *country* que tocava na única estação de rádio da cidade. "A minha vida acabou quando a tal daquela vaca me trocou por outro touro." Os franceses provavelmente também sabiam mais sobre o amor.

Eu queria descer pela pista de um aeroporto, de um desfile de moda. Queria me apresentar na Broadway, espiar atrás da Cortina de Ferro. Queria saber como seriam as palavras francesas na minha boca. Só uma pessoa que eu conhecia vivenciara o mundo além de Froid: a Sra. Gustafson.

Embora fôssemos vizinhas, era como se ela morasse a anos-luz de distância. Todo *Halloween*, mamãe avisava: "A luz da varanda da Noiva de Guerra está apagada. Isso quer dizer que ela não quer vocês, crianças, batendo à porta dela." Quando Mary Louise e eu vendemos biscoitos das bandeirantes, a mãe dela disse: "Aquela velha ganha pouco, portanto não batam lá."

O meu encontro com a Sra. Gustafson me deixou audaz. Eu só precisava do dever de casa certo para conseguir entrevistá-la.

Como esperado, a Srta. H pediu um relatório sobre o livro *Ivanhoé*. Depois da aula, fui até a mesa dela e perguntei se poderia, em vez disso, escrever sobre um país.

— Só dessa vez — disse ela. — Mal posso esperar para ler o seu relatório sobre a França.

Fiquei tão distraída com o meu plano que, quando fui ao banheiro, me esqueci de olhar sob as portas e trancar a porta principal. É claro que, quando terminei, Tiffany Ivers e a sua manada estavam de tocaia perto das pias, onde ela penteava o cabelo dourado cor de trigo diante do espelho.

— A descarga não funcionou — disse ela. — Aí vem um cocô.

Nada sofisticado, mas, quando olhei para o meu reflexo, só consegui ver o cabelo castanho-cocô. Fiquei perto dos compartimentos, sabendo que, se lavasse as mãos, Tiffany me enfiaria embaixo da torneira e eu ficaria encharcada. Se não lavasse, elas contariam à escola inteira. Tinham feito isso com Maisie; ninguém se sentou perto da "Mão de Mijo" durante um mês. De braços cruzados, o quarteto do banheiro esperou.

A dobradiça da porta guinchou, e a Sra. H deu uma olhada.

— Ainda está aí, Tiffany? Você deve ter algum problema na bexiga.

As meninas saíram, com os olhos em mim como se dissessem *ainda não acabou*. Disso eu sabia.

Mamãe, a guerrilheira do otimismo, me dizia que visse o lado bom. Pelo menos o velho Ivers só gerara um rebento. E era sexta-feira.

Geralmente, nas sextas-feiras, meus pais recebiam o clube do jantar (mamãe assava costeletas de porco, Kay levava a salada e Sue Bob assava um bolo invertido de abacaxi), e eu passava a noite na casa de Mary Louise. Essa noite, porém, fiquei no meu quarto e redigi perguntas para a Sra. Gustafson. Enquanto os adultos comiam, risadas transbordavam da sala de jantar. Quando houve silêncio, eu soube que, como os lordes e as ladies da Inglaterra, as mulheres tinham saído da sala para que os homens pudessem se instalar nas poltronas e dizer o que não podiam tendo as esposas por perto.

Enquanto as mulheres lavavam a louça, escutei a outra voz de mamãe, a que ela usava com as amigas. Com elas, mamãe parecia mais feliz. Engraçado como a mesma pessoa podia ser várias outras. Isso me fez pensar que havia em mamãe coisas que eu não sabia, embora ela não fosse misteriosa como a Sra. Gustafson.

À minha escrivaninha, escrevi as perguntas conforme me vieram — Quando foi a última vez que a guilhotina cortou a cabeça de alguém? Na França também há Testemunhas de Jeová? Por que as pessoas dizem que a senhora furtou o seu marido? Agora que ele morreu, por que a senhora continua aqui? — e estava tão concentrada que só percebi que mamãe estava atrás de mim quando senti a sua mão quente em meu ombro.

— Não quis passar a noite na casa de Mary Louise?

— Estou fazendo o dever de casa.

— Numa sexta-feira — comentou ela, sem se convencer. — Dia difícil na escola?

A maioria dos dias era difícil. Mas eu não estava com vontade de falar sobre Tiffany Ivers. Mamãe estava com a outra mão para trás, que escondia um presente do tamanho de uma caixa de sapato.

— Fiz uma coisa para você.

— Obrigada!

Rasguei o papel de embrulho e encontrei um colete de crochê. Vesti sobre a camiseta, e mamãe puxou a cintura, contente com o tamanho.

— Você é linda. O verde destaca as sardas nos seus olhos.

Uma olhada no espelho confirmou que eu parecia uma idiota. Se usasse o colete na escola, Tiffany Ivers me comeria viva.

— É... legal — disse à mamãe, tarde demais.

Ela sorriu para esconder a mágoa.

— Então, em que está trabalhando?

Expliquei que tinha de fazer um relatório sobre a França e que precisava entrevistar a Sra. Gustafson.

— Ah, querida, não sei se deveríamos incomodá-la.

— São só algumas perguntas. Não podemos convidá-la para vir aqui?

— Acho que sim. O que você quer perguntar?

Apontei para o papel.

Depois de dar uma olhada na lista, mamãe expirou alto.

— Sabe, pode haver uma razão para ela nunca ter voltado.

NA TARDE DE SÁBADO, passei correndo pelo velho Chevrolet da Sra. Gustafson, subi os degraus bambos da varanda e toquei a campainha. Ding-dang-dong. Nenhuma resposta. Toquei outra vez. Ninguém atendeu, e tentei a maçaneta da porta. Uma fresta se abriu.

— Olá? — eu disse e entrei.

Silêncio.

— Alguém em casa? — perguntei.

Na imobilidade da sala de estar, livros cobriam as paredes. Samambaias forravam um aparador sob a janela panorâmica. A vitrola estéreo, do tamanho de um freezer dos grandes, poderia conter um corpo. Dei uma olhada na coleção de discos: Tchaikovski, Bach, mais Tchaikovski.

A Sra. Gustafson veio arrastando os pés pelo corredor como se tivesse acordado de um cochilo. Mesmo sozinha em casa, usava um vestido com o cinto vermelho. Nos pés calçados com meias, ela parecia vulnerável. Ocorreu-me que nunca tinha visto o carro de nenhum amigo na frente da casa dela, nem a vira receber parentes. Ela era a definição de solidão.

Ela parou a poucos metros de mim, me olhando com raiva, como se eu fosse um ladrão que tivesse ido roubar o seu disco do *Lago dos cisnes*.

— O que você quer?

Você sabe coisas, e quero saber também.

Ela cruzou os braços.

— E aí?

— Tenho de escrever um relatório sobre a senhora. Quer dizer, sobre o seu país. Talvez a senhora pudesse ir lá em casa para que eu a entrevistasse.

Os cantos da boca da Sra. Gustafson se viraram para baixo. Ela não respondeu.

O silêncio me deixou nervosa.

— Aqui parece uma biblioteca.

Fiz um gesto para indicar as estantes, cheias de nomes que eu não conhecia: Madame de Staël, *Madame Bovary*, Simone de Beauvoir.

Talvez fosse má ideia. Virei-me para ir embora.

— Quando? — perguntou ela.

Olhei para trás.

— Que tal agora?

— Eu estava ocupada.

Ela disse as palavras bruscamente, como se fosse um presidente e precisasse voltar a administrar o domínio do seu quarto.

— Estou escrevendo um relatório — lembrei-lhe, porque a escola vinha logo depois de Deus, do país e do futebol americano.

A Sra. Gustafson calçou os sapatos de salto alto e pegou as chaves. Segui-a até a varanda, onde ela trancou a porta. Era a única pessoa de Froid que fazia isso.

— Você sempre invade a casa dos outros? — perguntou ela enquanto atravessávamos o gramado.

Dei de ombros.

— Geralmente todo mundo atende à porta.

Na nossa sala de jantar, ela cruzou as mãos, depois as deixou cair moles ao lado do corpo. Os olhos passaram rapidamente pelo tapete, pelo banco sob a janela, pelas fotos da família na parede. A boca se mexeu para dizer alguma coisa, provavelmente "Que bonito", como as outras senhoras fariam, e depois os maxilares se cerraram.

— Bem-vinda — disse mamãe enquanto punha na mesa um prato de biscoitos com gotas de chocolate.

Fiz um gesto para a nossa vizinha se sentar. Mamãe pôs canecas diante do prato dela e do meu; na frente do prato da Sra. Gustafson, ela pôs a sua xícara de chá. Eu sabia a história de cor. Há alguns anos, quando a Sra. Ivers fora "visitar castelos" na Inglaterra, papai lhe deu dinheiro para comprar um jogo de chá elegante para mamãe. Mas porcelana é algo caro, e a Sra. Ivers retornou com apenas uma xícara e um pires. Com pavor de que a porcelana se quebrasse, ela a trouxe no colo durante todo o voo transatlântico. Na minha mente, a xícara delgada coberta de delicadas flores azuis vinha de um lugar melhor. Mais fino. Como a Sra. Gustafson.

Mamãe serviu o chá; eu rompi o silêncio.

— Qual é a melhor coisa em Paris? É mesmo a cidade mais linda do mundo? Como foi passar a infância lá?

A Sra. Gustafson não respondeu de imediato.

— Espero que não estejamos incomodando — disse mamãe.

— A última vez que fui entrevistada assim foi para um emprego, lá na França.

— A senhora ficou nervosa? — perguntei.

— Fiquei, mas eu tinha decorado livros inteiros para me preparar.

— E ajudou?

Ela sorriu com melancolia.

— Sempre há perguntas para as quais estamos despreparados.

— Lily não devia estar fazendo esse tipo de pergunta. — Mamãe falou com a Sra. Gustafson, mas o aviso era para mim.

— A melhor coisa em Paris? É uma cidade de leitores — respondeu nossa vizinha.

Ela disse que, na casa dos amigos, os livros eram tão importantes quanto a mobília. Ela passava o verão lendo nos parques luxuriantes da cidade, e depois, como as palmeirinhas em vasos no Jardim das Tulherias, levadas para a estufa ao primeiro sinal de gelo, passava os invernos na biblioteca, encolhida junto à janela com um livro no colo.

— A senhora gosta de ler? — Para mim, os clássicos da aula de inglês eram um peso.

— Vivo para ler — respondeu ela. — Principalmente livros sobre história e atualidades.

Isso soou quase tão engraçado quanto observar a neve derreter.

— E quando a senhora tinha a minha idade?

— Eu adorava romances como *O jardim secreto*. O meu irmão gêmeo era quem se interessava pelas notícias.

Um irmão gêmeo. Quis lhe perguntar o nome dele, mas ela continuou. Os parisienses deliciam-se com a comida, quase tanto quanto com a literatura, contou ela. Fazia mais de quarenta anos, mas ela ainda se lembrava do doce que o pai lhe comprou depois do seu primeiro dia de trabalho, um bolo chamado *financier*. De olhos fechados, ela disse que o pó amanteigado de amêndoas fazia a boca parecer o paraíso. A mãe adorava *opéras*, tiras de chocolate amargo e intenso envoltas em camadas de bolo encharcado de café... Fi-nan-ci-ê. O-per-rá. Provei as palavras e adorei a sensação delas na minha língua.

— Paris é um lugar que fala com a gente — continuou ela. — Uma cidade que cantarola uma música própria. No verão, os parisienses deixam as janelas abertas, e dá para ouvir o tilintar do piano do vizinho, o estalo de cartas embaralhadas, a estática quando alguém mexe no botão do rádio. Sempre há uma criança rindo, alguém discutindo, um clarinetista tocando na praça.

— Parece maravilhoso — disse mamãe, sonhadora.

Geralmente, nos domingos, depois da igreja, os ombros da Sra. Gustafson se curvam, e os seus olhos parecem o letreiro neon do bar Oasis na segunda-feira: desligado. Mas agora os seus olhos estavam brilhando. Enquanto falava de Paris, as linhas angulosas do seu rosto se suavizaram, assim como a sua voz. Fiquei me perguntando por que ela nunca foi embora.

Mamãe me surpreendeu com uma pergunta.

— Como era a vida durante a guerra?

— Dura. — Os dedos da Sra. Gustafson se apertaram em torno da xícara.

Quando as sirenes de ataques aéreos guinchavam, a família dela se escondia no porão. Com o racionamento de comida, cada pessoa recebia um ovo por mês. Todo mundo ficou mais magro, até ela pensar que acabariam desaparecendo. Nas ruas, os nazistas forçavam os parisienses a passar por barreiras aleatórias. Como lobos, ficavam em matilhas. As pessoas eram presas sem nenhuma razão. Ou por razões pequenas, como ficar na rua depois do toque de recolher.

Toque de recolher não era só para adolescentes? Angel, irmã de Mary Louise, tinha o dela.

— Do que você mais sente falta de Paris? — perguntei.

— Da família e dos amigos. — Os olhos castanhos da Sra. Gustafson ficaram saudosos. — De pessoas que me entendam. Sinto falta de falar francês. De sentir que estou em casa.

Eu não sabia o que dizer. O silêncio se esgueirou pela sala. Isso nos deixou, a mim e a mamãe, inquietas, mas não pareceu incomodar a vizinha, que tomou o último gole de chá.

Ao notar a xícara vazia da Sra. Gustafson, mamãe pulou de pé.

— Vou pôr a chaleira no fogo.

A meio caminho da cozinha, mamãe parou de repente. Cambaleou e estendeu a mão, tentando se apoiar no armário. Antes que eu sequer pensasse em me mexer, a Sra. Gustafson pulou de pé e abraçou a cintura de mamãe para guiá-la de volta à cadeira. Eu me agachei ao lado de mamãe. O rosto dela estava corado, e a respiração lenta e curta, como se o ar não quisesse ir para o pulmão.

— Vou ficar bem — disse ela. — Eu me levantei depressa demais. E sei que não posso.

— Isso já aconteceu? — perguntou a Sra. Gustafson.

Mamãe olhou para mim, então voltei à minha cadeira e fingi limpar as migalhas.

— Algumas vezes — admitiu ela.

A Sra. Gustafson chamou o Dr. Stanchfield. Em Froid, todos os adultos diziam a mesma coisa: "Na cidade grande, você chama o médico e ele não vem, por mais doente que você esteja. Aqui, a secretária atende no segundo toque, e Stanch está na sua casa em dez minutos contados." Ele fazia partos em três condados: a primeira pessoa a segurar muitos de nós nas suas mãos quentes e sardentas.

O médico bateu à porta e entrou com a sua maleta de couro preto.

— Não precisava ter vindo — disse mamãe, sem graça.

Ela me levava para me consultar com Stanch se eu simplesmente espirrasse, mas nunca marcara hora para cuidar da asma.

— Deixe que eu julgo isso. — Com delicadeza, ele afastou o cabelo dela e lhe pôs o estetoscópio nas costas. — Respire fundo.

Ela inspirou.

— Se isso é respirar fundo...

Quando mediu a pressão, Stanch franziu a testa. Disse que os números estavam altos e receitou alguns comprimidos.

Talvez mamãe estivesse errada quando dizia que era asma.

Depois do jantar, Mary Louise e eu nos espalhamos no meu tapete para fazer os relatórios.

— O que a Sra. Gustafson disse? — perguntou ela.

— Que a guerra era perigosa.

— Perigosa? Como?

— Inimigos por toda parte.

Imaginei a Sra. Gustafson indo trabalhar com as ruas cheias de lobos sarnentos. Alguns rosnariam, outros mordiscariam o seu salto alto. E ela continuava andando. Talvez nunca fizesse o mesmo caminho duas vezes.

— Ela tinha de se esgueirar?

— Acho que sim.

— Não seria legal se ela fosse uma agente secreta?

— E como! — Imaginei-a entregando mensagens em livros embolorados.

— Por falar em segredo... — Ela pousou o lápis. — Fumei um dos cigarros de Angel.

— Você fumou sozinha? Não, né?

Ela não respondeu.

— Não, né? — repeti.

— Com Tiffany.

As palavras dela me atingiram com força.

— Se você fumar, nunca mais falo com você — eu disse. E prendi a respiração.

Ambas tínhamos 12 anos, mas Mary Louise descobria tudo primeiro. Por causa da irmã Angel, Mary Louise ouvira falar de camisinhas e bebedeiras. Meus pais não me deixavam usar maquiagem, então Mary Louise me emprestava a dela. Ela era mais forte e mais rápida do que eu, e eu sentia que ela estava cada vez mais à minha frente.

— Não gostei muito mesmo — disse ela.

Nas semanas seguintes, mamãe perdeu o apetite, e as suas roupas ficaram largas. O remédio não estava funcionando. Papai a levou a um especialista, que disse que era apenas estresse. Ela estava cansada demais para cozinhar, e papai fazia sanduíches. No Dia de Ação de Graças, ele e eu comemos nossos queijos quentes na bancada da cozinha. Olhávamos para a porta, na esperança de que mamãe se sentisse bem e pudesse se juntar a nós.

Ele pigarreou.

— Como estão os estudos?

Eu tinha 10 de ponta a ponta e nenhum namorado, e Tiffany Ivers tentava roubar Mary Louise de mim.

— Bem.

— Bem?

— Todas as outras garotas usam maquiagem. Por que eu não posso usar?

— Uma menina bonita como você não precisa de toda aquela gosma no rosto.

A maior parte do que papai disse não ficou registrado. Não ouvi a preocupação, não o ouvi dizer que eu era bonita. Só ouvi o inequívoco não.

— Mas, pai...

— Espero que você não importune a sua mãe assim.

Pela milésima vez, nós dois olhamos para a porta do quarto.

Com a mochila jogada no ombro, Mary Louise e eu voltamos em uma caminhada bem lenta da escola para casa. Paramos na First Street para fazer um carinho em Smokey, o pastor-alemão, continuamos pela casa dos Flesch, que tinha 47 gnomos de cerâmica espalhados pelo jardim, um para cada ano em que estavam casados. Na casa da esquina, a velha Sra. Murdoch abriu um pouquinho as cortinas de renda. Se cortássemos caminho pelo gramado dela em vez de usar a calçada, ela ligava para os nossos pais.

Em Froid, todos fazíamos compras no mesmo mercado, bebíamos água do mesmo poço. Dividíamos o mesmo passado, repetíamos as mesmas histórias. A Sra. Murdoch não era tão má antes de o marido desmaiar enquanto tirava a neve. Buck Gustafson nunca mais foi o mesmo depois da guerra. Líamos o mesmo jornal, dependíamos do mesmo médico. A caminho daqui ou de lá, passávamos por ruas de terra, observávamos colheitadeiras rolarem pelo campo, as ceifadeiras arrancando o trigo. O ar tinha cheiro de limpo. Honesto. As bocas e narinas se enchiam do gosto tenro do feno, e o pó da colheita se infiltrava no nosso sangue.

— Vamos nos mudar para uma cidade grande. — Mary Louise olhou com raiva a Sra. Murdoch. — Onde ninguém saiba o que é da nossa conta.

— Onde a gente possa fazer qualquer coisa — acrescentei. — Como gritar na igreja.

— Ou nem ir à igreja.

Nisso, paramos; uma ideia dessa magnitude exigia tempo para se instalar, e percorremos o último quarteirão até a minha casa em silêncio. Da rua, pude ver mamãe à janela. O reflexo no vidro a deixava pálida como um fantasma.

Mary Louise foi para casa; continuei até a caixa do correio e me segurei na estaca de madeira desgastada, não estava pronta para entrar. Mamãe costumava fazer biscoitos e bater papo com as amigas junto à bancada da cozinha. Às vezes, ela me buscava de carro na escola e nós íamos para o Refúgio do Lago Medicine, o seu lugar favorito para observar pássaros. No carro, mamãe e eu ficávamos viradas para a mesma direção: a estrada à frente, rica de possibilidades. Era fácil lhe confidenciar uma briga com Tiffany Ivers ou uma nota ruim na prova. Eu também podia lhe contar as coisas boas, como naquela vez na Educação Física em que Robby foi capitão do time e me escolheu primeiro, antes mesmo de escolher algum menino. Toda vez que eu errava, eles se queixavam duramente, mas ele ficou do meu lado e me disse: "Você pega eles na próxima vez."

Mamãe sabia tudo sobre mim.

No Lago Medicine, havia 270 espécies de aves. Passávamos pelo capim fino que chegava aos joelhos. O binóculo pendia da correia no pescoço de mamãe.

— Talvez os falcões sejam mais majestosos — disse ela —, e a batuíra melodiosa tenha o melhor nome. Ainda assim, gosto mais dos *robins*, tordos.

Impliquei com ela por percorrer todo aquele caminho para observar passarinhos que a gente encontrava no gramado da frente de casa.

— Os *robins* são elegantes — afirmou ela —, um bom agouro, um lembrete das coisas especiais que temos bem à nossa frente. — Ela me abraçou com força.

Mas agora ela ficava em casa sozinha e raramente tinha energia para falar, até comigo.

Nesse momento, a Sra. Gustafson foi até a sua caixa do correio, e atravessei a faixa marrom de grama que nos separava. Ela segurava uma carta junto ao peito.

— De quem é?

— Da minha amiga Lucienne, de Chicago. Trocamos cartas há décadas. Ela e eu viemos juntas no navio... três semanas inesquecíveis da Normandia a Nova York. — Ela me olhou. — Está tudo bem?

— Está.

Todo mundo sabia as regras: não chame atenção para si, ninguém gosta de exibidas. Não se vire na igreja, nem se uma bomba explodir atrás de você. Quando alguém lhe perguntar se está bem, diga que sim, mesmo que esteja triste e apavorada.

— Não quer entrar? — perguntou ela.

Larguei a mochila na frente das estantes dela. Havia livros de cima a baixo, mas só três fotos, pequenas como Polaroids. Na minha casa, tínhamos mais fotos do que livros (a Bíblia, os guias de campo de mamãe e uma enciclopédia que compramos numa venda de garagem).

A primeira foto era de um jovem fuzileiro naval. Tinha os olhos da Sra. Gustafson.

Ela veio até o meu lado.

— Meu filho Marc. Foi morto no Vietnã.

Certa vez, quando eu distribuía os boletins na igreja, um bando de senhoras pousou perto da pia de água benta. Assim que a Sra. Gustafson entrou, a Sra. Ivers sussurrou:

— Amanhã é o aniversário da morte de Marc.

A velha Sra. Murdoch, balançando a cabeça, comentou:

— Perder um filho, nada é pior que isso. Deveríamos mandar flores ou...

— A senhora deveria parar de fofocar — repreendeu-a a Sra. Gustafson —, pelo menos na missa.

As senhoras mergulharam os dedos trêmulos na água benta, fizeram rapidamente o sinal da cruz e fugiram para os seus bancos.

Passei a mão pelo alto da moldura e disse:

— Sinto muito.

— Eu também.

A tristeza na voz dela me deixou sem graça. Ninguém jamais a visitava. Nem os cunhados, nem a família francesa. E se todo mundo que ela amou tivesse morrido? Provavelmente ela não ia me querer ali, desenterrando as suas perdas. Abaixei-me para pegar a mochila.

— Quer um biscoito? — perguntou ela.

Na cozinha, peguei os dois maiores do prato e os engoli antes que ela tocasse nos dela. Finos e crocantes, os biscoitos doces eram enrolados no formato de uma luneta em miniatura.

Ela acabara de fazer a primeira fornada, e, na hora seguinte, ajudei-a a enrolar o restante. Gostei porque ela não disse nada sobre mamãe. Nada de "Sentimos falta da sua mãe na reunião de pais e mestres, diga a ela que todo mundo tem de fazer a sua parte". Nem "Não há nada errado com ela que um porco assado não resolva". O silêncio nunca soou tão bem.

— Como se chamam esses biscoitos? — perguntei enquanto pegava outro.

— *Cigarettes russes*. Cigarros russos.

Biscoitos comunistas? Pus de volta no prato.

— Quem a ensinou a fazer?

— Peguei a receita com uma amiga que os servia quando eu entregava livros.

— Por que ela não pegava os próprios livros?

— Ela não podia entrar em bibliotecas durante a guerra.

Antes que eu lhe perguntasse por que não, ouvimos batidas à porta.

— Sra. Gustafson?

Era papai, o que significava que eram seis horas — hora do jantar, e eu estava encrencada. Enquanto limpava as migalhas da boca, preparei a minha defesa. O tempo passou voando, tive de ficar para ajudar a terminar...

A Sra. Gustafson abriu a porta, e esperei que o furacão papai explodisse.

Os olhos dele estavam arregalados, a gravata, torta.

— Vou levar Brenda ao hospital — disse ele à Sra. Gustafson. — Pode cuidar de Lily?

Quis dizer que sentia muito, mas ele saiu correndo sem esperar resposta.

CAPÍTULO 3

Odile

PARIS, FEVEREIRO DE 1939

A SOMBRA DA igreja de Santo Agostinho assomava sobre mim, *maman* e Rémy quando saímos de mais uma maçante missa de domingo. Liberada das garras opressoras do incenso, inspirei lufadas geladas de ar, aliviada por estar longe do padre e do seu sermão sombrio. *Maman* nos empurrava pela calçada, passando pela segunda livraria favorita de Rémy, pela *boulangerie* com o padeiro de coração partido que queimava o pão, pela soleira do nosso prédio.

— Qual deles é hoje, Pierre ou Paul? — resmungava ela. — Quem quer que seja, chegará a qualquer minuto. Odile, não ouse fazer cara feia. É claro que *papa* quer que você conheça esses homens... Nem todos trabalham na delegacia dele. Algum pode ser o pretendente perfeito para você.

Outro almoço com um policial que não desconfiava de nada. Era esquisito quando um homem demonstrava interesse por mim, humilhante quando não demonstrava.

— E troque a sua blusa! Não acredito que você foi à igreja com esse blusão desbotado. O que os outros vão pensar? — disse ela antes de correr para a cozinha e checar o assado.

No hall de entrada, pelo espelho com o dourado lascado, refiz a trança no cabelo arruivado; Rémy passou um pouco de creme de barbear nos cachos indisciplinados. Nas famílias francesas, o almoço de domingo era um ritual tão sagrado quanto a missa, e *maman* insistia que tivéssemos a melhor aparência.

— Como Dewey classificaria este almoço? — perguntou Rémy.

— É fácil: 841. *Uma estação no inferno.*

Ele riu.

— Quantos subordinados *papa* já convidou até agora?

— Quatorze — respondeu ele. — Aposto que têm medo de recusar.

— Por que você não precisa passar por essa tortura?

— Porque ninguém se importa com quando os homens vão se casar. — Com um sorriso maroto, ele pegou minha *écharpe* e puxou a lã áspera sobre a cabeça, amarrando-a sob o queixo como a nossa mãe fazia. — *Ma fille*, as mulheres têm vida curta na prateleira.

Ri. Ele sempre sabia me alegrar.

— Do jeito que as coisas estão indo — continuou ele, com a voz aguda de *maman* —, ficará na prateleira para sempre!

— Uma prateleira da biblioteca, se eu conseguir o emprego.

— *Quando* você conseguir o emprego.

— Não tenho certeza...

Rémy tirou a *écharpe*.

— Você fez curso de biblioteconomia, fala inglês fluentemente e teve notas altas no estágio. Tenho fé em você; tenha fé em si mesma.

Uma batida à porta. Fomos atender e nos deparamos com um policial louro de jaquetão. Eu me preparei; o protegido da semana passada tinha me cumprimentado esfregando a mandíbula gordurosa no meu rosto.

— Sou Paul — disse esse. Ele mal tocou o seu rosto no meu. — Prazer em conhecer vocês dois — falou, ao apertar a mão de Rémy. — Ouvi falar muito bem de vocês.

Ele parecia sincero, mas tive dificuldade de acreditar que *papa* dissera alguma coisa remotamente positiva sobre qualquer um de nós. Só o ouvíamos falar das notas péssimas de Rémy (mas ele tinha sido o melhor debatedor da turma!) e meu talento medíocre de dona de casa ("Como consegue dormir numa cama coberta de livros?").

— Fiquei esperando a semana toda por esse dia — disse o *protégé* a *maman*.

— Uma boa refeição caseira vai lhe fazer bem — sugeriu ela. — Estamos contentes por você ter vindo.

Papa jogou o convidado na poltrona junto da lareira e serviu o *apéritif* (vermute para os homens, xerez para as mulheres). Enquanto *maman* ia e voltava entre o assento perto de suas amadas samambaias e a cozinha, para se assegurar de que a criada executava as suas instruções, *papa* presidia a reunião na sua cadeira estilo Louis XV, o bigode em formato de vassoura varrendo assertivas da sua boca.

— Quem precisa desses *chômeurs intellectuels?* Eu digo: que esses "desempregados intelectuais" componham a sua prosa enquanto trabalham nas minas. Que outro país distingue vadios espertos de vadios burros? É o meu dinheiro de contribuinte em ação!

A cada domingo, o pretendente mudava; a prolongada palestra de *papa*, nunca.

Mais uma vez expliquei:

— Ninguém obriga o senhor a apoiar pintores e escritores. O senhor pode escolher selos comuns do correio ou aqueles com sobretaxa pequena.

Ao meu lado no divã, Rémy cruzou os braços. Pude ler os seus pensamentos: *Por que você se dá a esse trabalho?*

— Nunca ouvi falar desse programa — disse o protegido de *papa*.

— Quando escrever para casa, vou pedir esses selos.

Talvez esse não fosse tão ruim quanto o resto.

Papa se virou para Paul.

— Os nossos colegas estão com muita dificuldade nos campos de concentração perto da fronteira. Todos aqueles refugiados chegando... logo haverá mais espanhóis na França do que na Espanha.

— Há uma guerra civil lá — disse Rémy. — Eles precisam de ajuda.

— Eles vieram se ajudar aqui no nosso país!

— O que civis inocentes fariam? — perguntou Paul a *papa*. — Ficariam em casa para serem massacrados?

Para variar, o meu pai não teve resposta. Examinei o nosso convidado. Não o cabelo curto espetado para cima nem os olhos azuis que combinavam com a farda, mas a força de caráter e o destemor sereno ao defender as suas crenças.

— Com toda a turbulência política — disse Rémy —, uma coisa é certa. A guerra está vindo.

— Bobagem! — exclamou *papa*. — Milhões foram investidos em segurança. Com a Linha Maginot, a França está completamente a salvo.

Imaginei a linha como uma vala imensa nas fronteiras da França com a Itália, a Suíça e a Alemanha, onde os exércitos que tentassem nos atacar seriam engolidos inteiros.

— Temos de discutir a guerra? — perguntou *maman*. — Toda essa conversa triste num domingo! Rémy, por que não nos fala das suas aulas?

— O meu filho quer largar a faculdade de Direito — disse *papa* a Paul. — Soube por boas fontes que ele mata aula.

Revirei minha mente atrás de algo a dizer. Paul falou antes de mim. Ele se virou para Rémy e perguntou:

— O que preferiria fazer?

Era uma pergunta que eu gostaria que *papa* fizesse.

— Entrar na política — respondeu Rémy. — Tentar mudar as coisas.

Papa revirou os olhos.

— Ou me tornar guarda-florestal e fugir deste mundo corrupto — continuou Rémy.

— Você e eu mantemos pessoas e empresas em segurança — disse *papa* a Paul. — Ele protegerá as pinhas e o esterco de urso.

— As nossas florestas são tão importantes quanto o Louvre — afirmou Paul.

Outra resposta que não provocou uma reação de *papa*. Olhei Rémy para ver o que pensava de Paul, mas ele se virara para a janela e já estava em um lugar distante, como costumávamos fazer nos intermináveis almoços de domingo. Dessa vez, decidi ficar. Queria ouvir o que Paul tinha a dizer.

— O cheirinho do almoço está uma delícia! — Tentei afastar de Rémy a atenção de *papa*.

— É — acrescentou Paul, entrando no jogo. — Não faço uma refeição caseira há meses.

— Como vai ajudar os seus refugiados se largar a faculdade de Direito? — continuou *papa*. — Você precisa focar em alguma coisa.

— A sopa deve estar pronta... — *Maman* puxava, nervosa, as folhas secas das samambaias.

Sem palavras, Rémy passou por ela rumo à sala de jantar.

— Você não quer trabalhar — gritou *papa* —, mas é sempre o primeiro na fila para comer!

Ele não conseguia parar, nem mesmo na frente de um convidado.

Como sempre, tomamos sopa de batata e alho-poró.

Paul elogiou *maman* pela sopa cremosa, e ela murmurou algo sobre a receita ser boa. O raspar da colher de *papa* na porcelana assinalava o fim do primeiro prato. A boca de *maman* se abriu de leve, como se quisesse lhe dizer que fosse gentil. Mas ela nunca repreenderia *papa*.

A criada trouxe o purê de batata com alecrim e o porco assado. Olhei para o relógio acima da lareira franzindo os olhos. Em geral, o almoço se arrastava, mas fiquei surpresa ao ver que já eram duas da tarde.

— Você também estuda? — perguntou-me Paul.

— Não, terminei a faculdade. E acabei de me candidatar a um emprego na Biblioteca Americana em Paris.

Um sorriso lhe tocou os lábios.

— Eu não me incomodaria de trabalhar num lugar bonito e tranquilo como aquele.

Os olhos pretos de *papa* brilharam com interesse.

— Paul, se não estiver contente no Oitavo Distrito, por que não se transfere para a minha delegacia? Há um posto de sargento para o homem certo.

— Obrigado, senhor, mas estou feliz onde estou. — O olhar de Paul não saía do meu rosto. — Felicíssimo.

De repente, parecia que éramos só nós dois. *Agora, enquanto ele se recostava na cadeira e pousava nela, por sua vez, os seus olhos profundos, talvez tivesse avistado nela um momento único de hesitação quando foi impelida a se jogar no seu peito e lhe fazer as confidências acumuladas no coração.*

— Moças trabalhando — escarneceu *papa*. — Você não poderia pelo menos ter se candidatado a uma biblioteca francesa?

Com pesar, deixei a cena terna com Paul e com Dickens.

— *Papa*, os americanos não só põem em ordem alfabética, eles usam números, o chamado Sistema Decimal de Dewey...

— Números para classificar letras? Pode apostar que foi algum capitalista que teve essa ideia. Eles se preocupam mais com números do que com letras! O que há de errado no modo como fazemos as coisas?

— Miss Reeder diz que não há problema nenhum em ser diferente.

— Estrangeiros! Só Deus sabe com o que mais você terá de lidar!

— Dê uma oportunidade aos outros, o senhor pode se surpreender...

— Você é que terá uma surpresa. — Ele apontou o garfo para mim. — Trabalhar com o público é dificílimo. Ora, ontem mesmo fui chamado porque um senador fora preso por arrombamento e invasão. Uma velhinha o encontrou desmaiado no chão. Quando chegou, o depravado não parou de berrar obscenidades até que começou a vomitar. Tivemos de lhe dar um banho de mangueira antes de lhe arrancar a história. Ele achou que estivesse no prédio da amante, mas a chave não abriu, então ele subiu pela treliça e arrombou a janela. Pode acreditar, você não vai querer ter de lidar com pessoas, e não me peça que fale da escória que administra este país e está acabando com ele.

Lá foi ele de novo, se queixando de estrangeiros, políticos e mulheres presunçosas. Suspirei, e Rémy pôs o pé calçado de meia sobre o meu. Confortada por esse pequeno toque, senti a tensão nos ombros se aliviar. Tínhamos inventado essa demonstração secreta de apoio quando éramos pequenos. Diante da ira do nosso pai — "Você teve de usar o chapéu de burro na escola duas vezes esta semana, Rémy!

Eu deveria grampear aquela droga na sua cabeça" —, eu sabia que não devia consolar o meu irmão com uma palavra bondosa. Na última vez que fizera isso, *papa* dissera: "Está do lado dele? Eu deveria jogar vocês dois fora."

— Eles contratarão um americano, não você — concluiu *papa*.

Eu gostaria de poder provar que o *commissaire* sabe-tudo estava errado. Gostaria que ele respeitasse as minhas escolhas, em vez de me dizer o que eu deveria querer.

— Um quarto dos sócios da biblioteca é parisiense — contrapus.

— Eles precisam de funcionários que falem francês.

— O que os outros vão pensar? — perguntou *maman*, nervosa.

— Dirão que *papa* não pode sustentá-la.

— Muitas moças têm emprego hoje em dia — disse Rémy.

— Odile não precisa trabalhar — afirmou *papa*.

— Mas ela quer — eu disse, baixinho.

— Não vamos discutir.

Maman pôs colheradas de *mousse au chocolat* em pequenas taças de cristal. A sobremesa rica e onírica exigiu a nossa atenção e nos permitiu concordar numa coisa: *maman* fazia a melhor *mousse*.

Às três da tarde, Paul se levantou.

— Obrigado pelo almoço. Sinto ter de ir embora, mas o meu turno começa daqui a pouco.

Nós o levamos até a porta. *Papa* apertou a mão dele e disse:

— Pense na minha oferta.

Eu queria agradecer a Paul por defender Rémy e a mim, mas, com *papa* ali, fiquei calada. Paul se aproximou até ficar bem na minha frente. Prendi a respiração.

— Espero que consiga o emprego — sussurrou ele.

Quando me beijou para se despedir, os seus lábios macios na minha bochecha me deixaram com vontade de saber como seria a sua boca na minha. Ao imaginar o nosso beijo, o meu coração bateu mais depressa, como na primeira vez em que li *Um quarto com vista*. Corri pelas cenas, aguardando que George e Lucy, tão certinhos um para o outro, confessassem o seu amor desregrado e se abraçassem numa *piazza* deserta. Gostaria de poder passar as páginas da minha vida mais depressa para saber se veria Paul outra vez.

Fui até a janela e o observei descendo a rua com pressa.

Atrás de mim, ouvi o glug-glug-glug de *papa* se servindo de um *digestif*. O almoço de domingo era a única vez, toda semana, em que ele e *maman* se entregavam às lembranças obscuras da Grande Guerra. Depois de alguns goles, ela recitava com reverência o nome dos vizinhos que tinham sido mortos, como se cada um fosse uma conta do seu rosário. Para *papa*, as batalhas que o seu regimento venceu pareciam derrotas, porque muitos soldados colegas seus tinham morrido.

Rémy se uniu a mim na janela, onde beliscou a samambaia de *maman*.

— Assustamos outro pretendente — disse ele.

— Quer dizer, *papa* assustou.

— Ele me deixa louco. Tem a mente tão fechada. Não faz ideia do que está acontecendo.

Eu sempre ficava do lado de Rémy, mas dessa vez torci para que *papa* tivesse razão.

— Você falava sério quando mencionou... a guerra?

— Temo que sim — respondeu ele. — Tempos difíceis estão chegando.

Tempos difíceis. 823. Literatura britânica.

— Há civis morrendo na Espanha. Judeus estão sendo perseguidos na Alemanha — continuou ele, franzindo a testa para o ramo seguro entre os dedos —, e eu, preso numa sala de aula.

— Você está publicando artigos que ampliam a consciência acerca do sofrimento dos refugiados. Organizou uma coleta de roupas para eles e conseguiu envolver a família inteira. Estou orgulhosa de você.

— Isso não basta.

— Neste momento, você precisa se concentrar nas aulas. Você era o primeiro da turma; agora, terá sorte se conseguir se formar.

— Estou cansado de estudar casos teóricos em tribunais. As pessoas precisam de ajuda *agora*. Os políticos não estão agindo. Não posso ficar parado em casa. Alguém tem de fazer alguma coisa.

— Você precisa se formar.

— O diploma não vai fazer diferença.

— *Papa* não está completamente errado — eu disse com gentileza.

— Você deveria terminar o que começa.

— Estou tentando lhe dizer...

— Por favor, me diga que você não fez nada por impulso.

Ele doara as suas economias para um fundo de auxílio aos refugiados. Sem contar a *maman*, dera a comida da despensa aos pobres, até o último grão de farinha. Ela e eu corremos até o armazém para pôr o jantar na mesa antes que *papa* chegasse, de modo que ele não descobrisse e ralhasse com Rémy.

— Você costumava entender.

Ele foi a passos largos para o quarto e bateu a porta.

Eu me encolhi com a acusação dele. Queria gritar que ele nunca fora tão impetuoso, mas sabia que brigar não adiantaria nada. Quando ele se acalmasse, eu tentaria de novo. Por enquanto, queria esquecer *papa*, Paul e até Rémy. *Tempos difíceis*. Puxei o livro da minha estante.

CAPÍTULO 4

Lily

FROID, MONTANA, JANEIRO DE 1984

PAPAI E EU estávamos ao lado do leito de mamãe no hospital. Ela tentou sorrir, mas a boca só tremeu. A cor sumira dos lábios, e ela piscava em câmera lenta. Em torno dela, máquinas emitiam bipes. Por que não fui direto para casa depois da escola? Talvez, se tivesse ido, mamãe não estivesse aqui agora.

Fechei os olhos, a afastei da tigela de gelatina verde pela metade, do fedor estéril do hospital, e a levei para o lago. Inalando o cheiro pantanoso, ela e eu andamos por lá, o rosto dela corado com o calor do sol. Ela notou algo na grama. Quando nos aproximamos, encontramos uma touceira de latas de cerveja Coors. Ela puxou um saco plástico do bolso da jaqueta e as pegou. Querendo só aproveitar o momento, eu disse: "Ora, mãe, esqueça o lixo", mas ela me ignorou. Era importante para ela deixar o lugar melhor do que quando o encontramos.

O Dr. Stanchfield me trouxe de volta. Ele viera traduzir o diagnóstico do especialista: o eletrocardiograma mostrava que mamãe tivera vários enfartes silenciosos, que causaram danos extensos. Eu não sabia como tínhamos ido de "mamãe só tinha dificuldade de recuperar o fôlego" até os enfartes. Parecia um longo trecho de estrada sem nenhuma placa de aviso, nenhuma "Queda de rochas", nenhum "Vento perigoso". Como chegamos até aqui? E quanto tempo mamãe teria de ficar?

No JANTAR, PAPAI esquentou refeições congeladas Salisbury e as arrumou em bandejas. Disse que fazia isso para que pudéssemos assistir ao noticiário, mas eu sabia que era para que Graham Brewster, o âncora com cara de avô, falasse por nós. Naquela noite, ele entrevistou um integrante da Union of Concerned Scientists, a União de Cientistas Preocupados, sobre o que poderia acontecer no caso de uma guerra nuclear.

— Mamãe está melhorando? — perguntei a papai.

— Não sei. Ela parece menos cansada.

Mais de 225 toneladas de fumaça seriam cuspidas no ar, disse o físico do MIT.

— Quando ela volta para casa?

— Gostaria de saber, querida, mas Stanch não disse. O mais cedo possível, espero.

A fumaça encobriria o sol, provocando uma era glacial.

— Estou com medo.

— Coma alguma coisa — disse papai.

Por pior que estivesse, concluiu o cientista, a situação sempre poderia piorar.

Remexi a carne com o garfo. Meu estômago se revirava e batia longa e lentamente, como um coração confuso.

Depois do jantar, papai se recolheu em sua sala. Enrolei o fio do telefone no dedo e liguei para Mary Louise. A linha estava ocupada. Quando não estava na rua, a irmã Angel ficava ao telefone. Dei uma olhada em volta para ter certeza de que papai não estava por perto e liguei 5896. Por favor, que Robby esteja em casa.

— Alô — atendeu ele. — Alô? Tem alguém aí?

Eu gostaria de conseguir falar com ele, mas não sabia como. Coloquei o fone no gancho com cuidado, mas não larguei na mesma hora; com a voz dele, profunda e aveludada, eu me sentia menos solitária.

Na janela do meu quarto, fitei a lua cheia. Ela me fitou de volta. O vento se agarrava aos galhos quebradiços. Quando eu era pequena e ficava com medo da tempestade, mamãe fingia que a minha cama era um barco e que as lufadas eram ondas, o mar se abrindo para lá e para cá sobre o nosso gramado, nos levando para uma terra distante. Sem ela, o vento era só o vento, uivando ao passar, a caminho de um lugar melhor.

DEZ DIAS DEPOIS, quando voltou para casa, mamãe afundou na cama. Papai preparou uma xícara de chá de camomila. Eu me deitei ao lado dela embaixo da manta amarelo-limão. Ela tinha cheiro de sabonete Ivory. Estalactites de gelo pendiam do telhado. A neve andava na corda bamba dos fios telefônicos. O grande céu estava azul; o nosso mundo, branco.

— Temos sorte hoje. — Ela apontou para a janela. — Muitos falcões.

Às vezes, eles deslizavam bem alto acima do pasto no outro lado da rua. Às vezes, voavam baixo, procurando camundongos. Mamãe dizia que observar pássaros era melhor do que ver TV.

— Quando eu estava grávida, seu pai e eu nos aconchegávamos no banco da janela e observávamos os *robins*. Eu adorava as cores vivas de seu peito, sinal certeiro de primavera, mas ele não gostava do jeito como engoliam minhocas. "Pense nelas como espaguete", eu lhe dizia.

— Argh!

— Você quase se chamou *Robin*. Depois que nasceu, eu disse à enfermeira que era esse o seu nome, embora soubesse que o seu pai preferia Lily, lírio, porque os lírios do vale estavam desabrochando quando compramos a casa. Então eu vi você com ele, e os seus dedos se fecharam no mindinho dele. E me lembraram as florezinhas. Ele se abaixou e beijou a sua barriga. O jeito como a olhou... com tanto amor... Mudei de ideia. — Ela contava essa história com frequência, mas hoje, por alguma razão, acrescentou: — Quando o papai trabalha, não é por ele. Ele quer que a gente se sinta segura. Ele era pobre na infância. Lá no fundo, morre de medo de perder tudo. Entende?

— Mais ou menos.

— As pessoas são esquisitas, nem sempre sabem o que fazer ou dizer. Não use isso contra elas. A gente nunca sabe o que há no coração dos outros.

As pessoas são esquisitas. Não use isso contra elas. A gente nunca sabe o que há no coração dos outros. O que ela queria dizer? Alguma coisa sobre si? Ou sobre papai? Eu tinha ouvido a mãe de Mary Louise dizer que o meu pai se achava um corretor da bolsa de Wall Street e que gostava mais de dinheiro do que de gente.

— Papai piorou muito — comentei.

— Ah, querida, é uma pena os bebês não guardarem lembranças de como foram amados. O seu pai ficava com você no colo a noite toda.

Ele era uma águia, disse ela, calmo e corajoso. Eu havia aprendido sobre as águias: tanto o macho quanto a fêmea se revezam para chocar os ovos.

— Os seres humanos têm famílias — continuou ela —, e os gansos?

Dei de ombros.

— Dizemos *gaggle of geese,* uma algaravia de gansos.

— E os pardais?

— Uma *host of sparrows...* uma hoste de pardais.

— Falcões?

— Um *cast...* um elenco.

Como num programa de TV sobre pássaros. Ri.

— Sabe como se chama um grupo de corvos? Um *unkindness of ravens:* uma indelicadeza de corvos.

Parecia bobo demais para ser verdade. Examinei o rosto dela atrás da verdade, mas mamãe parecia séria.

— E os corvos?

— Um *murder of crows...* um assassinato de corvos.

— Um *murder of crows* — repeti.

Parecia antigamente, quando tudo estava bem. Abracei-a com força, muita força, desejando que tudo pudesse ser assim sempre. Nós, juntas na grande cama de latão, quentes por dentro.

* * *

Pela manhã, papai e eu nos demoramos na bancada da cozinha com mamãe. Ele disse que não me faria mal perder um dia de aula.

— Não preciso de babás! — disse mamãe.

— Stanch falou que você ainda deveria estar no hospital — rebateu papai.

Comemos o bacon com ovos em silêncio. No minuto que terminamos, ela nos empurrou porta afora. Na escola, só conseguia pensar nela — pelo menos, no hospital ela não ficava sozinha. No meio da aula de matemática, Tiffany Ivers chutou a minha cadeira.

— Ei, bocó — disse ela. — O Sr. Goodan lhe fez uma pergunta.

Levantei a cabeça, mas ele seguira em frente. Quando o último sinal tocou, corri para casa. Lá fora, avistei os meus pais no banco da janela. Contornei a casa até a porta dos fundos e entrei em silêncio pela cozinha.

— Stanch sugeriu uma auxiliar de enfermagem. — Ouvi papai dizer.

— Pelo amor de Deus! Estou bem.

— Que mal faria ter alguém para ajudar em casa? Acho que Lily respiraria melhor.

Ele estava certo, eu respiraria.

— A quem você pediria? — perguntou mamãe.

— Sue Bob?

Meus ouvidos se aguçaram quando ouvi o nome da mãe de Mary Louise.

— Não quero que minhas amigas me vejam assim — disse mamãe.

— É só uma ideia — recuou papai.

Talvez a Sra. Gustafson pudesse ajudar. Bati à porta dela. Dessa vez, esperei que viesse atender.

— Mamãe ainda está doente — disse-lhe.

— Sinto muito saber disso.

— E precisamos de ajuda na casa, para que ela não se canse. A senhora poderia....

— Lil? — Ouvi papai dizer atrás de mim. — O que você está fazendo? Temos de voltar para junto da sua mãe.

— Acho que eu poderia ajudar — disse a Sra. Gustafson.

— Não precisa — disse papai. — Damos um jeito.

Ela desviou os olhos dele para mim.

— Deixem que eu faço o jantar. Só vou pegar uns ingredientes.

Ela entrou e voltou com uma braçada de legumes e uma caixinha de creme de leite.

Na bancada da nossa cozinha, ela descascou as batatas tirando a casca tão fina que dava para ver através delas.

— O que a senhora está fazendo?

— Sopa de batata com alho-poró.

— O que é alho-poró?

— No leste de Montana, um vegetal muito desdenhado.

Ela cortou fora as folhas antes de dividir ao meio o corpo branco e esguio.

Tinha um cheiro suave de cebola. Ela fatiou o alho-poró e jogou os pedaços na panela, onde refogaram na manteiga borbulhante enquanto as batatas ferviam. Depois, ela bateu o alho-poró e as batatas no liquidificador antes de acrescentar uma colherada de creme de leite e servir a sopa branca nos pratos.

— O jantar está pronto — chamei.

Papai veio ao lado de mamãe, as mãos dele perto da cintura dela, como um enfermeiro no hospital. Antes, eu revirava os olhos quando meus pais se beijavam, mas agora desejei que pudessem voltar ao jeito efusivo de antes.

Depois de darmos graças, curvei-me sobre o prato e pus uma colherada na boca. A sopa era boa e tinha uma textura aveludada. Queria comer depressa, mas estava muito quente.

— A sopa ensina a ser paciente — disse a Sra. Gustafson.

As costas dela estavam eretas quando levou a colher à boca. Estiquei a coluna para ficar mais alta.

— Deliciosa — disse mamãe.

— Era a favorita do meu filho. — A luz nos olhos da Sra. Gustafson se embaçou por um momento. — São necessários apenas poucos ingredientes para fazer uma refeição saudável, mas as empresas de comida industrializada convenceram os americanos de que não há tempo para cozinhar. Vocês tomam aquelas sopas sem gosto que vêm em latas, embora alho-poró refogado na manteiga tenha o sabor do paraíso. Ter de viver sem essas coisas me fez dar mais valor a elas. Durante a guerra, a minha mãe sentia mais falta do açúcar do que do resto, mas eu sentia falta da manteiga.

— Então era difícil arranjar comida? — perguntou papai.

— Comida boa, era. Não sei direito qual era a pior "iguaria da guerra": baguetes assadas com serragem porque havia escassez de farinha ou uma sopa sem gosto feita só com água e nabos. Filas intermináveis para comprar carne, laticínios, frutas e a maioria dos legumes, mas os comerciantes não sabiam o que fazer com tanto nabo. E, quando vim para Montana, sabe o que a minha sogra punha em todos os seus guisados? Nabo!

Rimos. Ela nos fez rir enquanto falava disso e daquilo, nos dando uma pausa do silêncio anormal que caíra sobre a nossa família. Quando ela se levantou para ir embora, mamãe disse:

— Obrigada, Odile.

A nossa vizinha ficou surpresa. Me perguntei se era porque não estava acostumada a ouvir o seu nome de batismo. Finalmente, ela respondeu:

— O prazer foi meu.

Quando Mary Louise e eu voltamos da escola, ouvimos risos vindos do quarto dos meus pais. Odile tirara os saltos altos e levara a cadeira de balanço para mais perto da cama. O cabelo de mamãe estava recém-lavado e cacheado e ela usava o mesmo batom vermelho-tijolo de Odile. Estava linda.

— O que é tão engraçado? — perguntou Mary Louise à mamãe.

— Odile estava me contando que os sogros tinham dificuldade de pronunciar o nome dela.

— Eles me chamavam de *Ordeal*! Provação!

— Casamento: na alegria e na tristeza, por mais malucos que sejam os sogros — disse mamãe, e as duas riram.

Quando Mary Louise e eu fomos para o meu quarto estudar, ouvimos mamãe perguntar:

— Se não se incomoda que eu pergunte, onde você e o seu marido se conheceram?

— Num hospital de Paris. Naquela época, os homens alistados tinham de pedir permissão aos superiores para se casar. Quando o de Buck disse que não, ele desafiou o major para uma partida de *cribbage*; se ganhasse, poderia se casar; se perdesse, limparia penicos durante um mês.

— Ele estava decidido!

As palavras delas viraram sussurros, e Mary Louise e eu nos aproximamos mais da porta.

— Ele não me contou — continuou Odile —, e, quando cheguei, houve um escândalo. Quis voltar à França, mas não tinha dinheiro para a passagem. Achei que as pessoas perdoariam... Não que eu precisasse do perdão delas!

— Que escândalo? — sussurrou Mary Louise. — Ela era uma daquelas dançarinas de cancã? É por isso que ninguém fala com ela?

— *Ela* não fala com ninguém — bufei.

MAMÃE HIBERNOU inverno afora. Depois da escola, eu me deitava ao lado dela e lhe contava sobre o meu dia. Ela acenava com a cabeça, mas não abria os olhos. Papai ficava por perto, sempre a postos com a camomila na xícara de porcelana favorita. Dr. Stanchfield receitou mais comprimidos, mas mamãe não melhorava.

— Por que ela não consegue se levantar? — perguntou papai a ele. Nós três nos demorávamos à porta da frente. — Até o mínimo esforço a deixa cansada.

— Houve danos demais ao coração — disse Stanch. — Não lhe resta muito tempo.

— Meses? — perguntou papai.

— Semanas — respondeu Stanch.

Papai me abraçou quando a verdade nos atingiu.

* * *

Os meus pais insistiram que a escola era importante demais para que eu a faltasse, mas papai tirou licença do trabalho e cuidou de mamãe, sem nunca sair do seu lado.

— Você está me sufocando! — Eu a ouvi dizer a ele.

Eles nunca brigavam, mas agora parecia que ele não fazia nada direito. Quando se irritava, ela ficava com dificuldade para respirar. Com medo de piorar a situação, ele voltou a trabalhar, escapulindo ao nascer do sol e voltando quando escurecia. Sem querer incomodar, ele dormia no sofá. À noite, com a casa em silêncio, ouvia mamãe gemer. Cada falha de respiração, cada tosse, cada suspiro dela me apavoravam. Encolhida na cama, tinha medo de ver se ela estava bem.

Quando contei a Odile sobre a rouquidão de mamãe, me senti melhor. Odile sabia o que fazer. Chegou a pôr um colchonete ao lado da cama de mamãe para passar a noite ali. Quando mamãe protestou, Odile lhe assegurou que não era problema nenhum.

— Dormi com dezenas de soldados.

— Odile! — exclamou mamãe, os olhos pousando sobre mim.

— Ao lado deles na enfermaria do hospital, durante a guerra.

Às nove da noite, a porta dos fundos rangia. Era papai voltando para casa. Odile se esgueirava do colchonete até a cozinha. Fui na ponta dos pés atrás dela e me colei no lambril do corredor.

— A sua mulher precisa de você; a sua filha também — disse Odile.

— Brenda diz que me ver nesse estado tão lamentável a faz sentir que já está morta.

— É por isso que ela não deixa as amigas virem visitar?

— Ela não aguenta as lágrimas, mesmo que sejam por ela. Não quer piedade. Queria estar aqui para ela, mas agora acho que é melhor dar a distância que ela quer.

— Não será bom se arrepender depois.

O tom de voz da Sra. Gustafson passara de ácido a terno. Como a de uma mãe.

— Ah, se dependesse de mim...

Do outro lado do corredor, mamãe tossiu. Estava acordada? Precisava de mim? Corri para o quarto dela. De repente apavorada, parei aos pés da cama. Atrás de mim, papai disse:

— Brenda, querida?

Odile me empurrou de leve na direção de mamãe, mas resisti, as omoplatas empurrando a palma da mão dela. Mamãe estendeu os braços. Eu estava com muito medo de pegar a sua mão, estava com muito medo de não pegar. Ela me abraçou, mas fiquei rígida nos seus braços.

— Há tão pouco tampo — disse ela, as palavras sussurradas —, tão pouco tempo. — Tenha coragem...

Tentei dizer que teria, mas o medo furtou a minha voz. Depois de um longo momento, ela afastou o meu corpo do dela e me olhou. Presa no olhar de pesar de mamãe, me lembrei de coisas que ela dissera: Os bebês dormem enquanto são amados. Uma algaravia de gansos, um assassinato de corvos. As pessoas são esquisitas, nem sempre sabem o que fazer ou dizer. Não use isso contra elas; a gente nunca sabe o que há em seus corações. Queria que você fosse *Robin*, mas você é Lily. Ah, Lily.

CAPÍTULO 5

Odile

PARIS, MARÇO DE 1939

— M ADEMOISELLE REEDER ligou — me disse *maman* quando Rémy e eu entramos pela porta. — Ela quer ver você.

Virei-me para Rémy e vi o meu torvelinho de esperança e alívio refletido nos seus olhos.

— Tem certeza de que arranjar um emprego é uma boa ideia? — perguntou-me *maman*.

— Tenho. — E lhe dei um abraço.

Rémy me deu sua bolsa carteiro verde.

— Para dar sorte. E para os livros que você trará para casa.

Corri para a biblioteca antes que Miss Reeder mudasse de ideia. Disparei pelo pátio e pelas escadas em espiral e parei de repente à soleira da sua sala, onde ela revisava documentos, a caneta de prata na mão. Olhos cansados, o batom sumido fazia tempo, ela estava abatida. Já eram mais de sete da noite. Ela fez um gesto para que eu me sentasse.

— Estou finalizando o orçamento. — Como instituição privada, ela explicou que a biblioteca não recebia fundos do governo; recorria a patronos e doadores para tudo, da compra de livros ao pagamento da calefação. — Mas não precisa se preocupar com isso. — Ela fechou a pasta. — A professora Cohen falou muito bem de você, e fiquei impressionada. Vamos conversar sobre o emprego. O fato é que já contratamos candidatos que não foram capazes de continuar por uma ou outra razão, e por isso pedimos aos funcionários que assinem um contrato de dois anos.

— Por que não ficaram?

— Alguns eram estrangeiros, e a França simplesmente ficava longe demais de casa. Outros acharam difícil lidar com o público. Como você escreveu na sua carta, a biblioteca é um porto seguro; os funcionários se esforçam muito para que continue assim.

— Acho que aguento.

— O salário é modesto. Isso é um problema?

— De jeito nenhum.

— Uma última coisa. Os funcionários se revezam para trabalhar nos fins de semana.

Sem missa nem pretendentes?

— Quero trabalhar no domingo!

— O cargo é seu — disse ela, solenemente.

Pulei de pé.

— Verdade?

— Verdade.

— Obrigada, não vou decepcionar!

Ela me deu uma piscadela marota.

— Nada de bater na cabeça dos sócios!

Ri.

— Não farei promessas que não possa cumprir.

— Você começa amanhã — disse ela, voltando ao orçamento.

Saí correndo, na esperança de encontrar Rémy antes que ele fosse para o comício político, e esbarrei nele na calçada.

— Você veio!

— Qual foi o veredito? — perguntou ele. — Você ficou uma eternidade aí dentro.

— Vinte minutos.

— Dá no mesmo — resmungou ele.

— Consegui o emprego!

— Eu te disse!

— Achei que você estaria no seu comício — falei.

— Algumas coisas são mais importantes.

— Você é o presidente. Eles precisam de você.

Ele cobriu o meu pé com o dele.

— E eu, de você. Sem *toi*, não há *moi*.

EM CASA, entrei na sala de estar, onde *maman* tricotava um cachecol para mim.

— E então? — Ela largou as agulhas.

— Sou bibliotecária!

Eu a levantei e valsei com ela pela sala. UM-dois-três. LIVROS-independência-felicidade.

— Parabéns, *ma fille* — disse ela. — Farei *papa* mudar de ideia, prometo.

Com a intenção de me preparar para o trabalho, fui para o meu quarto revisar as minhas anotações sobre o Sistema Decimal de Dewey. Ontem, nos Jardins de Luxemburgo, vi vários 598 (pássaros). Algum dia, aprenderei 469 (português)... Haveria um número para o amor? Se eu tivesse um número só meu, qual seria?

Pensei na tia Caro; foi ela quem me apresentou o Sistema Decimal de Dewey. Como eu adorava me sentar no colo dela quando criança na Hora da História! Anos depois, com 9 anos, ela me apresentou ao catálogo de cartões, um móvel incomum de madeira cheio de gavetinhas, cada uma com uma letra.

— Aí dentro, você encontrará os segredos do universo. — A tia Caro abriu a gaveta N e mostrou dezenas e mais dezenas de cartões. — Cada uma delas tem informações que abrirão mundos inteiros. Por que não dá uma olhada? Aposto que encontrará um petisco.

Espiei lá dentro. Passando os cartões, encontrei um doce.

— Nougat!

Ela me ensinou a encontrar a pista seguinte, um número que nos levaria à seção, à estante, ao livro exato. Uma caça ao tesouro!

A tia Caro tinha a mais fina das cinturas e o maior dos cérebros. Como *maman*, os seus olhos eram lilases, mas, enquanto os da minha mãe tinham desbotado como as camisas azul-marinho de *papa*, os da tia Caro brilhavam, cheios de vida. Como leitora, ela era onívora e devorava ciência, matemática, história, peças e poesia. As suas estantes estavam lotadas, e a sua penteadeira era uma mistura de blush rosa e Dorothy Parker, rímel e Montaigne. O seu *armoire* guardava Horácio e sapatos de salto, meias e Steinbeck. O seu amor aos livros e o seu amor por mim imbuíram o meu ser como o aroma de âmbar do Shalimar que ela passava de leve atrás das nossas orelhas.

As lembranças da tia Caro me recordaram por que eu *precisava* do emprego.

No PRIMEIRO DIA, me senti mais nervosa do que na entrevista. E se eu decepcionasse Miss Reeder? E se alguém fizesse uma pergunta a que eu não conseguisse responder? Ah, se tia Caro ainda estivesse entre nós. Eu lhe diria que não fosse ao meu primeiro dia, mas ela iria assim mesmo. Carregada de Shelley e Blake, ela piscaria para mim, e o meu nervosismo se derreteria quando eu me lembrasse do que ela tinha dito: as respostas estavam aqui, só era preciso procurar.

"Apresentações", disse rispidamente a diretora, e me apresentou Boris Netchaeff, o sofisticado bibliotecário-chefe franco-russo, impecável como sempre no terno azul com gravata. No balcão de registro, os sócios faziam fila para passar diante dele como diante do padre da paróquia — para a comunhão, para uma palavrinha em particular. O brilho dos seus olhos verdes nunca diminuía, nem mesmo quando ele escutava as longas e vagarosas histórias dos sócios. Boris sabia onde encontrar as melhores roupas ("Meu fornecedor no Bazar de l'Hôtel de Ville não lhe dará maus conselhos") e onde procurar um cavalo para comprar. A severa Sra. Turnbull dizia que ele era um aristocrata que possuía um estábulo de puros-sangues. Mr. Pryce-Jones dizia que Boris servira no exército russo. Havia tantos boatos quanto livros na biblioteca.

Boris era famoso pela biblioterapia. Ele sabia quais livros remendariam um coração partido, o que ler num dia de verão e que romance escolher para uma escapada aventureira. Na primeira vez que retornei à biblioteca sem a tia Caro, já fazia dez anos, as estantes altas pareceram se fechar sobre mim. Os títulos gravados na lombada dos livros não falavam mais comigo como antes. Eu me encontrava com lágrimas nos olhos, fitando um borrão de livros.

Preocupado, Boris se aproximou.

— A sua tia não a trouxe? — perguntou. — Faz algum tempo que não a vemos.

— Ela não vai voltar.

Ele escolheu um livro na estante.

— É sobre família e perda. E como podemos ter momentos felizes mesmo quando estamos tristes.

Não tenho medo de tempestades, pois estou aprendendo a velejar com o meu barco.

Mulherzinhas ainda era um dos meus favoritos.

— Boris começou aqui como auxiliar, um tipo de aprendiz de bibliotecário, e sabe absolutamente tudo sobre a BAP — disse Miss Reeder.

Ele apertou minha mão.

— Você é sócia.

Fiz que sim, contente por ser reconhecida. Antes que eu pudesse responder, ela me levou à sala de leitura, onde nos aproximamos de uma mulher que escrevia junto à janela. O cabelo grisalho emoldurava o seu rosto, óculos pretos se equilibravam na ponta do nariz. Diante dela, livros sobre o período elisabetano cobriam a mesa. Miss Reeder apresentou a patrona condessa Clara de Chambrun. Eu a conhecia de nome. Terminara recentemente *Playing with Souls*, "Brincando com almas", um dos seus romances. Condessa *e* escritora na vida real!

— Pesquisando outro livro sobre o bardo? — perguntou a diretora. — Por que não usa a minha sala?

— Não há necessidade de tratamento especial! Sou uma sócia como outra qualquer.

O sotaque da condessa claramente não era francês, mas também não era britânico. Nos Estados Unidos havia condessas? O mistério teria de ser resolvido outro dia. A diretora me desviou para a sala de periódicos, que seria o meu posto. A caminho, me apresentou a sua secretária *mademoiselle* Frikart (franco-suíça), a contadora Miss Wedd (britânica) e o arrumador de livros Peter Oustinoff (americano).

Examinei as extensas prateleiras que continham quinze diários e trezentos periódicos dos Estados Unidos, da Inglaterra, da França, da Alemanha e de países tão distantes quanto o Japão. Quando Miss Reeder me disse que eu também seria responsável pelo quadro de avisos, pelo boletim e pela coluna Notícias da BAP no *Herald*, entrei em pânico, pensando que não haveria como administrar tudo isso.

— Sabe — disse ela —, comecei nesta seção, e veja onde estou agora.

Gozamos de um momento de cumplicidade enquanto observáva-mos os sócios lerem, a cabeça baixa, os livros seguros com reverência nas mãos.

Mr. Pryce-Jones se aproximou. Ele me lembrava uma espécie de cegonha ágil, trajando gravata-borboleta com estampa *paisley*. Com ele, estava um sócio que lembrava uma morsa com grossos bigodes bran-cos. — Olá, cavalheiros, por favor, conheçam a mais nova integrante da nossa equipe — disse Miss Reeder antes de retornar à sua sala.

— Obrigada pelo conselho sobre redigir a argumentação — agra-deci a Mr. Pryce-Jones.

— Ainda bem que você conseguiu o emprego — disse ele, a gravata--borboleta balançando. Ele indicou o amigo e acrescentou: — Esse jornalista conspirador é Geoffrey de Nerciat. Ele acha que o exemplar do *Herald* da biblioteca lhe pertence.

— Espalhando mentiras outra vez, meu velho? — perguntou Monsieur de Nerciat. — É só o que vocês, diplomatas, sabem fazer.

— Sou Odile Souchet, bibliotecária e árbitro — brinquei.

— Cadê o seu apito? — perguntou Mr. Pryce-Jones. — Conosco, você vai precisar de um.

— Nossas partidas de berros são lendárias — gabou-se M. de Nerciat.

— A condessa é a única pessoa capaz de berrar mais alto do que nós.

— E soubemos disso quando ela conseguiu se enfiar entre nós e insistir que levássemos as nossas diferenças lá para fora.

O francês fitou Clara de Chambrun.

— Ela me assustou! Achei que ia me levar pela orelha.

M. de Nerciat sorriu.

— Aquela bela senhora pode me levar aonde quiser.

— Duvido que o marido dela concorde com isso.

— E é general! Melhor olhar onde piso.

A dupla continuou a duelar; guardei os diários e me familiarizei com as revistas. Logo estava perdida nos sumários, a mente cheia de história, moda e atualidades.

— *Mademoiselle?* Odile?

No fundo da névoa do trabalho, mal ouvi.

— Com licença, *mademoiselle*.

Senti um toque no braço. Ergui os olhos e vi Paul.

Ele estava elegante com a farda de *les hirondelles*, os pardais, policiais que patrulhavam de bicicleta. A capa azul-marinho ressaltava o peito largo. Devia ter vindo direto do trabalho.

Certa vez, quando lia no parque num dia de vendaval, o vento tomou conta das páginas e perdi o lugar onde eu estava. Paul fez o meu coração esvoaçar como aquelas páginas que passaram velozes.

Então, uma ideia horrível me ocorreu: e se *papa* o tivesse mandado?

— O que está fazendo aqui? — indaguei.

— Não estou aqui por sua causa.

— Nem pensei que estivesse — menti.

— Muitos turistas pedem orientação à polícia. Preciso de um livro para melhorar o meu inglês.

— Meu pai lhe disse que consegui o emprego?

— Eu o ouvi resmungar sobre mulheres presunçosas.

— Seguindo pistas — eu disse, soando mordaz. — Ele logo fará de você detetive-chefe. Exatamente o que você quer.

— Você não faz ideia do que quero. — Ele tirou um buquê da sacola. — Essas são para lhe trazer bons votos no primeiro dia.

Eu deveria ter lhe agradecido com um beijo em cada lado do rosto, mas fiquei com vergonha e cheirei as flores. Os narcisos, minhas flores favoritas, traziam a promessa da primavera.

— Posso ajudá-lo a encontrar os livros?

— Será um bom treino procurá-los sozinho. — Ele ergueu a carteirinha da biblioteca. — Planejo passar algum tempo aqui.

Paul seguiu rumo à sala de consulta e me deixou à deriva no corredor. A sua carteirinha tinha sido emitida recentemente. Talvez ele tivesse vindo por mim.

No decorrer da manhã, a maioria dos sócios aguardou com paciência enquanto eu os ajudava a encontrar periódicos; só um reclamou. "Por que ninguém aqui nunca sabe onde está o *Herald?*", resmungou. Mais tarde, encontrei o jornal amassado sob a pasta de Monsieur de Nerciat.

Ruídos de briga me tiraram da sala dos periódicos e me levaram ao balcão de registro, onde uma mulher de rosto corado sacudia um livro na cara de Boris e gritava que a biblioteca devia parar de emprestar romances "imorais". Quando ele se recusou a censurar o acervo, ela saiu batendo os pés.

— Não fique tão chocada — disse ele. — Acontece pelo menos uma vez por semana. Alguém sempre acha que o nosso trabalho é proteger a moral.

— Só por curiosidade, de que livro ela estava falando?

— *Studs Lonigan.*

— Vou anotar para ler.

Ele riu e, observando-o, não pude deixar de pensar como era estranho — e maravilhoso — que agora fôssemos colegas.

— Tenho algo para você — disse ele.

— Tem?

Esperava que tivesse escolhido um romance para mim. Em vez disso, ele estendeu uma lista de setenta livros que eu deveria pegar e embrulhar para os sócios fora da cidade. Consultei o relógio. Quase duas da tarde. Eu ficara tão ocupada que me esquecera do almoço. Tarde demais, agora. De *Verão*, 813, a *Alcoóis*, 841, a caça ao tesouro me levou pelos três andares de estantes. Às seis da tarde, meus pés doíam, minha cabeça também. Nunca sentira uma fadiga como aquela, nem mesmo durante a semana de provas. Conhecera vinte pessoas e não conseguia lembrar um único nome. Falara inglês o dia todo e respondera a dezenas de perguntas — *É verdade que os franceses comem perna de rã e, se comem, o que fazem com o resto da rã? Posso ter acesso aos arquivos? Onde fica o banheiro? O que disse, menina? Fale alto!* No fim do turno, a língua me desertou. Era como abrir um romance e dar com páginas em branco.

Agarrada aos meus narcisos pendentes, saí no ar frio da noite. A geada cobria as pedras do caminho e as deixava escorregadias. As bolhas nos meus pés latejavam. Parecia que a caminhada para casa levaria quinze anos em vez de quinze minutos. Mancando, notei que, no outro lado da rua, sob a luz fraca do *lampadaire*, estava um carro preto em ponto morto. O meu pai desceu e abriu a porta do passageiro.

— Oh, *papa, merci.*

Aliviada de voltar ao francês, deslizei para o banco, me sentando pela primeira vez desde o café da manhã.

— Está com fome?

Ele me entregou uma caixa de doces da Maison Honoré. Ao abrir, saboreei o aroma amanteigado do *financier* antes de dar uma mordida. O bolo se desfez na minha boca; fechei os olhos e mastiguei devagar.

— *Ça va?* — perguntou ele. — É o primeiro dia e você já está exausta. Não está com uma das suas dores de cabeça, está?

— Estou bem, *papa.*

— Na sua idade — disse ele, a voz terna —, *maman* e eu mal tínhamos sobrevivido à guerra e chorávamos a perda de amigos e familiares. Você só tem 20 anos... queremos que goze da sua juventude, encontre um *beau*, vá aos bailes, e não que labute em alguma fábrica de livros.

— *Papa*, por favor, hoje não...

Durante toda a minha vida, a conversa dos meus pais sobre a guerra ricocheteava à minha volta — tanques e trincheiras, gás mostarda e soldados mutilados.

— Tudo bem, falaremos sobre outra coisa. Agora, eu sei que você trabalha no domingo, então convidei um colega para jantar na quarta-feira. Esse diz que lê!

CAPÍTULO 6

Odile

CADA MANHÃ, ANTES que a biblioteca abrisse, eu visitava um departamento diferente. Na segunda-feira, eu tinha hora marcada na contabilidade, onde Miss Wedd, a contadora, era famosa pela mente arguta e pelos bolinhos esplêndidos. Quando ela se inclinou sobre o livro de orçamento, vi três lápis enfiados no coque castanho. Depois que ela explicou as linhas de despesa — tudo, do carvão e lenha aos livros e cola para encadernação —, perguntei se poderia entrevistá-la. Eu tinha uma ideia para o boletim mensal de que Miss Reeder me encarregara. Além das resenhas acadêmicas de sempre e da lista de livros mais pedidos, eu queria incluir algo mais pessoal sobre os sócios e funcionários.

— Que tipo de leitora você é? — perguntei, bloco de papel na mão.

— Eu gostava de matemática na escola. Os números sempre fizeram mais sentido do que as pessoas. É por isso que os meus livros favoritos são dos gregos antigos: Pitágoras e Heráclito. Ainda usamos a obra deles, as suas ideias.

— Não sou como Boris e Miss Reeder. Não sou boa com o público.

— Ela enfiou um quarto lápis no cabelo. — Mas espero que a minha contribuição aqui seja importante, ainda que pequena. Durante mais de uma década, enchi livros inteiros com histórias de doadores generosos e funcionários bem informados que trabalham muitas horas, só que escrevo em colunas verticais em vez de linhas horizontais.

Entrevistá-la foi como observar uma rosa se abrir: ela se revelou, as pétalas do rosto rosadas de paixão.

— Obrigada — eu disse, contente por escolhê-la. — Os leitores adorarão as suas respostas, e estou ansiosa para descobrir Heráclito.

Eu também estava gostando de conhecer os meus colegas. Na terça-feira, passei algum tempo com Peter, o arrumador, o único com altura suficiente para alcançar as prateleiras de cima. Organizando os livros no carrinho pelo número de classificação, ele enfileirava dez no intervalo de tempo em que eu guardava dois. Ele tinha um belo físico de boxeador, mas, quando a voz de buzina da matronal Madame Frot ecoava pelas estantes, "Peter, querido, oh, Peter", ele atirava-se na chapelaria para evitar a sócia desejosa.

Na quarta-feira, fui à sala das crianças, onde estantes baixas forravam as paredes e as mesas e cadeiras miúdas estavam agrupadas diante do fogo crepitante. Embora eu ainda não tivesse encontrado Muriel Joubert, a bibliotecária infantil, senti que a conhecia, porque a letra legível da sua assinatura aparecia em todos os cartões dos livros que eu tomava emprestados. Só na semana anterior, ela me venceu na leitura de *Minha Ántonia*, *Belinda* e *A interessante narrativa da vida de Olaudah Equiano*. Dado tudo o que tinha lido, imaginava uma senhora de cabelo branco. Em vez disso, encontrei uma moça da minha idade me observando com argutos olhos violeta. Mesmo com a trança preta que lhe coroava a cabeça, ela não media um metro e meio.

— Mademoiselle Joubert? — perguntei.

Ela me disse que a chamasse de Bitsi, como todo mundo, desde que um sócio do Texas dera uma olhada nela e proclamara: "Ora, você é tão miudinha, tão *itsy-bitsy*!" Ela disse que queria me conhecer desde que notara o meu nome rabiscado nos cartões dos seus romances favoritos.

— Somos almas gêmeas de livro — disse ela, com a voz decidida como quem afirma "o céu é azul" ou "Paris é a melhor cidade do mundo".

Eu não acreditava em almas gêmeas no amor, mas conseguia acreditar em almas gêmeas de livro, dois seres unidos pela paixão da leitura.

Ela me ofereceu *Os irmãos Karamázov*.

— Chorei quando terminei. — Sua voz se encheu de emoção. — Primeiro, porque estava feliz por ter lido. Segundo, porque a história era muito comovente. Terceiro, porque nunca mais viverei a descoberta desse livro.

— Dostoiévski é o meu escritor morto favorito — eu disse.

— O meu também. Qual é o seu escritor vivo favorito?

— Zora Neale Hurston. A primeira vez que li *Seus olhos viam Deus*, engoli os capítulos, devorando as palavras. Precisava descobrir o que ia acontecer em seguida; Janie se casaria com o homem errado? Tea Cake atenderia às minhas esperanças para Janie? Então, quando restava um punhado de páginas, comecei a temer o fato de que esse mundo que eu amava estava chegando ao fim. Não estava pronta para dizer adeus. Li devagar, só saboreando as cenas.

Ela fez que sim.

— Faço o mesmo, para cada página durar o máximo possível.

— Terminei o romance em quatro dias, mas fiquei com ele as duas semanas inteiras. Na data marcada, coloquei o livro no balcão de registro, mas a minha mão ficou sobre a capa, sem vontade de largar. Boris me conseguiu três outros livros da Srta. Hurston.

— Também devorei esses, como bolo de chocolate, como o amor. Eu me preocupava tanto com os personagens que eles se tornaram reais. Senti que conhecia Janie, que algum dia ela entraria na biblioteca e me convidaria para um café.

— Também me sinto assim com os meus personagens favoritos — disse Bitsi.

Uma mulher se aproximou.

— O meu filho escolheu esses — ela ergueu dois livros de histórias —, mas eles parecem estar... muito usados.

— São muito amados — disse Bitsi. — Se preferir, temos livros novos em folha na estante de "recém-chegados".

Quando Bitsi fez "de volta ao trabalho" com a boca e os levou até a estante, espiei a sala de consulta, na esperança de ver Paul, mas ele não estava lá.

Desapontada, continuei até a minha mesa, onde uma sócia batia o pé querendo o seu *Harper's Bazaar*.

— Por onde você andava? — ralhou Madame Simon.

Quando lhe entreguei o último número, ainda no envelope pardo, ela se acalmou e me confidenciou que, em casa, era a última da fila. Com a dentadura balançando enquanto falava, ela explicou que tudo o que tinha — o casaco surrado de mink de uma tia velha, a dentadura que pertencera à sogra — já servira a outra pessoa. Mas aqui ela era a primeira a ter prazer com a moda, embora não houvesse nada que pudesse comprar. "Ou caber", lamentou, a mão carnuda passando pelo corpo robusto. Ela se instalou ao lado da professora Cohen.

Madame, observando Boris, comentou:

— Dizem que, durante a Revolução Russa, a família dele perdeu a fortuna. Ele teve de recomeçar aqui na França. Sem nenhum tostão, como um mendigo.

— Seja qual for a sua situação, ele é nobre como um príncipe — disse a professora.

— A esposa dele é a princesa, ou era. Agora, é caixa de loja. Como caíram os poderosos!

— Dito por alguém que nunca teve de ganhar o próprio pão.

Clara de Chambrun passou, carregada de papéis.

— E, por falar em nobreza — disse madame com escárnio —, ali está a condessa de Ohio.

— Você está com uma abelha na boina, hoje, e que ferrão! Clara é uma excelente patrona e sabe levantar recursos. Não estaríamos aqui sentadas se não fosse por ela. Como você é apaixonada por moda, ouça o que vou lhe dizer: escárnio não cai bem em todo mundo.

CAPÍTULO 7

Margaret

PARIS, MARÇO DE 1939

Nervosa, apalpando as pérolas que usava pela manhã, Margaret hesitou na soleira da Biblioteca Americana em Paris. Fazia um silêncio de catedral, e ela não tinha certeza se deveria entrar. Sem dúvida Margaret não era americana nem estava interessada em livros. Mas, depois de quatro meses em Paris, estava desesperada por qualquer forma de inglês. A língua francesa era um charco anasalado que tinha de aturar nas lojas, no cabeleireiro e na padaria. Nesses lugares, ninguém falava inglês. Reduzida à língua de sinais, ela apontava e erguia o dedo para assinalar que queria um croissant. Fazia que sim para mostrar que entendera o significado; dava de ombros para mostrar que não.

Em casa, Lawrence, o marido, era quem falava. A babá cuidava de Christina, e Jameson administrava o apartamento com a mesma eficiência que em Londres. Ninguém precisava dela. Margaret mal falava.

Ela supusera que adoraria Paris. A *haute couture*, a *lingerie*, o perfume. Mas fazer compras sozinha não era divertido. Quando experimentava roupas, nenhuma amiga admirava a sua silhueta. Mais do que tudo, Margaret queria a opinião da mãe — esse vestido teria a sua cor, ela deveria ter uma conversa franca com Lawrence ou deixar para lá? O que mais surpreendia Margaret em Paris não eram os vestidos maravilhosos de Jeanne Lanvin nem os chapéus elegantes que as mulheres usavam, mas sim a saudade que sentia da mãe.

Margaret não entendia aquele dinheiro estranho. E as vendedoras das lojas a enganavam! Quando comprava meias, elas lhe diziam, em sua linguagem enrolada, que setenta e cinco francos era o preço de cada uma, não do par. Mas, quando uma parisiense atrás dela na fila comprava as mesmas meias, pagava metade. Margaret não conseguia brigar, não conseguia insistir. Só conseguia bater o pé no chão, o que fazia as vendedoras darem risadinhas. As piadas à sua custa eram caríssimas.

Ela parou de sair; parou de tentar. Andava de um lado para o outro no apartamento ou se encolhia e chorava sob os seus vestidos de gala no "*le dressing*", embora fosse completamente ridículo se sentir infeliz na cidade mais fabulosa do mundo. Como se gabara para as amigas! *Estarei na capital mundial do romance! Uh-la-lá! Franceses flertarão comigo! Uh-la-lá! Champanhe! Chocolate! Vocês têm de me visitar!* Como estava envergonhada com a verdade! Ela morreria antes de contar às amigas. Não que elas ligassem ou escrevessem. Quando saiu de Londres, Margaret sumira da face da terra para elas.

Nessa manhã, a esposa do cônsul, uma mulher bondosa, ainda que antiquada, fizera uma visita. Quando Jameson anunciou a sua chegada, Margaret correu para o espelho. Não conseguia se lembrar da última vez que lavara o cabelo. Os olhos estavam injetados. Ela se envergonhou de como ficara patética, e solicitaria ao mordomo que mandasse Mrs. Davies embora, mas estava desesperada por amigas, e essa era a sua primeira visita. Ela trocou o *peignoir* manchado por um vestido elegante verde-hera. A esposa do cônsul deu uma olhada em Margaret e insistiu em que ela visitasse a biblioteca de Paris naquela mesma tarde. E agora ali estava ela.

Havia ali uma camaradagem tranquila que ela jamais tinha visto. As mulheres não perguntavam "O que o seu marido faz?" Em vez disso, queriam saber "O que você está lendo?" Margaret suspirou. Mais lufadas de conversa que não a incluíam.

— Bem-vinda à Biblioteca Americana em Paris.

O vestido da bibliotecária era sem graça, mas ela era bastante bonita, com o cabelo preso no alto por um laço preto. Os olhos cintilavam como as pedras preciosas que o segundo marido de Marjorie Simpson lhe dera no terceiro aniversário de casamento. Lawrence não dava mais joias assim a Margaret.

— Posso ajudá-la a encontrar alguma coisa?

Margaret mordeu o lábio superior rígido, desejando que, para variar, conseguisse dizer o que queria. Em vez disso, perguntou:

— Vocês teriam livros para a minha filha? Ela tem 4 anos.

A bibliotecária inclinou a cabeça.

— Que tal *Bella, a cabra*?

— Você não tem ideia de como estou aliviada de estar num lugar onde se fala inglês. Paris é tão estrangeira. — Margaret fez uma pausa. Aquilo soava errado. Tudo o que dizia soava errado. — É claro que sei que, na França, sou eu a estrangeira.

— A senhora vai se encaixar aqui — tranquilizou-a a bibliotecária. — Temos muitos sócios da Inglaterra e do Canadá.

— Fascinante. Por acaso você teria algo para mim?

— Um romance de Dorothy Whipple? *The Priory* é um dos meus favoritos.

Na verdade, Margaret quis dizer revistas. Ela não abria um livro desde a enfadonha George Eliot na Escola de Etiqueta.

— Ou *Miss Pettigrew Lives for a Day*, uma história de Cinderela para adultos.

Margaret aguentaria um conto de fadas.

— Se tiver dificuldade de entender francês, temos alguns livros maravilhosos sobre gramática. Vejamos...

Margaret ficou comovida com essa atenção. Nos eventos da embaixada, quando conversavam com Margaret, as pessoas mantinham um olho nela e o outro no salão. No segundo em que viam alguém mais importante, interrompiam a conversa.

— Se preferir — acrescentou a bibliotecária —, temos a *Vogue*.

Ela pareceu desapontada, e Margaret disse:

— Vou levar os livros.

A bibliotecária claramente tremeluziu de entusiasmo.

— Então vamos buscá-los. Aliás, eu me chamo Odile.

— E eu, Margaret.

Mas, em vez de ir na direção das estantes, Odile subiu a escada. Margaret a seguiu e, quando passaram pela porta "Exclusivo para funcionários", ela perguntou:

— Aonde vamos?

— Você vai ver.

Na minúscula sala de descanso, Odile pôs à mesa duas xícaras de chá que não combinavam e um prato de bolinhos simples. Quando a bibliotecária se virou para pôr a chaleira na chapa elétrica, Margaret passou o dedo na superfície áspera de um bolinho, tão parecido com os que a sua mãe fazia. Sim, Paris era cheia de delícias culinárias, e ela se banqueteara com doces esplêndidos. Mas Margaret tinha desejo de algo que fosse familiar.

Odile se sentou e indicou a cadeira a seu lado.

— *Raconte*. Significa "conte".

Pela primeira vez desde que chegara a Paris, Margaret se sentiu feliz, se sentiu em casa.

CAPÍTULO 8

Odile

L'HEURE BLEUE, AQUELA hora mágica entre o dia e a noite, chegara. Enquanto os sócios retiravam livros e iam embora, a inércia tecia a sua teia sobre as mesas e cadeiras. Eu amava a biblioteca assim, quando tudo estava tranquilo e parecia meu.

No grosso livro de registro de couro, ajudei Boris a contar quantos sócios tinham vindo hoje (287), quantos livros tinham saído (936) e os detalhes da vida da biblioteca (outra grávida desmaiara: ela lera a página 43 de *Futura mamãe*).

— Está tarde — disse ele. — Você não precisa ficar.

— Eu quero.

Boris indicou o salão de leitura vazio, a sua mão elegante coberta de cortes de papel.

— Um paraíso, não é?

E assim começava o nosso balé noturno, a coreografia aperfeiçoada no último mês. Ele verificava se as janelas estavam trancadas e fechava as cortinas; eu diminuía as luzes para avisar aos intelectuais imperturbáveis da sala de consulta que a biblioteca estava para fechar. Nenhum de nós dizia nada enquanto realinhávamos as cadeiras. Havia problemas a discutir, tarefas a atribuir, mas tudo isso esperaria até amanhã. Depois de passar o dia respondendo a perguntas, esse silêncio era a nossa recompensa. Eu me perguntava se Madame Simon tinha razão, se ele era um aristocrata. Eu me perguntava se algum dia confiaria em mim o bastante para me contar algo sobre a sua vida.

Era a minha vez de enxotar os sócios, portanto fiz a ronda. Serpenteei pelas fileiras de não ficção e vi títulos que não notara durante o dia. (Essa noite, achei *Como ferver água num saco de papel*.) Na sala de consulta, espiei as estantes e fiz a melhor descoberta: Paul. Ele averiguava uma gramática de inglês.

Quando me beijou no rosto, tentei inspirá-lo. A sua pele tinha cheiro de tabaco, enfumaçada como Lapsang Souchong, o meu chá favorito. Supus que devesse me afastar, mas os livros eram companhia permissiva.

— Está na hora de fechar? — perguntou ele. — Desculpe prender você.

— Está tudo bem. — Prenda-me. Prenda-me só com você.

— Vim várias vezes.

— Você veio?

— Mas você estava ocupada com outros sócios.

Estávamos a centímetros de distância, mas parecia longe demais. Quando me aproximei, os lábios dele tocaram os meus. Deixei meus dedos roçarem seu rosto. Ontem, se alguém me dissesse que nos beijaríamos entre as estantes, eu acusaria a pessoa de inalar vapores de cola Gaylo. Mas essa terna colisão pareceu perfeita e até correta.

Eu havia lido sobre a paixão — Anna e Vronsky, Jane e Mr. Rochester — e senti as comoções frementes, ou achei que as senti. Nenhum trecho de nenhuma página poderia expressar o prazer daquele beijo.

Ao ouvir o barulho de salto alto no assoalho, Paul e eu demos um rápido passo atrás. Embora mal tivéssemos nos tocado, cada parte de mim — a minha pele, o meu sangue, os meus ossos — ainda o sentia.

— Aí está você. — Os olhos de Miss Reeder passaram de mim para Paul.

— Obrigado, hã, Mademoiselle Souchet — disse ele. — Agora sei onde encontrar informações sobre... hã... o particípio passado. — Ele ergueu a gramática e saiu correndo da sala.

A boca da diretora se retraiu, risonha.

— Miss Wedd está esperando você.

— Miss Wedd?

— Hoje é o dia do pagamento.

É claro! Dia do pagamento. Como é que me esqueci?

— O que fará com o seu primeiro salário?

— O que farei? — A minha mente estava nublada.

— É claro que é bom poupar a maior parte; ter um pé de meia é importante, mas é igualmente importante marcar a ocasião, talvez dando um presente aos que a incentivaram pelo caminho.

— Isso seria muito atencioso. — Gostaria que a ideia fosse minha.

— A quem a senhora agradeceu?

— À minha mãe e à minha melhor amiga; eu lhes dei romances — respondeu ela. — Agora, por favor, não faça Miss Wedd esperar.

Encontrei a alegre contadora à sua mesa. Só dois lápis no coque hoje.

— Você tinha razão sobre aquele filósofo grego, Heráclito. Adorei o que ele falou: "Nenhum homem jamais pisa no mesmo rio duas vezes."

— A única coisa com que podemos contar é a mudança — concordou ela.

Ela contou o meu salário. Cada franco representava uma vitória quando eu respondia a uma pergunta, vergonha quando cometia um erro, dias falando um idioma estrangeiro, noites lendo para recomendar livros. Eu sabia que adorava o meu trabalho, mas estava surpresa por ver como era difícil.

Enfiei as notas no bolso. Era essa a verdadeira razão para eu querer o emprego: dinheiro era igual a estabilidade. Eu me recusava a terminar a vida sozinha e na miséria como a tia Caroline.

NA TARDE SEGUINTE, fui ao banco e depositei o meu salário, ficando com alguns francos para gastos pessoais. Depois, fui à estação de trem comprar duas passagens para Fontainebleau, a fim de agradecer a Rémy pelo seu apoio constante. Mais do que música e livros, ele amava passear pela floresta. Pensei em lhe dar o presente no jantar, mas ele só comeu alguns bocados e escapuliu.

— Ele não come mais nada — resmungou *maman*. — Será que não gosta da minha comida?

Papa pegou a mão rechonchuda dela.

— Foi uma ótima refeição.

— Hoje em dia, você prefere jantar fora — disse ela, ríspida.

— Ora, Hortense — bajulou ele.

— Por que não dá uma olhada em Rémy? — pediu-me *maman*.

Ele estava à escrivaninha, folhas de papel espalhadas à sua frente. Eu lhe dei as passagens, pensando que insistiria para irmos na mesma hora. Mas ele só me beijou o rosto, com a mente longe. Cada vez mais ele... ia embora. Mesmo quando estava conosco, não estava. Eu sentia falta dele. Ele não disse nada naquele momento, embora não tivesse voltado a escrever o seu panfleto.

— Foi à aula hoje?

— De que adianta estudar as leis se ninguém as respeita? A Alemanha ocupando a Áustria... Soldados japoneses saqueando a China... O mundo enlouqueceu, e ninguém dá a mínima.

De certa maneira, ele estava certo. As escaramuças entre sócios pareciam mais reais para mim do que os conflitos distantes. Ao lembrar da última discussão, amassei no meio um pedaço de papel e o segurei junto ao pescoço.

— Eis aqui Mr. Pryce-Jones, com a sua gravata-borboleta de estampa *paisley*. — Levei o papel à boca. — E este é Monsieur de Nerciat, com o bigode lanoso de morsa.

Gravata: "O rearmamento é o caminho! Precisamos nos preparar para a guerra."

Bigode: "Precisamos de paz, não de mais armas."

Gravata: "Avestruz! Pare de enfiar a cabeça na areia!"

Bigode: "Melhor avestruz do que jumento. Na Grande Guerra..."

Gravata: "Não sei por que você insiste nisso da guerra! A única coisa que permaneceu igual é esse seu corte de cabelo horroroso."

Rémy riu.

— Se acha isso engraçado, você devia ver o espetáculo ao vivo na biblioteca.

— O prazo deste artigo é bem apertado.

— Venha — insisti. — Você verá pessoas que se importam.

NA QUINTA-FEIRA havia a Hora da História, meu evento favorito da semana. Eu adorava observar os pequenos mergulhados nas histórias, como eu com a tia Caro. A caminho de lá, espiei a sala de consulta, na esperança de ver Paul. Ele não estava lá. *The Death of the Heart*, a morte do coração, 823. Disse a mim mesma que ele não podia visitar a biblioteca todo dia. Ao lembrar do nosso beijo, toquei os lábios com os dedos. Mas talvez algum dia próximo?

Na sala das crianças, fui até a lareira, onde algumas mães tinham se reunido. A maioria conversava entre si, mas uma estava em pé, ao lado.

— Olá — disse ela, remexendo no colar de pérolas. — É um prazer vê-la de novo.

Era a inglesa solitária. Margot? Não, Margaret.

— *The Priory* é maravilhoso — continuou ela. — Gostei tanto que peguei mais três livros da Sra. Whipple. Antes eu não lia muito, mas agora estou decidida que minha filha e eu leremos juntas todo dia.

— Qual delas é a sua filha? — perguntei.

Margaret apontou a loura sentada junto de Hélène, a filhinha de Boris. As meninas conversavam animadamente enquanto esperavam que Bitsi começasse a qualquer momento. Franzi os olhos para o relógio acima da porta e me surpreendi ao ver Rémy entrar. Ele contornou as crianças e veio até o meu lado.

— Estou contente por você ter vindo — eu disse.

— Como eu poderia resistir depois da sua peça de uma só mulher? Queria passar um tempo com você no seu lugar favorito. Ambos estamos tão ocupados...

— Você está aqui agora, é o que conta.

Empoleirada num tamborete, Bitsi folheava as páginas de um livro. Ela pigarreou, e a sala ficou em silêncio. Vinte pequerruchos se aproximaram um pouquinho dela. Enquanto lia *Miss Maisy*, a voz de Bitsi se intensificou, e o seu olhar hipnotizava o público. Fascinado, um menino tocou a sua saia, que ondulou em torno das sapatilhas de bailarina.

Dei uma olhada em Rémy e vi que Bitsi tinha outro fã: os olhos dele não desgrudavam do rosto dela. Quando ela terminou, ele bateu palmas, e outros fizeram o mesmo.

— Então essa é a sua "alma gêmea de livros" — disse ele. — Ela é mesmo tão letrada quanto você?

— Provavelmente, ainda mais.

— Ela tem talento — disse ele.

— Ela deu vida aos personagens.

— Não, ela se transformou nos personagens.

Ele andou até o lado de Bitsi. Fui atrás.

— *Vous êtes magnifique* — declarou ele.

— *Merci* — sussurrou ela, os olhos agora colados no chão.

Eu queria apresentá-lo a Mr. Pryce-Jones e a M. de Nerciat e o puxei. Ele não notou.

— Você deve estar com muita sede — disse ele. — Gostaria de tomar um *citron pressé*?

Era a primeira vez que o via interessado numa mulher. Pelo menos seis colegas de sala tinham feito amizade comigo no intuito de conhecê-lo. Sempre que eu o apresentava a uma moça, ele era educado, escutava, mas nunca iniciava uma conversa.

Torci para que Bitsi aceitasse o convite. Não faria mal nenhum se ela saísse do trabalho mais cedo, pelo menos desta vez.

Bitsi pôs a mão no braço dobrado dele. Ele fechou os olhos uma fração de segundo mais do que uma piscada, um *Merci* em silêncio, antes de escoltá-la para fora. Eu me senti esquecida, tentei dizer a mim mesma que era natural que Rémy tivesse gostado dela. Eles não tiveram a intenção de me deixar para trás.

Boris me cutucou nas costas.

— A boa notícia — disse — é que estamos doando livros.

— E qual é a má?

— São mais de trezentos, e o seu trabalho é separá-los.

Ele me entregou uma lista e, enquanto lia os títulos, parei de sentir pena de mim mesma. Então a visita de Rémy não tinha terminado como eu esperava. Haveria outra vez.

— Quando soube que a biblioteca distribuía milhares de livros entre as universidades, achei admirável. É claro que isso foi antes de eu ser a responsável por embalar! — brinquei.

Boris riu.

— Antes você do que eu.

A sala dos fundos explodia de caixotes vazios e montes de livros. "Boa viagem", eu disse a um livro de capa dura que coloquei no caixote para o American College de Teerã, na Pérsia; outro ia para o Seaman's Institute, na Itália; o terceiro, o quarto e o quinto viajariam juntos para a Turquia. Fiquei fazendo isso pelo que pareceram horas, mas, quando consultei o relógio, só haviam se passado dez minutos. Seria uma tarde solitária e interminável.

Houve uma batidinha na porta.

— Perguntei ao homem na mesa da frente para onde você tinha desaparecido, e ele me mandou para cá — disse Margaret.

— Eu adoraria companhia. Você se importaria de me ajudar? — perguntei, e então notei o vestido de seda rosa.

Ficaria coberto de poeira se ela ficasse e, seja como for, mulheres vestidas de *haute couture* não trabalhavam.

— Por que não? Não tenho nada melhor a fazer.

Eu me ofereci para buscar a sua filha, mas ela disse que Christina parecia contente fazendo amizade com Hélène e com o pai dela. Mostrei a Margaret como achar o destino de cada volume. Ela ziguezagueou com graça entre os caixotes, embalando os livros com cuidado. "*Bon voyage*", sussurrava para cada um.

Fitei-a.

— Você deve achar que sou maluca por falar com livros — disse ela.

— De jeito nenhum.

— *Bon voyage* é o único francês de que me lembro da escola. Minha mãe estava certa; eu devia ter me esforçado mais.

— Nunca é tarde! Posso lhe ensinar algumas frases. *Bon vent* significa "bons ventos". Dizemos isso para desejar boa sorte ou que Deus o proteja. Dizemos *bon courage* para dar coragem a alguém.

— *Bon courage!* — disse ela a um manual de química.

— *Bon vent!* — falei a uma cartilha de matemática.

Rimos enquanto dávamos bons votos aos livros.

— O que a trouxe a Paris?

— Meu marido é adido da embaixada britânica.

— Um belo círculo para frequentar.

— É mais um círculo vicioso. — Ela fez uma careta. — Ah, por favor, não conte a ninguém que eu disse isso. Dá para ver por que não sou diplomata.

De repente tímida, Margaret voltou a separar os livros.

— Você deve comparecer a eventos glamorosos — eu disse, na esperança de que ela me falasse das festas.

— Ontem, houve um chá na residência do embaixador holandês, mas estou me divertindo mais agora.

— Como pode? Você deve encontrar pessoas do mundo inteiro.

— Estão interessadas no meu marido, não em mim. — Lágrimas rolaram pelas bochechas cobertas de blush. — Tenho saudade da minha mãe, tenho saudade de me encontrar com as minhas amigas para tomar chá.

Eu não soube o que dizer. Miss Reeder dizia que era comum os estrangeiros sentirem saudade de casa em Paris e que os funcionários podiam ajudar a amenizar os sentimentos de solidão.

— Eu não queria que isso acontecesse. — Margaret limpou as lágrimas. — Minha mãe me chama de "chaleira vazante pelo bico".

— Logo ela vai chamá-la de *la parisienne*. — Tampei o último caixote. — Você foi uma ajuda e tanto.

— É mesmo?

— Deveria ser voluntária aqui.

— Não tenho nenhum treinamento. E se eu cometer algum erro?

— Isto é uma biblioteca, não uma sala de cirurgia! Ninguém vai morrer se você puser um livro no lugar errado.

— Não sei direito...

— Você fará novos amigos, e eu lhe ensinarei francês.

Acompanhei Margaret até o pátio, onde a filha brincava com Hélène. Um crepúsculo sombrio caía sobre a cidade e se esgueirava pelo muro, pelo gramado, pela hera na urna rumo à biblioteca. A escuridão só chegaria até ali; as lâmpadas da sala de leitura brilhavam. Pela janela, Margaret e eu vimos Madame Simon dar uma olhada furtiva em volta antes de tirar um poodle da bolsa. Ela o segurou e, com a professora Cohen, lhe fizeram carinho na barriga. Absortas na própria felicidade, não notaram Boris e a esposa Anna no canto, as cabeças escuras inclinadas. Os dois nunca se tocavam, mas um amor terno irradiava deles. Com o dedo esguio na boca, a rigorosa Mrs. Turnbull fazia "shh" para alguns estudantes. O pobre Peter, o arrumador, mergulhava nas estantes para evitar a matrona que o perseguia como presa. Ao observá-lo, a nossa contadora cobriu a boca para abafar o riso.

Havia saudade no olhar de Margaret, que observava o desenrolar das cenas. Algo me disse que ela precisava da biblioteca. Algo me disse que a biblioteca precisava dela. Sobre os livros empoeirados, a nossa conversa fluíra como o Sena. Eu esperava, mais do que tudo, que Margaret entrasse para o nosso time.

CAPÍTULO 9

Odile

PARIS, JUNHO-JULHO DE 1939

E RA A SEMANA de provas, e as mesas estavam cheias, com exceção de um único lugar vago. Monsieur Grosjean, com os tapa-ouvidos cor de tangerina, plantou-se no meio da sala de leitura. Ao observá-lo, Boris e eu nos preparamos.

— O que o nosso sócio imprevisível vai fazer? — perguntou ele.

— "Trate-me por Ishmael" — Monsieur começou a ler em voz alta.

— "Há alguns anos — não importa quantos ao certo —, tendo pouco ou nenhum dinheiro no bolso, e nada em especial que me interessasse em terra firme, pensei em navegar um pouco e visitar o mundo das águas..." — Quando Boris indicou a cadeira vazia e o convidou a ler em silêncio *para si*, Monsieur respondeu: — Vou para o inferno antes de me sentar junto dessas judias perfumadas.

Miss Reeder se aproximou, os lábios franzidos com desdém. Era a primeira vez que eu a via zangada. Monsieur deu um passo atrás.

— Chego ao senhor num momento — disse ela bruscamente.

A diretora reuniu as moças, alunas da Sorbonne, e pediu desculpas, prometendo que conseguiriam estudar em paz. Repreendeu M. Grosjean e lhe disse:

— Não há lugar nesta biblioteca para esse tipo de discurso.

— Estou dizendo o que os outros estão pensando — murmurou ele.

— Pense melhor — disse ela.

— Não me diga o que fazer!

Monsieur levantou a mão e quase bateu nela.

Boris agarrou o braço de M. Grosjean e o escoltou até a porta. Com o colete de lã e a gravata, Boris era de uma competência surpreendente no papel de leão-de-chácara.

— Eu queria ler o trecho sobre o "novembro úmido e chuvoso em minha alma"!

— Que alma? — perguntou Boris.

— Me solte...

— O senhor não é uma vítima — disse Boris quando forçou Monsieur a sair. — O senhor é um homem desagradável que ofendeu muita gente. Diga mais uma sílaba e me assegurarei de que nunca mais retorne.

Miss Reeder acalmou os sócios nervosos com a explosão; decidi ver como estava Boris. Encontrei-o na outra ponta do pátio, perto das rosas carmesim de que o zelador falava como se fossem suas filhas. Boris estava encostado no muro, um cigarro Gitane entre os dedos.

— *Ça va?*

Ele não respondeu; me encostei no muro também, e observamos a fumaça se desenrolar e subir.

— Depois da Revolução, fui forçado a dar adeus ao meu país — disse ele. — Foi doloroso partir, mas eu e o meu irmão acreditávamos que, vindo para cá, estaríamos num lugar melhor, mais inteligente. A França não é o país do Iluminismo? Na Rússia, muita gente foi morta em *pogroms*. O nosso vizinho foi morto só por ser judeu. E quando ouço coisas como aquela...

— Sinto muito.

— Acho que há ódio por toda parte. — Ele deu um trago no cigarro; quando soprou a fumaça, pareceu um suspiro. — Até na nossa biblioteca.

* * *

PAPA ESTAVA CERTO: trabalhar com o público podia ser desanimador. Na viagem de ônibus para casa, mergulhei nas páginas de meu fiel amigo 813, *Seus olhos viam Deus*, e me virei para a janela para capturar a luz fraca. *Ela sabia coisas que ninguém jamais lhe contou. Por exemplo, as palavras das árvores e do vento. Muitas vezes falava com as sementes que caíam, e dizia: "Espero que você caia em chão fofo." Porque ouviu as sementes dizendo isso umas para as outras ao passarem. Sabia que o mundo era um garanhão rolando no pasto azul do éter. Sabia que Deus rasgava o mundo velho toda noite e construía um novo ao nascer do sol. Era maravilhoso vê-lo tomar forma com o sol e emergir da poeira cinza da sua criação. As pessoas e as coisas familiares haviam falhado com ela, por isso ficava pendurada no portão e olhava a estrada rumo a distância.* Quando o ônibus guinchou ao parar no sinal vermelho, emergi do meu livro.

Onde estávamos? Procurei algum ponto de referência e encontrei o *commissariat* do meu pai, um prédio imenso e ameaçador. Estava longe de casa, mas talvez conseguisse uma carona com *papa* se ele ainda estivesse trabalhando. Examinei a rua procurando o seu carro; em vez disso, o achei, o chapéu fedora baixo sobre a testa, uma mulher de braço dado. Talvez consolasse a vítima de um crime, uma lojista que fora roubada. Notei o nome do prédio atrás dele, o Hotel Normandy. Não, ela era recepcionista ou criada. *Papa* sorriu de algo que ela disse e a beijou, não no rosto, mas bem na boca.

Como podia fazer isso com *maman*? A meretriz nem era bonita, com o cabelo fino e as bochechas protuberantes. Ainda bem que a luz ficou verde e o ônibus avançou sobre os paralelepípedos, me levando dali.

Estava me sentindo mal e desci no ponto seguinte. Na caminhada para casa, tentei entender o que vira. Há quanto tempo acontecia? O que *maman* fizera para merecer aquilo? O que ela não fizera? Folheei as páginas da memória. Numa noite, ao jantar, *maman* dissera que *papa* preferia "jantar fora". Era de um caso que ela falava?

No hall de entrada, larguei a bolsa de livros e berrei o nome de Rémy. Ele estava lendo *Ratos e homens*. "Steinbeck pode esperar", eu disse. Fomos para o nosso lugar secreto, longe dos nossos pais, longe do mundo, embaixo da minha cama, aonde a luz não chegava. Rémy foi na frente rastejando pelo assoalho, enquanto eu o seguia logo atrás. Era bom voltar à infância, ao último lugar onde alguém nos procuraria.

Com dificuldade de recuperar o fôlego, soltei:

— *Papa*. Com uma mulher. Não *maman*.

— Por que está surpresa?

A sua indiferença doeu tanto quanto ver *papa* com a meretriz.

— Você sabia? Por que não contou?

— Não temos de contar tudo um ao outro.

Desde quando?

— Homens importantes têm amantes — continuou ele. — É um símbolo de *status*, como um relógio de ouro.

Rémy acreditava mesmo nisso? E Paul? O caso de *papa* parecia uma traição, não só a *maman*, mas à nossa família. Como Rémy não via isso? Olhei para ele, mas não consegui decifrar a sua expressão. Não sabia o que ele estava pensando. Não sabia o que pensar. Os meus dedos se agarraram às molas do colchão.

— Bitsi disse que parte de se tornar adulto é perceber que os pais têm vida própria, desejos próprios — concluiu ele.

Bitsi disse.

Eu me lembrei da outra vez em que Rémy e eu não tínhamos nos olhado olho no olho. No verão em que fizemos 9 anos, por causa de uma enfermidade pulmonar, ele ficou de cama, e *maman* cobriu o seu peito magro com emplastros de mostarda para aliviar a congestão. Fiquei com ele, lendo em voz alta ou olhando-o cochilar, todos os dias, exceto no domingo, quando *maman* e eu fomos à missa com o tio Lionel e a tia Caro. Eu gostava do tio Lionel porque ele sempre dizia que gostaria de ter uma filha como eu. Isso deixava a tia Caro chorosa, e *maman* insistia que logo eles seriam abençoados com um filho. Mas *maman*, que dizia estar sempre certa, descobriria que, dessa vez, só estava meio certa.

Quando o meu tio parou de ir à missa, a tia Caro explicava com tanta naturalidade — ele estava gripado ou precisara levar clientes a Calais — que ninguém percebeu que havia algo errado. Naquela última vez, quando saímos da igreja, *maman* chegou a dizer: "Ainda bem que somos só nós, meninas."

Eu ia à frente, sonhando com a sobremesa.

— Fico aliviada de você se sentir assim — disse a tia Caro. — Tenho novidades.

Foi o espinho na voz dela que me fez parar. Não olhei para trás. Não queria que *maman* me acusasse de bisbilhoteira.

— Lionel tem estado distante — continuou a tia Caro.

— Distante?

— Tinha a sensação de que havia alguém. Quando perguntei, ele admitiu que tinha uma amante.

— É assim o nosso mundo — disse *maman*. — Fico surpresa porque ele lhe contou a verdade.

Ela soava tão amarga que me virei. Nenhuma delas me notou.

— Era preciso. — Os olhos da tia Caro se encheram de lágrimas. — Ele a engravidou. Dei entrada no processo de divórcio.

— Divórcio. — *Maman* empalideceu. — O que diremos aos outros?

A mente da minha mãe sempre ia diretamente para *O que os outros vão pensar?* Nervosa, ela deu uma olhada no Monsenhor Clement, nos degraus da igreja.

— Isso é tudo o que você tem a dizer? — perguntou a tia Caro.

— Você não poderá mais assistir à missa.

— É uma pena, mas posso ler as escrituras por conta própria. Vamos.

Maman não se mexeu.

— Você precisa ir para a sua casa, cuidar das coisas lá.

— Eu tinha esperança de ficar com você.

— Você precisa ir para o seu apartamento.

— Não posso. Lionel vai levá-la para a nossa casa.

— Isso não é da minha *conta*.

Que chocante ver *maman*, que odiava confrontos, discutindo na frente da igreja, diante de Deus e de todo mundo. Como ela podia ser tão cruel com a sua própria carne e sangue?

— Por favor — disse tia Caro. — Eu não suporto ficar sozinha.

O olhar de *maman* passou rapidamente pelo meu. Eu esperava que ela abraçasse a irmã, como fazia comigo quando eu caía e ralava o joelho, mas *maman* apenas disse:

— Não quero que as crianças sejam influenciadas.

As divorciadas estavam abaixo de uma mulher caída. Minha mãe acreditava no que a igreja mandava acreditar, mas certamente abriria uma exceção para a própria irmã.

— Não tenho para onde ir — disse tia Caro. — Não tenho dinheiro nenhum.

— Por favor, *maman* — eu disse.

Mas a expressão dela só se endureceu.

— Divórcio é pecado.

— Podemos pedir perdão pelos pecados na confissão — respondi.

Quando não conseguia vencer pela lógica, *maman* usava a força. Ela agarrou o meu braço e me arrastou pela rua na direção de casa. Olhei para trás para ver a tia Caroline, que observava a nossa partida, a mão trêmula no peito.

Quando chegamos, fui direto para o quarto de Rémy, mas, quando girei a maçaneta, *maman* se encostou na porta.

— Não incomode o seu irmão.

Nos dias seguintes, perguntei sobre a tia Caro, certa de que *maman* cederia. Ela disse:

— Mencione o nome dela mais uma vez e ponho você para fora.

Acreditei nela.

Durante duas semanas, guardei silêncio, ou o meu silêncio me guardou. Incapaz de continuar guardando segredo de Rémy, me debrucei ao lado dele na cama. Seu rosto estava acinzentado, e eu sabia que estava exausto com a tosse incessante que sacudia o seu corpo.

— Aquele emplastro de mostrada deixa você com cheiro de assado de domingo — impliquei.

— Engraçadinha.

— Desculpe.

Estendi a mão para despentear o seu cabelo. Se ele deixasse, teria perdoado a minha brincadeira. Caso contrário, ainda estaria zangado.

Ele deixou.

— Está se sentindo melhor?

— Não muito.

— Ah.

Não ousei contar; *maman* me avisara que não o incomodasse. Meus pais e eu vivíamos com medo de recaída. Sussurrávamos quando achávamos que Rémy estava dormindo, passávamos na ponta dos pés pela porta do quarto.

O que é?, senti que ele perguntava.

Nada, respondi.

Conte, insistiu ele.

Às vezes nos comunicávamos assim.

Ele escutou a minha dor se despejar: eu tinha acreditado que o amor da nossa mãe fluía incondicionalmente, mas ela o fechara como uma torneira. E o que aconteceria com a titia?

— *Maman* me disse que a tia Caro quis voltar para Mâcon — disse ele, devagar.

Meu coração recuou. Quis?

— Então por que a tia Caro não se despediu? — argumentei. — Por que não escreveu?

Para variar, meu irmão falador não teve resposta.

— Você prefere acreditar no que é conveniente em vez do que é verdade — acusei.

— Você deve ter entendido errado. *Maman* nunca seria tão cruel.

A sua recusa em acreditar em mim foi tão arrasadora quanto a nossa mãe abandonando a própria irmã.

— Você não estava lá — eu disse. — Se fazendo de doente, como sempre.

O rosto dele corou. Ele se sentou e abriu a boca. Preparei-me, esperando que ele ralhasse comigo. Em vez disso, ele tossiu e tossiu, uma tosse profunda que produziu sangue preto. Indefesa, entreguei-

-lhe o meu lenço e dei tapas nas suas costas, sem mais nenhuma ideia de como vencer a discussão.

Dois meses depois, Rémy voltou a frequentar a missa. Como *maman*, ele se ajoelhava amorosamente diante do crucifixo, convencido de que a sua fé o salvara. Deixei que acreditasse no que precisava. Eu havia aprendido que o amor não era paciente, que o amor não era bondoso. O amor era condicional. As pessoas mais próximas podiam voltar as costas para nós, dizer adeus por algo que não parecia nada. Só podíamos depender de nós mesmos.

Assim, minha paixão pela leitura cresceu; os livros não traíam. Enquanto Rémy gastava a mesada em doces, eu guardava a minha. Ele era o palhaço da turma; eu, a oradora. Quando os amigos dele me convidavam para sair, eu recusava. O amor estava fora de questão. Eu aprenderia um ofício, arranjaria um emprego e pouparia dinheiro para que, quando o inevitável acontecesse, eu pudesse me salvar.

De olhos cansados depois de uma noite agitada, tentei ajudar os sócios da melhor maneira possível. Era difícil não pensar. *Papa* tinha uma amante, Rémy passava todos os segundos com Bitsi e Paul não voltara para me ver. Parei no balcão de registro, na esperança de que Boris tivesse um livro para mim.

— Você está triste hoje. — Ele me entregou 891.73. — Vá para a Vida após a Morte. Lá, ninguém a incomodará.

Segurei Tchekhov junto ao peito e deslizei escada acima, passando pelos estudiosos no segundo andar, que não tinham notado que era primavera, até o sereno terceiro andar, onde guardávamos os livros raramente pedidos, a Vida após a Morte.

Enquanto eu flutuava entre as estantes, o silêncio me encheu de paz. Escondida entre os livros, li: *Ele tinha duas vidas: uma, pública, vista e conhecida por todos que quisessem saber, [...] e outra que se desenrolava em segredo.* Nunca conheceríamos as pessoas que amamos, e elas nunca nos conheceriam. Era de partir o coração, era verdadeiro. Mas havia consolo: ao ler as histórias dos outros, eu sabia que não estava sozinha.

— Aí está você! — disse Margaret.

O seu rosto, em geral perfeitamente empoado, brilhava de esforço por carregar tomos pesados e de contentamento. O bichinho hesitante que eu conhecera fora substituído por uma mulher hábil e confiante.

— Qual foi a tarefa de hoje?

— Trocar as enciclopédias de lugar. — Ela esfregou a parte superior dos braços e disse: — É preciso ser forte para trabalhar aqui.

— Você dedica muito tempo a isso.

— É fácil quando a gente acredita, e acredito na biblioteca.

Pensei em dar o meu coração a Paul.

— E se você não receber nada em troca?

— Acho que não se deve esperar nada quando se dá. — Ela se virou para mim com olhar questionador. — O que está fazendo sozinha aqui em cima?

— Inventário.

— Você está muito pensativa.

— Estou bem.

— É, estou vendo — disse ela com brandura. — Aqui está abafado. Você precisa de ar fresco.

Na rua, com *A dama do cachorrinho (e outras histórias)* enfiado embaixo do braço, conduzi Margaret por ruas secundárias.

— Aonde vamos? — perguntou ela.

Franzi a testa. A delegacia de Paul era na rue Washington?

Eu já vira o amor dar errado. Agora, queria ver o amor dar certo. Precisava saber se ele se sentia do mesmo jeito que eu: esperançoso, cauteloso. Eu tinha um emprego e estava ficando mais independente. Talvez pudesse arriscar.

— Está tudo bem?

— Eu...

Eu não sabia como dizer tudo o que sentia, e, de qualquer forma, ela era tão cosmopolita que os meus problemas não lhe interessariam.

— Gostaria de ir à festa da embaixada no Dia da Bastilha?

Virei-me para ela.

— De verdade?

— É claro! Quero alegrar você. Venha ao meu apartamento, nos arrumamos juntas. Você pode usar um dos meus vestidos. Há... não que você não tenha os seus.

Eu mal ouvi. Lá estava a delegacia. Hurra! Parei de repente. Margaret olhou com cautela as grades nas janelas. Quando um punhado de belos policiais saiu, uma expressão de entendimento lhe atravessou o rosto.

— Há por acaso algum sócio que você tenha esperança de encontrar? Torço para que seja realmente um policial, não um ladrão!

— É.

— Vá dizer olá.

— *Papa* não ia gostar. Ele diz que as delegacias são cheias de criminosos.

— O seu pai está aqui?

— Não.

— Então não vejo por que você não possa entrar!

Ela abriu a porta de madeira e me empurrou para dentro. A luz fraca mal atravessava a neblina de fumaça de cigarro. No banco ao meu lado, um homem de camisa suja me olhou de soslaio. Agarrei *A dama* junto ao peito. Ele se aproximou; eu me afastei. Talvez Paul tivesse aceitado o cargo que *papa* lhe ofereceu e não trabalhasse mais aqui. Talvez nunca tivesse trabalhado aqui. Eu era uma idiota. Não devia ter vindo. A caminho da saída, senti alguém me segurar pelo cotovelo. Puxei o braço com força, pronta para bater no vagabundo com Tchekhov; em vez disso, encontrei olhos azuis preocupados.

— Quando sonhei em ver você de novo, não foi aqui — disse Paul.

Baixei o livro.

— Você queria me ver de novo?

— É claro. Mas depois de envergonhar você na frente da sua chefe...

— Não envergonhou. Seja como for, sentimos sua falta... na biblioteca.

— Senti falta... da biblioteca também — disse ele.

Esperei que ele dissesse outra coisa, mas, como não disse, falei:

— Tenho de ir. A minha amiga está lá fora...

— O meu turno terminou. Posso convidar vocês duas para jantar?

No bistrô, o garçom, tão elegante com o paletó preto e a gravata-borboleta, nos levou até uma mesa tranquila perto da parede dos fundos, longe dos policiais que nos olhavam por sobre a cerveja. Embora nenhum deles parecesse conhecido, me perguntei se algum comparecera a um almoço de domingo.

O cheiro de maçãs caramelizadas, de dar água na boca, veio da cozinha.

— Que cheiro glorioso é esse? — perguntou Margaret.

— *Tarte tatin* — respondi. — A minha terceira sobremesa favorita, depois de *profiteroles* e da *mousse* de chocolate de *maman*.

— Minha quarta favorita — disse Paul.

— Nunca provei — comentou Margaret —, mas estou convencida de que é a minha nova favorita.

Repentinamente tímida, varri as migalhas de pão da toalha de xadrez. Ela gesticulou com a boca: "Fale com ele." O silêncio ficou mais alto enquanto eu tentava pensar em algo para dizer. Talvez pudesse perguntar sobre o emprego dele. Pensei em *papa*, que voltava do trabalho para casa de péssimo humor, se queixando dos depravados com quem tinha de lidar. Rémy e eu nunca sabíamos direito se falava de criminosos ou de colegas.

— Por que razão você quis ser policial? — Deixei escapar.

— Ela quer dizer que é um emprego muito perigoso — disse Margaret. — Odile estava me dizendo que admira muito os nossos homens de azul.

— É o que sempre quis fazer — disse ele. — Ajudar os outros, manter a segurança de todos.

— Que gratificante! — disse ela.

— Por que razão você quis ser bibliotecária? — perguntou ele, uma *étincelle*, uma fagulha, nos olhos.

— Às vezes gosto mais dos livros do que das pessoas.

— Livros não mentem nem roubam — disse ele. — Podemos confiar neles.

Fiquei surpresa e animada ao ouvir um eco dos meus sentimentos.

— Que tipo de leitor você é? — perguntei.

— Isso é para você ou para o boletim da biblioteca?

Senti o rosto corar de orgulho.

— Você lê o meu boletim?

— Adorei a resposta de Miss Wedd e fui olhar o velho Heráclito.

— "Ninguém pode entrar duas vezes no mesmo rio" — dissemos juntos.

— Estou perguntando por mim — respondi, timidamente.

— Gosto mais de não ficção. Principalmente geografia. Gostei de voltar a estudar gramática inglesa, algo com regras. Algo que eu possa apontar e dizer: sim, exatamente assim. Acho que é porque preciso que as coisas sejam verdadeiras.

Eu estava disposta a argumentar que os romances podiam ser mais verdadeiros do que a vida, mas ele continuou:

— Provavelmente porque passo um bom tempo com criminosos que ignoram as regras. Eles não se importam com quem ferem. Contam boas histórias e dá vontade de acreditar que tiveram razões para fazer o que fizeram. É difícil quando descobrimos que alguém em quem confiávamos mentiu na nossa cara.

— É doloroso — comentei, pensando em *papa* e na sua meretriz.

O garçom pigarreou. Eu esquecera que estávamos num restaurante movimentado, esquecera a querida Margaret ao meu lado. Depois que *le serveur* anotou os nossos pedidos, Paul disse à ela, em inglês trôpego:

— Não sei se conseguiria morar tão longe de casa. Eu a admiro.

— É muita gentileza sua — disse ela. — Eu estava com terríveis saudades de casa, mas aí conheci Odile.

— Margaret tem sido de uma ajuda extraordinária na biblioteca.

Ela corou e disse:

— Tem planos para as férias?

— Todo verão, ajudo a minha tia na fazenda — disse ele.

— Perto de Paris? — perguntou Margaret.

— Na Bretanha.

— Você vai viajar? — perguntei, aborrecida.

O garçom trouxe os nossos *steak frites*, mas eu não estava mais com fome e fiquei remexendo as batatas.

Depois do jantar, Margaret agradeceu a Paul e pegou um táxi. Sob a luz suave dos postes, ele me acompanhou a pé até a minha casa. Eu não sabia se devia me apressar, como costumava fazer, ou acompanhar o seu passo. Não sabia se devia enfiar a mão no bolso ou deixá-la pendurada ao lado do corpo para que ele pudesse segurá-la, se quisesse. Ao subir a escada, me perguntei se ele se inclinaria até que os seus lábios estivessem sobre os meus, até que eu pudesse inspirá-lo como o ar. No patamar das escadas de casa, ele não se aproximou. Escondi a decepção baixando a cabeça para procurar a chave, perdida no fundo da bolsa.

Quando tentei encaixá-la na fechadura, Paul tocou o meu pulso. Fiquei paralisada.

— Eu ia convidá-la para sair — disse ele.

— Você ia?

— Então o seu pai me ofereceu uma vaga.

Larguei a chave.

Paul gostava de mim por causa de *papa*. Como eu me fizera de idiota, caçando-o na delegacia. Senti náusea. Precisava passar para o outro lado da soleira e fechar a porta entre nós. Abaixei-me e os meus dedos deslizaram pela chave, mas Paul foi mais rápido: pegou-a com uma das mãos, o meu cotovelo com a outra.

— Tenho qualificação — disse ele, me endireitando — e, para ser franco, precisava do aumento para morar num lugar decente.

Fitei o botãozinho azul da camisa dele.

— Parabéns. Quando começa?

— Recusei.

— Recusou?

— Não quero jamais que você duvide dos meus sentimentos.

Meu coração começou a florescer. Ele cobriu a minha boca com a dele. A princípio, os meus lábios se franziram como os de uma estrelinha do cinema, depois a minha boca se abriu, e a língua dele acariciou a minha. Quando Paul ergueu a cabeça, fitei-o espantada, sentindo que, no espaço de um beijo lânguido, eu despencara em *O morro dos ventos uivantes.*

No DIA DA BASTILHA, quando cheguei ao apartamento de Margaret, um mordomo me levou até a sala de estar, onde retratos de homens esnobes me olhavam de cima. Intimidada, me afastei deles até o piano de cauda estacionado no canto. Era tão grande quanto o carro de *papai.* Meus dedos irrequietos tocaram algumas notas. Ninguém que eu conhecia tinha mordomo ou piano de cauda, elementos de romances, não da vida real. Pela janela, podia ver a cúpula dourada da capela onde Napoleão fora sepultado. Na verdade, os vizinhos eram de alto nível. Em casa, raramente abríamos a janela, por causa do pó de carvão que vinha da estação ferroviária. O teto baixo fazia o nosso apartamento obscuro parecer aconchegante nos dias bons, claustro-fóbico nos ruins. A vista do meu quarto era o prédio em frente, a três metros de distância, onde ligas moles numa corda secavam acima da banheira de Madame Feldman. Luz do sol e vista esplêndida eram um luxo. Margaret não era exatamente a coitadinha que eu imaginara.

— Fiz você esperar? Christina não queria sair da banheira — disse Margaret, com a filha no colo. A menininha escondeu o rosto na gola da blusa da mãe, e só consegui ver cachos molhados.

— Nós nos conhecemos na Hora da História — lembrei a Christina. — É a minha hora favorita na semana.

Ela deu uma espiada.

— A minha também.

A babá veio buscar Christina, e segui Margaret pelo quarto de dormir azul-claro até o quarto de vestir, do tamanho da sala de Miss Reeder. Havia uma parede cheia de vestidos diurnos de alta-costura, outra de vestidos de noite, cada um no valor de mais de um ano de salário. Era difícil acreditar que uma mulher só tivesse tanto, e impossível não me embasbacar. As cores! Vermelho no tom maçã do amor, caramelo, hortelã-pimenta, alcaçuz! Eu não conseguia parar de tocar nos vestidos.

— Gostaria de experimentar algum?

— Ora, se!

Eu não conseguia me decidir, e Margaret me entregou o vestido preto. Segurei-o junto ao tronco e flutuei pelo quarto de vestir.

— Venha — eu disse. — O que você está esperando?

Ela puxou o vestido verde do cabide e se juntou a mim dançando pelo quarto. Comecei a cantarolar a letra de uma música de Edith Piaf, e Margaret cantou junto, até ficarmos sem fôlego de tanto dançar, cantar e rir, e caímos amontoadas sob os vestidos sedosos.

— Estou interrompendo?

O homem falava inglês com forte sotaque francês. O bigode fino e preto rivalizava com o do *provocateur* Salvador Dalí.

Margaret e eu nos levantamos, e ela nos apresentou.

— *Enchanté* — disse-me ele.

Por causa da clientela rica, as colunas sociais chamavam Monsieur de "Cabeleireiro das Herdeiras". Ele não verificava com as clientes o que queriam. Simplesmente, sabia o que tinha de ser feito. Ofereci a Margaret dias chatos reformando livros; ela me ofereceu uma hora com o estilista mais procurado de Paris.

Margaret me fez experimentar o vestido preto para que a criada o embainhasse; depois, me sentou na sua penteadeira *art déco*.

— Paul é um bom rapaz — disse ela, enquanto Monsieur Z começava a pentear o meu cabelo.

— Acha que ele e eu temos o suficiente em comum? Ele é policial, e eu, bem, sou eu.

— Lawrence e seus colegas de Cambridge sabem recitar sonetos. Isso não significa que saibam alguma coisa sobre o amor. Paul claramente se importa com você, e isso é mais importante do que o cargo dele ou os livros que lê.

Eu devia ter lhe dito que apreciava o seu incentivo, mas Monsieur Z massageava o meu couro cabeludo, e me entreguei ao prazer. Eu não tinha percebido como me sentia ansiosa — com os meus sentimentos nascentes por Paul, a distância dolorosa entre mim e Rémy, meu pai nos negligenciando a favor da amante — até que a tensão se esvaiu. Quando *maman* cortava o meu cabelo, o pente dela rasgava os nós. O de Monsieur deslizava pelas minhas tranças como uma faca na manteiga.

Era a primeira vez que meu cabelo era arrumado por um profissional, e fiquei hipnotizada por Monsieur, que enrolava madeixas em torno do ferro aquecido para criar um mar de ondas frisadas.

Quando ele terminou fez um floreio com as mãos e exclamou um resoluto *Voilà!*, Margaret proclamou:

— Igualzinha a Bette Davis. Você seria uma incrível *femme fatale*.

Enquanto Monsieur Z amarrava o cabelo de Margaret num coque elaborado no alto da cabeça, ela perguntou:

— Acha que Miss Reeder tem namorado?

— O embaixador a escoltou no baile de gala da biblioteca.

— Dizem que Bill Bullitt é um negociador arguto, mas tem um olhar lascivo. Conheço um cônsul norueguês que seria perfeito para ela. Vou aconselhá-lo a se tornar sócio.

— Ele terá de entrar na fila.

Quando Monsieur Z terminou o cabelo de Margaret, ela não olhou no espelho; olhou para mim.

— O que acha?

— Maravilhosa — eu disse com sinceridade. — Por dentro e por fora.

Ela corou, e me perguntei quanto tempo fazia desde que fora elogiada.

— Lawrence vai se apaixonar por você outra vez — continuei.

— É difícil... ele é muito ocupado.

— Ocupado demais para lhe dizer que é bonita?

— Nem todo mundo me vê como você.

Ela se levantou sem nem olhar no espelho. Vestiu o traje verde sem alças e me entregou o vestido embainhado. A seda deslizou ao longo da minha pele, tão diferente da lã áspera que eu usava no inverno, do linho rígido no verão. Ela fechou o meu zíper e, por um instante, enquanto admirava o meu reflexo, não consegui respirar. Os meus vestidos caíam sobre o meu torso como uma toalha de mesa. Esse vestido funcionava: reduzia a minha cintura e erguia um busto que eu nem sabia que tinha. Embora me dissesse que o corpete estava apertado, eu sabia que a sensação fria que se enrolava em torno das minhas costelas era inveja. Margaret tinha tanto, eu tinha tão pouco.

— Hoje foi a primeira vez que gostei de me preparar para uma festa em Paris — disse ela. — Espero que você venha outra vez.

Vestidos e cabeleireiros atendendo em casa... eu poderia me acostumar com o luxo. O convite dela para voltar dissolveu a espiral de inveja.

Quando flutuamos pelo corredor para encontrar Lawrence na sala de estar, a seda do vestido sussurrava um sensual *sim-sim-sim* enquanto acariciava as minhas pernas. Gostaria que Paul pudesse me ver.

Lawrence estava instalado numa poltrona, meio escondido pelo *Herald*. Ao meu lado, Margaret pigarreou. Ele baixou o jornal. Pestanas escuras amortalhavam os olhos turquesa. *Mon Dieu*, como ele estava elegante de *smoking*!

— Você está encantadora!

Ele se levantou e beijou a minha mão. Eu esperava que ele beijasse Margaret, mas manteve o foco em mim, a minha mão ainda na dele.

— Ah, se eu já não fosse casado...

Ele balançou as sobrancelhas, e eu ri, totalmente encantada.

— Por acaso o senhor conhece Mr. Pryce-Jones? — perguntei para mostrar que eu também conhecia alguém nos elevados círculos diplomáticos.

— Esse homem é uma lenda! Ele escreveu o protocolo das relações franco-britânicas e não perde um debate desde 1926. Como o conheceu?

— Ele é um dos nossos *habitués* — respondeu Margaret com orgulho.

Lawrence manteve o olhar em mim.

— É muita gentileza sua deixar que ela brinque de bibliotecária.

Ao meu lado, Margaret se enrijeceu. Isso me lembrou um trecho de *Seus olhos viam Deus. Depois engomou e passou o rosto, fazendo dele exatamente o que as pessoas queriam ver...*

— Ela não "brinca" de nada — rebati, tirando a mão da dele e colocando-a em torno da cintura dela. — Margaret é supercompetente.

Havia uma estranha corrente no ar. Ele passara de encantador a desdenhoso; ela ficara rígida. Eu me lembrei do conselho de *maman* à prima Clotilde: *Faça o namoro durar enquanto puder. Depois de se casar, tudo muda.* Era isso que *maman* queria dizer?

— Você está elegante.

Margaret disse a frase como se fosse de uma peça cansada que ela não queria mais representar.

— Você também — disse ele distraído, enquanto consultava o relógio de bolso. — Vamos? O *chauffeur* está esperando.

Na residência do embaixador britânico, sob a luz brilhante dos candelabros, mulheres cobertas de joias ofuscavam. Como Lawrence, todos os cavalheiros usavam *smoking* preto. Era o tipo de festa com que eu sonhara. Eu morria de vontade de ouvir falar dos lugares que os outros convidados visitaram, os livros que leram.

Lawrence desertou de nós e correu em direção a uma morena de busto grande.

— Se você não tivesse um casamento feliz, eu a raptava.

— Querido, não permita que isso o impeça!

Ela acariciou o peito dele como se Margaret não estivesse ali.

É um círculo vicioso. A observação de Margaret sobre os círculos diplomáticos finalmente significava alguma coisa. Fiz cara feia para Lawrence, furiosa com ele por humilhar Margaret dessa maneira, furiosa comigo por ter me deixado levar pela sua adulação genérica.

— Não permita que ele estrague a sua noite. — Margaret indicou uma matrona robusta. — Aquela é a mulher do cônsul. Está encarregada das almas perdidas.

— Mrs. Davies — chamou Margaret. — Que prazer em vê-la. Obrigada pelo conselho de visitar a biblioteca.

— Você me parece melhor — respondeu ela calorosamente.

— Já conhece minha nova e querida amiga?

— Uma amiga pode fazer toda a diferença — disse Mrs. Davies. — Sim, já nos encontramos nas palestras da professora Cohen.

Eu não sabia que Mrs. Davies era uma representante extraoficial, mas importantíssima do corpo diplomático, e observei-a receber pessoalmente cada recém-chegado.

— Como você está bonita! — disse a uma dama pálida que se alegrou com o elogio.

— Como está se ajustando? — perguntou a uma *italienne* solitária que, nervosa, olhava em volta. — A França pode ser o sonho das mulheres, mas na realidade leva um tempo para se acostumar.

— Não podemos deixar Hitler passar pela Europa como um rolo compressor! — disse Mr. Pryce-Jones, a sua opinião ecoando pelo salão de baile como ecoava na biblioteca, quando ele e M. de Nerciat discutiam. — Precisamos nos unir e lutar.

— Ele não percebe que é uma festa? — perguntei.

— Ele só fala de guerra hoje em dia — respondeu Margaret.

— Assistiu a *Otelo* na semana passada? — perguntou Mrs. Davies. Vários convidados falaram ao mesmo tempo, aliviados de discutir algo que não fosse a guerra. "Que estranho ver Shakespeare em francês!" "*Très bizarre!*" "Pobre Desdêmona."

— O exército francês é o mais forte que já existiu, é o que diz o general Weygand.

— O general Weiss diz que a força aérea francesa é a melhor da Europa. Não temos com que nos preocupar!

— Temos de criar alianças — insistiu Lawrence. — A Itália era aliada, mas Mussolini assinou um tratado com Hitler.

— Alguém sabe o nome de alguma costureira de boa reputação?

— É só ir a Chez Génevière. Emma Jane Kirby foi; o vestido dela é suntuoso!

— Dá para acreditar que Emma está flertando com um homem com o triplo da idade dela? — sussurrou Margaret, fitando a beldade loura. — Ele deve ser riquíssimo!

— O bode velho está engolindo tudo — falei.

— O jovem Lawrence tem razão! — disse Mr. Pryce-Jones. — Precisamos observar o que está acontecendo à nossa volta.

— Bobagem. Precisamos apaziguar Hitler — respondeu o embaixador.

— Que velho bobo e idiota! — sussurrou Margaret.

— Tolo incompetente! — rugiu Lawrence.

— Champanhe! — gritou a mulher do cônsul. — Mais champanhe.

Fantastique! A última vez que eu tinha tomado uma taça fora no Ano-Novo. Rolhas espoucantes — sinal de comemoração, o meu som favorito no mundo inteiro — anunciaram os criados que andavam em círculos pela sala, oferecendo *flûtes*. Tudo me era entregue numa bandeja de prata. Bolhas resplandeciam na bebida, arroios gelados deslizavam pela minha garganta. Fiquei tão ofuscada que esqueci o comportamento grosseiro de Lawrence, esqueci os diplomatas brigões. Absorvi as paisagens orvalhadas de Turner nas paredes, provei o caviar que homens de luvas brancas ofereciam. Margaret tinha tudo isso o tempo todo; graças a ela, tive uma noite, e quis aproveitar. Um jorro de fogos de artifício explodiu no céu. Quis observar e a arrastei para fora, onde nos unimos a outros convivas no gramado. O aroma flutuante das rosas nos cercava. Altos muros de pedra escondiam a cidade de nós. A residência imponente, as janelas iluminadas, brilhava. Acima, floquinhos de luz subiam e chiavam, e uma felicidade nebulosa me impregnou, todas as preocupações com a guerra, com Rémy, com *papa*, com Paul, esquecidas.

CAPÍTULO 10

Odile

PAUL VINHA à biblioteca com tanta frequência que Miss Reeder começou a chamá-lo de "nosso sócio mais fiel". Nas tardes em que estava de patrulha, ele estacionava a bicicleta no pátio e me ajudava em tarefas como rasgar o papel grosso que protegia revistas como *Life* e *Time* na travessia do oceano. Infelizmente, sob a vigilância intrometida de Mme. Simon, roubar um beijo era impossível.

Em casa não era melhor. Sentados a trinta e dois centímetros de distância, Paul e eu deixávamos o chá intocado.

— Acha que a chuva vai passar? — perguntei, sabendo que *maman* escutava logo ali.

— As nuvens estão se abrindo.

Ele partiria para a Bretanha no dia seguinte, mas ali estávamos, discutindo a chuva como desconhecidos no ponto de ônibus.

— Vamos dar uma volta — falou Paul. — Quero levar você ao meu lugar favorito em Paris.

— Não sei — disse a minha mãe no corredor.

— Por favor, *maman*. — A vontade fazia a minha voz falhar. — Ele vai passar quase todo o mês de agosto fora.

— Então só dessa vez. Mas não demorem.

A mão dele aquecia minha lombar enquanto ele me conduzia pela avenida, pela sinfonia de buzinas, por um lojista fumando um cigarro junto à porta da loja, até a Gare du Nord. Sob o imenso telhado de vidro, carregadores de macacão azul levavam bagagens. Viajantes gritavam e empurravam enquanto se encaminhavam para os trens.

Paul apontou para a plataforma, onde um rapaz de óculos beijava uma mulher que descera de um vagão.

— Venho até aqui para estar na presença do amor. Provavelmente você acha que sou maluco, espionando os outros...

Fiz que não. Era por isso que eu lia: para vislumbrar outras vidas.

Um músico com um estojo de trompete passou correndo. Um grupo de escoteiros estava boquiaberto com uma locomotiva. Uma mãe soltou as mãos dos filhos pequenos, que correram para um homem de casaco militar. Ele os pegou no colo e os girou.

— Que gracinha — eu disse.

Paul estava absorvido pela recepção do rapaz.

— O que foi? — perguntei.

— Nada.

— Nada?

Ele observou a família sair da estação.

— Eu e meus pais morávamos a um quarteirão daqui.

— Moravam?

— Até meu pai ir embora... Eu tinha 7 anos. Minha mãe disse que ele foi fazer uma longa viagem de trem. Convencido de que voltaria, eu vinha para cá. — Ele se virou para mim. — Ainda venho para cá.

Eu o puxei para mais perto, e ele enterrou o rosto no meu cabelo. Senti o seu coração trêmulo bater contra o meu. Talvez não fosse perigoso confiar.

— Nunca contei isso a ninguém — afirmou ele.

A caminho de casa, nenhum de nós disse nada. Subimos devagar a escada até o patamar de casa.

— Pode ficar para jantar? — perguntei.

Ele beijou minha têmpora, minha bochecha, meus lábios.

— E fingir que não estou sofrendo por partir pela manhã? Não consigo.

Enquanto o observava desaparecer escada abaixo, a porta se abriu atrás de mim.

— Achei ter ouvido alguém — disse Rémy. — Estava falando sozinha?

— Com Paul. — Eu queria dizer a Rémy que, em um momento, eu me sentia alegre e leve como um vaga-lume, mas às vezes, como agora, separada de Paul, ficava péssima. — Não consigo parar de pensar nele.

Eu tentara manter Paul nas margens do pensamento, mas ele passara para o meio da página, para o centro da minha história.

— Você está apaixonada — disse Rémy. — Fico contente por você.

— Espero que você também esteja feliz.

— Era o que vim lhe contar. Estou apaixonado por Bitsi.

Eles eram perfeitos um para o outro, e me orgulhei por ter tido um pequeno papel na união deles.

— Tentei juntar você com M. de Nerciat e Mr. Pryce-Jones, mas talvez Bitsi seja a melhor opção.

— Talvez?

— Já contou a ela?

— Queria lhe contar primeiro.

Tínhamos tanta coisa em comum. Ele era o primeiro leitor do meu boletim, e eu era a única pessoa que ele permitia que revisasse os seus artigos para a revista de Direito. Tomando chá na cozinha, conversávamos até de madrugada. Conhecíamos os segredos um do outro. Rémy era o meu refúgio.

Mas tudo estava mudando. Eu estava com Paul; ele, com Bitsi. Eu tinha um emprego; logo, ele se formaria. Esse podia ser o último ano em que moraríamos sob o mesmo teto. Estávamos juntos desde antes de nascer, mas eventualmente levaríamos vidas separadas. Eu me perguntava quanto tempo juntos nos restava.

* * *

Revisei com Margaret a aula de francês do dia anterior enquanto terminávamos o serviço.

— Os verbos se dividem em três famílias. Amar, falar e comer estão em qual delas?

— *Aimer, parler* e *manger* pertencem à família de terminação em -er — disse ela.

— Famílias... que jeito adorável de ver as palavras.

— Não esqueça o seu francês enquanto estiver em Londres.

— Só vou ficar duas semanas.

Continuamos até o pátio, onde a bicicleta de Rémy aguardava encostada no muro.

— *Merci* por sugerir que eu fosse voluntária — disse ela. — Finalmente sinto que faço parte de algo.

— *Merci à toi!* Sem você, eu ainda estaria enchendo caixotes. Ou em pé na frente da delegacia.

— Bobagem! — O rosto dela corou, e ela pareceu contente.

— Não sei o que faria sem você.

Havia mais que eu poderia ter lhe dito, mas, na minha família, não discutíamos os nossos sentimentos. *Sem você, eu nunca teria criado coragem para procurar Paul. Ensinar você me recordou a beleza do francês, uma beleza que eu ignorava. As tarefas mais chatas — remeter livros, consertar rasgões em revistas, levar jornais velhos para a sala do arquivo — passam depressa com você ao meu lado.*

Quando ela disse "Querida amiga, não sei o que faria sem você também", gostaria de tê-la beijado nas duas bochechas. Em vez disso, com o pensamento no jantar, me icei no selim da bicicleta de Rémy.

— Sabe pedalar? — perguntou ela.

— Você, não? — Tirei o pé do pedal. — Posso lhe ensinar!

— Eu não conseguiria e, quando caísse, faria papel de boba.

— Que importância tem se alguns parisienses a virem ralar o joelho? Essa não é a melhor coisa de estar no exterior? Você pode fazer o que quiser, e ninguém em casa vai saber.

Segurei a bicicleta com firmeza. Margaret passou a perna por sobre a barra horizontal. A bicicleta balançou de um lado para o outro ao avançar, e ela segurou com força um lado do guidom com uma das mãos e o meu braço com a outra.

— Não consigo fazer isso.

— Você já está fazendo. Segure o guidom.

— Acho que não é uma boa ideia.

— Você está aprendendo francês e morando num país estrangeiro; andar de bicicleta não é nada comparado a isso — afirmei, lhe dando um empurrãozinho. — *Bon vent!*

Quando Margaret ganhou velocidade, a saia voou acima dos joelhos.

— Se eu cair, me levanto na mesma hora.

— A atitude é essa!

Ela pedalou devagar.

— Estou com medo.

— Confie em mim! — Eu corria ao lado dela. — Não deixarei que nada lhe aconteça.

— Confio em você — gritou ela. A empolgação era mais forte do que a incerteza na sua voz.

Os meus braços estavam abertos, prontos para segurá-la se ela caísse.

Paris ficava quente e úmida em agosto, e muitos sócios foram tomar sol em Nice e Biarritz ou visitar parentes em Nova York e Cincinnati. À minha mesa, Miss Reeder e eu gozamos de um raro momento de calma. Ela parecia alegre com o seu vestido de bolinhas. O cabelo estava preso num coque *chignon*, e a caneta de prata, pousada na mão, pronta para compor um discurso ou escrever um agradecimento.

A maioria das pessoas da minha vida, do meu pai e dos meus professores aos funcionários públicos e garçons, dizia "não". Gostaria de fazer aulas de balé. "Não, você não tem corpo para isso." Gostaria de fazer aulas de pintura. "Não, você não tem a experiência necessária." Gostaria de uma taça de vinho tinto. "Não, o branco combina melhor com o prato que você pediu." Miss Reeder era diferente. Quando perguntei se podia fazer algumas mudanças na sala dos periódicos, foi um choque ouvir Miss Reeder dizer "sim".

Havia muita coisa que eu morria de vontade de lhe perguntar. O que os seus pais pensam de você morar aqui? Onde encontrou coragem para se mudar para outro país? Algum dia eu terei essa coragem? Embora eu pudesse ouvir *maman* dizer *Não seja intrometida. Cuide da sua vida!*, as perguntas fervilhavam dentro de mim, até que uma transbordou:

— O que a trouxe à França?

— Um caso de amor.

Os seus olhos castanho-claros brilharam.

Cheguei mais perto.

— É mesmo?

— Eu me apaixonei por Madame de Staël.

— A escritora?

— No tempo dela, diziam que havia três grandes potências na Europa: Grã-Bretanha, Rússia e Madame de Staël. Ela insultou Napoleão dizendo que "o discurso não é sua língua". Ele respondeu proibindo o livro dela e exilando-a.

— Ela não tinha medo de ninguém.

— Acredita que me enfiei na mansão onde ela morou? Eu só pretendia entrar no pátio, mas, quando um criado disse *bonjour*, como se eu fizesse parte do lugar, entrei e subi a escada, passando a mão pelo corrimão dela, boquiaberta com as paredes que antes mostravam os seus retratos de família. Provavelmente, isso soa extravagante.

— Soa como o amor. A senhora realmente veio por uma escritora?

— Eu já estava na Espanha, para organizar o pavilhão da Biblioteca do Congresso Americano na feira ibérica. Havia uma vaga aqui, e me candidatei. E você? Tem vontade de viajar? Sempre quis ser bibliotecária?

— Sempre quis trabalhar aqui. Na minha carta, eu lhe disse que queria trabalhar na biblioteca por causa das lembranças de vir até aqui com a minha tia. Na verdade, a senhora me lembra essa tia... não só o *chignon* chique, mas o modo como as duas tratam os outros com tanta gentileza e o modo como compartilham o seu amor pelos livros.

A condessa se aproximou, pastas embaixo do braço. O cabelo dela me lembrava o mar em dias nublados: tufos brancos cacheados como ondas acima de fortes correntes cinzentas. Os óculos de leitura na ponta do nariz faziam parecer que ela ia ralhar conosco.

— Precisamos conversar — disse ela a Miss Reeder.

— Podemos continuar nossa conversa depois, se você quiser — me disse Miss Reeder antes de acompanhar a patrona até a sala dela.

Enquanto eu endireitava os jornais, Boris me lia o *Figaro*.

— Monsieur Neville Chamberlain apresentou uma moção pela suspensão do Parlamento de 4 de agosto a 3 de outubro, a menos que eventos extraordinários exijam a sua convocação.

— Quero sair de férias — disse, desejando estar com Paul.

— Seja eleita para o Parlamento — brincou Boris.

Pelo menos, eu podia, para variar, aguardar com expectativa o almoço de domingo. Rémy convidara Bitsi, o equivalente a anunciar o noivado. Eu só temia que *papa* arruinasse tudo humilhando-o.

Reuni os jornais da semana passada e os levei para o arquivo lá em cima, passando pela sala de Miss Reeder. A porta estava entreaberta, e dei uma olhada lá dentro.

A expressão da diretora era soturna.

— Recebi uma carta da biblioteca da universidade de Estrasburgo. Monsieur Wickersham escreveu que ele e Madame Kuhlmann embalaram e evacuaram 250 caixotes de livros.

— A guerra está vindo.

A voz da condessa falhava.

Estrasburgo ficava perigosamente perto da Alemanha. Os bibliotecários levaram os livros para um lugar seguro quando os políticos não diziam nada sobre evacuar pessoas?

— Os caixotes foram enviados para a região de Puy-de-Dôme — disse Srta. Reeder. — Também precisamos planejar com antecedência.

O sudoeste seria mais seguro do que Estrasburgo? Mais seguro do que Paris?

— Levarei nossas melhores coisas para a minha casa de campo. Os escritos do jovem Seeger, as primeiras edições. Ficarão a salvo de danos.

— Vamos estocar enlatados, garrafas de água e carvão. Areia para apagar incêndios.

A condessa suspirou.

— E máscaras de gás, se essa guerra for como a última. Dez milhões de mortos e tantos outros feridos e mutilados. Não posso acreditar que esteja acontecendo outra vez.

Mortos... feridos... mutilados... Eu evitava falar da guerra e mudava de assunto quando Rémy tocava nele, ou ia para a sala das crianças quando Mr. Pryce-Jones tagarelava a respeito. Mas agora parecia que o acervo da Biblioteca Americana poderia estar em perigo. Nós poderíamos estar em perigo. Eu tinha de encarar o fato de que a guerra estava a caminho.

CAPÍTULO 11

Odile

ÀS 11H55 DO DIA do almoço de noivado de Rémy e Bitsi — *les fiançailles* —, meus pais e eu nos empoleiramos no divã. Eu usava uma blusa de seda cor-de-rosa que Margaret me emprestara para o evento feliz. As faces de *maman*, cobertas de blush, pareciam ameixas opulentas, e ela pusera o broche de camafeu que só usava nas ocasiões mais especiais. O terno de *papa* estava apertado demais, e ele puxava a gravata. A campainha tocou, e Rémy, vestindo o paletó, correu para abrir a porta para Bitsi. Como sempre, o cabelo dela era uma coroa trançada, mas ela usava um vestido verde-limão em vez do marrom cotidiano. Ela e Rémy se fitaram. Fiquei sem fôlego, algo próximo da dor, e desejei que Paul estivesse comigo.

Quando finalmente nos notou ali em pé, Bitsi não me olhou nos olhos. Seria timidez ou ela estaria aborrecida por alguma razão? Às vezes, eu deixava a xícara de chá na pia, e ela me lembrara mais de uma vez que ninguém queria limpar a minha louça suja.

Maman deu a Bitsi um grande sorriso.

— Odile e Rémy falaram muitíssimo bem de você.

Papa se endireitou.

— Ouvi dizer que você também é uma dessas moças que fazem carreira.

— Ajudo a minha família, senhor. — Bitsi sustentou o olhar dele.

— Uma coisa boa — concluiu ele.

Maman soltou o ar, trêmula. Talvez *papa* se comportasse.

— Você trabalha com crianças — disse ele. — Isso deve significar que gostaria de ter filhas.

Bitsi corou, e Rémy a envolveu com o braço protetor.

— Ignore *le commissaire* — afirmou Rémy.

Olhei *papa* com raiva. Ele nunca facilitava as coisas, sempre tinha de dizer o que se passava em sua cabeça.

— Você tricota? — perguntou *maman* a Bitsi, trazendo a discussão de volta a um terreno neutro.

— Depois de ler, é o meu passatempo favorito. Também gosto de pescar.

Papa indicou a sala de estar, onde pusera as garrafas de *apéritif*, mas *maman* apontou a sala de jantar. Ela não podia impedir que *papa* atazanasse Bitsi como faria com qualquer novo recruta, mas podia reduzir o interrogatório.

Papa estava sentado à cabeceira da mesa. Eu estava ao lado de *maman*, e o casal feliz, à nossa frente, com Bitsi ao lado de *papa*. Quando a criada trouxe o assado e as batatas, *papa* serviu Bitsi, *maman* e a mim, depois Rémy e a si mesmo. Enquanto comíamos, Bitsi continuou a evitar os meus olhos. Eu conseguia sentir *maman* revirando mentalmente a sua caixa de joias, procurando o anel de opala da vovó para Rémy presentear Bitsi. Haveria um banquete de casamento, uma lua de mel. Eu me perguntei se os recém-casados morariam aqui, pelo menos a princípio.

Rémy olhou para Bitsi, que segurou a mão dele. Com ela ao lado, ele ficava mais confiante.

— Tenho um anúncio a fazer — anunciou ele.

Era isso. Estavam noivos. Bitsi tivera dificuldade de enfrentar os meus olhos porque estava guardando um segredo. Bom, não era segredo nenhum! Ergui a minha taça para parabenizar o casal.

— Sim? — *Papa* sorriu para Bitsi.

— Eu me alistei no Exército — disse Rémy.

Maman levou a mão à boca. *Papa* ficou boquiaberto. O meu braço ficou paralisado no ar. A provocação fria, o tom definitivo de Rémy me feriram. Era como se ele esvaziasse uma metralha de projéteis na mesa, nos copos de água e no que restava do molho. Só percebi que tremia quando notei o vinho estremecendo na taça. Só Bitsi continuava serena. Rémy discutira os seus planos com ela. Claramente, ela aprovara. Talvez até o incentivasse.

— O quê? — perguntou *maman*. — Mas por quê?

"Não consigo ficar parado em casa", tinha dito Rémy. *"Alguém tem de fazer alguma coisa."*

— Quero fazer a diferença.

— Faça algo aqui. — Ela indicou *papa*. — Entre na polícia.

Pude ler os pensamentos de Rémy: *a última coisa que quero é ser como ele.*

Papa se afastou da mesa. A cadeira se arrastou pelo chão e caiu para trás.

Esperava que ele fosse atacar com o arsenal que tinha à disposição. Desdém — como você conseguiria ser um soldado? Mal se aguenta em pé. Desprezo — como se recusa a me ajudar a derrubar uma árvore de Natal, duvido que consiga derrubar um homem. Culpa — o que isso fará com a pobre *maman*? Machismo — acha que o Exército aceitará um fracote como você? Eles só aceitam homens de verdade como eu. Fúria — sou o chefe da família. Como ousa se alistar sem me informar!

Sem dizer uma palavra, ele saiu da sala. Um segundo depois, a porta da frente bateu. *Maman* e eu trocamos olhares perplexos. Bitsi sussurrou algo para Rémy. Ele me olhou.

E então?, eu o ouvi dizer.

Ele esperava que eu lhe desse a minha bênção, mas só o que saiu foi "Não..."

Havia mágoa nos olhos dele. Ele confiava que eu o apoiaria.

Não quis que houvesse distância entre nós. Não agora.

— Não sabe que vou morrer de saudade de você? — indaguei, com alegria forçada. — Teremos de aproveitar ao máximo o tempo juntos antes que você vá.

— Parto em três dias — disse ele.

— O quê? — perguntei.

— *Papa* tem contatos por toda parte, e eu não queria lhe dar tempo para procurar alguém que me chutasse do Exército antes mesmo que eu chegasse ao quartel.

Maman se levantou e endireitou a cadeira de *papa*.

CAPÍTULO 12

Lily

FROID, MONTANA, MARÇO DE 1984

O ENTERRO DA MINHA MÃE foi no primeiro dia da primavera. Na frente da igreja, rosas vermelhas sufocavam o caixão. Era difícil acreditar que mamãe estava ali dentro em vez de em casa, empoleirada no nosso banco da janela. Papai e eu nos encolhíamos no banco da frente, Odile e Mary Louise ao nosso lado. O meu lábio inferior não parava de tremer, por isso cobri a boca com a mão. Odile segurou a outra. Não quis que ela largasse.

Papai olhava para todo lado, menos para o caixão: para a pintura desbotada de Jesus, para os vitrais da janela que não nos permitiam ver o lado de fora. Ele parecia alguém que tinha embarcado no trem errado e que fora parar num lugar completamente inesperado. Atrás de nós, vi o Dr. Stanchfield, sua maleta ao lado, como uma esposa fiel. Robby entre os pais. O pai de Mary Louise com o rapé de gaultéria enfiado na bochecha. Sue Bob praguejando entre os dentes. Até Angel tinha vindo. E todos os professores que já tive.

Com voz trêmula, as mulheres leram as escrituras. Então, uma depois da outra, as amigas de mamãe falaram. Sue Bob disse que mamãe tinha o melhor senso de humor. Kay disse que mamãe era o ombro mais macio para chorar. O catarro escorria do meu nariz, o cuspe se acumulava na minha boca, o pesar se contorcia na minha barriga. Tentei manter tudo lá dentro, mas engasguei e comecei a tossir. Mary Louise me deu um tapa nas costas. Com força. A dor foi boa.

O zunido do órgão assinalou o fim da cerimônia; seus gemidos lamentosos nos puseram para fora. A congregação atravessou a rua até o salão paroquial. Em geral, os homens se queixavam dos impostos; as senhoras se queixavam umas das outras; e, livres dos grilhões da missa, as crianças gritavam e faziam algazarra. Dessa vez, andamos em silêncio. Angel enfiou uma fita cassete pirata no meu bolso. O chefe de papai pôs o braço em torno da esposa robusta, como se temesse que ela também fosse levada. Robby se aproximou. Usava *Wranglers* pretas em vez de jeans azul. Estendeu um lenço. Peguei. Os punhos enfiados no bolso, ele voltou para junto dos pais, que assentiram com a cabeça. Acredito que o estavam ensinando como se comportar como um homem.

Uma mesa comprida estava coberta de comida. Uma das senhoras acomodou papai e eu; outra fez os nossos pratos. Fatias de assado, purê de batata e molho. Ele não tinha organizado nada daquilo. As senhoras, mãos acostumadas com a morte, fizeram o que era necessário, com serenidade, com eficiência. Cozinharam, serviram, limparam. Atrás do bufê ou na cozinha, fizeram todo o possível para que o pior dia de nossa vida corresse tranquilamente.

À nossa volta, todos conversavam, tentando agir como se a vida continuasse.

— Uma bela missa.

— Tão jovem...

— O que ele vai fazer com Lily?

Depois, padre Maloney, papai e eu seguimos o carro fúnebre até o cemitério. No túmulo, enquanto o padre dava a bênção, fiquei contente por sermos só eu e papai nesse momento tranquilo com mamãe. A poucos metros, um *robin* bicava a grama. Quando notou, papai pôs a mão no meu ombro, e as minhas lágrimas correram.

* * *

Acordamos na escuridão. Era sempre mamãe quem abria as cortinas, e eu acordava com um beijo na testa e a luz do sol entrando. Desde o enterro, papai engolia o café e eu comia o cereal numa neblina obscura. Simplesmente não nos ocorria deixar a luz entrar.

Antigamente, o nosso lar parecia cheio e barulhento. Clube do jantar. Mamãe e as amigas rindo nas tardes de sábado. Ela sempre estava lá quando eu voltava da escola. Agora eu voltava para uma casa em silêncio. Quando passava pelo corredor para ir me deitar, ninguém gritava "Bons sonhos!". Na escola, diante da fila de armários, a garotada recuava quando me via, com medo de que acontecesse com eles o que me acontecera. Os professores nunca cobravam o dever de casa. No domingo, enquanto eu e papai nos arrastávamos pelo corredor até o nosso banco, Deus não dizia uma palavra.

Todo dia, eu voltava para casa com muitas coisas para contar à mamãe. Sentia falta das suas perguntas sobre o meu dia, sentia falta dela. Passava o dedo pela borda da xícara de mamãe, aninhada no armário da cozinha. Temendo quebrar sua melhor peça, nunca a usei. Queria voltar àquele último momento. Eu diria: *Você foi a melhor mãe do mundo. Preciso de você. Precisamos de você. Adorava o jeito como observávamos robins e esperávamos por beija-flores. Gostaria que tivéssemos mais uma manhã. Mais um abraço. Mais uma chance de dizer amo você.*

Passei fins de semana deitada nos almofadões da casa de Mary Louise. Como sempre, nos queixávamos das únicas coisas que conhecíamos, escola e família.

— Papai nem sabe abrir as latas de sopa Campbell's — eu me queixava, revirando os olhos.

— Nem vocês, idiotas — disse Angel, enquanto vestia a jaqueta de cetim.

— Se você é tão genial, por que vai levar pau em matemática? — perguntou Mary Louise.

— Pelo menos eu tenho uma vida, ao contrário de vocês. — Ela saiu batendo os pés.

A implicância delas era melhor do que o silêncio de casa. Só a mãe de Mary Louise me tratava como antes. Era um estranho consolo ouvir "Não seja tão atrevida".

A cidade inteira se organizou para alimentar a mim e papai. Ele comprou um *freezer* horizontal para guardar as caçarolas. No jantar, mal falávamos; o apresentador do noticiário, o nosso companheiro constante, é que dizia tudo. As nossas conversas eram forçadas, e as pausas duravam tanto quanto os intervalos comerciais.

Quando a escola parou nas férias de verão, Angel nos apresentou a Bo e Hope de *Days of our Lives*. A novelesca história de amor me fazia esquecer a minha perda durante uma hora, enquanto eu absorvia as suas lições: amor é saudade, amor é agonia, amor é sexo. Imaginei Robby e eu, nosso corpo e nossa alma entrelaçados.

Minha maratona com a novela durou um mês. Quando a temperatura atingiu 38°, papai saiu cedo do trabalho e foi me buscar na casa de Mary Louise. Ele olhou, através de nós, para a televisão na qual os amantes estavam enlaçados em um abraço cheio de línguas que era a marca registrada deles.

As sobrancelhas de papai subiram e depois se instalaram numa expressão de reprovação.

— Vim buscar você para um sorvete — disse ele.

Ele tinha pensado em incluir Mary Louise, mas agora estava zangado e a culpava por uma escolha que eu fizera. Ela viu isso e ficou quieta. Saí pisando firme até o carro e fiquei de cara feia o caminho todo até o Tastee Freez. O milk-shake de morango não foi capaz de esfriar o meu mau humor.

— Por que não posso assistir ao que eu quiser?

— Sua mãe não gostaria — disse ele, a melhor maneira de me silenciar.

Quando chegamos à nossa casa, papai marchou até a casa de Odile. Encostada no capô do carro, escutei meu pai se queixar dos riscos da programação diurna da televisão e dos pais permissivos de Mary Louise. Assomando sobre Odile na varanda, ele abriu a carteira e estendeu algumas notas. Achava que todo mundo estava tão interessado em dinheiro quanto ele. Ela afastou a mão dele.

— Preciso de alguém que cuide dela — disse ele, acrescentando a restrição: — Sem novelas.

— Não preciso de babá! — gritei.

Na manhã seguinte, eu me vi exatamente onde sempre quisera estar, na casa de Odile, mas a razão para estar lá me enchia de ressentimento. Ela entendeu e se ocupou com o jardim. No almoço, tentei me manter mal-humorada, mas os sanduíches de presunto e queijo que ela serviu romperam a minha reserva. Comemos os *croque monsieurs* com garfo e faca, porque em cima deles havia uma camada de queijo suíço borbulhante. Tudo em Odile era elegante, até o modo como ela comia o seu sanduíche. Em Froid, ela se destacava do resto dos moradores, mas talvez em Paris fosse apenas uma pessoa comum. Eu ansiava por ver o seu mundo. Será que algum dia ela voltaria? E me levaria com ela?

Enquanto lavávamos a louça, ela me pediu que lhe ensinasse a fazer o meu doce favorito: biscoitos com gotas de chocolate. Surpreendentemente, ela não sabia coisas básicas, como o fato de que a gente tem de lamber o batedor até ficar limpo. É por isso que a gente faz bolo e biscoito.

Mamãe me deixava comer quantos biscoitos eu quisesse, mas Odile só me deixou comer dois. Quando tentei pegar mais, ela disse:

— Dois alimentam o estômago, o resto alimenta a alma. Acharemos outra maneira de aliviar o seu coração. — Ela me entregou um livro. — Literatura, não doces.

Gemi e mergulhei no seu sofá de brocado. Ela se sentou na cadeira que chamava de "Louis XV". As pernas de madeira esculpida faziam parecer que era cara. Talvez tivesse sido rica e, quando tinha a minha idade, a governanta a obrigasse a andar pelo castelo com a Bíblia embolorada da família na cabeça. Eu moraria junto de Odile para sempre, bom, o meu para sempre, e não saberia quase nada sobre a sua vida. Dei uma olhada nas gavetas do bufê e me perguntei o que haveria ali dentro. Talvez eu pudesse dar uma espiada...

— Leia — ordenou ela.

O pequeno príncipe começava com um menino que fazia desenhos simples. Quando os mostrava aos adultos, eles não entendiam. Eu sabia como ele se sentia; ninguém entendia como eu sentia falta de mamãe. "Jesus precisa dela no céu, querida", diziam as senhoras, como se eu não precisasse dela aqui embaixo. Continuei lendo. "É tão misterioso o país das lágrimas" — as palavras de um aviador morto me consolaram mais do que as frases banais das pessoas que eu conhecia. "Só se vê bem com o coração; o essencial é invisível aos olhos." O livro me levou para outro mundo, para um lugar que me permitiu esquecer.

Odile disse que *Le Petit Prince* foi escrito em francês e que eu estava lendo uma tradução. Quis ler o original para entender a história do jeito que ela me entendera. Queria ser eloquente como o príncipe, elegante como Odile. Disse-lhe que queria aprender francês.

— Eu adoraria lhe ensinar! — disse ela.

Num caderno, ela escreveu: *le mariage, la rose, la bible, la table.* Quando perguntei por que havia "le" ou "la", ela explicou que, em francês, os substantivos eram masculinos ou femininos.

— Hein?

— Vou explicar de outra maneira. Eles são... meninos ou meninas.

— Na França, as mesas são meninas?

Ela riu, um som bonito e tilintante.

— Quase isso.

La table? Imaginei mesas usando vestidos. Uma minissaia jeans ou um vestido floral que tocasse o chão. Parecia bobo, mas então me lembrei de mamãe escovando o cabelo na penteadeira, os joelhos roçando a saia xadrez do móvel. A ideia de uma mesa sendo uma mulher fez sentido.

Fazia quatro meses que mamãe morrera, e pela primeira vez não senti o coração partido quando pensei nela.

À noite, eu ficava sozinha: papai se trancava na sala de lazer. Na escrivaninha, eu revisava a lição de francês de cada dia, repetindo as palavras até que não parecessem mais estrangeiras. Odile me arranjou um dicionário de francês-inglês só meu: uma laranja é *une orange*, mas o limão é *un citron. Je voyage en France. Je préfère Robby. Odile est belle. Paris est magnifique*. Frases básicas, prazeres simples, uma palavra de cada vez, toda frase no presente, sem tristezas do passado, sem preocupações sobre *le futur*. Eu adorava *le français*, uma ponte para *la France*, um mundo que só Odile e eu conhecíamos, um lugar com sobremesas de dar água na boca e jardins secretos, um lugar que eu poderia esconder. Eu não conseguia dominar a dor no coração — densa demais, avassaladora demais —, mas podia conjugar verbos. Eu começo — *je commence*; você termina — *tu finis*. Nessa língua secreta da perda, eu falava da minha mãe: *j'aime Maman*.

No PRIMEIRO DIA de aula, Mary Louise e eu bocejávamos entre as unidades amarelo-mostarda da cozinha. A sala que seria realizada a chamada era a de economia doméstica, obrigatória para a oitava série. Rezei para que Robby estivesse na nossa turma, e suspirei de alívio quando ele entrou.

A Sra. Adams consultou a prancheta e formou pares com os alunos.

— Lily e Robby.

Dei uma cotovelada em Mary Louise, incapaz de acreditar na minha sorte. Eu me aproximei dele devagar, mas não consegui pensar em nada para dizer. Nem "Como foi a colheita?" Nem mesmo "Oi". Ele meio que sorriu para mim. Bastou.

Quando a Sra. Adams estendeu um cartão com uma receita, nenhum de nós se moveu para pegar, então ela pôs o cartão na bancada, ao lado das latas de farinha, açúcar e sal. Lado a lado, eu e Robby lemos as instruções, e senti o calor do seu corpo. Medi os ingredientes, ele bateu com uma espátula surrada. Com uma colher, pusemos a massa na forma e então, como pais orgulhosos, espiamos o forno para observar os bolinhos crescerem.

Quando estavam dourados, tirei-os do forno. Embora estivessem muito quentes, Robby mordeu um. Mastigou duas vezes e disse:

— Horrível!

— Pare de brincar. — Joguei um pedaço na boca.

Tinha gosto de esponja mofada encharcada de sal. Cuspi na lata de lixo.

— Devo ter confundido o sal com o açúcar.

— Não tem problema.

— Está brincando? — eu disse, praticamente em lágrimas, principalmente pelo jeito como o sal ardia, mas também porque não queria uma nota ruim.

— Você está preocupada com a sua nota perfeita.

Robby engoliu um bolinho, mal mastigando antes de forçá-lo a descer. Os olhos lacrimejaram, mas ele pegou outro. Enfiei um na boca também, engasgando com a massa amarela.

A Sra. Adams cumprimentou Tiffany e Mary Louise pela obra-prima antes de vir até nós. Ela ergueu a forma vazia.

— Como é que vou dar nota a vocês?

Fazendo uma careta pelo gosto acre do sal, Robby e eu demos de ombros.

— Bom, não fiquem aí parados! — disse ela. — Comecem a limpar.

Na pia, mergulhamos as mãos na água morna com sabão para lavar a forma e os utensílios. Uma bolhinha minúscula subiu no ar, e a observamos se afastar. Nunca fui tão feliz.

Em Estudos Sociais, a Srta. Davis se enfureceu com o boicote soviético às Olimpíadas de Los Angeles.

— Provavelmente estavam com medo de que os seus atletas desertassem! Como vamos vencer a Guerra Fria se eles não competirem?

Mal ouvindo o monólogo amargo da professora, Mary Louise e eu trocamos bilhetes. "Estou morrendo de fome", escreveu ela. "Batata frita com queijo no almoço?"

Junto ao meu armário, passei um pouco do batom dela antes de atravessarmos a rua até a Husky House. Abri a porta de vidro fosco, e lá, no meio da lanchonete, estava Robby com Tiffany Ivers equilibrada no seu colo, as botas turquesa de caubói balançando a dois centímetros do chão. Senti os meus olhos se arregalarem quando parei de repente.

Mary Louise esbarrou em mim. "Ei!" Então ela viu o que eu vi: Robby sem graça; o sorriso forçado e triunfante de Tiffany Ivers.

— Por que ele? — perguntei. — Ela pode ter quem quiser.

— Ninguém escolhe quem ama — disse Mary Louise.

— Por que você sempre a defende?

— Por que você deixa que ela a irrite tanto?

O sal me deu azia. Ou talvez tivesse sido ver Tiffany Ivers no colo de Robby.

— Vou para casa.

— Não deixe que ela vença.

Corri para a casa de Odile e entrei.

— Por que não está na escola? — perguntou ela. — Aconteceu alguma coisa?

Eu estava um lixo molhado de suor.

— Vi uma coisa... agora estou passando mal.

Quando ela foi buscar um copo de água para mim, folheei o dicionário francês-inglês. Dei um gole e perguntei:

— Quais são as piores palavras francesas para descrever alguém?

— *Odieux, cruel.* Odioso, cruel.

Eu queria "piranha" e "cadela", mas achei que essas serviriam.

— Por que focar no negativo, *ma grande?* Isso tem a ver com aquele garoto por quem você suspira depois da igreja?

Jesus, a congregação toda sabia?

— E então? — insistiu ela.

Quando lhe contei, ela disse:

— Às vezes lemos errado os sinais. Supus tanta coisa sobre Paul, meu primeiro... namorado, mas errei. Talvez Robby estivesse sem graça porque ela o deixou pouco à vontade.

— Não importa. — Cruzei os braços. — Para mim, acabou.

— Não feche o seu coração.

Pensei nos entes queridos que ela perdera e me senti boba por me queixar.

— Você aguentou uma guerra; eu nem consigo terminar o ensino fundamental.

— Temos mais em comum do que você pensa. Vou lhe dizer as palavras que a descrevem. *Belle, intelligente, pétillante.*

Eu me senti melhor.

— O que significa a última?

— Cintilante.

— Você acha que eu cintilo?

Ela deu um sorriso irônico.

— Você entrou na minha vida como a estrela da manhã.

Se Robby queria ficar com Tiffany, tudo bem. Na aula, olhei a professora o tempo todo. Não olhei para ele. Não conseguiria. Mary Louise me passou um bilhete, sussurrando: "É de Robby." Provavelmente um convite para o seu casamento. Eu o joguei em *la poubelle. Je déteste l'amour. Je déteste* Tiffany Ivers. *Je déteste* todo mundo.

Temia ver Robby e Tiffany num encontro — o braço dele a envolvendo no concerto do coral ou dividindo uma rosquinha depois da igreja, mas esse dia nunca chegou. Por volta do Halloween, percebi que Odile tinha razão sobre ler errado os sinais. Tentei atrair os olhos dele, mas ele não olhava mais na minha direção.

Mas outra pessoa estava namorando. As senhoras de Froid empurraram todas as mulheres solteiras no caminho de papai. No salão da igreja, colocaram-no junto de uma caixa loura e risonha que começara recentemente a trabalhar no banco.

— Ele está só pele e osso — comentou a velha Sra. Murdoch.

— Perdeu o apetite — disse a Sra. Ivers. — Mas a poupança está bem gorda.

No concerto de outono da banda, elas o puseram junto de uma florista com cabelo ensebado. — Ele é um bom provedor — sussurrou a Sra. Ivers durante a *Danse Macabre.* No jantar para captar recursos para os bombeiros, o puseram junto da minha professora de inglês. Enquanto a escutava tagarelar sobre *Macbeth,* papai não parecia feliz, mas também não se apressou durante o jantar. Mary Louise e eu fomos as primeiras a ir embora.

— Revoltante — falei, chutando as folhas mortas na calçada.

— Me dá engulhos — concordou ela.

— Seu pai sai mais do que você — comentou Tiffany Ivers ao passar por nós.

No quarto de Mary Louise, cantamos "You May Be Right" a plenos pulmões, usando o tubo de laquê de Angel como microfone. Algo na pontada de raiva da voz de Billy Joel ressoava dentro de mim. À meia-noite, Sue Bob socou a porta e nos mandou calar a boca.

Pela manhã, Mary Louise e eu trotamos pelo beco — o caminho mais rápido para a minha casa. A duas casas de distância, ficamos paralisadas como antílopes quando vimos papai na porta dos fundos com a caixa loura do banco, que corava enquanto acariciava o braço da camisa dele. Ele entrelaçou os dedos nos dela.

— Nojento! — sibilou Mary Louise. — Fazendo sexo com os dedos.

— Ela passou a noite com ele.

— Acha que ele vai se casar com ela?

Fazia apenas oito meses que mamãe morrera.

O luto é um mar feito com as nossas próprias lágrimas. Ondas salgadas cobrem as profundezas escuras onde temos de nadar no nosso próprio ritmo. Leva tempo para aumentar a resistência. Em alguns dias, os meus braços cortavam a água, e eu sentia que tudo daria certo, que a praia não estava tão longe assim. Então uma lembrança ou um momento quase me afogavam, e eu voltava ao início, lutando para permanecer sobre as ondas, exausta, afundando na minha própria tristeza.

Dali a uma semana, depois da missa, papai, Mary Louise e eu estávamos pegando os nossos doces no salão paroquial quando a loura se aproximou e olhou para ele com expectativa. Ele não parava de olhar de mim para ela.

— Meninas — disse ele, finalmente —, quero que conheçam Eleanor. Ela é... Essas são Lily e Mary Louise, a sua parceira de crimes.

— Muito prazer em conhecê-las. Ouvi muito falar de vocês.

Ela guinchava como um periquito demente.

— Lily? — Ouvi papai dizer. — Você está bem?

Fiz que não. Ele podia continuar a sua vida. Eu ficaria com mamãe. Eu me lembrava da mão dela polvilhada de farinha me passando os batedores cobertos de pedaços de massa de biscoito; o riso dela quando eu passava a língua em torno do metal, tentando pegar o que pudesse. Eu me lembrava da fantasia de palhaço que ela me fez no Halloween, o pé no pedal da máquina de costura, a cabeça inclinada em concentração. Eu me lembrava de coisas que não poderia lembrar. Mamãe me vigiando enquanto eu dormia. Mamãe com expressão terna, dando tapinhas na barriga enorme, eu aninhada lá dentro. Eu me lembrava de que não usava o colete de crochê que ela tricotara para mim porque não havia sido comprado em uma loja como os de Tiffany Ivers. Eu me lembrava do jeito que mamãe sorriu para esconder a mágoa. Se conseguisse achá-lo, eu usaria aquele colete todos os dias.

No MEU DÉCIMO quarto aniversário, papai me levou à Jeans'n Things, que pertencia à Sra. Taylor, que se sentava três bancos à nossa frente na igreja e tinha cabelo armado e castanho. Angel e as amigas tinham criado camisetas próprias, com o seu nome escrito nas costas, e foi o que papai decidiu me dar. Fiquei impressionada porque ele mesmo teve a ideia.

As camisetas vinham em cinco cores; laranja era a única no meu tamanho. Em seguida, o decalque. Imagens de coelhinhos, aves ou bandas de rock. Antes, papai teria olhado no relógio vinte vezes, preocupado com o tempo que ficava longe do trabalho, mas agora ele examinava cada uma delas comigo.

— Sua mãe escolheria a águia — disse ele, tão baixinho que mal ouvi.

Foi a que escolhi. A Sra. Taylor trouxe as letras de veludo — grandes, médias e pequenas, vermelhas, pretas e azuis. Ele e eu passamos os dedos em todas.

— Sua mãe é quem cuidava dos presentes. Eu não tinha noção de tudo o que ela fazia.

— Obrigada, pai — eu falei, abraçando-o com força, do jeito que gostaria de ter abraçado mamãe naquele último dia.

Usei a camiseta na volta para casa.

Odile trouxe um bolo — *chocolat!* —, e Mary Louise e algumas garotas da escola me viram soprar as velinhas. A fumaça ainda subia quando Eleanor Carlson irrompeu sem bater.

Com o cenho franzido, Mary Louise disse:

— O que *ela* está fazendo aqui?

— Que bela surpresa.

Papai beijou o rosto de Eleanor Carlson.

— Feliz aniversário — chilreou ela.

— Que prazer vê-la. — Odile me cutucou.

— Prazer — murmurei.

Mary Louise cruzou os braços e não disse uma palavra.

Papai e Eleanor Carlson se policiaram para não se tocar e ficaram afastados um do outro. Mas ele sorria mais para ela do que para mim, e a festa era minha. Querendo que o dia acabasse, engoli o bolo e rasguei o papel dos presentes.

Depois, enquanto Mary Louise e eu enfiávamos os pratos de papel no lixo, papai passou uma garrafa nova de café. A namorada dele abriu o armário exato para pegar as xícaras. De todas elas, escolheu a favorita da minha mãe, com as delicadas florezinhas azuis. É claro que sim. Papai não pareceu surpreso.

Mary Louise absorveu tudo, a minha dor escrita no seu rosto sardento. Ela sabia que eu nunca tinha usado aquela xícara. Com voz baixa e feroz, ela verbalizou a minha raiva, a minha mágoa, o meu coração.

— Aquela cadela acha que pode vir para cá e pegar o que quiser?

Eleanor pôs a xícara e o pires na bancada e estendeu a mão para a garrafa de café. Mary Louise jogou a porcelana no chão, o som dela se estilhaçando, ao mesmo tempo triste e satisfatório. Flocos de neve brancos e azuis se espalharam pelo piso de linóleo. Ninguém se mexeu. Observamos o último caco rolar até parar embaixo da geladeira.

— Você fez isso de propósito — berrou papai para Mary Louise. — Por que fez uma coisa tão horrível?

E ele continuou, mas ela estava acostumada com pessoas berrando com ela. Com os olhos semicerrados para protegê-los do cuspe, ela aguentou estoicamente.

A namorada de papai observou, talvez se perguntando por que ele estava tão nervoso.

— Pelo amor de Deus, é só uma xícara! — disse Eleanor.

Ela pegou a vassoura e a pá atrás da porta e varreu os restos mortais da minha mãe.

CAPÍTULO 13

Odile

PARIS, AGOSTO DE 1939

Rémy se preparou para o Exército do mesmo modo que se preparava para a escola: jogando água fria no rosto e alguns livros numa bolsa. Eu me empoleirava taciturna na sua cama. O ressentimento nadava entre nós: eu sentia que ele me abandonava e mergulhava de cabeça no perigo; ele estava decepcionado pela minha falta de entusiasmo com o plano dele. Eu não achava que ele devia ir; ele mal podia esperar para partir.

— Leve um suéter — eu disse. — Não queira pegar um resfriado.

— Eles vão me fornecer tudo de que preciso.

Mais cedo, eu tinha ido ao banco e retirado algumas economias.

— Tome — disse, enfiando os francos na mão dele.

— Não preciso do seu dinheiro.

— Mas vai ficar com ele.

— Vou me atrasar. — Ele pôs as notas em cima da cama.

Eu o segui até a entrada, onde os nossos pais esperavam. Mamãe estava alvoroçada; endireitou o colarinho de Rémy e perguntou:

— Está com um lenço limpo?

Papa deu a Rémy uma bússola de latão.

— Dos meus tempos no Exército — disse ele, a voz rouca.

— Obrigado, *papa*. — Ele jogou a bússola para cima, a pegou e a enfiou no bolso. — Vou mostrar àqueles *Krauts*.

— Prometa que vai escrever — eu ordenei.

Ele beijou meu rosto.

— Prometo.

Com a sacola jogada nas costas, ele desceu a escada aos pulos, como se corresse para comprar uma baguete.

Como precaução contra ataques aéreos, a Cidade Luz ficou escura como breu à noite — nenhuma luz na rua, nenhum letreiro de neon nos cabarés, nenhuma lâmpada acesa na sala de leitura. Os parisienses foram aconselhados a levar máscaras de gás consigo. Muita gente, como os meus primos, amontoou pertences no carro e foi embora. Miss Reeder ajudou compatriotas angustiados a comprar passagens de volta para os Estados Unidos. Os professores encurtaram as férias de verão para ajudar a evacuar os alunos para o campo. A calmaria da sala das crianças era assustadora.

Em casa havia silêncio também. Era a primeira vez que Rémy e eu ficávamos mais de quatro dias separados. Como o nascer do sol, como o pão à mesa, ele sempre estivera lá, sugando o *café au lait*, gargarejando depois de escovar os dentes, cantarolando enquanto líamos juntos. Rémy fornecia a pauta musical dos meus dias. Agora, a vida estava calada.

Ele fora sereno na opção de se alistar no Exército, e isso deveria ser algum consolo. Em vez disso, busquei o meu consolo em *maman* e *papa*. Antes, Rémy e eu ficávamos de um lado, os nossos pais do outro, como nos sentávamos à mesa do jantar. Agora, nós três nos unimos na nossa preocupação, nos nossos olhares ansiosos para a cadeira vazia. Rémy não escrevera.

— Quando Paul retorna da Bretanha? — perguntou *maman*. Ela fazia o possível para amenizar os nossos silêncios esquisitos.

125

Enfiei a mão no bolso e toquei a última carta dele. Ele escrevia todo dia, me dizendo quanta saudade tinha de mim, quantos hectares ainda restava colher.

Suspirei.

— Nem tão cedo.

NA CHAPELARIA, MÁSCARAS contra gás de couro marrom, com "Biblioteca Americana em Paris" impresso no alto, estavam encostadas na parede. Quando joguei a minha no chão, Bitsi entrou com leveza e chilreou um *bonjour* amistoso. Não respondi.

— O que está lendo esses dias? — perguntou ela. — Terminei *Emma*.

— Com Rémy longe, fico distraída demais para ler!

— Não é uma competição para ver quem tem mais saudade dele — disse ela a caminho da porta.

Não soube o que dizer, ou melhor, eu tinha coisa demais a dizer. Como ousa incentivar Rémy a se alistar? E se ele estiver correndo perigo?

Margaret entrou e pendurou num gancho o chapéu de palha.

— O que houve? — perguntou.

— Bitsi foi o que houve.

Margaret avisou que prepararia uma bandeja de chá e me encontraria na minha mesa.

— Agora, o que é tudo isso? — perguntou ela enquanto servia o Darjeeling.

— Rémy sempre foi frágil: o primeiro a se resfriar, o último a ser escolhido na aula de ginástica. Mas Bitsi o incentivou a se meter em perigo. E ele nem me contou que ia se alistar.

— Há alguma razão para que ele não confiasse em você?

Os olhos de Margaret eram tão sinceros que me vi lhe contando uma verdade que eu acabara de entender.

— Ele tentou me contar. — A xícara de chá tremia na minha mão. — Gostaria de ter escutado. Ele sempre ficou do meu lado, mas na única vez em que precisou de mim...

— Não seja tão dura com você.

— Eu poderia ter conversado com ele e feito com que desistisse de se alistar.

— Talvez ele achasse que tinha de fazer isso.

— Talvez...

Margaret indicou a cena diante de nós. Peter, o arrumador, orientava Helen, a mais nova integrante da equipe, bibliotecária do acervo, vinda de Rhode Island, de cabelo curto e frisado e olhos sonhadores. Os dois, deslizando pelas estantes, trocavam reminiscências sobre a Nova Inglaterra, 917.4, o lugar mais mágico da face da terra; eu lera histórias de amor suficientes para reconhecer o começo de uma delas quando o via.

Boris se aproximou com um rolo de papel enorme e disse que precisávamos cobrir as vidraças para nos proteger dos estilhaços de vidro em caso de bombardeio.

— Como está o seu irmão? — perguntou enquanto punha o rolo sobre a mesa.

Cortei um pedaço grande.

— Ele ainda não escreveu.

— Quanto tempo faz?

— Duas semanas.

— Quando entrei para o Exército — disse Boris, espalhando cola no papel com um pincel velho —, nós, cadetes, treinávamos tanto que, à noite, caíamos nos catres mortos de cansaço. Não havia tempo para correspondência. O sargento queria assim, queria que deixássemos a vida antiga para trás.

— Provavelmente você tem razão...

— Mas é difícil ser quem fica para trás.

Boris entendia. Falamos pouco, mas muito, enquanto envelopávamos a biblioteca na escuridão. Com tantas janelas, levamos dois dias.

Então, no dia 1º de setembro, o Exército convocou os homens entre 18 e 25 anos. Boris, os garotos da vizinhança com quem eu crescera, os pálidos alunos de doutorado que praticamente moravam na sala de consulta, o padeiro que queimava baguetes... todos mobilizados. *Papa* pediu para manter os seus policiais em Paris; Paul conseguiu dispensa para continuar trabalhando na fazenda da tia... por enquanto.

Por toda parte, eu via indícios de que a guerra era iminente; no Exército, que aumentara as suas fileiras; no *Herald*, com as suas manchetes agourentas; e no quadro de avisos da biblioteca, ao lado da lista de mais vendidos, um documento recém-postado, com o selo da embaixada americana em relevo, declarava: "Em vista da situação predominante na Europa, é aconselhável que os cidadãos americanos retornem aos Estados Unidos."

Miss Reeder obedeceria à diretiva da embaixada? E se o embaixador britânico fizesse uma declaração semelhante e eu perdesse Margaret?

Passei correndo pelo catálogo de cartões, onde a tia Caro me apresentara Dewey e toda uma constelação; pelas estantes entre as quais Paul e eu nos beijamos pela primeira vez; pela sala dos fundos onde Margaret e eu ficamos amigas até chegar à sala de Miss Reeder.

A diretora balançava de leve na cadeira, caneta na mão, atenta aos documentos espalhados sobre a mesa. O aroma do seu café preenchia o ar. Não havia nenhuma caixa, nenhum sinal de mudança. Ela estava ali. Enquanto estivesse ali, tudo estaria bem. O meu pânico se reduziu e inspirei lenta e profundamente.

— A senhora não vai para casa? — perguntei.

— Casa?

— A senhora não vai embora?

Ela franziu as sobrancelhas e olhou para mim sem entender, como se aquela ideia nunca a tivesse ocorrido. E respondeu:

— Estou em casa.

1º de setembro de 1939

Queridíssimo Paul,

Estou com muita saudade sua. Quero sentir os seus braços na minha cintura, o seu sussurro de tranquilidade nas minhas têmporas. O meu peito dói desde que Rémy se alistou. Detesto a situação que ficou entre a gente. Quando você voltar, tudo vai melhorar.

Como a maioria dos homens locais foram mobilizados, sem dúvida a sua tia precisa mais do que nunca de você agora, mas também preciso de você e conto os dias até a sua volta.

Todo o meu amor,
a sua bibliotecária espinhosa.

EU NÃO PODIA FUGIR do fato de que Rémy tinha uma nova *confidante*, mas podia fugir *dela* ficando o máximo possível na sala dos periódicos. Hoje, como sempre, me animei ao ver os meus *habitués*. Envolta num xale roxo, a professora Cohen suspirou com um trecho bonito de *Voyage in the Dark*. Ao seu lado, a dentadura de Madame Simon estalava enquanto ela se extasiava com a moda da revista *Harper's Bazaar*. Diante delas, M. de Nerciat e Mr. Pryce-Jones implicavam um com o outro.

— O melhor uísque é feito na Escócia — disse o inglês. — Eu mesmo sou meio *scotch*.

— É, eu sei — murmurou o francês. — E a outra metade é soda.

— Glendronach é o melhor!

Sempre relutante em admitir que a Grã-Bretanha produzisse algo de valor, o francês argumentou:

— George Dickel, do Tennessee, é o melhor.

— É preciso um teste de degustação para descobrir quem está certo — eu lhes disse.

— Odile, você é engenhosa!

Bitsi se colocou a meu lado.

— O meu irmão foi convocado — disse ela. — Partiu ontem.

— O meu partiu semanas atrás — respondi. — Mas você já sabia de tudo, não é?

— Rémy teria sido convocado de qualquer jeito.

— Isso é para que eu me sinta melhor? — rosnei.

Os sócios ficaram boquiabertos de surpresa.

— Estamos todos preocupados — disse a professora Cohen para nos acalmar.

Dei as costas a Bitsi, abri o *Herald* e li o editorial: "Apesar de toda a atual ansiedade, a grande guerra talvez nunca chegue. Sem dúvida, ninguém, a não ser Herr Hitler, pode dizer que chegará." Não percebi que dissera as palavras em voz alta até ver Mme. Simon fazer uma careta.

— Que guerra? — perguntou ela com um risinho sufocado. — A Europa está cansada, ninguém quer lutar.

— A senhora está se iludindo — disse a professora Cohen. — Crianças brigam por brinquedos; homens, por território.

— Não vamos pensar nisso agora — disse M. de Nerciat, me olhando com preocupação.

Ele agarrou o *Herald* e o abriu na seção "Sociedade", na qual duas colunas inteiras anunciavam as notícias da colônia americana de Paris.

— "Mr. Eli Grombecker, de Nova York, voou para a Europa no Clipper. Mr. e Mrs. E. Bromund, de Chicago, entre os que visitaram Berlim recentemente, estão no Bristol. Mrs. Minnie K. Oppenheimer e Miss Ruth Oppenheimer, de Miami, estão no Continental."

— A guerra não impede que as damas da sociedade façam as suas compras — disse Mr. Pryce-Jones.

— E as notícias da colônia britânica — continuou M. de Nerciat —, o marajá de Tripuria e a Yuvarani de Baria estão no George V. A condessa de Abingdon encontrou o conde no Le Prince de Galles.

Eu e os meus *habitués* rimos. As damas da sociedade se levavam muito a sério, mas nos permitiam esquecer brevemente a tensa situação política.

Depois do trabalho, fui para casa na esperança de encontrar uma carta de Rémy, mas a bandeja no balcão da entrada continuava vazia. Ouvi vozes na sala de estar e dei uma espiada: Paul! Ao me ver, ele pulou de pé. Atenta aos meus pais, permiti que minha mão pousasse brevemente no braço dele, enquanto ele me dava um beijinho no rosto.

No divã, com vinte centímetros entre nós, sussurrei:

— Estava com saudade.

— Eu também, senti muito mais saudade que você. Você tinha a companhia dos seus *habitués*. Além da minha tia, eu tinha vacas, galinhas e cabras.

— Pode-se argumentar que Mr. Pryce-Jones é um bode teimoso.

— É, mas ele nunca mordeu você!

Meu pai nos olhava com benevolência convencida.

— Eu sabia que Paul era o homem certo para você.

— É, *papa*, o décimo quarto pretendente que você trouxe para casa é que deu certo.

— Logo vocês terão mais tempo juntos — falou ele. — Com toda essa história de guerra, os seus colegas irão embora de Paris, e a biblioteca vai fechar.

— Miss Reeder diz que ficará aberta — afirmei. — Ninguém vai a lugar nenhum.

— Você poderá descansar. — Com uma piscadela implicante, ele acrescentou: — Talvez até chegue na hora para o jantar.

Quando falava do seu emprego, *papa* falava do dever. Não conseguia entender que eu amava a biblioteca. As horas extras passadas com Helen do Acervo para aprender a encontrar respostas para os sócios não era uma tarefa cansativa, era uma caça ao tesouro.

— É importante lembrar como é difícil pedir ajuda — ela costumava me dizer. — Nunca fique impaciente; todas as perguntas têm valor.

Ela e eu escavávamos enciclopédias e bibliografias especializadas para descobrir tudo, da população de Cuba ao valor estimado de um vaso chinês. Cada dia trazia perguntas que pediam respostas. Depois de escrever dezenas de artigos acadêmicos, a professora Cohen decidiu experimentar um romance e pesquisava a Itália do século XVI.

— O que os venezianos vestiam? O que bebiam? O que colocavam nos bolsos? — perguntou ela.

— Tem certeza de que eles tinham bolsos? — perguntou Helen.

— Certeza nenhuma! — respondeu a professora, e nós três zarpamos para Veneza, navegando pelas estantes.

Eu era necessária na biblioteca. Eu era feliz lá.

— Não posso descansar — disse ao meu pai. — Miss Reeder diz que os livros promovem o entendimento, e hoje ele é mais importante do que nunca.

Quando ele abriu a boca para argumentar, *maman* o levou da sala e fechou a porta.

Aproximei-me de Paul.

— Ele é impossível!

— Ele se preocupa com você.

— Eu acho...

Paul beijou minhas mãos, minhas bochechas, meus lábios. Eu queria mais. A pele dele na minha, o nosso corpo entrelaçado. Beijar era o prólogo de um livro maravilhoso que eu queria ler até o fim.

A maçaneta girou; nos separamos num pulo. *Maman* correu para as floreiras e regou as suas samambaias.

Quando pequena, eu adorava ler na cama. Toda noite, depois que mamãe dizia "Apagar as luzes", eu implorava para terminar o capítulo, mas não adiantava. *Maman*, como agora, decidia quando era a hora de parar.

ENQUANTO ARRUMAVA as edições vespertinas dos jornais, vi Miss Reeder, branca como cola Gaylo, entrar aos tropeços na sala de leitura. Imediatamente, todos soubemos que havia algo errado. Mr. Pryce-Jones e M. de Nerciat pararam de discutir. A professora Cohen ergueu os olhos do livro. Em pé na frente das janelas amortalhadas, a diretora disse:

— A embaixada ligou. — A sua voz tremia. — A Inglaterra e a França declararam guerra à Alemanha.

Quando *papa* falava dos seus anos nas trincheiras, eu só conseguia imaginar o combate como fotos desbotadas tiradas à distância. Agora, as imagens de tanques e soldados feridos eram em Technicolor. Rémy estaria em combate? Estaria ferido?

— Disseram onde é o combate? — perguntou Bitsi antes de mim.

— Gostaria de saber mais — disse Miss Reeder. — O embaixador Bullitt vai nos manter informados.

Depois de tranquilizar os sócios, ela reuniu os funcionários na sua sala.

— Vocês deveriam ir embora... voltar para casa ou ir para o campo, onde ficarão seguros — disse ela, a voz tão autoritária que, em pensamento, joguei o vestido amarelo e a *écharpe* azul numa mala.

— O que a senhora vai fazer? perguntou a severa Mrs. Turnbull.

— Vou ficar — respondeu Miss Reeder sem hesitação.

— Eu cuido do balcão de registro — disse Bitsi.

— Quero ficar — disse nossa contadora Miss Wedd.

— Eu também.

Mentalmente, pus minhas roupas de volta no *armoire*. O meu lugar era aqui. Queria fazer todo o possível para garantir que a nossa biblioteca permanecesse aberta.

— Não posso voltar a Rhode Island tão cedo — disse Helen, do Acervo

Peter, o arrumador, a olhou.

— Não quero ir embora.

Miss Reeder nos olhou com gratidão.

— Ainda assim, temos de fazer o possível para manter os sócios a salvo.

Peter, o arrumador, carregou baldes de areia até o andar de cima, caso os ataques aéreos provocassem incêndios. Miss Wedd colou na parede o local do abrigo mais próximo: a estação de metrô. No treinamento de segurança, Miss Reeder limpou a sala de leitura, abraçando os estudantes assustados. Tirei os meus *habitués* da sala de periódicos. Depois de pegar *Bom dia, meia-noite* na prateleira como se salvasse o melhor amigo de um prédio em chamas, a professora Cohen proclamou: "Não abandonarei Jean Rhys." Helen, do Acervo, carregou garrafas de água potável; o zelador desligou a chave de luz. Na porta, Bitsi agitou o lampião. E o cortejo de atordoados amantes de livros caminhou dois quarteirões até a segurança da estação. No túnel escuro do metrô, nos perguntamos o que aconteceria... e quando.

CAPÍTULO 14

Odile

BORIS ENTROU NA sala de leitura como se tivesse saído para um almoço prolongado e não para passar seis dias no exército. Os sócios vieram em bando, competindo para lhe dar as boas-vindas. Monsieur de Nerciat e Mr. Pryce-Jones foram os primeiros a apertar a mão de Boris com vigor. A professora Cohen foi a seguinte.

— Estamos contentes de você ter voltado são e salvo. Sua mulher e sua filha devem estar aliviadas.

Tentei alcançá-lo, mas um amontoado de ratos de livros o cercava. Retirei-me até o carrinho e peguei um exemplar para devolver à estante. O número de registro na lombada era 223. Seria religião ou filosofia? As coisas que eu sabia com certeza ficaram confusas. Desde que Rémy partira, era comum eu me achar no meio de uma sala incapaz de saber onde era o meu lugar.

Boris me encontrou nos fundos do 200.

— Como você está? — perguntou ele.

— Com medo por Rémy.

Ele enfiou o meu livro na prateleira.

— Sei como se sente. O meu irmão Oleg se alistou na Legião Estrangeira.

— Espero que esteja a salvo. Pelo menos, você conseguiu voltar.

— Graças a Miss Reeder, que escreveu ao Exército. Aparentemente, sou indispensável.

— Indispensável. Isso soa bem.

Ela também conseguira manter o zelador. Ainda bem que *papa* teve permissão de manter os seus policiais em Paris. Ele queria resguardar os seus homens, mesmo que não fosse capaz de proteger o próprio filho. Eu estava doente de preocupação com Rémy, mas grata, muito grata porque não perderia Paul.

Boris enfiou outro livro no lugar.

— Já cumpri o meu dever no exército francês. Afinal de contas, já combati em uma guerra.

— Já?

— Eu estava no treinamento de cadetes quando a Revolução Russa eclodiu. Alguns de nós não tínhamos nem 15 anos, mas fugimos para entrar no exército.

— Quinze...

Boris explicou que ele e os seus camaradas achavam que fazer um morango em pedacinhos com um tiro a dez passos os tornava homens e que, quando ele e o melhor amigo planejaram escapulir, a sua maior preocupação era qual farda os deixaria mais elegantes.

— Ficamos nos perguntando se devíamos ir a pé ou a cavalo. Passar fome ou atacar a despensa e nos arriscar a acordar o cozinheiro rabugento. Foi fácil nos alistar — concluiu. — Como a maioria das crianças, não podíamos vislumbrar mais do que uma semana à frente.

Fora assim que Rémy partira de casa, ávido por aventuras, ansioso para provar a *papa* que era um homem.

— O meu capitão não era muito mais velho do que eu. Ele nos ordenou que atirássemos para matar, mas é difícil matar compatriotas. — Boris engoliu em seco. — É difícil matar qualquer um.

As estantes eram altas, tão santificadas quanto um confessionário. Ele fitou a fila de livros alinhados como soldados.

— Do outro lado do rio onde estávamos, havia uma sentinela, um deles — continuou. — Um compatriota russo, o inimigo. Puxei o gatilho e esfolei o lóbulo da orelha dele.

— O lóbulo da orelha?

Boris deu de ombros.

— Eu atirava bem. Não queria matar o sujeito Só enxotá-lo.

— Você fez o que era certo.

Ele pegou outro livro e, taciturno, passou a mão sobre a capa.

— Mais tarde, o meu regimento se viu cara a cara com o dele, e aquele soldado matou o meu melhor amigo.

— Sinto muito.

— Levei dois tiros. — O dedo dele seguiu uma cicatriz na face. A marca era tão leve que eu achara que era uma ruga. — Mas o tifo quase me levou. A enfermaria era pior do que a frente de batalha. Cresci numa família barulhenta e fui da escola militar para o Exército. Nunca tive um segundo de solidão, nunca tive de enfrentar os meus próprios pensamentos. Ficar sozinho no hospital foi o pior momento da minha vida. Mas uma coisa me fez aguentar: pensar nas minhas irmãs juntas.

Ele indicou a sala das crianças, onde Bitsi andava de um lado para o outro.

— Ela e eu *não* somos irmãs — declarei.

Ele olhou para mim com muita tristeza.

— De volta ao balcão de registro — disse ele com voz resignada e me deixou sozinha com o meu arrependimento e ressentimento.

CAPÍTULO 15

Odile

Três dias depois de declarada a guerra, Miss Reeder criou o Serviço dos Soldados. Para confortar os soldados franceses e britânicos, para oferecer uma válvula de escape e para que soubessem que os seus amigos da biblioteca se importavam, preparamos acervos de livros para as cantinas e os hospitais de campanha. Paul e eu levamos os caixotes até *La Poste*. Paris estava estranhamente calma, como um grande hotel com pouquíssimos hóspedes, mas a biblioteca fervilhava de sócios que não acreditavam que ficaríamos abertos. Eles continuavam a vasculhar o jornal atrás de notícias e a retirar livros.

— As pessoas leem — disse a diretora. — Com ou sem guerra.

Ela fez um apelo por doações e redigiu cartas a patrocinadores leais, como a condessa Clara de Chambrun. Miss Reeder me chamou à sua sala e explicou que convidara jornalistas a irem à biblioteca e queria que eu os informasse do programa. Eles aguardavam na sala de leitura.

— Eu? — perguntei. — Jornalistas são... indisciplinados.

Quando entreguei ao *Herald* a minha primeira coluna BAP Notícias, um deles notou um erro de datilografia — relações "púbicas" em vez de relações públicas. Toda vez que eu entregava uma coluna nova, um deles perguntava sobre as minhas relações "especiais".

— Eles podem ser precipitados — admitiu Miss Reeder. — Estão correndo pela França toda para descrever o esforço de guerra. Mas, se um deles for rude, bata na cabeça dele.

Lembrei-me da entrevista em que eu ameaçara fazer exatamente isso e senti o meu rosto corar.

— Ah, não, eu...

— Eu sei. Você não é mais aquela garota. Cresceu e está fazendo um trabalho maravilhoso. Todos adoram a sua coluna no *Herald*, e o seu boletim é delicioso, principalmente as entrevistas "Que tipo de leitor você é?". É maravilhoso conhecer alguém pelos livros que ama.

A caminho da sala de leitura, me dei permissão para me deleitar com o elogio de Miss Reeder. Na lareira, esfreguei um pé no outro, juntando coragem para falar com os jornalistas *blasés* em *trench coats* amassados. Mas, antes que pudesse me dirigir a eles, eles se dirigiram a mim.

— Os franceses estão tão interessados assim em livros americanos? — indagou um jornalista grisalho que estava ficando calvo. Sua aparência era cansada. Não, desgastada. — E soldados têm tempo para ler?

— Um general na Linha Maginot mandou caminhões para buscar material de leitura — eu disse com vigor. — Os soldados têm tempo, sim, e a nossa meta é apoiar os que estão doentes, feridos ou solitários. Temos de servir no campo de melhorar o ânimo.

— Melhorar o ânimo? Então por que livros? Por que não vinho? — brincou um ruivo. — Era o que eu gostaria.

— Quem disse que são coisas excludentes? — perguntei.

Eles riram.

— Mas, sério, por que livros? Porque não há outra coisa que possua aquela faculdade mística de fazer as pessoas verem com os olhos dos outros. A biblioteca é uma ponte de livros entre culturas.

Um a um, eles tiraram o casaco e se recostaram nas cadeiras enquanto eu explicava como as pessoas podiam nos enviar as suas doações. Alguns jornalistas anotaram informações, outros pareciam ter recordações dos livros que tinham lido. O desgastado contemplava as estantes, talvez se lembrando de um romance que lhe trouxera consolo depois de um dia difícil.

— Todos temos um livro que nos mudou para sempre — eu afirmei. — Que nos faz saber que não estamos sozinhos. Qual é o seu?

— *Nada de novo no front* — disse ele.

833.

— Ajudem a espalhar a notícia. Ajudem a levar aos nossos soldados os livros que vocês amaram.

QUANDO AS INFORMAÇÕES foram divulgadas, as doações começaram a chegar. Montamos bibliotecas com cinquenta revistas e cem livros para cada regimento. Às nove da noite, Margaret, Miss Reeder e eu terminamos o serviço do dia. A diretora escreveu as etiquetas de endereçamento, Margaret datilografou a lista de cada pequeno acervo e eu pus os livros nos caixotes.

Bitsi entrou correndo na sala, balançando uma carta.

— Estava lá quando cheguei em casa.

Rémy escreveu para ela primeiro?

— Ah, que maravilha ter notícias dele — disse Margaret.

— E não foi uma gentileza de Bitsi voltar para trazer as notícias? — Miss Reeder me deu um olhar contundente.

Ela tinha razão. Não era uma competição para ver quem recebia uma carta primeiro. Mesmo assim...

— Ele está servindo perto de Lille — disse Bitsi. — Está longe do perigo.

— Por enquanto — rebati asperamente.

— Ele queria se alistar.

— Você o incentivou.

— A seguir o que acreditava.

— E se o matarem?

Joguei um substancial texto completo de Victor Hugo num caixote, onde ele caiu com um barulho indignado.

— Por favor. — As mãos de alabastro dela, tão delicadas, seguraram as minhas, manchadas de tinta azul. — Preciso estar com alguém que também o ame.

— Eu deveria contar aos meus pais. — Soltei os meus dedos dos dela. — Eles ficarão aliviados.

— Odile, querida... — Miss Reeder inclinou a cabeça com empatia.

Gentilezas só me fariam chorar, então ofeguei um rápido "Até amanhã" e desci correndo a escada. Quando contei aos meus pais sobre a carta, deve ter havido um toque amargo na minha voz, porque *maman* disse que não era culpa de Bitsi ele ter se alistado. Com todos os panfletos políticos que escrevera, a sua escolha não deveria surpreender. *Papa* disse que era melhor eu ser boa com Bitsi, em nome de Rémy.

Dois dias depois, uma carta chegou. *O meu regimento está estacionado numa fazenda. Um gato do celeiro nos acompanha como um cão, mesmo durante os exercícios. Ainda não vimos nenhum tipo de combate, a não ser para decidir qual de nós vai fazer a faxina.*

Respirar ficou mais fácil.

Os PEDIDOS VINHAM de toda a França, assim como da Argélia, da Síria e do quartel-general britânico em Londres. Os funcionários e voluntários da Cruz Vermelha, da Associação Cristã de Moços e dos quacres se amontoaram na sala dos fundos para ajudar a mandar livros para os soldados. Anotamos com cuidado as preferências de gênero (ficção ou não ficção, mistério ou memórias) e idioma (inglês, francês ou ambos) e nos asseguramos de que cada soldado que pedisse recebesse um pacote duas vezes por mês.

Miss Reeder tirou fotos de voluntários embalando livros, Bitsi escreveu bilhetes de incentivo aos soldados e Margaret e eu abrimos os pedidos. Li em voz alta um de um professor de inglês, agora cabo francês, que queria livros didáticos para dar aulas ao regimento.

— Qual devemos mandar? — perguntou-me Bitsi.

Fingi não ouvir.

Margaret, nos olhando nervosa, leu em voz alta: "Estou no leste da França e há alguns entre nós que leem inglês. Podemos receber alguns livros e revistas e algumas moças (não velhas demais) que aceitem se corresponder conosco?"

Completamente encantadas com os pedidos que recebíamos, li outro em voz alta. "Somos alguns camaradas e eu, no campo francês entre Sarre e Moselle. E, como podem imaginar, os nossos prazeres são limitados. Se possível, vocês nos mandariam exemplares antigos da *National Geographic?* Essa revista nos agradará, porque gostamos desse belo periódico."

— Deve ser difícil para os soldados estarem longe de casa — disse Margaret. — Que alívio podermos fazer algo por eles.

— Obrigada pela sua dedicação — disse Miss Reeder, a voz consoladora como uma xícara de chocolate quente. — Temos sorte por você estar aqui.

— O que eu faria sem vocês? — Margaret começou a chorar. — Ah, não, a chaleira vazante voltou.

— Todas estamos emotivas ultimamente — respondeu Miss Reeder, os olhos em mim.

POUCOS TIROS FORAM disparados na França, embora a situação continuasse tensa ao longo da Linha Maginot, onde os generais tinham certeza de que o inimigo atacaria. Despachamos centenas de livros para os soldados de lá. Vários escreveram de volta, enviando gentilmente símbolos de apreço: uma aquarela da cozinha de campanha, esboços de um avião inimigo que tinham derrubado, um maço de cigarros. Margaret e eu lemos a carta de um capitão britânico.

Foi muita gentileza sua me permitir receber esse maravilhoso pacote de livros. Aprecio muito o que estão fazendo por nós e considero importantíssimo dar aos homens toda a recreação possível.

Queremos lhes exprimir toda a nossa gratidão pelo belo trabalho que estão fazendo por nós, soldados. Pelo que fizeram na última guerra e pelo que fazem agora, somos muito gratos.

A nossa operação Serviço dos Soldados crescera tanto — milhares de livros doados, dezenas de voluntários — que os empresários do prédio vizinho nos emprestaram um andar inteiro. Pilhas de romances e revistas chegavam ao teto, uma torre de Pisa literária. Miss Wedd nos preparou bolinhos e registrou dados estatísticos sobre os livros que enviamos. Naquele outono, remetemos vinte mil volumes para soldados franceses, britânicos e tchecoslovacos, assim como para a Legião Estrangeira. Como Miss Reeder, eu me sentia orgulhosíssima do serviço que prestávamos a cada soldado. Eu me sentia menos orgulhosa do fato de que mal falava com Bitsi.

Maman resmungava que eu não parava mais em casa, e Paul brincava que teria de ser voluntário se quisesse ficar comigo, mas descobri que, como Rémy, eu "precisava fazer alguma coisa". Por mais desolada que me sentisse sem ele, sabia que era bem pior para os soldados que estavam longe de casa. Eu enfiava cartões de incentivo dentro dos seus livros.

Por me sentir incerta quanto ao futuro, olhava com frequência a última página dos romances, na esperança de um final feliz. Em *Villette*, 823. *"Aqui, uma pausa: pausa imediata. Já se disse o bastante. Não perturbe corações bondosos, calados; que imaginações ensolaradas tenham esperança. Que lhes caiba conceber o prazer da alegria renascida do grande terror, o êxtase da salvação do perigo, o alívio maravilhoso do pavor, a fruição do regresso."* Desejei que pudesse avançar na história da minha própria vida para me tranquilizar. A guerra terminaria. Rémy voltaria para casa. Paul e eu nos casaríamos.

Novamente exausta naquela noite, caí na cama com um livro.

Ele atravessou o assoalho, pegou o meu braço, agarrou a minha cintura. Parecia me devorar com seu olhar inflamado...

— Nunca — disse ele, rilhando os dentes —, nunca nada foi ao mesmo tempo tão frágil e tão indômito. Um mero junco, é o que ela parece nas minhas mãos! (e ele me sacudiu com a força dos seus dedos.) Eu poderia dobrá-la... a selvagem e bela criatura!

— Por si, você viria com um voo suave se aninhar contra o meu coração, se quisesse: tomada contra a vontade, você evadiria ao aperto como uma essência... sumiria antes que eu inalasse a sua fragrância. "Ah! Venha, Odile, venha!"

— Odile! — *Maman* bateu à porta. — Já passa da meia-noite. Peguei caneta e papel e escrevi:

Querido Rémy.

Eu poderia ler a noite toda, mas *maman* vai me importunar até eu apagar a luz. Hoje foi outro dia caótico. A biblioteca está mais ocupada do que nunca: os sócios que partiram no fim de agosto estão de volta, e estamos nos esforçando ao máximo para mandar livros para todos vocês.

Paul vem para levar os caixotes até a estação. Margaret diz que ele vem por mim, mas não tenho certeza. Não sei como ele se sente.

Nunca dissemos "eu te amo". Nunca estamos sozinhos. Talvez eu o mantenha à distância. Dói ter esperanças. Tenho medo de que o sentimento dele por mim desapareça.

Eu me lembrei de que *papa* e tio Lionel tinham ambos achado outra pessoa. *Quer dizer, as faíscas não se apagam?*

— Apague a luz, Odile!

1º de dezembro de 1939

Querida Odile,

Obrigado pelo livro! *Jane Eyre* é tão valente quanto você. Que inteligente escrever as suas impressões nas margens! Virar cada página é como se lêssemos o romance juntos. Por que diabos você simpatiza com o Sr. Rochester? Ele é um cafajeste. Estou começando a duvidar do seu bom gosto para homens.

Margaret tem razão; Paul é voluntário para ficar perto de você. Ter esperança não deveria doer. Ela deveria lhe dar arrepios, como um prato de estrelas posto à sua frente, tremeluzindo de possibilidades.

Não pedi licença no Natal. Muitos soldados do meu esquadrão têm filhos, e quero que possam passar as festas com a família. Tentarei voltar a Paris na primavera.

Você não mencionou Bitsi. Há algo tristonho nas cartas dela. Fiquei com a impressão de que ela não convive com amigos e nunca ri. Ela vai trabalhar e volta para casa. Com o irmão mobilizado, está sofrendo duplamente. Fico para morrer de pensar que ela está infeliz. Não quero que ela fique sozinha. Por favor, cuide dela por mim.

Com amor,
Rémy

CAPÍTULO 16

Odile

PELA PRIMEIRA VEZ, a minha família celebrou o Ano-Novo sem o meu irmão gêmeo. Nós três comemos o *confit* de pato em silêncio. Naqueles dias, o meu metrônomo interno ia de lá para cá — eu caía em lágrimas, ficava serena, me confundia, ficava bem. Na biblioteca, continuamos a mandar pacotes para os nossos soldados. Ocupar-me — embrulhar livros, auxiliar os sócios — refreava os meus temores.

Paul ajudava a levar os caixotes à estação, onde seriam remetidos de trem. Hoje, quando me viu, todo o rosto dele se iluminou. O fôlego ficou preso no meu peito. Cientes de que a fofoqueira Madame Simon estava olhando (e ela sempre estava olhando), Paul e eu nos cumprimentamos como na primeira vez em que nos vimos, com beijinhos rápidos no rosto.

Da soleira da sala das crianças, Bitsi nos observou manobrar um carrinho rumo à porta. Fingi não a ver. Eu recebera a carta de Rémy duas semanas antes, mas ainda não fizera o que ele pedira.

Na entrada da biblioteca, Miss Reeder absorveu a cena.

— Você não cumprimentou Bitsi — disse ela.

— Eu a cumprimentei hoje de manhã.

— Vocês eram amigas.

— O trem vai partir logo — interrompeu Paul. — É melhor levarmos os livros para a estação.

— Conversaremos quando você voltar — disse Miss Reeder com ênfase.

Não me preocupei. Assim que entrasse na sua sala, ela seria varrida por um torvelinho de exigências de sócios e patronos e se esqueceria de mim.

Paul empurrava o carrinho pela calçada.

— Notou que Boris usa a sua máscara de gás como lancheira? Talvez seja um sinal de que, apesar da guerra, a vida voltou ao normal.

— O verdadeiro sinal é que ele voltou a escrever "A paixão de Boris".

— O que é isso?

— A história da Biblioteca Americana em Paris. Casos engraçados e dados estatísticos. Ele poderia dedicar um capítulo inteiro às várias maneiras que as pessoas pedem *As vinhas da ira*: Vinhas de ratos, de Steinbaum, As vinhas da tia, Iras da vinha, Vinhas de uva, A minha ira, sem mencionar Adivinha Caipira.

Paul deu uma risadinha.

— Não sei como ele mantém aquela cara séria.

Diante da estação, tropecei no meio-fio. Paul pôs a mão no meu quadril para me firmar, e esqueci os livros. Só o que eu via era ele. Só o que eu queria era ele. Ansiava por dizer *amo você*, mas estava com medo. Medo de que ele não sentisse a mesma coisa.

Ele acariciou as minhas costas.

— *Ça va?*

— *Oui.*

— *Je t'aime* — sussurrou ele.

— Eu te amo também.

Eu esperava uma trovoada ou um eclipse solar, alguma magia que marcasse o momento. Em vez disso, um velho nos cutucou e gritou:

— Olhem por onde andam!

Paul e eu rimos — o absurdo da situação, o alívio de finalmente dizer o que sentíamos.

146

— Bom — eu disse.

— Bom — disse ele.

Continuamos até a estação.

Depois de deixar os livros, perambulamos de volta à biblioteca. Como o aroma do pão assando, o amor estava no ar. Notei as grades de ferro batido em forma de coração das sacadas. Uma balada tocando num rádio distante. Cafés com mesas para dois. Paul, o meu amor, me beijou na entrada do pátio. Sonhadora, subi pelo caminho de seixos.

· No balcão de registro, Miss Reeder estava sozinha. Sua expressão facial era triste.

— Está tudo bem? — perguntei. — Onde está Boris?

— Eu lhe disse que precisava conversar com você.

— Comigo?

— Briguinhas são ruins para o moral da equipe, e os sócios merecem coisa melhor.

Eu estava em encrenca por causa de Bitsi?

— Ela começou!

— O Hospital Americano precisa de voluntários — disse ela. — Quero que você vá para lá.

Quero que você vá.

— Mas temos muito trabalho aqui — argumentei.

— É verdade.

— Eu não disse nada a Bitsi!

— Esse é o problema. Você não disse nada. — Os olhos dela não se desviavam dos meus enquanto ela procurava uma sabedoria que ainda não estava lá. — Você precisa crescer. Uma semana de trabalho no hospital vai lhe dar outra perspectiva.

— Quando quer que eu vá?

— Agora, por favor. Você receberá o seu pagamento de sempre. No hospital, apresente-se à enfermeira Letson. Ela está à sua espera.

Eu me senti pequena, um grãozinho de poeira que Miss Reeder espanou da prateleira. Atordoada demais para falar, fiz que sim para ela e passei sob as bandeiras francesa e americana pendentes, segui pelo pátio, ao longo da borda de amores-perfeitos murchos até a rua.

No metrô, na Estação Monceau, desci as escadas irregulares, onde esbarrei em Margaret. Quando lhe contei que fora banida, ela inclinou a cabeça com empatia.

— Você respeita tanto Miss Reeder — disse ela. — Será que ela não tem razão?

— Por que todo mundo acha que ela tem todas as respostas?

— Se você conseguisse conversar com Bitsi — continuou Margaret. — Não é o que Rémy queria?

E o que eu queria? Como é que Miss Reeder não via que estava sendo injusta? Eu não merecia ser banida como Jean Moreau, que assoava o nariz nos livros que não aprovava. Eu não tinha feito nada errado.

— Tenho de ir.

Na região chique de Neuilly, sob as castanheiras nuas do Boulevard Victor Hugo, abri o portão de ferro do hospital e subi o caminho às pressas. Uma enfermeira de gorro e avental brancos deu uma aula de primeiros-socorros aos voluntários antes de nos levar para dar uma volta.

— Se fôssemos como os franceses — disse ela —, teríamos placas pelo hospital todo. "Josephine Baker cantou neste exato local." "Foi aqui que Hemingway começou a escrever *O sol também se levanta* depois que removemos o seu apêndice."

Ela nos apresentou o Dr. Jackson, que explicou:

— A situação está calma na zona de combate, mas temos de nos preparar.

Tinham colado papel nas janelas, mas ele decidiu que isso não era o suficiente para esconder a luz. Encarregada do quarto andar, cobri as vidraças com tinta azul, passando mais no meu vestido do que no vidro. Embora sentisse falta dos meus *habitués* e de estar cercada de livros, dediquei-me à tarefa, tentando esquecer o buraco no meu coração, aquele que eu mesma abrira.

A enfermaria, formada por 150 leitos, abrigava uma dúzia de soldados feridos por granadas na Linha Maginot. Sentiam dor. Não tinham privacidade. Parentes e amigos não podiam visitar. O espírito deles estava flagelado. Fiz questão de que os soldados tivessem livros e revistas na mesinha de cabeceira. Ler oferecia uma fuga, outra coisa em que pensar, uma privacidade da mente.

Um bretão de cabelo crespo logo se tornou o meu favorito, porque era atrevido como Rémy. Enquanto eu tirava as bandejas do almoço, ele perguntou:

— Leria para mim, *mademoiselle?*

— Tem algum escritor favorito?

— Zane Grey. Gosto de histórias de caubói.

Peguei na estante do canto o exemplar de *Nevada* com as orelhas enroladas, me sentei ao seu lado e comecei a ler. Ao terminar o primeiro capítulo, perguntei:

— O que acha?

Ele sorriu.

— Acho que eu mesmo poderia ter lido... minha perna explodiu, não o meu cérebro. Mas a sua voz é tão bonita, você é tão bonita...

— Malandro! — Estendi a mão para despentear o seu cabelo, como faria com o meu irmão.

Com a mão no ar, enrijeci. E se algo acontecesse a Rémy e ele fosse parar no hospital, ferido ou coisa pior? Ele me pedira uma coisa. Eu precisava fazer as pazes com Bitsi.

Tive vontade de culpar a guerra pela minha rudeza com ela, mas na verdade eu *era* imatura. Se quisesse ter um relacionamento melhor com meu irmão e Bitsi, precisaria mudar. Eu queria. Mas conseguiria?

— *Mademoiselle* está bem?

— Melhor do que você — brinquei. — Minha perna está inteira.

Depois do meu turno, corri para a biblioteca, onde inspirei o cheiro celestial dos livros. Encontrei Bitsi enfileirando na estante as histórias infantis.

— Vamos tomar um chá.

Os olhos violeta dela transbordaram de esperança.

— E o trabalho?

— Miss Reeder não vai se importar.

— Estou com saudades dele — sussurrou Bitsi.

Passei o meu pé sobre o dela, como faria com Rémy.

CAPÍTULO 17

Odile

PARIS, MAIO DE 1940

No pátio, as rosas estavam em flor, e o aroma doce adentrava a biblioteca. Apesar dos dias amenos, todo mundo estava irritadiço — preocupados com pessoas queridas longe de casa, com comunicados que falavam de batalhas fatais na Finlândia, com a probabilidade de que a França fosse a próxima. Mr. Pryce-Jones mandou M. de Nerciat "se danar". Boris elogiou a pasta nova da professora Cohen, mas Mme. Simon murmurou:

— Quando vejo o que *essa gente* tem enquanto *bons franceses* como o meu filho trabalham por tostões...

Pelo menos, Bitsi e eu estávamos nos entendendo.

Mergulhada em pensamentos, só ouvi o sussurro das suas sapatilhas de balé quando ela estava ao meu lado.

— Miss Reeder quer dar uma palavrinha. Reunião do pessoal.

Bitsi e o zelador foram os últimos a chegar; ela veio para o meu lado.

À sua mesa, Miss Reeder pigarreou.

— Tenho notícias. Soldados alemães penetraram na Bélgica, em Luxemburgo e nos Países Baixos. Bombardearam o norte e o leste da França.

O norte. Rémy estava no norte. *Que ele esteja bem.* Busquei a mão de Bitsi e a segurei.

Miss Reeder disse que tínhamos de nos preparar para bombardeios e até para a guerra. Simplesmente, não havia como saber. Os funcionários parisienses deveriam sair da cidade; os estrangeiros, do país.

— Voltar para casa? — perguntou Helen, do Acervo.

— Temo que sim — respondeu Miss Reeder.

— A senhora vai embora? — perguntou Boris.

— Por favor, não vá — murmurou Bitsi para si.

— Não — respondeu a diretora. — A biblioteca permanecerá aberta.

Graças a Deus. Bitsi apertou a minha mão. Estávamos todos apavorados, mas pelo menos ainda tínhamos a biblioteca.

— Isso é tudo.

Essa frase, usada para assinalar o fim das reuniões, nos espalhou como bolas de bilhar — para contar a notícia, para chorar na chapelaria. Atordoada, entrei aos tropeços na sala de periódicos, onde Paul andava de um lado para o outro perto da estante de revistas.

— Acabei de saber — disse ele. — Você deve estar preocupadíssima com Rémy.

Ele abriu os braços e me enfiei neles.

UMA SEMANA DEPOIS, Miss Reeder se aproximou, a testa franzida de preocupação.

— O Hospital Americano está sobrecarregado — disse ela. — Por que não dá uma ajuda por alguns dias? É improvável, mas talvez você encontre alguém que conheça o seu irmão ou o regimento dele.

— E a biblioteca?

— Os livros durarão mais do que nós. Vá descobrir o que puder.

As enfermeiras corriam de uma sala de cirurgia a outra, os gorros engomados tortos, os aventais encharcados de sangue. Soldados com ataduras sujas curvavam-se nas cadeiras do corredor. Voluntários lavavam o rosto e os pés dos homens. Enchi uma bacia com água morna e me ajoelhei diante de um soldado, e outro, e mais outro. Cada vez que limpava o sangue do rosto de um soldado com cabelos escuros, esperava que os olhos inteligentes de Rémy se revelassem. Incontáveis rostos depois, levantei-me para me alongar e ver se podia ajudar na enfermaria, onde os feridos jaziam em camas estreitas. Eu não sabia se me sentia aliviada porque Rémy não estava ali entre os feridos ou apavorada porque ainda estava lá em combate.

Ao amanhecer, caí num catre na sala do pessoal e acordei duas horas depois para servir o café da manhã. De pijama, os soldados franceses e ingleses eram despojados de fardas, posto e nacionalidade. A ordem social se baseava na gravidade dos ferimentos. Era assim que eu avaliava as feridas: se o homem flertasse, ele estaria se sentindo melhor; se ficasse calado, estaria sentindo dor.

Numa maca, recém-saído da cirurgia, um gemeu. Eu me aproximei e alisei a sua testa franzida com o meu lenço, que *maman* mergulhara em água de lavanda.

— Você — disse ele.

— Eu — respondi.

— Você lavou o meu rosto. O seu toque era terno... — Ele sussurrou, acordou de repente. — Amo você.

— Com tudo o que lhe injetaram — falei —, você amaria um bode.

Na enfermaria, na noite seguinte, ajudei-o a escrever uma carta para casa nos Estados Unidos. Ele atravessara a fronteira do Canadá e se alistara na *Royal Air Force*.

— Nunca fui de ficar sentado no banco de reservas — disse e apontou as minhas mãos, avermelhadas de tanto lavar os feridos. — Você também não.

— Estou acostumada a remendar livros, não pessoas.

— Livros?

— Sou bibliotecária.

— Você faz "shh" para todo mundo?

Dei-lhe um soquinho de brincadeira no braço.

— Só para soldados impertinentes.

— Gostaria que estivéssemos numa biblioteca agora.

— Que tipo de leitor você é?

Era a primeira vez em semanas que eu fazia essa pergunta.

— Da Bíblia. Lá de onde sou, eles adoram a Bíblia.

— Quer que eu lhe traga uma?

— Meu Deus, não! Quero dizer, não, obrigado, já li.

— Que tal eu lhe trazer algo para ler amanhã?

— Eu gostaria disso.

Ele bocejou e, um instante depois, adormeceu. Eram quase nove da noite, e eu precisava voltar para casa antes que *maman* arrancasse as suas samambaias de tanta preocupação. Enquanto eu seguia até a porta, um soldado chamado Thomas estendeu o braço, o dedo roçando no meu vestido ensanguentado. Tinha 19 anos. Era barbeiro, antes. Ontem, quando lhe trouxe um exemplar de *Life* com Lana Turner na capa, ele se recusou a abrir a revista. "Não preciso olhar mais", insistiu.

— Não vá embora, *mademoiselle* devoradora de livros. — Ele agarrou a bainha do vestido. Afastei da testa o seu cabelo, castanho como o de Rémy. — Não vá embora — sussurrou ele outra vez.

Maman teria de esperar. Enfiei o cobertor sob o seu queixo.

— Fale comigo — pediu ele.

— Sobre o quê?

— Qualquer coisa.

— Gostaria que você conhecesse os meus *habitués* na biblioteca. Há um inglês... Imagine um grou usando uma gravata-borboleta de estampa *paisley*. E o seu amigo francês, uma morsa de bigode peludo. Todo dia, eles acendem um charuto fedorento e discutem. Tema de hoje: a *madeleine* de Proust não deveria ter sido um croissant? O de ontem: Quem é o maior atleta cujo nome começa com J? Johnny Weissmuller ou Jesse Owens?

Fui recompensada com um pequeno sorriso.

— Os dois estão errados. É o remador Jack Beresford. Quero ouvir mais.

— Há Madame Simon, com dentaduras herdadas que não cabem na sua boca grande. Uh-la-lá, ela adora fofocar.

— Como as mulheres da minha igreja. Mais.

— A última conversa é sobre a minha sócia favorita, uma professora universitária com um passado misterioso. "Ela se casou com um homem com metade da idade dela", começou Madame Simon, mas a nossa catalogadora, a rigorosa Mrs. Turnbull, com a franja cinza-azulada torta, interrompeu: "Não, ele tinha o dobro da idade dela." Bom, as duas estavam certas; o primeiro marido da professora tinha o dobro da sua idade, e o segundo, metade. Então elas especularam sobre o terceiro.

— O terceiro? — perguntou ele. — Que vida.

Dei uma olhada no relógio. Quase onze horas.

— Não vá — disse ele.

A sua voz ficara rouca, então ergui a cabeça dele e lhe dei um gole de água.

— Você nunca vai ficar sozinho — prometi. — Quer que eu lhe conte mais? Você reconheceria a professora de longe porque ela sempre usa roxo. Fala de livros como se eles fossem os seus melhores amigos...

— Quero conhecê-la.

A noite toda, fiquei contando histórias, acalmando os seus sonhos febris, segurando a sua mão até que ele morreu.

CAPÍTULO 18

Odile

PARIS, 3 DE JUNHO DE 1940

Eu estava a alguns quarteirões da biblioteca, levando livros para os meus soldados no hospital, quando a cidade ficou imóvel. Nenhum pombo crocitando, nenhum parisiense conversando. Só um zumbido alto. Olhei para cima e vi aviões, dezenas e dezenas deles. Meu coração estrondeou entre as minhas clavículas. À distância, ouvi o estrépito de vidro quebrado quando as bombas explodiram. Um alarme guinchou no seu caminho pelas ruas. Pessoas correram à minha volta, correram para cima de mim. Senti gosto de fumaça e soube que tinha de correr para me proteger. Paralisada na calçada, me senti dormente enquanto olhava, boquiaberta, os atacantes no céu azul límpido. Só conseguia pensar em Rémy. Onde ele estava? Aqueles eram os cheiros e sons que enfrentava?

Quando o bombardeio acabou — foi uma hora? Duas? Ou vinte minutos? — colei-me à parede dos prédios até a biblioteca. No balcão da frente, o pessoal se reuniu à minha volta. Olhei Bitsi, que disse: "Oh, querida!"; a diretora, que agora tinha uma linha delicada entre as sobrancelhas; Margaret, que agarrou as suas pérolas; e Boris, que disse: "Ela vai desmaiar!"

Miss Reeder me sentou. Boris trouxe uma xícara de uísque para acalmar os meus nervos.

— Você está a salvo — disse ele —, por enquanto.

— Os soldados alemães nunca passarão da Linha Maginot — falou Margaret.

— Já tivemos o nosso quinhão de pensamento positivo — concluiu Miss Reeder —, agora é preciso planejar.

— Está dizendo que deveríamos partir? — perguntou Bitsi. — Não sei para onde eu e minha mãe iríamos.

A sirene ainda guinchava nos meus ouvidos, e eu não conseguia entender o que diziam. Só sabia que tinha de retornar ao hospital: os meus soldados precisavam de mim. Levantei-me da cadeira.

— Você deveria ficar sentada — sugeriu Bitsi.

Não. Eu precisava voltar aos feridos.

O hospital não sofrera danos, mas lá dentro estavam todos abalados. Com material de leitura nas mãos trêmulas, passei pela enfermaria, contornando as camas, os rostos preocupados. Na hora do jantar, ninguém tinha muito apetite. As enfermeiras e eu oferecemos pratos de sopa e convencemos os soldados a comer.

Em casa, *maman* estava nervosa.

— Você chega mais tarde a cada noite. Paul está aqui, e o assado está pronto há uma hora.

— Rémy escreveu?

— Ainda não — respondeu *papa*.

— Um dia infernal — disse Paul enquanto cutucávamos a comida no prato.

Com necessidade do incentivo do seu toque, movi a minha perna para que ficasse entre as dele.

— Boas notícias em Dunquerque. "Uma obstinada batalha continua..." — leu *papa* no comunicado de guerra. — "Resistência magnífica dos soldados aliados."

— Rezo para que a guerra termine e ele volte logo para casa — disse *maman*, uma das mãos na têmpora dolorida, a outra nas costas da cadeira de Rémy.

* * *

QUANDO CHEGUEI à biblioteca na manhã seguinte, Miss Reeder estava sozinha numa mesa da sala de leitura, examinando o jornal. Impecável no vestido de jérsei azul, rímel cobrindo os cílios, batom perfeito, ela não deixava que o medo a impedisse de trabalhar.

Talvez por sentir o meu olhar, ela ergueu a cabeça. Na sua expressão, vi muita coisa: preocupação, curiosidade, coragem, afeto.

— Alguém da sua família se feriu no bombardeio? — perguntou ela.

— Não.

— Ótimo. — Ela ergueu telegramas. — Temo que a minha esteja implorando para que eu volte.

Eu não lhes tirava a razão. Às vezes, até eu queria ir embora.

— Como é que consegue ficar?

Gentilmente, ela pôs a mão no meu rosto.

— Porque acredito no poder dos livros. Fazemos um trabalho importante, garantindo que o conhecimento esteja disponível e criando uma comunidade. E porque tenho fé.

— Em Deus?

— Em moças como você, Bitsi e Margaret. Sei que vocês vão endireitar o mundo.

Os *habitués* se reuniram em volta para ler as notícias. *Le Figaro* congratulava os parisienses pelo *sangfroid*. Afirmava que 1.084 bombas haviam sido lançadas, matando 45 civis, ferindo 155. Uma foto mostrava um prédio bombardeado, os cômodos abertos ao mundo como os de uma casa de bonecas.

— Toda batalha é um "combate magnífico" ou uma "luta valorosa" — disse M. de Nerciat.

— A cada dia, mais reportagens são censuradas — afirmou a professora Cohen. — O que os censores estão escondendo?

Mr. Pryce-Jones perguntou se podia falar comigo em particular. Os seus olhos azuis leitosos estavam nublados de preocupação.

— Se eu tivesse um irmão, gostaria de saber.

Na chapelaria, entre guarda-chuvas quebrados e cadeiras bambas, o diplomata aposentado confidenciou que os comunicados não contavam a história real.

— Mas... os jornais dizem que estamos vencendo.

Não, disse ele. De acordo com a sua fonte na embaixada, dezenas de milhares de soldados franceses e britânicos tinham sido capturados. Em Dunquerque, os alemães cercaram as tropas aliadas, de costas para o Canal da Mancha. Enfrentando ataques do inimigo, navios ingleses vieram buscar os seus soldados. Em breve, quase não restaria mais presença militar britânica no continente.

Afundei numa cadeira, incapaz de cobrir o abismo entre o que líamos e o que ele me contava. Os britânicos entravam em retirada meras semanas depois que o combate real começara. O que aconteceria com os soldados franceses? O que aconteceria com Rémy?

— Sinto muito, *ma grande*.

— O senhor fez bem em me contar. Por que eles não puderam salvar os nossos soldados?

— De acordo com as minhas fontes, ajudaram o máximo que puderam. Lembre-se, estamos falando de barcos de pesca e botes, além de embarcações da Marinha, tentando evacuar trezentos mil homens.

A Linha Maginot nos manteria a salvo, a França tinha o melhor exército — nada além de mentiras. *Oh, Rémy, onde você está?* Se algo lhe acontecesse, supus que eu *saberia*, mas não sentia nada.

Alguns dias depois, a caminho de casa, entrei no *boulevard* arborizado, esperando contornar as *mademoiselles* que se deliciavam com as vitrines de luvas Kislav (seda ou algodão, couro ou renda) e conjuntos Nina Ricci (debruados com rabos de esquilo, *bien sûr*). Em vez disso, as calçadas e os paralelepípedos estavam lotados com milhares de pessoas, tantas que eu não conseguia ver o outro lado da rua. Todos tinham uma expressão aturdida, abatida. Não conseguia imaginar o que aquelas pessoas tinham passado, os horrores da guerra de que fugiam.

Algumas famílias estavam em carros de boi, colchões empilhados atrás. Outras se arrastavam a pé, carregando trouxas ou empurrando carrinhos de bebê cheios de pratos. Havia gente do campo com botas de trabalho, moradores urbanos de fraque e salto alto. Uma avó de vestido manchado de suor levava no colo uma frigideira de ferro fundido, o marido segurava um saco de estopa. Até as crianças levavam alguma coisa: uma Bíblia, um saco com roupas caindo, uma gaiola de passarinho. Muitas andavam em pequenos grupos, mas outras estavam sozinhas. Um soldado com uma atadura suja enrolada no braço quase esbarrou em mim. Uma moça da minha idade, andando penosamente, segurava um bebê à sua frente, como se não soubesse carregá-lo. Talvez o marido tivesse se alistado e ela acabou ficando sozinha com o bebê. Ela o sacudia delicadamente, como se quisesse que acordasse. As bochechas dele eram de um verde doentio, os membros congelados no tempo. Incapaz de encarar a verdade, virei-me para o outro lado.

Ao meu lado, um fazendeiro rogava que o seu touro andasse. Uma mãe murmurava com uma criancinha. Mas a maioria estava calada, como se não tivesse palavras para o que tinha visto. Nos seus rostos atormentados, vi que a vida nunca mais seria a mesma. Parei ali na rua, ficando com eles por respeito, como se faria num cortejo fúnebre, antes de voltar para casa aos tropeços.

No jantar, *papa* disse que ele e o seu pessoal tinham levado bandejas de café para os refugiados repentinos. A maioria era do nordeste da França. Muitos nunca tinham saído da sua aldeia.

— Estavam fugindo dos soldados alemães. Os homens com quem falei, agricultores e comerciantes simples, não receberam auxílio nem instruções. O prefeito deles foi o primeiro a partir.

— A que ponto o mundo chegou? — perguntou *maman*. — Pobre gente. Onde vão ficar?

Papa, massageando a mão dela, respondeu:

— No Sul, que é para onde você e Odile deveriam ir. Tenho de cumprir o meu dever aqui, mas quero que você vá para um lugar seguro.

O que ele disse fazia sentido. Eu esperava que *maman* cedesse, mas ela recuou como se ele lhe tivesse batido com um pedido de divórcio.

— *Non!*

— Ora, Hortense...

Ela puxou a mão das dele.

— É para cá que Rémy voltará. Não vou partir.

Point final.

Nós, PARISIENSES, ÉRAMOS um povo *blasé*. Andávamos depressa, mas nunca corríamos. Nem piscávamos o olho ao ver amantes no parque. Éramos elegantes mesmo quando levávamos o lixo para fora, eloquentes ao insultar alguém. Mas, no início de junho, com a notícia de que os tanques alemães estavam a alguns dias da cidade, nós, parisienses, nos esquecemos quem éramos. Havia tanto a dizer — feche as malas, tranque a porta, se apresse — que gaguejamos. Alguns correram à estação para se assegurar de que as pessoas amadas embarcavam no trem rumo à segurança. Outros se uniram à procissão desolada de carroças e carrinhos de mão, carros e bicicletas, enquanto sapateiros, açougueiros e luveiros cobriam de tábuas as suas vitrines e partiam. Cada apartamento fechado, cada porta trancada eram a prova de que algo terrível estava para acontecer.

A embaixada britânica aconselhou o pessoal a sair de Paris, e Lawrence e Margaret planejaram ir de carro para a Bretanha com a filha. "Até as coisas explodirem outra vez", disse Margaret, insistindo que só ficariam longe algumas semanas. Ao recordar o rosto assustado dos franceses que, da noite para o dia, se tornaram refugiados dentro do próprio país, não tive tanta certeza.

Embora aquela fosse uma cidade fantasma, os meus *habitués* ainda frequentavam o setor de periódicos. Acomodados em volta da mesa, percorríamos os jornais. Paris seria bombardeada outra vez? Os alemães chegariam assim tão longe? Nem os generais sabiam. Talvez isso fosse o mais assustador: não sabíamos o que aconteceria.

— O senhor irá para a Inglaterra? — perguntou a professora Cohen a Mr. Pryce-Jones.

A cabeça dele caiu para trás.

— É claro que não! Sem Paris, não sei onde ficaria...

M. de Nerciat perguntou sobre Rémy, mas eu meramente balancei a cabeça, com medo de chorar se abrisse a boca.

— Os políticos fugiram. — Gentilmente, Mr. Pryce-Jones mudou de assunto.

— Os diplomatas também.

O inglês pigarreou com desdém, e Monsieur acrescentou:

— Companhia atual excluída.

— Paris sem políticos é como um bordel sem *filles de joie* — concluiu Mr. Pryce-Jones.

— Está comparando Paris a uma casa de má fama? — perguntei.

— Pior! — disse Monsieur. — Está comparando os políticos a prostitutas.

— Bom, se a carapuça servir... — eu disse, e os homens riram.

— Bill Bullitt ainda está aqui — disse Mr. Pryce-Jones, apontando uma foto no *Le Figaro*. — Disse que nenhum embaixador americano jamais fugiu, nem na Revolução Francesa, nem quando os *boches* vieram em 1914, e que de jeito nenhum seria o primeiro.

— Um cartaz dizia que Paris seria uma cidade aberta — comentei. — O que isso significa?

— Paris não vai se defender e o inimigo não vai atacar. É um modo de garantir a segurança dos habitantes.

— Então não haverá mais bombas? — perguntei com cautela.

Nem sempre dava para acreditar nos comunicados de guerra, mas eu tinha total fé em Mr. Pryce-Jones.

— Bombas, não — respondeu ele. — Alemães, sim.

Margaret entrou correndo na biblioteca. Pálida como as suas pérolas, ela examinou a sala e correu até mim.

— Tinha de lhe perguntar uma última vez — disse ela. — Tem certeza de que não quer vir?

— Se Rémy voltar...

— Compreendo. — Ela segurou as minhas mãos. — E se nunca mais nos virmos?

Era uma pergunta sem resposta. Só pude lhe dizer:

— Você é a minha amiga mais querida.

— Não sei o que faria sem você. Amo a biblioteca, mas amo você mais.

Um carro buzinou.

— É Lawrence. Christina deve estar inquieta — disse ela, abalada. — É melhor eu ir. *Bon courage.*

Amo a biblioteca, mas amo você mais. Era exatamente como eu me sentia. Éramos exatamente como Janie e Pheoby no meu livro favorito. Podíamos contar qualquer coisa uma à outra.

Ver a minha melhor amiga partir me transformou numa chaleira vazante. Não queria que os meus *habitués* me vissem perder o controle; pisquei rapidamente e corri para o catálogo de fichas. Vasculhei-as e deixei as lágrimas encharcarem o papel, toda a angústia cuidadosamente escondida na gaveta O.

— Margaret está agindo de forma inteligente. — A professora Cohen pôs o seu xale sobre os meus ombros.

— A senhora também vai embora?

Ela deu um sorriso irônico.

— *Ma grande,* ninguém jamais me acusou de agir com inteligência.

As bibliotecas são santuários de fatos, mas agora os boatos chegavam à sala dos periódicos, onde a professora Cohen e Mme. Simon conversavam à mesa.

— Ouvi dizer que, daqui em diante, só ensinarão alemão nas escolas — me disse *madame* enquanto eu arrumava uma pilha de revistas. — Não poderemos andar nas calçadas, só os alemães. Está me escutando, mocinha? — Ela cutucou o meu peito. — Eles vão estuprar qualquer coisa com pernas. Principalmente as bonitas como você.

— O medo se agitou na minha barriga enquanto eu tentava ignorá-la. — Cubra-se de mostarda, para que não queiram nada com você.

— Chega! — disse a professora Cohen.

* * *

A DIRETORA ARRANJARA veículos para levar colegas a Angoulême, onde ajudariam o pessoal da clínica americana. Quis me despedir, mas *papa* insistiu que eu ficasse em casa.

— Preciso dar adeus!

— De jeito nenhum.

— Se eu não for, Miss Reeder ficará sozinha.

Eu me lembrei de uma sócia em prantos que desmaiara nos braços dela. A diretora ia ficar, mesmo não sendo o país dela em guerra.

— Não estou preocupado com ela. Estou preocupado com você.

— Miss Reeder diz...

— Miss Reeder diz! E o que eu digo?

— E a biblioteca? — perguntei.

— E a biblioteca? — repetiu ele, exasperado. — Você não compreende o perigo?

Na manhã seguinte, acordamos com berros de alto-falantes. "Protestos e atos hostis contra soldados alemães serão punidos com a morte!"

CAPÍTULO 19

Miss Reeder

PARIS, 16 DE JUNHO DE 1940

Essa era realmente Paris? Miss Reeder achava que não. As avenidas estavam desertas, as barracas da feira vazias. Até os pardais tinham fugido. Ela andou rapidamente rumo ao ponto de ônibus, passou pela florista, onde espiou carcaças de hidrângeas que lembravam aranhas, depois por uma padaria fechada com tapumes. Ansiava pelo cheiro comum e mágico dos croissants. Ela costumava pegar o número 28 até a biblioteca, mas o transporte público fora suspenso. A pé, levando a pasta e a máscara de gás, ela se encolheu ao ver um trio de soldados alemães em patrulha. Com medo de onde mais encontraria tais homens, Miss Reeder se deslocou mais depressa, uma única coisa em mente: a biblioteca.

Ela atravessou o Sena. Não havia vivalma na vasta Place de la Concorde, nem um único carro passava pela Champs-Elysées, o mais grandioso risco de trânsito da França. Na cidade mais animada do mundo, ela ouviria um alfinete cair. A imobilidade era estranha. Ela nunca se sentira tão sozinha. Ainda assim, ver a embaixada a tranquilizou, e ela ficou tentada a parar para informar ao embaixador Bullitt que a biblioteca continuava aberta — afinal de contas, ele era o presidente honorário. Mas ela sabia que, antes que o governo francês pegasse a estrada, o primeiro ministro pedira ao embaixador americano que lidasse com os generais alemães que chegassem e mantivesse a ordem. A suástica suspensa no alto do opulento Hotel Crillon, no outro lado da rua bem diante da embaixada, indicava que o embaixador tinha trabalho a fazer.

A diretora entrou no pátio da biblioteca enquanto o zelador abria as janelas. Chegou bem na hora de ver os olhos sonolentos do seu mundo despertarem.

— Estarei na minha sala. Nenhuma visita antes das nove, por favor — disse ela ao zelador, como sempre, antes de preparar um bule de café. À sua mesa, ela releu os telegramas, na esperança de que tivessem mudado da noite para o dia, como tudo o mais. "As solicitações de fundos foram suspensas", escrevera de Nova York o terceiro vice-presidente do conselho. "Podem surgir incertezas na mente dos nossos amigos quanto à possibilidade de a biblioteca continuar." Outro escreveu: "Supomos que a Biblioteca tenha fechado. Duvido que possa ter alguma existência em futuro imediato."

"Não abandonei o meu posto!", ela quis gritar. "Estamos aqui." Ela precisava convencê-los de que a BAP tinha de continuar aberta. "Bibliotecas são pulmões", rabiscou ela, a caneta mal era capaz de acompanhar as suas ideias. "Os livros são ar fresco inspirado para manter o coração batendo, para manter o cérebro imaginando, para manter a esperança viva. Os sócios dependem de nós para ter notícias, ter uma comunidade. Os soldados precisam de livros, precisam saber que os seus amigos da biblioteca se importam com eles. O nosso trabalho é importante demais para ser interrompido agora." Ela releu as linhas: demasiado verdadeiras, demasiado sentimentais. Ela se recompôs e redigiu mais cartas, uma para Mr. Milam da American Library Association, outra para a diretoria em Nova York. "Estamos dando aos estudantes o que eles precisam; ao público, os livros que querem; e aos soldados, o que podemos. Afinal de contas, continuar nos mantendo e ter esperança numa contribuição mais ampla à humanidade é alguma coisa."

Ela se serviu de café.

— Ainda tem? — perguntou Bill Bullitt, enfiando a cabeça calva pela porta da sala.

— Embaixador.

— Diretora — disse ele. — A senhora sabe por que estou aqui.

— Para me aconselhar a retornar aos Estados Unidos — disse ela sem rodeios.

— O presidente Roosevelt me ordenou que deixasse Paris, e ainda estou aqui. Não a aconselharia a fazer algo que eu mesmo me recusei a fazer.

— Onde está o nosso bom senso? — perguntou ela com um sorrisinho.

— Acho que deixamos nos Estados Unidos.

Ela observou enquanto ele se servia de uma xícara de café.

Ele se sentou.

— Refugie-se no Le Bristol, onde estão ficando os outros americanos.

— Não posso pagar.

Ele tomou um gole.

— Deixe que eu me preocupo com isso.

— Ficarei bem em casa.

— O seu prédio tem abrigo no porão para protegê-la de gás venenoso?

Ela apontou para máscara de gás na frente da estante.

— O transporte público ficará algum tempo suspenso — disse ele. — Le Bristol fica a apenas quatro quarteirões.

Seria conveniente ficar mais perto.

O impasse trouxe o silêncio.

— Pode me contar alguma coisa? — perguntou ela, finalmente.

O tom confiante que ele usara sumiu.

— Tivemos uma baita dificuldade para lidar com os alemães. Prometa que vai tomar cuidado. E que vai se mudar para o hotel.

— Vou esta noite.

Ela lhe entregou a correspondência a ser enviada pela mala diplomática.

— Não vou mais atrapalhar. — Ele mesmo guiou-se até a saída.

Uma pequena parte dela desejou ter dado ouvidos quando os pais lhe imploraram que embarcasse num navio. Ela levava na bolsa uma foto deles. Toda vez que comprava uma baguete ou procurava o lenço, os olhos de *mom* e *dad* lhe imploravam que voltasse para casa. Ela gostaria de fazê-los entender que Paris era a sua casa. Ela fizera ali o trabalho da sua vida, a sua vida.

Permanecer fora a escolha certa. Uma coisa os seus pais a tinham ensinado: defender as suas ideias, fosse lidando com um colega de escola mal-intencionado, fosse com a catalogadora autoritária da Biblioteca do Congresso. Não se é nada sem princípios. Não se vai a lugar nenhum sem ideais. Não se é ninguém sem coragem. Embora implorassem que voltasse para casa, eles se orgulhavam dela por ter ficado. *Queridos papai e mamãe*, escreveu ela. *Há muitas coisas que gostaria de lhes dizer, muitos pensamentos que gostaria de enviar, mas, é uma pena, terei de depender do seu coração e da sua compreensão para saber tudo o que trago por dentro...*

Le Bristol. Os pais ficariam tranquilos porque ela ficaria com compatriotas. O hotel tinha uma longa lista de hóspedes estimados: astros do cinema, herdeiras, lordes, ladies e agora uma bibliotecária. Depois do trabalho, ela foi a pé até a sua casa na rue de la Chaise, 1, para buscar as suas coisas. Enquanto destrancava a porta, Mme. Palewski correu até ela. A pele olivácea da *concierge* estava branca como gesso.

— O que houve? — perguntou Miss Reeder.

— O meu marido estava na Biblioteca Polonesa. Eles vieram. — Madame começou a chorar. — Entraram pisando forte. Exigiram as chaves. Passaram pelo prédio todo. Os arquivos, os manuscritos raros. O diretor tentou impedir. Os soldados ameaçaram prendê-lo.

— O seu marido está bem?

— Está. Mas eles roubaram tudo...

Os nazistas estavam em Paris havia três dias, e estava começando. Miss Reeder tivera esperança de que as igrejas e as bibliotecas, lugares silenciosos e de devoção, não seriam incomodadas.

Ela percebeu que logo enfrentaria o inimigo.

CAPÍTULO 20

Odile

2 de julho de 1940

Querido Rémy.

Onde você está? Ansiamos por vê-lo, por receber notícias suas. Tudo está bem conosco. Depois de me prender em casa durante dez longos dias, *papa* finalmente me permitiu voltar ao trabalho. Fiquei preocupadíssima com a diretora, sozinha na biblioteca, mas ela insiste que teve "bastante prazer" em ser a única guardiã. Estava terrivelmente solitário sem os outros, que acabaram de voltar. Quando pus os olhos em Bitsi, gritei de alegria; M. de Nerciat teve muito prazer ao fazer "shh" para uma bibliotecária. Mas as boas notícias foram seguidas pelas más: Boris explicou que os nazistas também tinham chegado a Angoulême. A severa Sra. Turnbull está voltando diretamente de lá para Winnipeg. Canadense e, portanto, súdita britânica, ela é considerada uma estrangeira inimiga.

Aqui, os nazistas estão comprando tudo, de sabão a agulhas de costura. Nós os chamamos de "turistas" porque tiram fotos de monumentos como se estivessem de férias. Quando pèdem instruções

168

— Onde fica o Arc de Triomphe? Onde fica o Moulin Rouge? — dizemos que não sabemos. Com o toque de recolher às 21 horas, a cidade está silenciosa à noite. Fomos forçados a adiantar os nossos relógios em uma hora para ficar na zona horária deles. Toda vez que olho no meu relógio, é um lembrete de que vivemos no tempo deles, nos termos deles.

Ninguém consegue acreditar que a França tenha perdido tão depressa. No púlpito, o padre balançou a Bíblia para nós e berrou que a derrota é a punição de Deus pela nossa falta de valores morais.

Papa disse que algumas pessoas foram presas por escrever nos muros ou jogar pedras em soldados alemães, mas, fora isso, a situação está calma. Paul parece zangado a ponto de matar alguém. Ele diz que agora o seu serviço consiste em dirigir o tráfego para os nazistas. Ordenaram-lhe que usasse luvas brancas, que o fazem se sentir "um maldito mordomo". Logo ele vai ajudar a tia com a colheita. A mudança lhe fará bem.

Deve ser um inferno para você não poder abraçar Bitsi. Ela sente terríveis saudades suas. Juro que, enquanto você estiver longe, tomarei conta dela da melhor maneira, da mais doce maneira.

Não tivemos notícias de Margaret, e espero que ela esteja a salvo. Os poucos sócios que permanecem estão lendo mais romances do que nunca, talvez como forma de escapar a essa metamorfose desconcertante; Boris a chama de "France Kafka".

Com amor,
Odile

"Frota inglesa afunda dois encouraçados franceses — Mais de mil marinheiros franceses mortos", dizia a manchete. De acordo com o *Herald*, no outro lado do Mediterrâneo, em Orã, os ingleses temiam que a Marinha francesa permitisse que os nazistas confiscassem os seus navios. O almirante inglês deu um ultimato aos franceses — entreguem as suas embarcações ou as afundaremos — e lhes deu seis horas para ceder os navios. Como *l'admiral* recusou, os ingleses atacaram. Li a reportagem duas vezes, mas nem assim entendi. Aliados lutando entre si?

— Traidor! — gritou Monsieur de Nerciat a Mr. Pryce-Jones.

Não precisei ler o jornal para saber que a França cortara relações diplomáticas com a Inglaterra. Durante dias, observei Monsieur andar pisando forte pela biblioteca, murmurando que procuraria um lugar não contaminado pela traição.

Senti Boris ao meu lado.

— Telefone — disse ele, os olhos verdes lamentosos. — O seu pai.

Corri para o balcão de registro e peguei o aparelho.

— *Papa?* É Rémy?

— Venha para casa, querida — disse ele.

Fui buscar Bitsi, que estava lendo para um punhado de crianças. Um olhar para mim e ela largou o livro. Apressada para sair da biblioteca, agarrei a mão dela e a puxei comigo. Corremos pela rua, corremos rumo... Parei.

— O que foi? — perguntou ela.

Balancei a cabeça. De repente, eu queria levar o máximo de tempo possível, com medo de que Rémy estivesse... Não conseguia dizer, não conseguia nem pensar. Naquele momento, ele estava vivo. Talvez, quando chegássemos à nossa casa, não estivesse.

A nossa vida junto se desenrolou à minha frente. O nosso quinto aniversário, quando *maman* assou o bolo de chocolate com as bordas queimadas. O dia em que *papa* nos levou para andar de pônei no Bois. A vez em que Rémy e eu enchemos o açucareiro de sal, o que fez *maman* e as suas amigas engasgarem com o chá. Quando ela se queixou a *papa*, esperando que ralhasse conosco, ele se dobrou com uma gargalhada tão grande como nunca mais ouvi. Depois disso, *maman*, que não era boba nem nada, só usou açúcar em cubos. Os almoços intermináveis de domingo em que uma piscadela de Rémy era a única coisa que me mantinha sã. A refeição mais importante da minha vida, em que conheci Paul. Todas as lembranças incluíam Rémy.

Até entrar para o Exército, ele era a primeira pessoa com quem eu falava pela manhã, a última à noite. O meu melhor amigo, a minha outra metade. Não que eu lhe contasse isso. E se tivéssemos trocado as nossas últimas palavras um com o outro? Lembrei-me do dia em que ele foi embora. O que eu disse? Leve o seu suéter, você vai pegar um resfriado? Apresse-se, você vai perder o trem?

— Pare com isso — disse Bitsi.

— O quê?

— O que quer que seja que está fazendo.

Em casa, *papa* sentou a mim e a Bitsi ao lado de *maman*, que estava pálida como uma aspirina. Ele cruzou os braços junto à lareira.

— Recebemos notícias de Rémy — disse ele.

CAPÍTULO 21

Lily

FROID, MONTANA, ABRIL DE 1985

PAPAI E EU chegamos à igreja às três e meia. Mergulhei os dedos na água benta repugnante e notei os buquês de flores cor-de-rosa que adornavam os bancos. Havia quase tantas flores para o casamento quanto no enterro de mamãe, já fazia um pouco mais de um ano. Eu estava com dor de cabeça. Gostaria de me enfiar na cama e puxar as lembranças de mamãe sobre mim como um edredom.

A mãe de Eleanor veio correndo. "Pronto para o grande dia?", perguntou a papai. Ela me abraçou. Meu nariz pousou nos cravos que usava no peito e espirrei. Ela disse "Pode me chamar de vovó Pearl" e me levou para a sala dos fundos, onde me apresentou a três damas de honra risonhas, que, como "vovó Pearl", tinham vindo de Lewistown. O meu vestido era do mesmo rosa-Pepto-Bismol do delas. Eleanor se adornou no espelho de corpo inteiro, um véu de renda obscurecendo o rosto e o coque *chignon*.

— Você está linda como a Lady Di — eu disse.

Era a verdade sincera diante de Deus; as duas tinham aqueles olhos de corça.

Eu queria gostar dela. Queria que ela gostasse de mim. Mas, quando ela me puxou para o seu peito coberto de lantejoulas e me abraçou com força, os meus braços penderam, ainda não dispostos a abraçá-la.

— Querida — disse ela —, prometo cuidar de você como se fosse minha filha.

Foi bacana como promessa, e eu sabia responder. Depois da lição sobre *les adjectifs*, Odile me dissera: *Vou lhe ensinar palavras em inglês. Palavras que esperarão que você diga.*

— Espero que você e papai sejam felizes — disse a Eleanor.

Embora tivesse treinado, a frase soou meio dura.

Em francês, há duas formas de "você", a formal e a informal. *Tu* é para amigos e pessoas amadas, *vous* para conhecidos e pessoas que queremos manter certa distância. Eu usaria *tu* com papai, mas *vous* com Eleanor.

O órgão começou a tocar Pachelbel, e corremos para o fundo da igreja. A Sra. Olson, única organista da cidade, não esperava nenhuma noiva; os casamentos seguiam o cronograma dela. Deslizando pelo corredor central, avistei Robby na quarta fila a contar de trás. Ele me observava. Só a mim. Limpei no vestido as palmas da mão suadas e me enfiei entre Odile e Mary Louise no primeiro banco. Em pares arrumadinhos, seguiram-se os pajens e as damas de honra. As notas despóticas do "Coro Nupcial" encheram a igreja. Papai estava no ponto exato onde ficara o caixão de mamãe. O caixão cor de marfim fora carregado pelo mesmo corredor que Eleanor e o pai dela percorriam agora.

— Amados queridos — começou Garrote Maloney, e lágrimas encheram os meus olhos.

Com medo de que papai ficasse nervoso se visse, baixei a cabeça e fitei o genuflexório. Odile pôs o pé sobre o meu. A pressão me deu algo em que me concentrar.

— Casado e Brenda mal foi enterrada — disse Sue Bob.

— E James escolhendo alguém tão jovem — completou a Sra. Ivers, embora tivesse sido ela quem apresentara os dois.

— Ele está fazendo isso por Lily — explicou a velha Sra. Murdoch.

— Aquela menina precisa de uma mãe.

Sussurros, sussurros, sussurros. Tentei não escutar.

"Agora, pode beijar a noiva" costuma ser a melhor parte, porque é romântico e perto do fim, mas observar papai beijar outra mulher foi esquisito. Mary Louise me deu uma cotovelada, como se também não conseguisse acreditar.

No salão paroquial, serpentinas em tons pastel flutuavam entre as luzes fluorescentes.

— Todo esse rosa me dá vontade de vomitar — disse Mary Louise.

Curvando-se nas cadeiras metálicas de armar, observamos a noiva e o noivo deslizarem, cumprimentando os convidados. Era só questão de tempo para eles terem um filho e poderem me substituir, como tinham substituído mamãe.

O bolo, quase da altura de Eleanor, refletia a forma espumosa do seu vestido de creme batido. Ela e papai cortaram o bolo, a mão dele sobre a dela na faca de prata. Eles puseram migalhas na boca um do outro. Câmeras espoucaram. Papai me chamou com um gesto para pegar uma fatia. É claro que Tiffany Ivers recebeu a dela primeiro.

— Pelo menos o bolo é bom — disse ela.

— Cale a boca. — Peguei dois pratos, um para Mary Louise, um para mim.

— Só estava tentando ser gentil. — Ela se virou para papai. — Parabéns, Sr. e Sra. Jacobsen.

Ele vira a diferença e provavelmente se perguntou por que a sua filha não podia ser tão doce quanto Tiffany Ivers. Os pratos na minha mão tremeram. Antes que papai ralhasse, saí correndo, serpenteando entre os convidados.

Robby apareceu na minha frente.

— Que droga, né?

Ouvi tanta coisa naquelas palavras. *Sinto muito que sua mãe tenha morrido. Hoje deve ser um dia difícil para você.*

— É.

Ele levou os meus pratos até Mary Louise e se demorou à mesa um minuto antes de voltar para junto dos pais. Ela comeu o meu bolo e o dela. Quando o DJ pôs para tocar uma música lenta, fitei o aviso piscante de saída acima da porta, não querendo ver o Sr. e a Sra. Jacobsen se esfregarem um no outro. Papai me deu um tapinha no braço.

— Dança de pai e filha, Lil.

Ele me levou até a pista de dança, onde o Sr. Carlson rodopiava gentilmente com Eleanor. Deveríamos dançar, mas só ficamos ali parados.

— Na igreja — disse papai —, vi você de cabeça baixa.

Fiquei tensa.

— Estou um pouco triste, também — admitiu ele.

Ele pegou a minha mão. Oscilamos de leve juntos e, pelo resto da recepção, a sua confissão ficou nos meus ouvidos.

Papai e Eleanor foram embora no nosso carro, decorado com um cartaz de "Recém-casados". Aliviada porque a tortura terminara, fui a pé para casa com Mary Louise. No meu quarto, vesti a minha camiseta de águia. Ela chutou o vestido rosa para debaixo da cama.

CHEZ ODILE, ACORDEI com o aroma de croissants amanteigados. Não me sentia bem e não comi muito. Não consegui deixar de pensar em como a vida seria quando papai e Eleanor voltassem da sua *lune de miel*. As coisas mudariam, e eu tinha medo de que não houvesse espaço para mim.

— Você está pensativa. — Odile me entregou *Vidas sem rumo*. — É sobre família, aquela em que nascemos e aquela que criamos com almas irmãs. É sobre criar um lugar para nós neste mundo.

— Os seus livros têm sorte — eu disse, olhando as estantes. — Eles têm um lugar exato onde devem ficar. Sabem ao lado de quem estão. Gostaria de ter um número decimal Dewey.

— Eu costumava me perguntar qual seria o meu número se eu tivesse algum. Podemos criar os nossos.

Isso impulsionou a conversa. Estaríamos na literatura ou na não ficção? O número de Odile deveria ser francês ou americano? Haveria um número franco-americano? Poderíamos ter o mesmo número para ficarmos sempre juntas? Somamos 813 (americano), 840 (francês) e 302.34 (amizade) e criamos a nossa estante de livros dignos de 1955.34.

Alguns favoritos foram *Le Petit Prince*, *Mulherzinhas*, *O jardim secreto*, *Cândido*, *O longo inverno*, *A Tree Grows in Brooklyn*, *Seus olhos viam Deus*. Quando terminamos, senti que, não importava o que acontecesse, eu sempre teria um lugar com Odile.

Na manhã seguinte, Mary Louise e eu nos deitamos no sofá de Odile e tomamos *café au lait* que era quase só *lait* enquanto ela cuidava do jardim. Quando terminamos, espiei as gavetas do bufê.

— Ainda acha que ela era espiã? — perguntou Mary Louise.

Dei de ombros. Pelas contas, soube que as roupas dela vinham de uma butique em Chicago. Não era exatamente uma descoberta; eu sabia que não eram da Jeans 'n Things. Num cartão de Natal desbotado, alguém chamado Lucienne insistia que Odile entrasse em contato com os seus pais antes que fosse "tarde demais".

— Ela está logo ali fora — sibilou Mary Louise. — Você vai ser pega.

— Aconteceu alguma coisa em Paris. Há uma razão para ela ter ficado aqui.

Assim que a porta de correr se abriu, fechei a gaveta com força.

Quando a lua de mel acabou, papai veio me buscar na casa de Odile assim que ela e eu terminamos a minha prova sobre *les verbes*. Ela o convidou a entrar, mas ele declinou. Nós nos demoramos na varanda, o sol da primavera nos aquecendo. Eu me preocupei com o que ele ia dizer. Os números eram fáceis para papai. Eles sempre se somavam. As palavras eram mais complicadas. Ele nunca entendia o seu peso.

— Obrigado por tomar conta de Lily — agradeceu ele.

— O prazer foi meu. — Odile sorriu para mim.

— Agora que Ellie está aqui, você não precisa mais ficar com ela — disse ele.

— Não preciso? — repetiu ela.

— Lily devia passar mais tempo em casa.

De jeito nenhum eu abriria mão de Odile. Ela estava do meu lado, não importava o que acontecesse. Eu podia lhe contar qualquer coisa. Papai me dava ordens, mas Odile, nunca. Ela confiava que eu faria a escolha certa.

Eu lavaria o carro dela, cortaria a sua grama, regaria as suas samambaias, qualquer coisa para continuar a ter aulas com ela. Antes que eu lhe afirmasse isso, ela disse em francês:

— À mesma hora amanhã.

— *Oui, merci* — respondi, meu agradecimento jorrando gratidão.

ELEANOR LARGOU O EMPREGO e a vida de papai voltou ao normal. Depois de um longo dia no banco, ele voltava para uma esposa, uma filha e um jantar quentinho em casa. Nas manhãs de sábado, Eleanor me mandava passar o aspirador e um pano com polidor Pledge aroma de limão em todas as superfícies. "Uma mocinha precisa aprender essas coisas. Você me agradecerá mais tarde." Quando eu me queixava, papai dizia que eu precisava "ouvir" Eleanor. Com isso, ele queria dizer "obedecer".

Mesmo quando chegaram as férias de verão, ela se levantava cedo e esculpia os cachos com fixador. Antes que papai saísse para trabalhar, ela endireitava a gravata dele dez vezes. Mamãe nunca passava as minhas blusas, mas Eleanor, sim. "Ninguém jamais dirá que eu não cuido de você." No jantar, quando deixei cair creme de milho na toalha de mesa, ela correu até a pia e voltou com um pano para limpar a sujeira.

Eu queria férias da presença dela e mal podia esperar para começar o ensino médio. Esperava que Robby finalmente se apaixonasse por mim, que Tiffany se mudasse (ou, melhor ainda, que sofresse um surto de *choléra*). À noite, no quarto, eu revisava a *leçon* de francês do dia e dizia o que era *timide* demais para dizer em inglês: *je t'aime, Robby, je t'adore.*

No primeiro dia de aula, vesti a camiseta de águia. Embora estivesse dois números pequena demais e a estampa tivesse praticamente descascado toda, usá-la me fazia pensar em mamãe.

Na cozinha, papai balançou as chaves do carro.

— Pronta?

— Compramos roupa nova para você — bufou Eleanor. — Pode, por favor, vestir?

Cruzei os braços.

— Não.

Olhamos papai, o árbitro relutante.

— Dá até para ouvir! "E a Lily, aquela menina largada" — imitou Eleanor —, "usando calças pescando siri e uma camiseta surrada. O que a mãezinha dela diria?"

— Falar, todo mundo fala. Isso não significa que tenhamos de escutar. — Papai apontou para o relógio de pulso. — Se não sairmos agora, vamos nos atrasar.

— Tudo bem — disse ela.

Não foi uma vitória real.

No momento da chamada, me sentei na primeira fila, Mary Louise ao meu lado. Robby se enfiou na cadeira mais perto da minha no outro lado do corredor central. Quando eu disse *Bonjour*, ele olhou em volta, como se pensasse que eu falava com outra pessoa.

— Melhor ficar só no inglês — aconselhou Mary Louise.

— Shh! — ralhou a Srta. Boyd —, senão passo dever de casa extra para todos!

Bref, le lycée era o mesmo desapontamento encenado diante de outros professores num prédio maior, e, em casa, Eleanor me recebeu com uma nova lista de tarefas.

— Não fui eu quem prometeu amar, alegrar e obedecer — murmurei, mal passando o esfregão no linóleo.

Às vezes, eu sonhava com mamãe. Com o jeito como observávamos gansos voarem. O jeito como cantávamos "Jingle Bells" a plenos pulmões. O jeito como assávamos biscoitos. Quando o meu despertador tocava, mamãe ia embora. O pesar era tão forte que eu me enrolava numa bola.

— Levante-se, preguiçosa! — Eleanor surrava à minha porta. — Você vai se atrasar para a escola.

— Não estou me sentindo bem — me queixei.

— Você me parece ótima.

Ainda assim, no Dia de Ação de Graças, Eleanor pensou em incluir Odile, o que deixou o peru seco mais fácil de engolir. Quando ela confidenciou que passava as festas sozinha desde que o marido morrera, papai deu um tapinha na mão de Eleanor, e pudemos ver que se orgulhava dela. Enquanto eu remexia pedaços de torta de abóbora que pareciam giz, Eleanor pediu a Odile que tirasse uma foto para um cartão de Natal. O meu garfo se imobilizou. Papai e Eleanor se levantaram, prontos para serem fotografados, mas o meu coração ardeu com a ideia de mamãe sendo cortada do mapa da família.

Férias de Natal. Dever de casa terminado. Tiffany Ivers de volta ao leste para visitar a família. Nenhuma nuvem no meu céu. Mary Louise e eu esculpimos uma mulher de neve (com bolas de gude para fazer os olhos, a boca e os brincos) como surpresa para a vovó Pearl. Toda vez que ela ligava para Eleanor, pedia para falar comigo também. E todo mês, desde o casamento, ela me mandava alguma coisa: um cartão engraçado, uma assinatura da revista *Seventeen*, botas de borracha cor de malva. Eu não tinha muita certeza quanto a Eleanor, mas eu gostava da vovó Pearl.

— O que acha? — perguntei a Odile, que saíra para buscar a correspondência.

— Ela precisa de alguma cor.

Mary Louise desamarrou o cachecol fúcsia que "tomara emprestado" da irmã e o enrolou no pescoço gelado da mulher de neve. Infelizmente, Angel passou e viu que tínhamos usado algo dela. Agarrou uma pá e surrou a nossa criação até transformá-la num monte de flocos de neve lascados. Quando ela terminou, não conseguimos achar nem as bolas de gude.

Quando os pais de Eleanor chegaram, abracei vovó Pearl antes que ela saísse do carro. Com a bagagem, papai e o Sr. Carlson se evaporaram na sala de estar, enquanto nós, mulheres, começamos a trabalhar nos biscoitos de gengibre. Na bancada da cozinha, Odile cantarolava "Silent Night" enquanto abria a massa com o rolo de pastel; eu enfiava os moldes de Papai Noel na massa grudenta de melado. Vovó Pearl mexia a sidra quente. Eleanor pulava de um lado para o outro como se tivesse de fazer xixi.

— Menina, o que há de errado com você? — perguntou-lhe a mãe.

— Não consigo mais guardar! — guinchou Eleanor. — Estou grávida!

— O meu bebê vai ter um bebê! — disse a vovó Pearl.

O quê?

— Pra quando é? — perguntou a vovó Pearl.

— Vinte e oito de abril.

Papai sabia? Por que não me contou?

— Um bebê! — Odile bateu palmas. — Que maravilha!

— A sua roupa de batismo está no baú do meu enxoval — disse vovó Pearl. — Vou lhe mandar.

— Tenho uma quantidade de lã que seria perfeita para uma manta — acrescentou Odile.

Não tínhamos um quarto extra. Onde poriam o bebê? Pardais roubam ninhos de andorinha e forçam os filhotes a sair. Estorninhos furtam de pardais. Traiçoeiro, mas mamãe tinha dito que a natureza era assim.

LÁ SE FORAM a escrivaninha de metal e o arquivo amassado. Lá se foram os extratos bancários e as contas de telefone. Lá se foram os programas de shows e as fotos de pássaros — quaisquer lembretes da vida com mamãe. Talvez para Eleanor parecessem papéis velhos, mas para mim eram lembranças. Por sorte, vi aquilo no lixo e escondi tudo no meu quarto.

Agora, a sala de estar de papai era o quarto do bebê. Eleanor ergueu amostras de tinta pastel que pareciam os ovos de Páscoa que tínhamos acabado de colorir. No fim, pintamos o quarto de um amarelo ensolarado. Mamãe dizia que o moisés de madeira parecia um ninho, mas não contei isso a Eleanor. Não mencionava mais mamãe com ela porque, quando mencionava, o nariz dela se franzia como se as minhas palavras fedessem.

No PRIMEIRO DIA de maio, Eleanor, enorme, me viu ir para a escola, as mãos se torcendo sobre o barrigão. Naquela noite, ela estava deitada no leito do hospital, parecendo cansada, mas feliz, como se tivesse corrido uma longa maratona e vencido. Os homens ofereciam charutos a papai e lhe davam tapinhas nas costas. Ele sorria como o anão Dunga. A Sra. Ivers deu ao bebê um título de caderneta de poupança. A crocheteira Sra. Murdoch fizera sapatinhos. A cidade inteira se espremeu nas escassas horas de visita. Quando Mary Louise apareceu, reviramos os olhos e imitamos o que ouvimos.

— Um menino! Graças ao Senhor!

— O nome da família vai continuar!

Mais tarde, quando peguei o bebê no colo, pensei na minha mãe, e a melancolia me inundou. Então, Joe se aconchegou na dobra do meu cotovelo, e me curvei para inspirar seu perfume. Tinha cheiro de biscoito doce. Talvez tudo desse certo.

Em casa, Eleanor mal dormia. Se pudesse ficar acordada a noite toda tomando conta de Joe, ficaria. Mamãe tinha razão. Os bebês não sabiam a sorte que tinham: dormiam enquanto recebiam todo o amor. Depois de três meses sem descanso, Eleanor bocejava constantemente, não mais um periquito animado, mas um pombo gordo que arrastava os pés do berço para a cadeira de balanço. A pele ficou manchada, o cabelo formava tufos.

— Você é mãe, mas também é mulher — disse Odile a ela. — Cuide-se. Você precisa de descanso e exercício.

Ela e eu nos revezamos segurando Joe para que Eleanor pudesse dançar com a sua fita de aeróbica de Jane Fonda. Espiávamos a sala de estar para observar Eleanor de macacão rosa, as pernas chutando o mais alto que podiam. Odile sussurrou: "Como o *cancan* em Paris."

* * *

Enquanto Eleanor e eu esperávamos que papai voltasse do trabalho, ela perguntou:

— Quanto a sua mãe pesava?

— Não faço ideia.

No dia seguinte, ela me encurralou no balcão.

— Que tipo de fralda ela usava? Ela amamentou?

Em seguida, ela perguntou que gosto tinha o leite. Não tínhamos balança até a vinda de Eleanor. Ela costumava se pesar uma vez por semana. Agora, corpulenta e tentando "perder o peso do bebê", ela pisava na balança dez vezes por dia.

— Ela amamentou? — perguntou Eleanor outra vez. — Usou fraldas de pano?

— De seda. É, e me amamentava cinco vezes por noite. Vovó Jo veio, mas mamãe não aceitou ajuda. Disse que não precisava.

Eu esperava que fosse o fim, mas Eleanor recomeçou.

— Quanto ela pesava?

— Pergunte a papai.

— Quanto?

As perguntas idiotas me deixavam maluca. Levei um tempo para entender que ela se comparava com mamãe. Bom, Eleanor podia cozinhar nas panelas da minha mãe, comer nos seus pratos. Podia morar na casa dela, podia se fazer de minha mãe o quanto quisesse. Mas nunca seria a minha mãe. Dei uma resposta impossível:

— Quarenta e cinco quilos.

— Quarenta e cinco quilos? — A boca de Eleanor tremeu.

Depois da aula, gostei de voltar para casa e ver Eleanor e Odile tomando chá à mesa, porque Eleanor nunca me importunava quando tínhamos visitas. Hoje, com Joe babando no moisés ao lado, elas conversavam sobre coisas distantes: um dia Eleanor voltaria à faculdade, um dia Odile visitaria Lucienne, a sua amiga noiva de guerra de Chicago. Quando Odile estendeu um prato de uvas, Eleanor deu um tapinha na barriga e disse:

— Estou tentando emagrecer.

Dei um sorriso falso. Como se uma uva fosse engordá-la.

— Você vai passar vários meses sem emagrecer — disse Odile.

Eleanor franziu a testa.

— Por que diz isso?

— Você está grávida.

Outro bebê? Parei de sorrir.

— Mas acabei de ter Joe, só faz cinco meses — protestou Eleanor.

— Já vi grávidas o suficiente para saber os sintomas.

— James me disse que seria seguro.

— Quantos anos você tem? E ainda acredita no que os homens dizem?

Eleanor meio que riu. Uma piada? E havia... algo na voz de Odile. Algo amargo. Algo que me fez pensar no que um homem lhe dissera.

ELEANOR FICOU GRANDE como um castelo, com um barrigão tão imenso que fazia a sua cabeça parecer pequena. As roupas de grávida ficavam esquisitas: o peito e o quadril se revoltavam contra o algodão apertado. Ela parou de tingir o cabelo, e as raízes escuras tomaram conta. Só mulheres desleixadas deixavam isso acontecer.

— Não foi assim com Joe. — Ela soava chocada.

Pálida e inchada, como se o corpo inteiro estivesse grávido e não só a barriga, ela se sentia tonta assim que ficava em pé. Quando ficava na cama o dia todo, como mamãe, eu permanecia ao seu lado. Lembrei-me de um trecho de *Ponte para Terabítia*: "*A vida era tão delicada quanto um dente-de-leão. Uma sopradinha de qualquer direção e se fazia em pedacinhos.*" Quando criança, eu achava que só velhos morriam. Agora eu sabia que não. Por que não fora mais gentil com Eleanor? Eu me senti horrível com a satisfação doentia que tivera em feri-la. Ela não era tão ruim assim. Até convencera papai a me dar uma mesada, e lhe disse: "A filha de um bancário deveria aprender a fazer orçamento." *Por favor, não morra*, rezei.

Odile veio. Gostei que ela não bateu, só foi entrando, como gente da família.

— Você está linda como uma Madona — disse a Eleanor.

— É mesmo?

Sinceramente? Mais como Jabba, o Hutt. Eu sabia que a verdade não ajudaria, por isso fiz que sim.

— Mas vamos chamar o Dr. Stanchfield só por precaução — disse Odile.

Ele aferiu a pressão de Eleanor duas vezes e disse que ela teria de fazer exames, a mesma coisa que dissera sobre mamãe.

— Ela vai ficar bem? — perguntei.

— A sua madrasta tem pressão alta, o que não é saudável para ela nem para o bebê.

Enquanto Joe e Eleanor cochilavam, Odile tentou afastar a minha mente das preocupações me ensinando vocabulário sobre *bébés* — moisés, *couffin*; fraldas, *couches* — mas, com Eleanor presa à cama, não dei uma *caca* a nada disso.

— Como se diz "pressão alta"? — perguntei.

— *La tension.*

Tensão. Essa palavra dizia tudo.

— Vamos dar uma volta? — sugeriu Odile.

Ela acreditava muito no ar fresco. O cruel vento do norte nos açoitou quando descemos a Main Street, passamos pela igreja, pelos pinheiros-anões e chegamos ao cemitério. Como as outras senhoras, Odile era de cemitérios. Eu, não. Ver *Brenda Jacobsen, Esposa e Mãe Amada* gravado em granito me fazia sofrer. Mamãe se fora fazia mais de dois anos. Havia crisântemos ao pé da sua lápide, como as do túmulo do filho e do marido de Odile. Eu sabia que deveria baixar a cabeça e rezar, mas espiei Odile. Ela mantinha a cabeça baixa e a expressão, soturna. Percebi que ela sentia falta da família, de Buck e Marc, mas também dos pais e do irmão gêmeo. Gostaria de saber o que aconteceu com eles.

CAPÍTULO 22

Odile

PARIS, AGOSTO DE 1940

— Talvez eu não devesse ter chamado você — disse *papa* —, mas supus que gostaria de saber assim que possível...

— *Monsieur?* — pressionou Bitsi.

— Remy está vivo — disse *papa*.

Soltei o ar com força.

— Onde ele está? — perguntou Bitsi. — Vai voltar para casa?

— Ele foi capturado — respondeu *papa*.

— Capturado? — repetiu Bitsi.

— Está no que chamam de Stalag — explicou *papa* —, um campo para prisioneiros de guerra.

Mamãe chorava, e pus o braço em torno dela.

— Ele está vivo — disse-lhe.

— Sabemos onde ele está — afirmou *papa*. — Que isso nos sirva de consolo.

Ele estava certo: A pobre Bitsi não recebia cartas do irmão havia meses.

— Gostaria que tivéssemos notícias de Julien — disse-lhe papai, a voz terna.

185

Ela mordeu o lábio, e vi que tentava não cair em prantos.

Papai tirou um cartão do paletó. Espiei o papel na sua mão e li as letras desbotadas: *Je suis prisonnier.* Sou prisioneiro. Abaixo, havia duas linhas:

1. Estou em perfeita saúde.
2. Estou ferido.

A segunda tinha sido contornada. Rémy estava sozinho e sentia dor.

Bitsi empalideceu ao ler o cartão e disse que avisaria à mãe. *Papa* e eu a levamos até a porta. Ela lhe beijou a face, o que levou uma sombra de sorriso ao rosto dele.

Voltamos à *maman*. *Papa* se ajoelhou ao lado dela e limpou gentilmente as suas lágrimas. Ele e eu a abraçamos pela cintura e a ajudamos a ir para a cama. No quarto deles, *papa* andava de um lado para o outro, e *maman* continuava a chorar.

— Quer que chame o Dr. Thomas? — perguntei.

— Nenhum remédio do mundo vai ajudar — disse *papa*. — Ficarei com ela. Você devia descansar.

Dessa vez, não discuti. Eu me senti culpada de deixar *maman* com o seu pesar, mas aliviada de enfrentar o meu. Stalag. Uma nova palavra no vocabulário da perda. Até hoje, tínhamos conseguido nos convencer de que Rémy trilhava o caminho de volta para nós. O que nos diríamos agora?

À minha escrivaninha, com a caneta-tinteiro dele, escrevi:

Querido Rémy,

Detestamos que seja prisioneiro, detestamos que esteja ferido e longe de casa. Estamos preocupadíssimos.

Extravasar os sentimentos me trouxe alívio, mas a carta não ofereceria consolo a Rémy. Abri a caneta e deixei a tinta pingar na página. Recomecei.

Querido Rémy,

Querido Rémy foi o máximo que consegui.

Pela manhã, me vesti e fui ao quarto dos meus pais. *Maman* estava enfiada sob o edredom. De olhos fechados, gemia como se fosse incapaz de acordar de um pesadelo. Diante do guarda-roupa, *papa* abotoava a camisa.

— Ficarei com ela — eu disse.

— *Maman* não vai querer que você a veja desse jeito. — Ele me escoltou até a porta da frente. — Sei de alguém que pode cuidar dela.

Lá fora, havia algumas pessoas na calçada, nenhum carro nos paralelepípedos. A biblioteca estava estranhamente calma, também. Senti falta de Margaret. Senti falta de Paul. Senti falta até do som da severa Mrs. Turnbull mandando os estudantes se calarem.

— Soube de Rémy. Sinto muitíssimo. — A professora Cohen mostrou um romance de Laura Ingalls Wilder chamado *O longo inverno*. — Marquei um trecho especialmente memorável. Durante uma nevasca, uma família de peões se aconchega no seu barraco, sem conseguir se aquecer. Pa começa a tocar rabeca e diz às três filhas que dancem. Elas riem e saltitam, e isso impede que morram congeladas. Mais tarde, Pa tem de cuidar dos animais, senão eles morrerão. Quando sai, não consegue enxergar seis centímetros à frente. Ele usa como guia a corda de pendurar roupa para chegar ao estábulo. Lá dentro, Ma prende a respiração, esperando. — Quando peguei o romance, a professora Cohen cobriu as minhas mãos com as dela. — Não podemos ver o que está por vir. Só podemos nos segurar na corda.

ANTES DO JANTAR, dei uma espiada no quarto dos meus pais, onde *maman* dormia. Uma enfermeira estava sentada perto da cama. O cabelo castanho e ralo emoldurava um rosto rosado. Ela parecia conhecida. Uma sócia? Uma voluntária do hospital?

— Sou Odile.

— Eugénie — disse ela.

— Como ela está?

— Sua mãe não se mexeu. Temo que esteja em choque.

Os dias se passaram. Depois do trabalho, Bitsi e eu passeamos pelas Tulherias.

— Como está a sua mãe? — perguntei.

— Ela espera à porta como se o meu irmão fosse chegar a qualquer minuto.

Os parisienses se acostumaram com os Ocupantes. Alguns fizeram negócios com eles, vendendo filme para as suas câmeras ou cerveja para saciar a sua sede. Outros se recusaram a reconhecer a sua presença, fingindo que não estavam lá. Algumas mulheres aceitaram elogios e convites para jantar. Outras franziam os lábios com desagrado. No metrô, fiz cara feia para um soldado alemão muito magro até que ele baixou os olhos.

Era tranquilizador saber que Eugénie estava em casa, um olho em *maman*, o outro no tricô. Ainda assim, eu me perguntava de onde a conhecia. Alguém que ajudara no Serviço dos Soldados? A mãe de uma colega de escola?

Então, certa noite, quando *papa* e eu nos despedimos dela, ele a ajudou a vestir o casaco e propôs visitá-la em casa, oferta que nunca fizera à criada. Eugénie deu uma bufada de coelho e desceu correndo a escada. De repente, eu soube: essa "enfermeira" era a meretriz que estava com ele no hotel.

— Como pôde trazê-la para cá? — sibilei.

Por um segundo, ele pareceu surpreso. Depois, com um brilho de cálculo nos olhos, ele somou o que eu podia saber, subtraiu a própria culpa e formou a hipótese de como poderia dividir a atenção entre a amante e a minha mãe. Depois de considerar os elementos dessa equação caótica, ele escolheu o argumento tão bem quanto Rémy nos seus debates do curso de Direito.

— Qual a outra opção? Pedir à sua tia Janine que venha da Zona Livre? Trazer alguma desconhecida?

— Talvez pudéssemos procurar a tia Caro. Ela gostaria de saber. Gostaria de ajudar.

— A sua mãe teria um ataque se falássemos com Caroline pelas costas dela.

— Mas *papa*...

— E você, não gostaria de cuidar de *maman*?

Tive medo de me afogar na profundeza infinita do seu pesar.

— Não podemos contratar uma enfermeira?

— As que não tiveram o bom senso de fugir estão cumprindo turnos de dez horas nos hospitais. Eugénie está fazendo um bom trabalho.

Bufei.

— Tenho certeza de que você gostou dos modos dela junto ao leito.

— Não discuta assuntos que não conhece! Além disso, Eugénie é praticamente uma enfermeira.

— Trabalhar numa biblioteca não me torna praticamente um livro. *Maman* precisa de uma enfermeira *de verdade*.

Voltei ao meu quarto pisando forte. Trazer a amante para casa. Ah, se Paul estivesse aqui, poria algum bom senso em *papa*. Envolvi as costelas com os braços, desejando que fosse Paul me abraçando. Quando meu pai me desapontava, quando eu tinha dificuldades com um sócio insolente, quando sentia tanta saudade de Rémy que doía, Paul era o bálsamo que eu esfregava na alma ferida.

Às oito da noite, meu pai bateu à minha porta.

— Hora de jantar.

— Perdi o apetite!

Passei a noite inteira acordada, me imaginei encurralando a meretriz. O rosto corado de vergonha, ela pediria desculpas por ousar respirar o mesmo ar que a minha mãe. Prometeria nunca mais lançar sombras sobre a soleira da nossa porta. Nunca mais falaria com *papa*.

Antes de sair para trabalhar, dei uma olhada em *maman*. Terna como uma amante, Eugénie acariciava o cabelo de *maman*; terna como uma mãe, limpava o nariz dela. Eu não trocara nenhuma vez a camisola de *maman*, não esvaziara o urinol. Essa desconhecida se apresentara e fizera tudo o que eu não podia fazer. Aos poucos, a minha ofensa se dissipou.

Beijei o rosto de *maman*. Ela não se mexeu.

— Nenhuma melhora?

Mesmo assim, achei difícil enfrentar o olhar de Eugénie.

— Oito lenços ontem. Melhor do que anteontem, quando ela usou uma dúzia.

— Ah, *maman*...

— Sei como ela se sente.

— O seu filho também?

— Na Grande Guerra. Era pequeno quando bombardearam a aldeia. Espero que a sua mãe nunca saiba como me senti. Eugénie acariciou o braço de *maman*. — É difícil, muito difícil esta vida, Hortense. Mas os seus filhos precisam de você. Podemos escrever ao seu filho. A sua filha está aqui, não gostaria de vê-la?

Maman ergueu a cabeça e me fitou com olhos desamparados.

25 de agosto de 1940

Querido Rémy,

Estamos com saudades suas e esperamos que você possa voltar para casa. Se escreveu, temo que as cartas ainda não tenham chegado. *Maman* e *papa* estão bem. Paul está fora, ajudando na colheita. Estou com saudades dele, e mal posso imaginar como você deve sentir falta de Bitsi.

Cada vez mais gente está vindo à biblioteca, para ter contato, para ter uma folga. Embora muitos sócios tenham fugido (com os nossos livros!), estamos lotados. Miss Reeder se recusa a mandar alguém embora.

Não tive notícias de Margaret, mas Bitsi finalmente recebeu uma carta do irmão, o que é tranquilizador. Ela está bem, embora morra de saudades suas.

Esta carta chegará até você? Há tanta coisa que eu queria lhe contar.

Com amor,
Odile

25 de agosto de 1940

Queridíssimo Paul,

Por favor, agradeça à sua tia o gentil convite. Adoraria conhecê-la e tenho muita vontade de vê-lo, mas preciso ficar em Paris caso recebamos notícias de Rémy.

Ontem, Bitsi recebeu um cartão do irmão. Ele também é prisioneiro de guerra. Quis chorar quando soube. Por mais que eu ame a biblioteca, às vezes o trabalho é insuportável.

Ficar frente a frente com Bitsi é como olhar no espelho: vejo a minha própria preocupação no seu cenho franzido, o meu sofrimento na sua pele pálida. É duas vezes mais difícil para ela, porque tanto o seu amor quanto o seu irmão foram capturados. Pus uma xícara de chá cheia de flores na mesa dela. Gostaria de poder fazer mais. Gostaria de ter notícias melhores, menos pensamentos tolos. Quando você vai voltar?

Todo o meu amor,
da sua bibliotecária espinhosa

25 de agosto de 1940

Querida Margaret,

Escrevo-lhe com frequência, mas ainda não recebi nenhuma carta sua. Espero que esteja bem. Tem sido difícil aqui. Rémy está num Stalag. *Maman* teve um colapso, e *papa* trouxe a amante para cuidar dela. Aposto que ela não imaginava que esvaziar urinóis seria o tipo de favor que prestaria! Ah, bem, todo cargo tem os seus inconvenientes. *Maman* se recuperou bastante, mas não muito. Ela gosta de ser cuidada. Ou sabe quem é a "enfermeira" e quer fazê-la sofrer. Como conheço *maman*, um pouco de cada.

Os nazistas inundaram Paris, até a biblioteca nacional. Na BAP, recebemos pedidos de prisioneiros de guerra, mas as autoridades nazistas não nos permitem mandar livros a soldados aliados presos na Alemanha. É de cortar o coração.

Olhe só para mim, amarga como Madame Simon. Incluirei algumas notícias agradáveis. Peter, o arrumador, e Helen do Acervo têm passado tanto tempo juntos — fazendo piquenique no pátio na hora do almoço, dando as mãos quando acham que ninguém está vendo — que se tornaram Helen e Peter. Estão apaixonados, e é lindo de se ver.

Volte para casa! A biblioteca não é a mesma sem você.

Com amor,
Odile

QUANDO SETEMBRO CHEGOU, Miss Reeder arrancou o papel pardo que amortalhava as janelas. Olhei para fora e não vi mais o caminho de seixos nem a urna cheia de hera. Só cartas perdidas e amigos distantes. Vi Margaret, andando pelo caminho!

— Rémy? — foi a primeira palavra a sair da sua boca, o que me fez amá-la ainda mais. — Teve mais notícias dele?

— Não, desde aquele cartão.

— Minha amiga querida. — Ela me abraçou. — Eu estava preocupada com você e Rémy, com a biblioteca...

— *Raconte!* — dissemos ao mesmo tempo. Conte! Eu queria saber tudo.

Ela contou sobre a viagem de avião para fora de Paris.

— As estradas estavam inundadas de carros. Os pilotos alemães atiravam em civis; então, sempre que um avião sobrevoava, os carros paravam de repente e as pessoas se jogavam na valeta. Ficamos sem provisão de gasolina e tivemos de andar os últimos quinze quilômetros até Quimper. Christina chorava o tempo todo. Como explicar a guerra a uma criança?

Lawrence queria mandá-las de volta a Londres, mas Margaret recusou.

— Pela primeira vez, me sinto importante, como se o meu trabalho, bom, o meu trabalho de voluntária, ajudasse.

— Você *é* importante — insisti. — Precisamos de você aqui.

— *Sincèrement,* estou empolgada por voltar a consertar livros!

— Lawrence está contente de ter voltado?

Margaret tocou as pérolas.

— Ele está na Zona Livre.

A França fora dividida em duas, com o norte sob controle alemão e o sul governado pelo marechal Philippe Pétain, herói da Grande Guerra.

— Uma pena que Lawrence esteja tão longe — eu disse. — Ele está trabalhando lá?

— Ele está com... amigos.

— Quando tempo ficará afastado?

Margaret procurou as palavras do jeito que eu fazia depois de um longo dia alternando francês e inglês.

— Ah, quem se importa com ele! — disse ela, finalmente. — Vou lhe contar da viagem de volta. Para garantir que tínhamos gasolina suficiente, enchi chaleiras velhas.

— Espero que não vazantes!

UMA SEMANA DEPOIS, quando Paul chegou à minha porta — o cabelo queimado de sol até ficar cor de feno, as bochechas coradas —, simplesmente o fitei. À noite, na cama, tinha imaginado muitas vezes o nosso reencontro. Jogar-me no seu peito, cobri-lo de beijos. As mãos dele abaixo da minha cintura, fazendo o meu corpo palpitar. Mas, quando ele me tomou nos seus braços, permaneci rígida. Tensa durante tantos meses, não conseguia me soltar. *"Je t'aime",* disse ele. Ao sentir os seus lábios na minha têmpora, o meu corpo amoleceu, e chorei. Ele me abraçou e me trouxe de volta ao chão, sabendo que eu não queria preocupar os meus pais. Eu esboçava uma cara boa para eles, para Bitsi, para os sócios, mas, com Paul, não precisava fingir.

— Vamos passar por isso juntos — declarou ele.

Os meus soluços cederam, e fui me aconchegando. Eu poderia ficar para sempre no abraço de Paul. Bom, até que *maman* se juntou a nós. Ao notar os cestos de batata, manteiga e presunto curado que ele trouxera, ela lhe disse:

— O caminho para o coração de Odile é pela barriga.

— Um bom provedor — concluiu *papa*.

À mesa, na sala de estar, meus pais não saíam de perto. Algumas rugas de preocupação de *maman* sumiram, e *papa* riu pela primeira vez no mês.

— Senti a sua falta — sussurrou-me Paul. — Gostaria que ficássemos cinco minutos sozinhos.

— Vamos nos encontrar na sua casa amanhã.

— Quatro colegas têm quartos no meu andar. Se vissem você, a sua reputação estaria arruinada.

KRIEGSGEFANGENENPOST

15 de agosto de 1940

Queridos *maman* e *papa*,

Está tudo bem. A minha saúde está melhorando. No alojamento, há um médico de Bordeaux num beliche perto do meu. Ele ronca, mas a sua presença me tranquiliza. Obrigado pelos cartões. Poderiam mandar algumas coisas? Uma camisa quente, roupa de baixo, lenços e uma toalha. Linha de costura. Creme de barbear e uma navalha. Se não for muito problema, comida que se conserve bem, talvez um pouco de *pâté*.

Por favor, não se preocupem. Somos bem tratados e não temos reclamações, sob as circunstâncias.

Seu filho amoroso,
Rémy

KRIEGSGEFANGENENPOST

15 de agosto de 1940

Querida Odile,

Como está? E Bitsi e *maman* e *papa* e Paul? O meu ombro está sarando. Perto de Dunquerque, fui atingido pelo fogo inimigo. Doeu como o inferno! É claro que, quando você me chutava embaixo da mesa, eu também me queixava que doía como o inferno. Vários homens da minha unidade foram capturados. Ficamos ressentidos com o nosso destino até sabermos quantos foram mortos.

Nós, soldados franceses e alguns britânicos também, fomos obrigados a marchar pelo que pareceu a Alemanha quase toda com pouquíssima comida ou repouso. Você me conhece, nunca fui atlético. Depois de semanas de caminhada, muitos ficamos aliviados ao chegar até aqui e dormir numa cama, mesmo que sejam só tábuas, em vez do chão frio e encharcado.

Obrigado pelas suas cartas. Sinto muito não ter conseguido escrever antes.

Com amor,
Rémy

30 de setembro de 1940

Querido Rémy,

Graças a Deus você nos disse do que precisava; *maman* queria mandar rosários, para que você e os outros pudessem "rezar direito". Hoje, pela primeira vez em séculos, ela foi à missa. Ela não tem passado bem, e *papa* lhe arranjou uma enfermeira.

A princípio, não gostei muito de ter uma desconhecida cuidando de *maman*, mas aí vi que elas se entenderam bem. Eugénie usa um cardigã com blusa branca, uma mulher comum de ombros redondos e olhos melancólicos. De vez em quando, um sorriso saudoso toca os seus lábios. Meio parecida com *maman*. À noite, antes de *papa* chegar, nós três tomamos chá.

Ele chega cada vez mais tarde. O seu carro foi requisitado, e ele pega o ônibus. Infelizmente, poucos circulam, porque quase não há combustível.

Com você longe, *papa* me busca o dobro das vezes. E ficou superprotetor; não gosta que eu saia, nem mesmo para assistir à *matinée*. Os nazistas têm cinemas e bordéis próprios, portanto com certeza Bitsi, Margaret e eu estamos a salvo. As luzes se reduzem e exprimimos os nossos verdadeiros sentimentos: quando o noticiário mostra Hitler, todo mundo vaia.

Com os "*Soldaten*" nos dizendo o que é "*verboten*", o alemão se infiltra no nosso crânio. E os soldados deles estão aprendendo francês. Um *Kommandant* vesgo tentou conversar com a nossa contadora — lembra-se dela? A intrépida fazedora de bolinhos que ama matemáticos gregos já mortos? "*Bonjour, Mademoiselle. Vous êtes belle*", disse o oficial, ao que Miss Wedd respondeu "Passa fora!" Como ele não entendeu, ela acrescentou: "*Auf Wiedersehen!*"

Com amor,
Odile

NÃO ERA FÁCIL manter as cartas com um tom leve, principalmente com nazistas por toda parte em Paris. Numa reunião da equipe, Boris me informou que eles tinham tirado mais de cem mil livros da biblioteca russa perto de Notre-Dame.

— Mais de cem mil livros — repetiu Margaret com voz fraca.

Certa vez, quando eu era pequena, a tia Caro e eu fomos até lá. Depois da missa na catedral de Quasímodo na ilha do rio Sena, atravessamos para a *Rive Gauche* e serpenteamos pela rue de la Bûcherie até um *hôtel particulier*. As portas da mansão estavam abertas, e espiamos lá dentro. "Bem-vindas, bem-vindas", nos disseram. A bibliotecária, que usava óculos de leitura pendurados numa corrente de prata no pescoço, me entregou um livro ilustrado. A tia Caro e eu nos maravilhamos com as palavras, não só numa língua estrangeira, mas num alfabeto estrangeiro.

As paredes estavam cobertas de estantes do chão ao teto — tão altas que era preciso usar uma escada para chegar às prateleiras mais altas. A tia Caro me deixou subir até lá em cima. Aquele dia, como todos os dias com a minha tia, foi um paraíso.

Agora, imaginei aquelas prateleiras nuas. Imaginei a bibliotecária com lágrimas nos olhos. Imaginei um sócio voltando para devolver um livro e descobrir que era o único que restava.

— Por que estão saqueando bibliotecas? — perguntou Bitsi.

Boris explicou que os nazistas queriam erradicar a cultura de certos países, num confisco metódico das suas obras de ciência, literatura e filosofia. Ele acrescentou que os nazistas também tinham confiscado as coleções pessoais de famílias judias importantes.

— Sócios judeus — eu disse —, como a professora Cohen.

Ontem, na sala de leitura, na mesa do canto, avistei pilhas de livros. Atrás delas, consegui perceber cabelo branco e uma pena de pavão. Era quase como se a professora tivesse criado uma barricada de livros da biblioteca — obras de Chaucer, Milton e Austen, para citar alguns.

Parece que a professora não notou quando me aproximei.

— Voltando aos clássicos? — perguntei.

— Os nazistas tomaram os meus livros. Entraram à força e enfiaram em caixotes toda a minha biblioteca, as minhas primeiras edições, até o meu artigo sobre Beowulf, cujas últimas páginas ainda estavam na máquina de escrever.

— Não... — Passei o braço em torno dos ombros dela. — Sinto muitíssimo...

— Eu também. — Desamparada, ela indicou as pilhas. — Eu queria me sentar de novo com os meus favoritos.

Na reunião da equipe, Margaret disse:

— Quarenta anos de pesquisa levados embora.

— Conhecemos os favoritos dela — disse Bitsi. — Posso vasculhar as livrarias e substituir alguns.

— E os nossos outros sócios? — perguntou Miss Reeder.

— E a biblioteca russa? — acrescentou Boris.

— E a *nossa* biblioteca? — perguntei.

— Ela tem razão — disse Miss Reeder. — Daqui a pouco os nazistas estarão aqui.

Em outubro, começaram as aulas, prova de que a vida continuava, acontecesse o que acontecesse. As mães passaram saias a ferro e cuidaram para que os filhos tivessem lápis e cadernos. Alguns alimentos estavam ficando escassos, e as donas de casa esperavam em longas filas nos açougues. As revistas de moda publicavam dicas sobre como as mulheres deveriam usar o chapéu (inclinado para trás). Margaret e eu embalamos livros para mandar para campos de concentração no interior da França, onde comunistas, ciganos e inimigos estrangeiros — civis cujo país por acaso estava em guerra com a Alemanha — estavam presos.

O *Propagandastaffel* fazia hora extra, tentando atiçar ressentimentos. Cartazes colados em prédios, nas estações do metrô e no saguão dos teatros mostravam um marinheiro francês se debatendo num mar de sangue vermelho. Agarrado à tricolor esfarrapada, ele implorava: "Não esqueçam Orã!", onde a Marinha britânica tinha afundado os nossos navios. Como poderíamos esquecer? Eles tinham matado mais de mil marinheiros franceses. M. de Nerciat ainda não falava com Mr. Pryce-Jones.

Os parisienses se recusaram a ser influenciados pela propaganda nazista e tinham descaracterizado os cartazes, riscando "Orã" e escrevendo outras palavras, para que a frase ficasse "Não esqueça o maiô".

Hoje, na hora do almoço, Paul e eu fomos ao Parc Monceau. Rígido de raiva, ele andava a passos largos pelo caminho arenoso, e tive dificuldade de acompanhá-lo.

— Mandaram que eu consertasse os cartazes — contou. — É pior do que comandar o tráfego com aquelas malditas luvas brancas. Quando me veem limpando as inscrições, as pessoas riem.

— Isso não é verdade. — Enfiei o meu braço no dele, mas a postura dele não se suavizou.

— É humilhante. Antes, policiais portavam armas. Hoje, portamos esponjas. Eu mantinha as pessoas em segurança. Hoje, apago rabiscos.

— Pelo menos, você está aqui.

— Eu preferia estar com Rémy.

— Não diga isso.

— Pelo menos, ele lutou. Pelo menos, ele ainda é um homem.

— Você está fazendo a sua parte.

— Mantendo a propaganda deles limpinha? — Ele chutou um graveto do caminho. — É humilhante.

KRIEGSGEFANGENENPOST

20 de outubro de 1940

Querida Odile,

Obrigado pelo *pâté*. Todo mundo gostou. Embora a maioria que recebe comida de casa divida, há alguns que guardam. É desapontador que, mesmo nestas condições, não consigamos colaborar.

Paul mandou recortes de jornais e um esboço que fez da Hora da História. Bitsi segura um livro aberto sobre a cabeça, como se fosse um telhado. Posso praticamente ouvi-la dizer às crianças que os livros são um santuário. Fiquei contente de receber notícias de Paris. Não tenha medo de me contar o que está havendo. Quero saber o que está acontecendo aí. Tirar a minha mente do que está acontecendo aqui. Estamos todos ficando meio malucos, sem saber por quanto tempo ficaremos presos. Um dos colegas me ensinou a jogar bridge. Parece que tudo o que temos aqui é tempo.

Com amor,
Rémy

12 de novembro de 1940

Querido Rémy,

Fico contente de você ter gostado do desenho. Paul tem talento, não é? *Maman* o convida com frequência, ele e Bitsi. Semana passada, no jantar, *papa* mostrou a ela as suas fotos de quando era bebê. Com ela, ele não fica ranzinza. Gostaria que você visse como ela o conquistou. Gostaria que você voltasse para casa, ponto-final. Ontem, quase dois mil estudantes do *lycée* e da universidade protestaram contra os Ocupantes. Velhos como o marechal Pétain podem governar o país, mas os jovens vão liderar o caminho.

Amor,
Odile

Não contei a Rémy que o *pâté* que lhe mandamos era a provisão de carne da família para a semana inteira. Não lhe contei que a manifestação não durou muito porque as autoridades a atacaram. Não lhe contei que os nazistas tinham tomado a biblioteca tchecoslovaca. Não lhe contei que a *Kommandantur* escreveu para nos informar que, dali a uma semana, o *Bibliotheksschutz* iria "inspecionar" a nossa biblioteca. Miss Reeder, Boris, Bitsi e eu ficamos boquiabertos com o *diktat*.

— O que é um *Bibliotheksschutz?* — perguntou Bitsi.

— Traduzido ao pé da letra, significa "Protetor de Bibliotecas" — disse a diretora.

— Isso é bom, não é? — perguntei.

Miss Reeder balançou a cabeça com tristeza.

— É um nome bastante irônico. Imagino que vão confiscar o nosso acervo.

— É a Gestapo dos Livros — explicou Boris.

No DIA DA "inspeção", Boris fumou um maço de Gitanes antes do meio-dia. Miss Reeder se jogou na papelada, querendo ter certeza de que não haveria nenhuma razão técnica para fechar a biblioteca. Juntei livros para devolver às estantes. *O grande Gatsby, Greenbanks,*

Seus olhos viam Deus, esses romances eram bons amigos. Dei uma olhada em Margaret e soube que ela pensava a mesma coisa: *Como vamos continuar sem a biblioteca?*

— Vamos levar chá para Miss Reeder — sugeriu ela. — Temos de fazer alguma coisa, senão vamos enlouquecer!

Eu me sentia trêmula, então Margaret levou a bandeja. Quando a pôs numa mesa perto da mesa de Miss Reeder, perguntei:

— Como está?

— Passando mal do estômago e abalada até os ossos — respondeu a diretora. — Aguardando Sua Majestade, o Bibliotheksschutz. Rezando para continuarmos abertos.

Margaret serviu o chá de camomila. A porcelana quente aqueceu as minhas mãos pegajosas. Eu estava prestes a tomar um gole quando ouvi calcanhares pesados atingirem o assoalho de madeira e ecoar pelas estantes.

Na sua cadeira, a diretora endireitou os ombros. Três homens de farda nazista entraram. Nenhum disse nada. Nem olá, nem *bonjour*, nem *guten Tag*, nem você está presa, nem Heil Hitler. Dois deles, da minha idade, eram soldados musculosos. O terceiro era um oficial magro com óculos de armação de ouro. Trazia uma pasta de couro.

O trio avaliou os itens no escritório: os papéis sobre a mesa; as estantes vazias, onde ficavam guardados manuscritos raros e primeiras edições até serem mandados para o exílio, prevendo esse momento; a diretora, a sua pele de alabastro, o seu coque reluzente, os seus lábios franzidos.

Se Miss Reeder estava com medo, ninguém na sala soube. Nunca a vi sentada com a postura tão ereta, nunca vi o seu rosto tão vazio de ternura.

Ela sempre se levantava para receber os visitantes e ignorava o protocolo de gênero, que lhe permitia continuar sentada e meramente estender o braço para apertar a mão. Mas esses hóspedes não convidados não mereciam a sua atenção usual.

O "Protetor de Bibliotecas" devia ter esperado um diretor, não uma diretora. A fitá-la, o Bibliotheksschutz falou em alemão, a voz sombria, as ordens rápidas. Os homens mais jovens saíram e fecharam a porta em silêncio como criadas de quarto. Como a diretora permaneceu taciturna, ele disse, em francês impecável:

— Que bela biblioteca. Estou muito impressionado, Mademoiselle Reeder. Nada na Europa se compara com ela!

Ao ouvir o seu nome, ela focou o olhar no rosto dele.

— Dr. Fuchs? O senhor, aqui em Paris? Eu não sabia. — Ela bateu as palmas da mão, como se estivesse contente de ver um velho amigo. — Confesso que observei a farda, não o homem.

— Fui nomeado para esse cargo na semana passada, e agora estou encarregado da atividade intelectual na Holanda, na Bélgica e no território francês ocupado — gabou-se ele, quase esperando, infantilmente, elogios dela. As bochechas lustrosas e o cabelo fino cor de areia lhe davam a aparência de um professor da escola dominical.

— O senhor deve estar com saudades da sua biblioteca. — Ela inclinou a cabeça com empatia.

— Realmente. Não há dúvida de que a *Staatsbibliothek* funciona sem mim. O que consigo fazer sem ela é outra questão.

Eu supusera que o nazista seria um bruto analfabeto. Em vez disso, ele trabalhava na biblioteca mais prestigiada de Berlim. Margaret e eu esperamos uma orientação da diretora, mas ela e o Bibliotheksschutz estavam completamente absortos um no outro.

— Agora você é a diretora? — continuou ele. — Minhas mais calorosas congratulações.

— Temos a sorte de contar com funcionários e voluntários dedicados. — Ela franziu a testa. — Bom, tínhamos... A situação mudou. Colegas tiveram de ir embora.

— Deve ser difícil sozinha. — Ele rabiscou o seu telefone num pedaço de papel e o pôs na mesa. — Caso precise entrar em contato comigo.

— Já faz séculos — tergiversou ela.

— Desde o colóquio do Instituto Internacional de Cooperação Intelectual — murmurou ele. — Uma época mais simples.

— Se tivessem me dito o nome do Bibliotheksschutz, eu teria poupado uma semana de preocupação. Vim aperfeiçoando o meu discurso desde que soubemos da "inspeção".

— O que você ia dizer? — perguntou ele, ainda em posição de sentido.

— Fique para o chá. — Ela indicou uma cadeira.

Margaret foi buscar outra xícara. Eu sabia que eu é que deveria ir, mas estava fascinada demais por essa reviravolta.

— Eu diria ao Bibliotheksschutz que uma biblioteca sem membros é um cemitério de livros — disse Miss Reeder. — Os livros são como as pessoas; sem contato, deixam de existir.

— Muito bem colocado — elogiou ele.

— Estava disposta a implorar humildemente para manter a biblioteca aberta. Como poderia adivinhar que seria você?

— Você deve saber que eu jamais permitiria que a biblioteca fosse fechada. No entanto...

— Sim? — instigou ela.

— Será preciso obedecer às regras impostas à Bibliothèque Nationale. Alguns livros não podem mais circular. — Ele puxou uma lista da pasta.

— Teremos de destruí-los? — perguntou Miss Reeder.

Ele a olhou, horrorizado.

— Minha cara senhorita, eu disse que não deveriam circular. Que pergunta entre bibliotecários profissionais! Pessoas como nós não destroem livros.

Margaret voltou com uma xícara de Earl Grey. O aroma cítrico de bergamota encheu a sala de esperança. *Pessoas como nós.* Um colega bibliotecário, um espírito irmão. Sim, essa guerra tinha nos dividido, mas o amor à literatura nos reuniria. Poderíamos nos encontrar para tomar chá e conversar como gente civilizada. Miss Reeder soltou um suspiro trêmulo, talvez sentindo que o pior já passara. Ela e o Bibliotheksschutz trocaram lembranças sobre conferências a que compareceram e pessoas que conheciam — *caramba, o evento da ALA em Chicago foi tão interessante; ah sim, agora ela está aposentada; ele se transferiu para outra filial e não é mais o mesmo.*

De repente, o Dr. Fuchs consultou o relógio e disse que estava atrasado para o próximo compromisso.

— Foi um prazer vê-la — disse ele à diretora quando se levantou. À porta, sorrindo com uma reunião que se desenrolara bem, ele se virou para nós. Eu esperava um comentário sobre o acervo ou uma despedida neutra. — É claro — disse ele — que *certas pessoas* não podem mais entrar.

203

CAPÍTULO 23

Odile

Miss Reeder, pressionando os dedos nas têmporas, murmurou:
— Tenho de pensar. Tem de haver um jeito... Talvez possamos dar um jeito de levar os livros...

Os funcionários entraram, um a um. Bitsi mordia o lábio. Boris franzia a testa. Miss Wedd tinha uma dúzia de lápis no coque. Puxei *Os sonhadores* da estante de Miss Reeder. Precisava de algo no qual me segurar. Não tive de virar as páginas para saber o que estava escrito: *"Este livro é um mapa, cada capítulo, uma viagem. Às vezes, o caminho é escuro, às vezes nos leva à luz. Tenho medo de aonde vamos."*

— E então? — perguntou Bitsi. — O que o "Protetor de Bibliotecas" disse?

— Temos de tirar quarenta obras das nossas estantes — respondeu Margaret.

Na lista: Ernest Hemingway, que escrevera para o nosso boletim, e William Shirer, que pesquisara reportagens na nossa sala de leitura.

— Se vocês considerarem que a lista de livros proibidos deles inclui centenas de obras — disse Boris —, é um pequeno preço a ser pago.

Eu não tinha tanta certeza. Sem esses livros, Paris perderia parte da sua alma.

— Podemos emprestá-los aos sócios que conhecemos bem — disse Peter, o arrumador.

Sócios que conhecemos bem... Pensei na professora Cohen, nos alunos da Sorbonne, nos pequenos que vinham para a Hora da História. Com o livro junto ao peito, me perguntei como dizer à professora que ela não era mais bem-vinda. Como encararíamos os nossos outros sócios judeus. Negaríamos livros às crianças? É claro que o *diktat* ia mais fundo do que os livros. O Bibliotheksschutz exigia que cortássemos sócios do tecido da nossa comunidade.

A CONDESSA CLARA de Chambrun chegou e se instalou na cadeira que o Dr. Fuchs deixara vaga. Ela era o único patrono da biblioteca que restava na França; os outros tinham zarpado de volta para a segurança dos Estados Unidos. Ela já morara na América, na África e na Europa. Estudiosa de Shakespeare, fizera o doutorado na Sorbonne. Eu podia ver a vasta experiência nos seus olhos astutos e torci para, com a ajuda dela, encontrarmos um caminho.

Com os óculos de leitura pendendo na ponta do nariz, ela disse:

— E agora, o que você precisa me contar?

Todos nos viramos para a diretora. Em geral, ela falava com vigor, consciente de que o tempo passado em reuniões era tempo longe das tarefas.

— Eu... Isto é...

— Continue — insistiu a condessa.

— Nenhum judeu é permitido dentro da biblioteca pelos regulamentos da polícia nazista.

A voz de Miss Reeder era baixa. Ela balançou a cabeça, como se não conseguisse acreditar nas palavras que tinham saído da sua boca.

— Você não pode estar falando sério! — exclamou Bitsi.

Com o queixo projetado, ela lembrava Rémy, ansioso para lutar pelos necessitados.

— Os livros da *Alliance israélite universelle* foram confiscados — disse Boris —, numa amputação total e completa. Além de confiscar o acervo da biblioteca ucraniana, os nazistas prenderam o bibliotecário. Só Deus sabe onde ele está. Se não seguirmos as ordens, eles fecharão a biblioteca e nos prenderão. Na melhor das hipóteses.

Olhamos para Miss Reeder.

— "Certas pessoas não podem mais entrar" — repetiu ela. — Vários estão entre os nossos sócios mais leais. *Tem* de haver um modo de manter contato com eles.

— Pense na história de Maomé e da montanha! — disse a condessa. — Tenho dois pés, assim como Boris, Peter e Odile. Estou pronta e disposta a levar livros aos sócios e tenho certeza que todos os funcionários ficarão felizes de fazer o mesmo.

— Faremos todos os leitores terem livros — disse Margaret.

— Isso envolve riscos — disse Miss Reeder com gravidade. Ela olhou para cada um de nós para se assegurar de que entendíamos. — As regras pelas quais vivemos mudaram da noite para o dia. Entregar livros pode ser percebido como confronto às autoridades, e podemos ser presos.

— Cheguei a Paris às vésperas da guerra para pôr livros nas mãos dos leitores — disse Helen —, e não vou parar agora.

— Carregarei todo o conteúdo da biblioteca até os sócios — disse Peter.

— Não deixaremos os leitores ficarem isolados — insistiu Miss Wedd. — Eu lhes levarei livros. E bolinhos, também, se arranjar farinha suficiente.

— Entregar livros será a nossa maneira de resistir — disse Bitsi.

— Precisamos fazer isso — eu disse.

— É a coisa certa a fazer — completou Boris.

— Então, vamos trabalhar — afirmou Miss Reeder.

Ela e a condessa escreveram aos sócios judeus. Bitsi ligou para os que tinham telefone. Sentada à mesa de Miss Reeder, o aparelho quase tão grande quanto a sua cabeça, ouvi a sua voz falhar.

— Até a situação voltar ao normal... Sinto muito... Que livros podemos levar para você?

Boris preparou os pedidos, amarrando os livros com barbante. Ele me entregou um pacote para a professora Cohen, e parti para um mundo muito diferente.

Tentei evitar as barreiras nazistas, mas uma nova brotara a dois quarteirões. Numa rua estreita, *Soldaten* — sempre armados, sempre em matilhas de cinco — sondavam parisienses através de barricadas de metal para verificar os nossos documentos e revistar os nossos pertences. Enquanto estava na fila, me lembrei de que rabiscara o endereço da professora num papelzinho e o enfiara na sacola. Por que não decorara onde ela morava? E se eu levasse os nazistas de volta ao apartamento dela?

Um soldado exigiu que eu abrisse a sacola. Só fiquei ali parada. A minha respiração ficou tão rasa que achei que desmaiaria. Ele agarrou a minha bolsa e vasculhou os livros e papéis lá dentro.

— Nada interessante aqui — declarou o soldado em alemão —, só um lenço, as chaves de casa e alguns livros.

De qualquer modo, foi o que achei que ele disse. As únicas palavras que entendi foram *nichts, interessant* e *Buch*. Ele olhou os meus documentos, fitou a foto na minha *carte d'identité*, empurrou os documentos no meu peito e rosnou:

— Siga seu caminho!

Quando dobrei a esquina, procurei na sacola o papelzinho com o endereço. Jurando que seria mais cuidadosa, o rasguei. Não queria pôr leitores em perigo. Depois que minha respiração voltou ao normal, continuei meu caminho.

Sempre me perguntava onde a professora morava e imaginava um estúdio arejado junto a um jardim de rosas. Não que ela me convidaria a entrar. Essa não era uma visita social e, dadas as circunstâncias, eu não fazia ideia do que dizer. Não está certo? A biblioteca envia os seus sentimentos? Esse negócio é estranho?

Nada?

Era uma caminhada de vinte minutos até a casa da professora Cohen. Dentro do prédio louro haussmanniano, a escadaria se curvava como a concha de um *escargot*. Subi até o segundo andar, onde ouvi o rat-tap-tap de uma máquina de escrever. Com medo de incomodar, pensei em deixar o pacote junto à porta, mas sabia que Boris não gostaria que os livros fossem abandonados. Finalmente, bati. A professora me mandou entrar com um movimento do xale. Segui-a até a sala de estar, e o meu olhar se deslocou da pena de pavão no cabelo para a parede esquelética de estantes que antes guardavam mil volumes. Os nazistas tinham enfiado a baioneta no corpo da pesquisa da professora.

— Eles roubaram até os meus diários... os meus tempos felizes com pessoas amadas, os meus momentos de desespero.

Eles tinham confiscado os seus pensamentos privados. Furacões, 551.552; livros censurados, 363.31; animais perigosos, 591.65.

Ela indicou uma pilha de livros na cadeira.

— Meus amigos passaram aqui. Conhecem o meu gosto e, pouco a pouco, reconstruirei a minha biblioteca, talvez com um romance que eu mesma escrevi. Falei a um editor sobre o meu trabalho em andamento, e ele pareceu muito interessado.

Esperança, 152.4. Dei uma olhada na máquina de escrever.

— Sobre o que é o seu livro?

— Sobre nós. Bom, sobre nós, parisienses. Como a maioria, adoro observar pessoas, mas às vezes penso que temos consciência demais uns dos outros. Isso cria uma inveja corrosiva.

Antes que eu pudesse responder, ela saiu da sala e voltou com uma bandeja de chá e biscoitos. Dei uma olhada no relógio: quatro da tarde. Outros sócios esperavam entregas, e eu não queria que Boris se zangasse. Mas não podia ir embora depois que ela se dera a todo aquele trabalho.

Enquanto esperava o *orange pekoe* ficar pronto, belisquei um *cigarette russe*. Minha língua pareceu inchar quando saboreei uma substância rara: manteiga. Onde será que ela a achou?

— O melhor amigo do meu sobrinho tem uma leiteria — falou ela.

Fiz uma careta.

— Quem diria que nos sentiríamos obrigadas a justificar o uso de alimentos básicos?

— E vai piorar.

Tive dificuldade de imaginar como a situação poderia piorar.

— Miss Reeder prometeu dar uma passadinha amanhã — eu disse, com esperança de que a notícia da visita a animasse.

— Como vão as coisas na biblioteca?

Ouvi as perguntas que ela não fez. *Os meus amigos notarão que sumi? Sentirão a minha falta?*

A expressão franca da professora estava cheia de uma imensa tristeza. Como era estranho ver essa paisagem interna — o interior de um apartamento, o interior de uma vida. Entrar no lar de um sócio e ver coisas que deveriam permanecer privadas. Eu não sabia o que dizer. Ela também não. No fim, foi a escritora que achou as palavras.

— Obrigada por trazer os livros. Tenho de voltar ao meu romance.

As notícias do mundo exterior raramente chegavam à Zona Ocupada. Embora a mãe de Miss Reeder escrevesse toda semana desde 1929, a diretora não recebia nenhuma carta havia seis meses. Nenhum livro nem periódico estrangeiro chegavam; eu os imaginava empilhados num armazém de Nova York.

Mesmo com o racionamento, ficou difícil achar comida. Na feira, *maman* ficava na fila durante uma hora para comprar três alhos-porós murchos. O vestido de bolinhas de Miss Reeder, antes justo, agora pendia em seu corpo magro. Helen, do Acervo, ainda tinha o cabelo frisado e os olhos sonhadores, mas perdera seis quilos. Como eles, eu ficara magra demais. Disse ao Dr. Thomas que fazia meses que não menstruava; ele comentou que eu não era a única.

Faminta, eu me movia a meia velocidade, entregando material de leitura em toda cidade de Paris, de apartamentos luxuosos junto ao Parc Monceau a quartos modestos em Montmartre. Hoje, na barreira, um dos solados — o oficial no comando — olhou com mais atenção o conteúdo da minha sacola. "*Call of the Wild? The Last of the Mohicans?* O que uma moça francesa está fazendo com romances em inglês? Seus documentos!"

O *Kapitän* passou o dedo sobre a foto da minha *carte d'identité*, talvez convencido de que era falsificada. Ele fez aos outros soldados uma pergunta em alemão. Eles se aproximaram até eu ficar cercada. Nunca me senti menor. Ao examinar os livros, os *Soldaten* falavam depressa; só consegui entender algumas palavras: *Gross. Roman. Gut.* O que estavam dizendo? Achavam que eu passava mensagens? Eles me prenderiam? Que desculpa eu poderia dar? Que era bibliotecária na BAP? Não, eles poderiam fazer uma visita. Que eu tinha uma amiga inglesa? Não, eles poderiam prender Margaret.

— Uma "moça francesa" pode se interessar por outras culturas, sabiam? — falei. — Meu irmão e eu gostamos de Goethe.

O *Kapitän* concordou, aprovador.

— Nós, alemães, temos bons escritores.

Ele me devolveu os meus pertences; saí apressada antes que ele mudasse de ideia.

Era difícil evitar esses postos de verificação porque os nazistas montavam barricadas em ruas aleatórias. Quando terminei as entregas, voltei à biblioteca e avisei Margaret do perigo de ser presa como estrangeira inimiga.

— Eu sei. Ontem, a caminho de casa, avistei uma barreira e entrei numa chapelaria. Três horas e quatro chapéus depois, os nazistas foram embora. — Ela enrolou as pérolas no dedo. — É como se eu estivesse com a corda no pescoço.

Quando a nossa contadora faltou ao trabalho, tememos o pior. Vasculhamos o prédio de apartamentos de Miss Wedd, os hospitais e as delegacias de Polícia até que Boris descobriu o que tinha acontecido: os nazistas a prenderam e a mandaram para um campo de concentração no leste da França. Presa porque era britânica.

Miss Reeder decidiu que os funcionários estrangeiros teriam de partir da França.

— Uma das coisas mais difíceis que já tive de fazer foi pedir a Helen-e-Peter que fossem embora — disse ela aos sócios e funcionários na festa de despedida. — Sei que é a decisão certa. A minha cabeça e o meu coração funcionarão muito melhor quando eu souber que estão em segurança.

A pele de Helen estava acinzentada, mas havia luz nos seus olhos. Peter a pedira em casamento. Saber que a sua história de amor na biblioteca duraria nos deixou menos tristes quando erguemos o copo para lhes dar *adieu*.

— Graças a Deus Miss Reeder vai ficar — eu disse a Bitsi.

— Por enquanto — ressaltou ela.

FEVEREIRO, MARÇO, ABRIL. O inverno não ia embora. Nuvens cinzentas apalpavam o céu, uma chuva tristonha caía dia e noite. Na sua ronda diária, Paul me trouxe um buquê de lilases.

— Você tem estado tão triste — disse ele. — Teve notícias recentes de Rémy?

Puxei um envelope do bolso e desdobrei a sua última carta como se fosse uma toalha inestimável.

Querida Odile,

Feliz Páscoa! Estou pensando em você. Obrigado por *Villette*. Estou começando a pensar nas Brontë como amigas queridas.

Fomos forçados a trabalhar nas fazendas. Os homens deles estão lutando na Frente Oriental, então aqui são principalmente mulheres e velhos. Nós, prisioneiros, somos levados à cidade, onde os fazendeiros nos farejam, atrás de um trabalhador musculoso.

Os colegas sabotam o que podem; afinal de contas, os fazendeiros são inimigos. Gostaria que você conhecesse Marcel. Quando uma velha *frau* o levou até o estábulo e jogou um balde no peito dele, esperando que ordenhasse a vaca, ele puxou o rabo dela como se bombeasse água de um poço. Espantada, a megera o chutou. Agora, ele está deitado comigo no alojamento. Insiste que a cara de nojo da *frau* valeu as costelas quebradas.

Com amor,
Rémy

Ele fingia para mim que estava tudo bem, como eu fazia por ele.

— O que há de errado? — perguntou Paul.

— Por onde começar? Há um soldado alemão alojado no apartamento de Bitsi. Dorme no quarto do irmão dela. Não sei como ela suporta. Ontem, depois do trabalho, ela chorou na sala das crianças, e eu não sabia se a consolava ou se fingia não ver. Ela é orgulhosa, afinal de contas. M. de Nerciat e Mr. Pryce-Jones ainda não se falam. Detesto que a guerra tenha dado fim à amizade deles. Estamos preocupados com Miss Reeder, que está mais magra a cada dia...

— Pelo menos você tem uma chefe para admirar.

Ele parecia perturbado. Quis tomá-lo nos meus braços, quis esquecer a guerra por cinco minutos, mas o olhar teimoso de Mme. Simon me irritava. Algum dia Paul e eu conseguiríamos ficar sozinhos?

DA ESCADA EM *escargot*, ouvi as teclas da professora Cohen. Dessa vez, como sempre, seu patamar estava imbuído do cheiro de tinta da fita da máquina de escrever. Apesar da melancolia que sentia, sorri quando ela abriu a porta — de fraque.

— O que é isso? — perguntei.

— Estou tentando entrar na mente do meu personagem, então vesti o fraque do meu marido.

— Está dando certo?

— Não sei, mas é divertido.

Atrás dela, as estantes estavam quase completas. Bitsi, Margaret, Miss Reeder, Boris e eu tínhamos levado livros de nossas coleções, assim como os amigos da professora. A pilha de papel ao lado da máquina também crescera.

— O que há de novo? — perguntou ela.

Suspirei.

— Fui promovida a bibliotecária do acervo.

— Isso não é bom?

— A anterior voltou aos Estados Unidos. Não era assim que eu queria subir na carreira. Preferiria ficar na sala de periódicos para sempre e manter os meus colegas.

— As pessoas fazem planos, e Deus ri — disse ela. — Uma xícara de chá? E roupas mais adequadas?

Conversamos no divã, as xícaras de chá equilibradas no colo, ela de fraque, eu com uma gravata preta no pescoço. Toquei a seda, que fez eu me sentir melhor.

Visitar a professora Cohen toda semana era uma das grandes alegrias do meu emprego, da minha vida. Ela até me deixou ler a sua obra em andamento, parte da qual ocorria na biblioteca. Os capítulos eram tão sagazes, tão perspicazes, tão dela. A professora se tornara a minha escritora favorita, todas as categorias combinadas.

Paris

12 de maio de 1941

Monsieur l'Inspecteur:

Por que os senhores não estão procurando judeus não declarados escondidos? Aqui está o endereço da professora Cohen na rue Blanche, 35. Ela costumava ensinar a dita literatura na Sorbonne. Agora, convida alunos para irem à sua casa para aulas, para que possa cabriolar com colegas e estudantes, quase todos homens — na idade dela!

Quando sai, é possível vê-la a um quilômetro de distância, com aquela capa roxa esvoaçante, uma pena de pavão torta no cabelo. Peçam à judia a certidão de batismo e o passaporte, os senhores verão a sua religião anotada lá. Enquanto bons franceses e francesas trabalham, Madame le Professeur fica sentada e lê.

Minhas indicações são exatas, agora cabe aos senhores.

Assinado,
Alguém que sabe

CAPÍTULO 24

Odile

No pátio estéril do nosso prédio, *maman* fez uma careta quando arrancou suas amadas samambaias das floreiras da janela. Ao seu lado, Eugénie e eu pusemos na terra sementes de cenoura. Ajudar *maman* fazia com que eu me sentisse útil, e o sol estava divino.

— Poderíamos ter plantado legumes no ano passado. — Ela passou os dedos pelas samambaias indefesas esparramadas no calçamento. — Mas eu gostava de ter algo bonito.

— Quem diria que a Ocupação ia continuar? — perguntou Eugénie.

— E se nunca acabar?

— Dizíamos isso sobre a Grande Guerra. Tudo que é bom chega ao fim; o que é ruim, também.

Maman nos leu uma carta de primos do campo que prometiam mandar provisões. Quando terminou, ela disse:

— A vida inteira tive vergonha das minhas raízes rurais. Quando os chefes de *papa* vinham jantar com as esposas, sempre me senti... menos fina do que as damas parisienses. Carneiro gordo ao lado de salmão defumado.

— Oh, Hortense. — Eugénie pegou a mão suja de terra de *maman*.

— Mas agora as minhas raízes bem que podem nos salvar.

— Sob a forma de cenouras — brinquei.

— Por que você falou em carneiro? — lamentou Eugénie. — Agora estou morrendo de fome.

Rindo, ela e eu levamos as floreiras escada acima e as arrumamos no parapeito das janelas. *Maman* veio atrás, o punho cheio de bebês samambaias que se enrolavam como pontos de interrogação.

— Acho melhor cuidarmos do jantar — disse Eugénie. — Por que não convida Paul?

— Ele terá de vir pela companhia, não pela refeição — disse *maman* enquanto punha as samambaias num copo com um pouco de água. — Nabos outra vez.

— Agora, assados — disse Eugénie com petulância.

Depois de comermos, *maman* fingiu arrumar a escrivaninha e Paul e eu nos sentamos no divã. Como não podíamos falar livremente, mostrei-lhe uma página de *A época da inocência*, nosso tronco quase se tocando enquanto líamos. "*Quando estamos separados, e mal espero ver-te, cada pensamento se queima numa grande labareda. Mas aí vens; e és tão mais do que me lembrava, e o que quero de ti é tão mais do que uma hora ou duas de vez em quando, com desertos de espera sedenta entre elas.*"

Eugénie entrou e cutucou a mão de *maman*.

— Ah, deixe-os se divertirem um pouco.

— Quando se casarem, terão toda a "diversão" que quiserem — rebateu ela.

— Onde está o seu pai? — perguntou Paul, trazendo a nossa comunicação de volta ao domínio público.

— Ainda trabalhando. Ele traz trabalho para casa à noite, mas não nos conta nada. Quando vejo as olheiras escuras sob os seus olhos...

— Você se preocupa com todo mundo, mas me preocupo com você — disse Paul.

Ele explicou que passara o ano todo poupando para uma surpresa especial.

— O que é?

— Amanhã, vamos a um cabaré.

— Um cabaré! — ofegou *maman*.

— Estarão cercados por dezenas de pessoas — Eugénie a acalmou.

Abracei o pescoço de Paul. Música! Champanhe! Ninguém tomando conta! Dançaríamos a noite toda, porque os frequentadores contornavam o toque de recolher passando a noite inteira no cabaré e só saindo pela manhã.

— Não vai resolver as nossas preocupações — afirmou ele —, mas ficaremos despreocupados por algumas horas.

Na noite seguinte, *maman* enfiou uma folha orvalhada de samambaia no meu cabelo enquanto Paul ajeitava o terno de veludo cotelê. No cabaré, ele e eu tomamos espumante enquanto *danseuses* rechonchudas, de calçolas e sutiã, dançavam no palco, oferecendo um vislumbre ocasional do vinco entre os seios. Eu estava mais interessada no peito de frango no meu prato. O garfo e a faca tremiam nas minhas mãos. Fazia muito tempo que eu não comia nenhum tipo de carne. Ao erguê-lo, mordi a carne suculenta e deslizei a língua pelo osso. Sem querer desperdiçar nenhuma gota de molho no guardanapo, lambi os dedos. Depois do jantar, cercados por casais na pista de dança, Paul e eu nos agarramos.

Às primeiras luzes, os frequentadores, saciados e sonolentos, saíram em fila do cabaré. Paul e eu serpenteamos pelas ruas vazias, passando pela *mairie*, onde eram expostos os proclamas. *Mademoiselle Anne Jouslin de Paris se casará com Monsieur Vincent de Saint-Ferjeux de Chollet.*

— Que estranho ver gente se casando — eu disse, pensando em Rémy, tão distante, e em Bitsi, que passava as noites sozinha.

— A vida continua. — Paul me fitou.

Desconfiei que, se fosse por ele, já estaríamos casados. Puxei-o pelas ruas sinuosas de Montmartre. Enquanto o sol nascia, nos instalamos nos degraus da basílica de Sacré-Coeur. Aninhada nos seus braços, observei as nuvens cor-de-rosa e alaranjadas se abrirem como flores.

— Desde o começo, eu sabia que você era diferente dos outros — eu falei, contente.

— Como?

— Você defendeu Rémy e a mim quando eu quis trabalhar.

Ele me puxou para mais perto.

— Fico feliz de você ser independente. É um alívio.

— Um alívio?

— Cuidei da minha mãe desde que o meu pai foi embora.

— Mas você era tão novo!

— Quando criança, eu nunca sabia em que estado a encontraria quando chegasse em casa: bêbada, chorosa, seminua com algum homem. Mais tarde, tive de largar a escola para arranjar emprego. A maior parte do que ganho envio para ela. Francamente, entendo por que meu pai foi embora.

— Oh, Paul.

Ele se afastou.

— Precisamos ir.

— Vamos conversar.

— Não quero que os seus pais se preocupem.

Ele permaneceu distante no caminho até a minha casa. Eu queria diminuir a distância que crescera entre nós. No patamar da escada escurecido, abracei-o. Consegui sentir o seu coração batendo com força e me deleitei na sensação dos seus lábios nos meus, o sabor do seu champanhe na minha boca. As minhas mãos percorreram o seu corpo enquanto ele beijava o meu rosto, o meu pescoço, o meu decote. Escrava dessa ternura, a magia louca que fazíamos juntos, eu o queria à minha volta, dentro de mim. Estava na hora de escrever um novo capítulo no nosso relacionamento.

Afrouxei a sua gravata.

— Vamos.

— Tem certeza? — perguntou ele, mas o cinto já estava desafivelado.

Adorei senti-lo fremir sob os meus dedos, adorei ouvir o seu gemido baixo, sabendo que eu surtia o mesmo efeito nele que ele em mim. Deixei o meu pé traçar uma trilha pela sua canela, pelo seu joelho. Ele agarrou minha coxa e içou o meu corpo até o dele. A minha língua encontrou a sua, golpe a golpe. Ele envolveu a sua cintura com as minhas pernas. O sangue pulsava pelas minhas veias.

— Odile, é você? — A voz de *maman* veio abafada detrás da porta.

Devagar, Paul me baixou até o chão. Pulsando de desejo, cambaleei nos calcanhares. Ele me segurou com uma das mãos e baixou a bainha do meu vestido com a outra. O meu corpo doía. Eu não queria parar. A paixão me deixara imprudente, e eu gostara.

A porta se abriu.

— Esqueceu a chave? — perguntou *maman*.

— Dê um jeito de ficarmos sozinhos... — sussurrei para Paul. Esfreguei meus lábios inchados. O risco que corremos...

NA biblioteca, PENDUREI o casaco, cantarolando meio tonta uma balada que o grupo musical tocara. A barriga estava cheia, o corpo ainda cantava. Quando Bitsi, coberta pela sua capa de melancolia, entrou, fiquei imediatamente séria.

Ela conseguiu ver a minha aflição.

— O que houve?

— Nada. — Não aguentei sustentar o seu olhar.

— Alguma coisa.

— Com Rémy longe, não é justo que eu retome a minha vida.

— Quem disse que a vida é justa? — perguntou ela suavemente.

— Como posso me permitir ser feliz quando ele sofre, quando você sofre?

— Espero que você e Paul não estejam evitando o casamento.

Encarei-a.

— Ele já insinuou...

— A sua felicidade não acontece à custa de Rémy. Você e Paul pertencem um ao outro.

— Acha mesmo?

— Acho.

Quando Bitsi se virou para ir para a sala das crianças, me pareceu que a sua coroa de tranças se transformara numa auréola.

219

Antes que eu fosse atrás, Boris me estendeu uma pilha de livros para entregar. A caminho da casa da professora Cohen, passei por uma florista na esquina. Lembrei que, quando eu e a professora conversávamos, ela às vezes lançava um olhar melancólico para o vaso de cristal vazio. Na esperança de alegrá-la, comprei um buquê.

Quando lhe entreguei os gladíolos roxos, a professora deu um grande sorriso. Escolheu uma jarra no aparador e arrumou as flores.

Apontei para o vaso.

— Por que não usou aquele?

— Nunca ponho nada dentro dele.

— Por que não?

— A primeira vez que o meu terceiro marido me convidou para ir à casa dos pais dele, foi um interminável almoço de domingo. Eu precisava de uma pausa, então saí da sala.

— Isso eu consigo entender.

— Quando voltei, a mãe dele estava me criticando: "Ela é fria. Intelectual demais. Tão velha que é estéril." Antes que ele pudesse responder, eu lhes disse que estava indo embora. No dia seguinte, ele veio à minha sala com esse vaso. Quando disse que o vaso o fazia se lembrar de mim, respondi: "Fria, dura e vazia?"

— O que ele respondeu?

— Que era uma obra de grande beleza. Cheia de vida, mas capaz de conter muito. Perfeita por si só.

Pude ver por que ela se casara com ele.

— Como vão as coisas na biblioteca? — perguntou ela.

Ouvi as perguntas que ela não fez. *Eles sabem que os judeus não podem mais dar aulas e que perdi o emprego? Eles se importam?*

— M. de Nerciat e Mr. Pryce-Jones vão passar lá hoje à tarde — respondi.

Ela se animou.

— Juntos? Fizeram as pazes?

Fizeram. Semana passada, cansado do impasse, o francês pedira a Miss Reeder que mediasse.

220

— A diretora é formidável — dissera Mr. Pryce-Jones. — Não somos páreos para ela.

— Quando ela baixa o pé — acrescentou M. de Nerciat —, a biblioteca inteira treme.

Mais uma vez, a sala de leitura ressoou com os seus debates:

— Os Estados Unidos vão entrar na guerra!

— Os americanos são isolacionistas. Vão ficar de fora.

Como eu sentira falta da sua implicância!

— Fico contente de terem feito as pazes — disse a M. de Nerciat, que parou junto à minha mesa para dizer *bonjour*.

— Bom, tive de me pôr "nos *sapatos* dele".

Sorri com a expressão idiomática, porque nós, franceses, diríamos "na *pele* dele".

— Foi difícil dar o primeiro passo? — perguntei.

— Seria ainda mais difícil perder um amigo.

NA SALA DE consulta, formou-se uma fila de sócios, e respondi a perguntas variadas, que iam de "Como preparo *hominy*?" a "Você pode pedir à mulher ali do lado que não fale tão alto?" Quando se aproximou, Paul, o próximo da fila, também tinha uma pergunta. "Você pode sair para almoçar?"

Meu olhar foi até a sala das crianças. Paul e eu poderíamos ficar juntos. Bitsi assim dissera, e a sua bênção significava mais do que a de qualquer padre.

Perto do Parc Monceau, um bairro rico e famoso pelas embaixadas, Paul me guiou para um majestoso prédio de pedra calcária.

— Aonde está me levando? — perguntei, quando subimos a escadaria de mármore.

Ele sorriu.

— Você vai ver.

No segundo andar, ele destrancou a porta de um apartamento ainda mais grandioso do que o de Margaret. Cortinas de veludo drapeado destacavam as janelas altas. À luz do sol, os prismas dos candelabros faiscavam.

— Quem mora aqui? — sussurrei com assombro.

— Provavelmente um empresário rico que fugiu para a Zona Livre.

— Como conseguiu as chaves?

— Um colega está na mesma situação que nós. Ele se encontra aqui com a garota dele.

Um apartamento de encontros românticos!

Paul acariciou o meu pescoço com a ponta do nariz.

— Amo você — disse ele. — Faria qualquer coisa por você, qualquer coisa.

Eu queria aquilo mais do que tudo, mas estava com medo. Com medo de que mudasse tudo, com medo de que houvesse dor, com medo de que fazer amor nos ligasse para sempre, com medo de que não.

— É a minha primeira vez também — confidenciou ele.

Olhando nos meus olhos, ele esperou a minha resposta.

Acariciei o rosto dele.

— Eu quero.

Os dedos dele tremiam quando desabotoou o meu vestido. Que divino desnudar o meu corpo. Que divino ver o dele sem ter medo de que *maman* entrasse de repente. Ele acariciou minhas cansadas meias de seda. *"Que tu es belle"*, disse, e me puxou para o divã.

Levantei as pernas, e ele deslizou devagar. No começo doeu, mas, fitando Paul, fiquei contente de ser ele. Quando se moveu para dentro de mim, os meus quadris se levantaram para encontrar os dele. Pela primeira vez, a minha mente parou de analisar cada coisinha.

Depois, aninhada contra o seu corpo, me perguntei por que os livros pulam essa parte. Parecera perfeito, e mais do que isso: correto. Estar com Paul parecia um sonho, importante e correto.

Quando ele se remexeu, levantei a cabeça e olhei em volta. Quis saber aonde o corredor nos levaria. Nua, pulei os raios de sol que aqueciam os tacos do assoalho. Paul veio atrás. A primeira porta levava a um escritório com uma escrivaninha dourada. Rémy adoraria a coleção de canetas-tinteiro ornamentadas que achamos dentro da gaveta de cima.

— Por que não levaram os seus tesouros? — perguntei.

— Quando a guerra começou, todo mundo fugiu em pânico.

Eu não queria lembrar daqueles dias terríveis. Puxei Paul do quarto, deixando todas as perguntas para trás. A porta à esquerda levava a um quarto de dormir cor-de-rosa, onde subimos na cama de quatro pilares. Pisamos hesitantemente, um pé depois do outro, antes de começarmos a pular. Para cima e para baixo, rimos como crianças. Paul parou primeiro, sério de repente. Adorei o jeito como me olhou, com tanta admiração nos olhos.

Sem fôlego, me joguei na cama e me enfiei sob o edredom, sabendo que ele me seguiria naquele paraíso macio. As pernas dele se entrelaçaram nas minhas, e ele sussurrou "Estamos em casa" na nuvem emaranhada do meu cabelo.

Quando saímos do calor da cama, deslizamos pelo assoalho escorregadio até a sala de estar, onde vestimos as roupas deixadas num monte impaciente. Paul me mostrou o seu relógio de bolso.

— Temos de voltar antes que aquela ranzinza com dentadura grande demais reclame do tempo que você demorou.

— Prometa que vamos voltar — pedi, quando fechamos a porta atrás de nós.

Ele arrumou uma madeixa solta atrás da minha orelha.

— Todos os dias, se você quiser.

Nós nos demoramos na frente da biblioteca.

— É melhor eu entrar — disse, com a voz trêmula.

Era como se meu corpo estivesse adormecido e agora acordasse totalmente. Eu notava cada piscada, cada respiração, cada batida do coração. Quis saber se alguém notaria alguma mudança em mim.

CAPÍTULO 25

Odile

O BALCÃO DE REGISTRO estava vazio. Que esquisito. Não era típico de Boris abandonar o posto. Continuei até a sala de leitura, onde os meus *habitués* estavam imóveis. Ninguém falava, ninguém lia. Perguntei a Madame Simon ela se vira Boris. Ela fez que não, sem nem se dar ao trabalho de ralhar comigo por voltar do almoço cinco minutos atrasada.

Havia algo pavorosamente errado. Corri pela biblioteca. A seção de consulta estava deserta, assim como a sala das crianças. A sala de Miss Reeder estava trancada. A Vida após a Morte estava vazia. Finalmente, encontrei Bitsi na chapelaria, encolhida no canto, os joelhos junto ao peito.

Ajoelhei-me diante dela.

— É Rémy?

— Não. — Ela fitou o assoalho.

— Seu irmão?

Ela sustentou o meu olhar, os olhos violeta encharcados de tristeza.

— Miss Reeder anunciou que vai embora.

Não podia ser verdade.

— Ela e Boris foram providenciar os passes de viagem — acrescentou Bitsi.

— Por que ela vai agora, depois de todo esse tempo? — perguntei.

— Os conselheiros de Nova York mandaram um telegrama ordenando-lhe que deixe a França imediatamente. Eles acham que é só questão de tempo para os Estados Unidos entrarem na guerra e temem que ela seja presa como estrangeira inimiga.

Afundei no chão ao lado de Bitsi. Não conseguia imaginar a vida sem a diretora na sala ao lado, onde eu podia enfiar a cabeça e lhe pedir conselhos. Se não fosse por ela, Bitsi e eu não seríamos amigas. Miss Reeder me ofereceu uma oportunidade de crescer. Ela não ralhara. Ela confiara que eu aprenderia as minhas lições. O que eu faria sem ela?

Dois DIAS DEPOIS, ajudei Miss Reeder a embalar os seus pertences. Embora soubesse que a sua segurança era mais importante do que tudo e que aquela era a melhor solução, eu me movia devagar, querendo mantê-la conosco o máximo de tempo possível. Na gaveta, um livro de endereços vermelho estava cheio de *cartes de visite* de pessoas como o embaixador sueco e a duquesa de Windsor. Enfiei-o na mala.

— O que fará nos Estados Unidos? — perguntei.

— Abraçar a minha família e ouvir sobre os momentos que perdi. Fora isso, não pensei muito no assunto. Talvez voltar à Biblioteca do Congresso ou me inscrever na Cruz Vermelha.

— Eu queria...

— Eu também queria. É doloroso partir. Eu me orgulho tanto da biblioteca e do fato de permanecermos abertos. Mas, quando não se tem notícias do mundo exterior, nem mesmo da própria família...

Lágrimas brilharam em seus olhos, e ela voltou a embalar o seu acervo particular — livros favoritos que trouxera de casa, primeiras edições autografadas de admiradores e vários volumes franceses.

Lá se vai Rilke, lá se vai Colette e, quando os livros estavam encaixotados, lá se foi Miss Reeder. Observá-la esvaziar as estantes foi doloroso, e me voltei para a escrivaninha. Na gaveta de baixo havia um maço de correspondências. Sabia que não deveria bisbilhotar, não com Miss Reeder bem ali, mas não resisti quando vi a sua letra curva e ousada. Era uma carta a "mamãe & papai".

Não é possível fazer planos com antecedência de mais de um dia, por isso, o que o futuro nos reserva não sei. No entanto, tenho a sensação de que a nossa biblioteca sempre continuará. Estamos fazendo um bom trabalho, considerando as dificuldades. Não é fácil quando se tem de ficar na fila para comprar comida antes de vir trabalhar; quando tudo é dificílimo de conseguir, inclusive roupa, sapato, remédios etc.; não há calefação nem água quente; e tudo é caríssimo. Ver as filas deixa o coração triste. Sem sabão, sem chá, sem nada. O grampo de ferro está funcionando — claro, de um jeito muito educado —, mas duro — ah, muito duro.

Mas as dificuldades físicas parecem pequenas quando comparadas às do coração. Nós, na biblioteca, tivemos o nosso quinhão, como todos os outros, mas de certo modo toca mais perto quando acontece no nosso próprio prédio, na nossa própria equipe. Algum dia espero lhes contar a história.

Com amor,
Dorothy

A missiva me lembrou as que eu escrevera a Rémy. Cheias da verdade dura da Ocupação, eu enfiara aquelas cartas dentro dos clássicos embolorados da minha prateleira de baixo. Queria protegê-lo, como fizera Miss Reeder com os pais. Havia muito que não podíamos contar.

— Foi maravilhoso trabalhar com você — disse ela.

— De verdade?

— Só me prometa que pensará antes de falar. Você pode ter decorado o Sistema Decimal de Dewey, mas, se não segurar a língua, esse conhecimento será desperdiçado. As suas palavras têm poder. Principalmente agora, em tempos tão perigosos.

— Prometo.

Quando ela terminou de embalar, só restava o papel com o telefone do Dr. Fuchs.

— Ele disse que poderíamos ligar a qualquer hora do dia ou da noite. Espero que você nunca precise.

Na festa de despedida, a condessa mandou os seus criados servirem taças de vinho, mas os meus *habitués* não tiveram coragem de participar.

— Quem vai ficar no lugar da diretora? — perguntou Mr. Pryce-Jones.

— A nossa Odile — disse M. de Nerciat.

— Ela é jovem demais — comentou Mme. Simon, a dentadura tilintando. — Os conselheiros nunca permitirão.

— Talvez ofereçam o emprego a Boris — disse Mr. Pryce-Jones.

— Um russo no timão da Biblioteca Americana em Paris? — perguntou Mme. Simon. — Encare os fatos. A biblioteca vai fechar.

— Vamos brindar — sugeriu a condessa, para impedir que o clima ficasse soturno.

Erguemos as taças.

Embora Miss Reeder estivesse magérrima, o seu sorriso era radiante.

— A todos vocês, tem sido uma honra. O mais belo tributo nem ao menos começaria a descrever a minha devoção, o meu afeto profundo e a grande consideração.

— Que a senhora só recorde os melhores dias — disse Boris ao lhe mostrar o nosso presente, um globo de vidro com a Torre Eiffel dentro. Quando ela o sacudiu, pedacinhos de folha dourada chacoalharam.

De lado, Margaret, Bitsi e eu observamos os sócios se despedirem da diretora. Margaret tocou as pérolas. Ela não conseguira entrar em contato com a família em Londres e não sabia como estavam com a Blitz. Bitsi pressionava Emily Dickinson junto ao peito. Com aquele soldado alemão alojado no seu apartamento, ela não conseguia escapar da guerra nem em casa.

No dia seguinte, Miss Reeder sairia da Zona Ocupada, iria da Zona Livre para a Espanha e depois Portugal, onde um transatlântico a levaria de volta para os Estados Unidos. Pensei em Rémy, em Julien, irmão de Bitsi, e nos outros prisioneiros de guerra. Na alegre Miss Wedd, cujo crime era ter nascido britânica. Na nossa catalogadora canadense, a rígida Mrs. Turnbull; em Helen-e-Peter; e agora em Miss Reeder, a um mundo de distância. 823. *E não sobrou nenhum.*

CAPÍTULO 26

Lily

FROID, MONTANA, AGOSTO DE 1986

Toda vez que eu examinava as estantes de Odile, um livro diferente falava comigo. Alguns dias, um título em letras de cor viva acenava; outras vezes, um tomo grosso gritava para ser lido. Nessa tarde, Emily Dickinson chamou o meu nome. Mamãe gostara de um dos seus poemas. O verso de que me lembrava era: "Esperança é a coisa com penas que se empoleira na alma." Dentro do volume fino, o ex-libris da "American Library in Paris Inc, 1920" mostrava o sol nascendo sobre um livro aberto, o horizonte amplo como o mundo. O livro descansava sobre um fuzil, quase a enterrá-lo — o conhecimento matando a violência. Enquanto folheava as páginas, uma foto em preto e branco enfiada entre elas caiu no chão.

Odile, de volta depois de buscar a correspondência, a pegou.

— São *maman*, *papa*, Rémy e eu.

O bigode do pai dominava o seu rosto e lhe dava uma aparência séria. A mãe praticamente ficava atrás dele, e me perguntei se era tímida. Odile e a mãe usavam vestido, os homens portavam terno.

— O seu pai era empresário?

— Não, comissário de polícia.

Sorri.

— Ele sabe que você roubou um livro da biblioteca?

Ela não sorriu de volta.

— Ele sabe que sou uma ladra.

Eu estava morrendo de vontade de saber o que ela queria dizer, mas, bem quando eu ia perguntar, o telefone tocou. Soube que era Eleanor antes de ouvir a carência aguda.

— Lily está aí? Estou precisando de ajuda...

— Chega de aula de francês por hoje — eu disse.

Ao enfiar a foto de volta no livro, notei que havia algumas outras, e quis poder ficar.

— O bebê ainda tem cólicas?

— *Mais oui.*

Já fazia dois meses que ninguém conseguia dormir. Pior, o bebê não mamava. A enfermeira dizia que, quanto mais tensa Eleanor ficasse, mais tempo Benjy demoraria para "pegar". Com papai sempre no trabalho, eu cuidava de Eleanor, dando-lhe tapinhas nas costas, como eu fazia quando punha Joe para arrotar.

Com praticamente um ano de diferença, os dois meninos usavam fraldas de pano sob a calça plástica. Eleanor me ensinara a trocar a fralda e jogar as fezes no vaso sanitário antes de pôr a fralda para lavar. Eu não sabia por que ela insistia em usar pano se todo mundo preferia as descartáveis. Talvez achasse que mais trabalho era mais amor.

Encontrei Eleanor na cozinha, onde fazia mais de trinta graus. O suor escorria pelo rosto dela, e Benjy berrava no seu colo.

— Por que ele não para? A culpa é minha? — chorava Eleanor.

Ela chorava quase tanto quanto o bebê.

— Você já comeu hoje? — Tentei sentir o cheiro para ver se precisava trocar a fralda dele. O cheiro dele estava bom. O dela, não. — Tomou banho?

Eleanor me olhou boquiaberta, como se eu falasse farsi. Fiz três ovos mexidos com uma das mãos e embalei Benjy com a outra. Enquanto ele engolia os ovos, limpei o nariz dele com o babador.

Quando chegou, papai fez a única coisa que pôde. Ligou o ventilador e o virou para Eleanor. Depois de escutar os resmungos dela, ele ligou para vovó Pearl, que veio de carro no dia seguinte.

— Fede até o sétimo céu aqui — afirmou ela, pondo na bancada uma caixa de papelão cheia de mamadeiras e bicos de borracha.

— Mamadeira? — protestou Eleanor. — O que os outros vão pensar?

Ela mandou Eleanor descansar. Escondi o sorriso atrás do livro. Quando vovó Pearl mandava a gente descansar, era ela que precisava de um descanso da gente. Apertando o cinto do roupão rosa desbotado, Eleanor arrastou os pés até a sala. Vovó Pearl preparou a fórmula e atarraxou um bico. Entrou marchando e estendeu a mamadeira a Eleanor.

— Agora alimente essa criança.

— Mas Brenda amamentou.

— Pare de se comparar a um fantasma!

— Mãe! — Eleanor me indicou.

Disparaître significa não ser mais visível, deixar de existir. Me cobri com o francês, como um xale e fui ver Odile, que arrancava coisas na horta. Ela se levantou e limpou as mãos no avental.

— *Bonjour, ma belle. Comment ça va?*

Ela era o único adulto que perguntava como eu estava. Os outros perguntavam sobre os meus irmãos.

— Como se diz "fantasma"?

— *Le fantôme.*

— E "infeliz"?

Eu já tinha aprendido a palavra, mas precisava dela outra vez agora.

— *Triste.* — Ela me abraçou. — As aulas começam amanhã?

— É. Mary Louise e eu nos inscrevemos nas mesmas aulas.

— É uma dádiva passar o tempo com a sua melhor amiga. Nem posso lhe dizer como sinto saudades da minha. — Ela pôs no cesto os alhos-porós que arrancara da terra. A sua expressão parecia *triste.*

— Tem tempo para uma aula de francês? — perguntamos ao mesmo tempo.

Aeroporto, *un aéroport*. Avião, *un avion*. Janela do avião, *un hublot*. Aeromoça, *une hôtesse de l'air*. Anfitriã do ar. Uma ao lado da outra na nossa escrivaninha, ou na mesa da cozinha de Odile, escrevi o vocabulário. Em geral, estudávamos palavras cotidianas, como "calçada", "prédio", "cadeira".

— Por que está me ensinando vocabulário de viagem?

— Porque, *ma grande*, quero que você voe.

Na hora do jantar, enquanto Eleanor punha o bolo de carne na mesa, vovó Pearl ia atrás, implicando com ela como uma galinha bicando ração.

— O mundo não vai parar se você tirar um cochilo. Só tem essa camisa? Quando foi a última vez que lavou o cabelo? Cadê o seu orgulho?

Eleanor bateu o creme de milho com força na mesa.

— Ma-mãe!

Em momentos assim, eu me lembrava que Eleanor só tinha dez anos a mais do que eu.

— E onde estão aquelas suas amigas? — continuou vovó Pearl. — Por que elas não ajudam?

— Lily disse que Brenda fazia tudo sozinha.

— Como ela poderia se lembrar?

Eleanor se virou para a mãe.

— Lily não mentiria!

Senti o meu rosto corar.

— Na verdade...

— Não estou dizendo que ela mentiu — afirmou rapidamente vovó Pearl. — Mas estou lhe dizendo que uma mulher com três filhos precisa de ajuda.

— Eu consigo me virar sozinha. — Eleanor soava tão emburrada quanto Angel, a irmã de Mary Louise.

Como sempre, papai voltara do trabalho dois minutos antes da hora do jantar. Comemos em silêncio, a não ser pelos gritos de Benjy. Eleanor nem deu graças.

Enquanto ela e vovó Pearl davam banho nos meninos, lavei a louça, catei os brinquedos, dobrei a roupa lavada e contei as horas até que as aulas começassem.

Durante uma semana, vovó Pearl cozinhou e explicou a Eleanor que papinha de bebê comprada pronta nunca matou ninguém. Antes de entrar no carro, ela disse à filha:

— Você confia demais em Lily. Não há mais ninguém que possa ajudar? Que tal aquela gentil Odile?

Eleanor cruzou os braços.

— Consigo fazer tudo sozinha. Além disso, Lily é da família.

Ela me considerava da família? De repente, ajudar não parecia um sacrifício tão grande. Mas pude ouvir a voz de Mary Louise como se ela estivesse ao meu lado. "Eleanor faz você de escrava. É assim que se trata uma filha de verdade?"

Na aula de geografia, aprendemos sobre a China, onde o governo diz aos casais que só podem ter um filho. Ao ver como Eleanor estava esgotada, não me pareceu uma má política.

— As meninas não contam na China. Os pais querem meninos, que podem trabalhar no campo — continuava a Sra. White, aparentemente sem notar que na nossa comunidade rural era a mesma coisa.

— Já notou que a única coisa que ensinam sobre os países comunistas é que são horríveis? — sussurrou Mary Louise.

— É, como se Froid fosse maravilhosa.

Na China, eu teria sido suficiente. Se fosse um menino, papai me deixaria aprender a dirigir. Eu já estaria dirigindo. Eu já teria ido embora. Enquanto a professora continuava, deitei a cabeça um instante, a carteira fria contra a minha bochecha. A minha casa era a China. Eu me imaginei tomando banho, imaginei o meu pai e Eleanor agarrando os meus ombros e segurando o meu corpo embaixo da água, imaginei a vida saindo de mim.

— Lil? — Mary Louise me deu um tapinha nas costas.

Acordei. Todo mundo estava indo para a porta.

— Não ouviu o sinal?

Bocejando, cobri a boca e senti um fio de saliva colado no queixo.

— Babando por Robby — disse Tiffany Ivers ao sair.

Rezei: *Deus, por favor, que ele não tenha visto.*

— Ignore-a — disse Mary Louise. — Quer ir lá para casa?

— Eleanor precisa que eu fique com os meninos.

— E sexta-feira? Durma lá como antigamente.

Eu queria. Queria muito.

— Não posso.

Fui me arrastando para casa, onde fraldas teriam de ser trocadas e bonecos João Bobo se espalhavam pelo linóleo como minas terrestres. *Bien sûr*, Benjy berrava. À mesa da cozinha, com a camisa nojenta que usara a semana toda, Eleanor o embalava enquanto Joe choramingava aos seus pés. Eu lhe fiz um carinho antes de encarar a louça suja que definhava na bancada.

— Você não precisa fazer isso — protestou ela com voz fraca. *Lily é da família*. Esterilizei as coisas que precisavam ser esterilizadas. Ninei Benjy até que cochilou. Mesmo no sono, ele fungava. Entreguei-o a Eleanor e corri para uma aula rápida na casa de Odile.

Céus, eu amava a calma de lá. Nenhum bebê chorando. Nenhuma coisa fora do lugar. Jornais dobrados na cesta ao lado da poltrona. Os nossos livros arrumados de acordo com o Sistema Decimal de Odile--Lily. As fotinhas emolduradas do marido e do filho.

— Fale do Sr. Gustafson.

— Buck? — Ela franziu os olhos, como se não pensasse nele havia muito tempo e não soubesse direito o que eu queria dizer. — Um homem entre os homens. Bonito de um jeito rude, com barba por fazer naquelas faces coradas dele. Gostava de caçar, e foi assim que ganhou o apelido. Matou o seu primeiro veado, um *buck* ou macho com seis pontas na galhada, quando tinha 10 anos. A carcaça imunda foi a nossa primeira briga. Buck queria a cabeça daquele pobre animal acima da lareira; eu não a queria em lugar nenhum perto de mim.

— Quem ganhou?

— Bom, *ma grande*, essa foi a primeira lição que aprendi como jovem esposa. — Ela se levantou da mesa e foi até a pia. — Às vezes, quando ganha, a gente perde. Eu me livrei da cabeça empalhada; o lixeiro a levou quando Buck estava trabalhando. Mas ele ficou zangado por muito tempo depois disso.

— Ah.

— Ah, mesmo. — De costas para mim, ela guardou os pratos nas prateleiras do armário.

— O que você e Buck gostavam de fazer juntos?

— Criamos o nosso filho.

— E depois que ele cresceu?

Ela se virou para mim.

— Buck e eu não tínhamos muito em comum. Ele adorava assistir a jogos de futebol; eu preferia ler. Mas nós dois gostávamos de caminhadas vigorosas. Ele era romântico. Nunca deixou de abrir a porta para mim, nunca deixou de segurar a minha mão. À meia-noite, às vezes íamos até a praça e brincávamos no balanço, como crianças.

Era o máximo que ela já tinha me contado sobre a sua vida, e fiquei calada, na esperança de que continuasse.

— Depois que ele morreu, doei quase todas as suas coisas para caridade: as ferramentas, o caminhão. Mas fiquei com a espingarda. Eu precisava que algo que era importante para ele permanecesse.

O telefone tocou. Eleanor de novo. Fui para casa. Depois de preparar o jantar e limpar tudo, caí na cama ainda de jeans, cansada demais para estudar. De qualquer modo, a lição de cálculo empalidecia perto da lição de Odile: Amar é aceitar alguém, em todas as suas partes, até aquelas de que a gente não gosta ou não entende.

QUANDO VOLTOU PARA casa depois da reunião de outono de pais e mestres, Eleanor bateu a porta dos fundos.

— Lily? — berrou. — Onde você está?

Na sala de estar, tomando conta dos meninos, onde mais? No meu colo, Joe puxava o meu cabelo; deitado na manta que tricotei para ele, Benjy notava os dedinhos do pé pela primeira vez.

Eleanor entrou pisando duro.

— A Srta. White disse que você dormiu na aula. Ela fez parecer que *eu* era a culpada de algum modo. Não sou uma mãe ruim! Por que não prepara o jantar enquanto amamento Benjy?

Ela levantou a saia acima da barriga flácida, além de uma aracnídea teia de estrias. Fugi para a cozinha antes que ela soltasse o sutiã e liberasse o mamilo rachado. Ver uma vez foi o suficiente. Desejei que Eleanor confiasse menos em mim. Desejei que voltasse às fitas de aeróbica e à conversa fiada com Odile, mas ela passava quase todo o tempo fazendo comida de bebê em casa e chorando junto à pia. "Você é mãe, mas também é mulher", tinha lhe dito Odile. A mim, parecia que Eleanor desistira da mulher que era antes.

Aos pouquinhos, eu parara de fazer os deveres de casa e de ficar com Mary Louise. Até o francês estava *fini*. Eleanor precisava de mim. Às vezes, ela só ficava sentada e contemplava a parede. "Não quer pegar Benjy no colo?", eu perguntava. Ou: "Olhe, Eleanor, os dentinhos de Joe estão nascendo." Ela mal fazia que sim.

Quando recebi o boletim, percebi que a situação tinha degenerado. Matemática: C–. Inglês: B–. Ciências: C–. História: C–. "O que aconteceu?", escrevera o Sr. Moriarty com tinta vermelha. Fui para casa me arrastando, com medo de que, como Eleanor, eu tivesse desistido da garota que era antes.

— Lily? — chamou Odile da sua varanda.

Continuei andando.

— Lily, o que está havendo? — Ela me levou para dentro da casa dela e pegou o boletim. — *Oh là là* — disse.

— Tenho de ir, Eleanor precisa da minha ajuda.

O aroma de chocolate encheu o ar. Odile estendeu um tabuleiro de biscoitos. Encolhida no seu sofá, as migalhas caindo nas roupas, comi às pressas, sem nem sentir o sabor.

Ela observou com tristeza.

— O que está acontecendo em casa?

— *Rien.* Nada.

Eu não queria me queixar.

— Você precisa se impor.

— *Você* não poderia falar com eles? — perguntei.

— A longo prazo, não adiantaria. Você tem de aprender a arte de negociar.

Bufei.

— Como se fossem me ouvir.

— Converse com eles.

— Eleanor tem coisa demais para fazer.

— Diga ao seu pai como se sente.

— Ele não vai ligar.

— Faça que ligue.

— Como?

— O que ele quer? — perguntou Odile.

Pensei na pergunta.

— Que o deixem em paz.

— O que ele quer para você?

Mamãe queria que eu fosse para a universidade. Ela quase foi, mas, em vez disso, se casou. Se papai queria alguma coisa para mim, eu não sabia o que era. E não havia como perguntar, pelo menos não em casa, onde Eleanor e os meninos sugavam toda a sua atenção.

— Talvez... talvez eu pudesse ir ao trabalho dele. Mas ele vai se zangar.

— Talvez não. Você devia tentar.

NA MANHÃ SEGUINTE, me vesti com o mesmo cuidado que tinha para ir à igreja. O que diria a papai? Eram oito quarteirões até o banco, e praticamente corri, na esperança de que ninguém me denunciasse por matar aula. Quando me viu andando de um lado para o outro na frente da sala de papai, o Sr. Ivers deu uma gargalhada e comentou que devia ser uma situação urgente se eu tinha de marcar horário para ver o meu próprio pai.

Quando saiu, papai ficou confuso.

— Por que você não foi à aula? — Depois, apavorado. — Aconteceu alguma coisa com os meninos?

É claro. Os meninos.

— Lily está aqui para uma conversa de pai para filha — disse o chefe, rindo, mas papai não riu. Sem graça, ele me enfiou numa cadeira na sua sala.

— É melhor que seja importante. — Ele cruzou os braços sobre a mesa imensa.

— Eu... eu...

— Então? O que é?

A raiva dele facilitou as coisas.

— Sinto falta de aprender francês, de ver Mary Louise, de fazer o dever de casa e de ler. Não aguento mais fraldas sujas.

— Ellie precisa da sua ajuda.

— Sou a única pessoa que vê que ela só faz chorar? Ela precisa de mais do que posso lhe dar.

— Ela vai ficar bem.

— Talvez ela precise de um psicólogo.

— Psicólogos são para malucos.

— Para pessoas deprimidas.

— Você precisa ajudar mais.

— E você? Os filhos são seus.

— Trabalho aqui.

— E precisa trabalhar em casa. — Bati o meu boletim na mesa. — Até quando mamãe morreu, eu era uma das primeiras da turma. Você pode achar bom que eu seja babá, mas isso não é o que mamãe queria.

Ele inclinou a cabeça para trás, como se a minha verdade o golpeasse.

— Fico feliz em ajudar. Fico mesmo. Mas quero aulas de francês. Quero ir para a faculdade.

Ele indicou a porta como se eu fosse alguém que jamais teria aprovação para um empréstimo.

— Levo você para a escola.

Não falamos nada. Olhei pela janela, desejando que fosse a janela de um avião, que Odile estivesse certa e que algum dia eu fosse embora.

Papai sempre voltava para casa às dez para as seis, pouco antes do jantar. Pela primeira vez, ele se atrasou. Eleanor perguntou se eu queria comer, mas, como ela ia esperar, eu disse que esperaria também. Deixamos o assado no forno. À mesa do jantar, Joe pulava no meu colo, e Eleanor segurava Benjy, que parara de chorar como num passe de mágica. Geralmente, dávamos banho nos meninos às sete, mas nessa noite ainda esperávamos papai. Naquele breve momento de paz, Eleanor me fez a pergunta que sempre fazia a ele:

— Como foi o seu dia, querida?

237

— Fui ao banco.

— Ao banco? — perguntou ela, confusa, como se estivesse se esquecido de que havia banco em Froid.

— Eu precisava...

Do que eu precisava? Eleanor me olhou atentamente, prestando atenção em mim como nunca.

— Eu precisava falar com papai. Sobre a faculdade.

Ela deu uma risadinha esquisita e disse:

— Pelo menos uma de nós tem coragem de dizer o que quer.

Funguei.

— Está sentindo cheiro de queimado?

Ela jogou Benjy no meu colo e correu para a cozinha. Fui atrás, Benjy equilibrado no meu quadril e Joe colado à minha perna. Saíam nuvens de fumaça do forno.

— Desisto — chorou Eleanor, tirando o tabuleiro carbonizado.

Papai entrou, a pasta na mão. Eram oito da noite, algo como meia--noite no resto do mundo.

— Nem sequer um telefonema para dizer que ia demorar? — gritou ela, e jogou nele o assado carbonizado.

Ele segurou a pasta na frente do rosto e se abaixou. O naco queima-do bateu na parede e caiu no chão, deslizando até parar aos seus pés.

Senti orgulho de Eleanor.

— Você me abandona para fazer qualquer coisa — disse ela a papai.

Levei os meus irmãos para o quarto deles.

— Nunca está em casa — continuou ela. — Está lá com Brenda ou aqui comigo?

Brenda. Ninguém mais dizia o nome dela.

— Ah, mãe — sussurrei. — Quanta saudade.

— Por que triste? — perguntou Joe.

Acariciei o cabelo dele, fino como as plumas de um pintinho.

O meu pai murmurou palavras gentis, mas Eleanor não aceitou nenhuma delas.

— Como assim, dou um passo maior do que as pernas? — gritou ela. — Quando comprei fraldas descartáveis, você disse que *ela* usava de pano. Nunca cheguei aos pés de Santa Brenda!

— Não havia outra opção na época — berrou ele de volta. — Eu não estava dizendo que você tinha de usar fralda de pano. Eu estava lembrando que as coisas eram diferentes. Não há necessidade nenhuma de fazer tudo sozinha. As pessoas tentaram ajudar. Pare de rechaçar os outros.

Silêncio.

— A pessoa que quero que ajude é você.

Quando eu disse a Odile que papai tinha decidido tirar o sábado de folga para ajudar a cuidar dos meninos e que Eleanor comprara um caminhão de Pampers, ela comentou:

— Viu como é se impor? Nem sempre há solução, mas, se a gente não tentar, nunca vai saber.

— Não sei se foi a ida ao trabalho de papai.

Eu lhe contei de Eleanor e do assado voador.

Odile bateu palmas.

— Parece que você inspirou Eleanor a falar, também. Bravo!

Agora que Odile e eu tínhamos tempo ininterrupto, peguei de novo o livro com as fotos. No sofá, olhamos a foto da família. "Como sinto saudades deles", disse ela ao passar para a próxima foto, que mostrava uma beldade de cabelo escuro e vestido de bolinhas. Odile sorriu como se, inesperadamente, esbarrasse numa amiga.

— É Miss Reeder. Era minha chefe na biblioteca, a pessoa que eu mais admirava.

A foto seguinte mostrava uma dama de turbante falando com um oficial de óculos de armação de metal com uma braçadeira com a suástica.

— Não adianta pensar no passado — disse Odile, a voz pétrea como o rosto. Ela enfiou as fotos de volta no livro.

Por que ela guardava a foto de um nazista?

— Você conheceu um nazista?

— O Dr. Fuchs foi à biblioteca.

Quando eu imaginava nazistas, eles estavam matando gente em campos de concentração, não fazendo empréstimo de livros. Parecia indecente que ela soubesse o seu nome.

— Paris estava ocupada — explicou Odile. — Não podíamos evitá-los, e nem todo mundo queria. Ele era o que os nazistas chamavam de "protetor de bibliotecas".

— Então ele salvava livros?

— Não era tão simples assim.

Pensei no que aprendera na escola.

— A minha professora de história disse que os europeus tinham de saber dos campos. Disse que era óbvio.

— Eu soube deles depois da guerra. Na época, a minha família tentava apenas sobreviver. Eu temia por amigos e colegas anglófonos, presos como "estrangeiros inimigos". Embora os judeus fossem proibidos de entrar em bibliotecas, nunca me ocorreu que também seriam presos e que muitos seriam mortos.

Odile ficou calada por um bom tempo.

— Ficou zangada porque perguntei?

— *Mais non*. Desculpe, eu me perdi nas lembranças. Durante a guerra, nós, bibliotecários, entregávamos livros a amigos judeus. A Gestapo chegou a atirar num dos meus colegas.

Atirar num bibliotecário? Não era como matar um médico?

— Eles mataram Miss Reeder?

— Ela já tinha ido embora. Os nazistas prenderam vários bibliotecários, como o diretor da Biblioteca Nacional. Temíamos que Miss Reeder fosse a próxima. Fiquei de coração partido quando ela foi embora. Mas dizer adeus é um fato da vida. A perda é inevitável.

Eu me arrependi de ter pegado as fotos; elas só a deixaram triste. Mas aí ela segurou meu rosto suavemente com as duas mãos e disse:

— Mas às vezes coisas boas vêm da mudança.

Paris

1º de dezembro de 1941

Monsieur l'Inspecteur:

Estou escrevendo para lhe informar que a Biblioteca Americana em Paris abriga mais estrangeiros inimigos do que um campo de concentração. Para começar, há a arrivista americana Clara de Chambrun. Ela passa mais tempo na biblioteca do que em casa, como deveria fazer uma boa esposa. Dedica os seus dias a requisitar dinheiro de amigas elegantes da sociedade para manter a biblioteca. Duvido que declare essa receita.

Ela não gosta de alemães (ou "hunos", como diz) e desobedece aos seus regulamentos. Só porque é condessa não quer dizer que não tenha de obedecer às regras. Acredito que ela contrabandeia livros para leitores judeus. Quem sabe o que mais ela está aprontando? Ela é muito evasiva.

Faça uma visita e veja com os seus próprios olhos. O senhor verá que ela se considera acima da lei.

Assinado,
Alguém que sabe

CAPÍTULO 27

Odile

PARIS, DEZEMBRO DE 1941

CLARA DE CHAMBRUN, a nossa nova diretora, ajudara a fundar a BAP em 1920. Com Edith Wharton e Anne Morgan, foi uma das conselheiras originais. A condessa, além de escrever várias obras sobre Shakespeare, também traduziu as suas peças para o francês. Ela e Hemingway compartilhavam o mesmo editor. Mais recentemente, nesses últimos meses, ela buscou doadores para cobrir as despesas, do carvão aos salários, e escreveu cartas para impedir que autoridades nazistas forçassem Boris e o zelador a trabalhar na Alemanha como parte do plano *Relève*. Eu temia que, como estrangeira de destaque, ela fosse presa.

No balcão de registro, revelei meu medo a Boris e Margaret enquanto ele carimbava o *Harper's Bazaar* de Madame Simon. Ele disse que Clara se casara com o conde Aldebert de Chambrun, um general francês, em 1901. Tinha dupla cidadania e não seria considerada uma estrangeira inimiga.

Nisso, M. de Nerciat entrou, com Mr. Pryce-Jones nos calcanhares

— Camicases atingiram Pearl Harbor! — gritou Monsieur.

Nós nos reunimos em torno dele.

— Que diabos é um camicase? — perguntou Margaret. — E onde fica Pearl Harbor?

— O Japão atacou uma base militar americana — explicou Mr. Pryce-Jones.

— Isso significa que os Estados Unidos vão entrar na guerra?

Senti um vislumbre de esperança de que logo os alemães fossem derrotados.

— Assim acreditamos — respondeu M. de Nerciat.

— Os americanos aniquilarão os nazistas! — exclamei.

— Eles não conseguirão fazer pior do que o exército francês — disse Margaret.

Virei a cabeça para trás. Como Margaret ousava criticar soldados como Rémy, quando *ela* estivera entre os primeiros a fugir de Paris?

— As forças britânicas voltaram bem depressa para aquela ilhota.

Nós nos olhamos com raiva, e esperei que ela retirasse suas palavras.

— Não deveríamos falar de política, não é? — disse ela, finalmente.

Ela ofereceu um galho de oliveira, não um pedido de desculpas. Tentei não me zangar. Ela não queria ser grosseira. Com medo de dizer alguma coisa de que me arrependesse, corri para a máquina de escrever da sala dos fundos, na esperança de que trabalhar no boletim me distraísse. Antes da Ocupação, eu imprimia quinhentos exemplares no nosso mimeógrafo, mas agora, com a penúria de papel, eu pregava um único exemplar no quadro de avisos.

Mr. Pryce-Jones puxou uma cadeira ao meu lado.

— Conseguimos ouvir você datilografar lá na sala de leitura.

Apontei para a fita.

— É tão velha que as letras estão cada vez mais apagadas.

— Achei que você talvez estivesse trabalhando para aliviar a raiva. O que Margaret disse sobre o exército francês não foi gentil.

— Sei que ela não fez de propósito, mas dói. — Cobri as teclas r, e, m e y com os dedos. — Sinto muita saudade do meu irmão, e sei que ele lutou com bravura.

— Margaret também sabe. As vezes, ela fala sem pensar.

— Todos falamos. — Eu precisava entrevistar alguém para o boletim do mês. — Que tipo de leitor é o senhor? Quais são os seus livros mais estimados?

— A verdade?

Cheguei mais perto. Ele confessaria a leitura de romances escandalosos?

— Semana passada, descartei toda a minha biblioteca.

— O quê?

Dar livros era como desistir do ar.

— Já tive o meu quinhão de Sófocles e Aristóteles, de Melville e Hawthorne, livros indicados na universidade ou oferecidos por colegas. Já passei tempo suficiente no passado. Quero o hoje, agora. F. Scott Fitzgerald, Nancy Mitford, Langston Hughes.

— O que o senhor fez com os seus livros?

— Quando soube que a biblioteca da professora Cohen fora confiscada, encaixotei os meus livros e os levei para ela. Roubar livros é como profanar túmulos.

Embora Mr. Pryce-Jones fizesse parecer que estava contente de abrir mão de uma biblioteca construída durante a vida inteira, senti a verdade. Ele se separou dos seus livros porque a professora fora forçada a se separar dos dela. Eu me lembrei de que havia pessoas com problemas maiores, mágoas maiores.

Mas ainda estava zangada com Margaret.

KRIEGSGEFANGENENPOST

12 de dezembro de 1941

Querida Odile,

Sabe como sei que você está escondendo coisas nas suas cartas?

Você não se queixa de *papa* há séculos e raramente menciona Paul. Talvez ache que não pode escrever sobre ele porque não posso abraçar

Bitsi. Pois está errada. Quero ouvir *papa* vociferar e *maman* bater papo. Quero saber se você está apaixonada. Conte-me o que sente de verdade, não o que acha que aguento ouvir; preciso tanto da sua franqueza quanto do seu amor. Só ter um pouco de você, sentir que você censura cada frase, está me matando. Não estamos juntos, mas não precisamos ficar distantes. Bitsi hesita quando escreve. Eu também. Quero proteger você. Não quero que você saiba. Quero que você saiba.

A situação é difícil aqui. Estamos com fome, estamos cansados. Estamos de cabeça baixa, a roupa esfarrapada. Temos saudades de casa. Tememos que as nossas noivas nos esqueçam. Choramos quando achamos que ninguém vai ouvir. O que mais nos incomoda é a palavra "prisioneiro" associada a criminosos. Tudo o que fizemos foi lutar pelas nossas convicções e pelo nosso país. Sempre há arame farpado na nossa visão periférica.

Com amor,
Rémy

20 de dezembro de 1941

Querido Rémy,

Tentarei não me segurar. Paul e eu escapamos da espionagem de *maman*. Ele achou um apartamento abandonado para nossos encontros à tarde. Decoramos o nosso *boudoir* com os meus livros e os desenhos dele da Bretanha. Não há calefação, e nós dois nos resfriamos, mas vale a pena! Não esperava encontrar uma ocupação mais emocionante do que a leitura.

Agora que a Alemanha declarou guerra aos EUA e os americanos na França são estrangeiros inimigos, temo que os nazistas fechem a biblioteca de vez. Embora o pessoal tente manter as aparências, estamos cansados e assustados. Todos nos movemos como brinquedos com pouca corda. Às vezes, me zango sem razão. Às vezes, acho difícil pensar. Às vezes, não sei o que pensar.

Seja como for, temos a festa de Natal a esperar. A condessa disse que podemos trazer a família, se for de "qualidade superior", então convidei *maman* e a "tia" Eugénie. *Papa* não pode vir, tem reuniões. É por isso que não reclamo dele. Ele nunca está em casa.

Com amor,
Odile

O cheiro do vinho quente temperado de Boris tomou a biblioteca. Castanhas estalavam na lareira. Bitsi ajudou as crianças a cortar catálogos velhos para fazer enfeites para a árvore. Margaret e eu buscamos no armário as fitas vermelhas festivas e decoramos a sala de leitura.

— Faz frio no meu apartamento — disse ela. — Eu bem que poderia usar alguns desses livros bolorentos como lenha.

Instintivamente, peguei um romance e o segurei junto ao peito. Eu morreria de hipotermia antes de destruir um único deles. Muitos daqueles livros tinham sido mandados dos Estados Unidos para soldados da Grande Guerra. Lidos nas trincheiras e nos hospitais improvisados, as suas histórias levaram conforto e fuga.

— Eu estava brincando — disse Margaret. — Você sabe, não é?

— É claro...

Ainda assim, era uma coisa horrível de se dizer. Fui para um canto isolado, embalando *O retrato de Dorian Gray*. 823. Inalei o aroma levemente mofado do livro, imaginando que era uma mistura de pólvora e lama das trincheiras. Sempre que abria um livro gasto, gostava de acreditar que liberava o espírito de um soldado.

— Lá vai você, velho amigo — sussurrei. — Agora está a salvo, está em casa.

— Falando sozinha? — brincou Bitsi, com *maman* e Eugénie atrás.

— Então é aqui que você trabalha — disse *maman*. — Não é tão sombrio quando eu esperava.

Eugénie deu uma risadinha.

— Achava que ela trabalhava numa mina de carvão?

Maman lhe deu um tapinha brincalhão no braço dela.

Cada convidado trouxe uma iguaria escassa e caríssima, obtida no mercado parelelo ou com primos do campo. Um Camembert cremoso. Um cesto de laranjas. Eugénie passou o prato de *foie gras* que ela e *maman* tinham preparado com o fígado de ganso que Paul trouxera da Bretanha.

Um silêncio caiu sobre a sala quando a condessa, com sua estola de arminho, entrou na festa de braço dado com o marido, um cavalheiro grisalho e de fraque. Mesmo sem medalhas no peito, era óbvio pela sua postura — peito estufado, supervisionando friamente os convidados como se fossem os seus soldados — que fora general.

Perto do bufê, Madame Simon encurralou Clara de Chambrun para lhe dar uma prolongada explicação de como fizera seu turbante puído com um roupão de banho. A condessa lançou ao marido um olhar de "salve-me agora" e, como um cãozinho obediente, ele se aproximou para levá-la dali.

— Ele comandou soldados em dois continentes — disse Mr. Pryce-Jones.

— Mas não há como confundir quem está no comando agora — observou M. de Nerciat.

— O general encontrou o seu Waterloo.

— Encontrou o seu Waterloo? Ele se casou com ela.

Paul me levou para a minha seção favorita das estantes, a 823, onde nos unimos a Cathy e Heathcliff, Jane e Rochester. Fitei os seus lábios, rosados pelo vinho. Devagar, ele se ajoelhou à minha frente.

— Você é a mulher da minha vida — disse ele. — O primeiro rosto que quero ver quando acordo, o que quero beijar à noite. Tudo o que você diz é tão interessante... Adoro ouvir sobre as folhas de outono que se esmagam sob os seus pés, o sócio mal-humorado que você corrigiu, o romance que leu na cama. Posso lhe contar os meus pensamentos mais profundos, os meus livros favoritos. A coisa que mais quero é a continuação das nossas conversas. Quer se casar comigo?

O pedido de Paul foi como um romance perfeito, o final inevitável, mas, de certo modo, uma surpresa.

Da sala de leitura, pude ouvir a minha mãe perguntar "Aonde foram Paul e Odile?", pude ouvir Eugénie responder "Ah, para variar, deixe os dois".

— Gostaria que estivéssemos no apartamento — sussurrei —, no nosso *boudoir* cor-de-rosa.

— Adoro ficar sozinho com você também, só que...

— Só quê?

O seu pomo de adão subiu e desceu com nervosismo.

— Não devíamos ficar nos escondendo, não está certo. Não sei direito quanto tempo consigo...

— *Papa* não vai descobrir.

— Por que você põe o seu pai em tudo?

— Não ponho!

— Não vamos brigar — disse ele.

Acariciei o seu rosto e absorvi as mudanças que a guerra criara: sombras escuras se acumulavam sob os olhos; rugas formavam parênteses amargos em torno da boca. Tanta coisa mudara. Eu queria que algumas coisas continuassem as mesmas — o meu trabalho na biblioteca, as nossas escapadelas vespertinas.

— Você é a pessoa que está me fazendo aguentar a guerra — afirmou ele —, os deveres do meu trabalho. Quero que fiquemos juntos.

— Sim, meu amor. Quando Rémy for solto.

Deslizei sobre os joelhos. Paul começou a dizer alguma coisa, talvez *amo você*, talvez *não quero esperar*, mas o beijei, e as suas palavras se perderam sob a minha língua. Ele me puxou para o seu peito. As minhas mãos se enfiaram sob o paletó dele, o suéter, a camisa, até o calor da sua pele. Ao fundo, amigos cantavam "Noite feliz", mas Paul e eu permanecemos entrelaçados, olhos fechados para tudo o que não fosse a nossa paixão.

A MINHA FAMÍLIA continuou a contar os dias do cativeiro de Rémy enquanto 1941 se transformava em 1942. 12 de janeiro: *Querido Rémy, você é o único a quem posso contar: Paul me pediu em casamento!*

Faremos a cerimônia quando você voltar para casa. 20 de fevereiro: *Querida Odile, não espere por mim. Seja feliz agora.* 19 de março: *Querido Rémy, Margaret e eu não temos mais meias, então passamos pó de arroz bege nas pernas. Bitsi acha que estamos malucas.* 5 de abril: *Querida Odile, Bitsi está certa! Obrigado pelo pacote. Como é que você sabia que eu queria ler Maupassant?*

Todo mundo tinha de se inscrever para alguma coisa: donas de casa para receber suprimentos, estrangeiros e judeus na polícia. Embora Mr. Pryce-Jones se apresentasse semanalmente no *commissariat*, Margaret não fora nenhuma vez. Rabiscado nas laterais dos prédios, vi letras V — de Vitória contra os nazistas —, mas também vi "Fora judeus". O marechal Pétain, herói da Primeira Guerra Mundial nomeado chefe de Estado, transformou o lema francês "Liberdade, Igualdade, Fraternidade" em "Trabalho, Família, Pátria". Era como se o estado de espírito dos parisienses fosse "Tenso, Zangado, Ressentido".

Paul e eu passeamos sob a sombra das folhas da Champs-Élysées, vendo os cafés cheios de nazistas com as suas namoradas espalhafatosas. *Soldaten* tinham *deutsche marken* para comprar cerveja e quinquilharias como pulseiras e blush. Os homens estavam longe da Frente Oriental e queriam esquecer a guerra na companhia de lindas *parisiennes* solitárias.

Não condenei as moças. Com 18 anos, quem não quer dançar? Aos 30, as mães precisavam de ajuda com as contas. Os maridos tinham morrido em combate ou estavam presos em Stalags. As mulheres levavam a vida do melhor jeito que podiam. Ainda assim, perto delas eu me sentia desmazelada. Beliscava as faces, na esperança de lhes dar um pouco de cor, e me lembrava: *é chique estar puída.*

— Só posso sonhar em lhe oferecer uma joia. — Paul fechava a cara para os casais. — Não ser capaz de lhe dar as coisinhas doces que você merece... é simplesmente humilhante!

— O que sinto por você não tem nada a ver com quinquilharias.

— Essas meretrizes ganham tudo enquanto vivemos sem nada. São prostitutas que lambem...

— Não há necessidade de ser grosseiro!

— Elas deveriam ter vergonha, colando-se nos malditos *Krauts*, puxando o saco do inimigo. Gostaria de lhes dar uma lição que nunca esqueceriam.

Ele deu um passo na direção dos *Soldaten* e das suas garotas. Os dentes estavam trincados. Os punhos, fechados. Não parecia ele mesmo. Pela primeira vez, ele me assustou.

— Não compre briga. Não vale a pena.

Agarrei o braço dele e o segurei com força.

ESTAVA FICANDO IMPOSSÍVEL evitar os *Soldaten*. Eles apareciam nos nossos cafés favoritos, montavam cada vez mais barreiras nas nossas ruas. Era difícil saber onde apareceriam. A caminho de Montmartre para entregar obras científicas ao Dr. Sanger, passei por uma barricada de metal que não estava lá no dia anterior. Um dos soldados agarrou a minha sacola e jogou o conteúdo no chão. Fiz uma careta quando os tomos pesados bateram na calçada e se abriram. Ele pegou um e folheou as páginas. Talvez procurasse códigos secretíssimos ou uma faca escondida na encadernação; talvez só estivesse entediado. Deu uma olhada no título, deu um riso afetado.

— *Mademoiselle* está lendo tratados de física?

Fazia muito tempo desde as aulas de física no *lycée*. Se ele fizesse uma pergunta, eu estaria encrencada. Poderia dizer que as obras eram para um vizinho ou podia responder com outra pergunta.

— Está dizendo que as mulheres deveriam se limitar a livros sobre bordado?

Ele me entregou a sacola e me disse que recolhesse os meus livros.

Quando retornei à biblioteca, tentei avisar Margaret, mas ela se recusava a admitir o perigo que corria, mesmo quando enchíamos caixotes para enviar a campos de concentração onde estrangeiros como nossa Miss Wedd e Miss Beach, livreira da *Rive Gauche*, estavam presos.

— Já foi se registrar na polícia? — perguntei pela décima vez.

— Eu me sinto francesa, isso deveria bastar — disse Margaret, colocando com gentileza *Christmas Pudding*, "o pudim de Natal", sobre *Pigeon Pie*, "torta de pombo".

— Talvez você devesse ir para junto de Lawrence na Zona Livre.

— A amante dele não ia gostar.

Amante? Não, não podia ser. Recordei as nossas conversas, procurando pistas que tivesse deixado de ver. Ela dissera que ele estava com "amigos", e eu aceitara o significado mais comum da palavra. Margaret nunca contava se recebia cartas do marido, nunca mencionava ter saudades dele. Eu me senti uma idiota, tagarelando sobre Paul enquanto ela sofria em silêncio. Eu sabia ler livros, mas não pessoas.

Eu sabia que uma amante poderia provocar um divórcio e temi que Margaret se mudasse para Londres ou, pior, sumisse como a tia Caro. Devo ter parecido angustiada, porque Margaret pôs a sua mão sobre a minha.

— As relações diplomáticas entre a França e a Inglaterra foram cortadas — disse ela. — Ele ficou por causa dela. Lawrence e eu levamos vidas separadas. Não é o que eu queria, principalmente por Christina, que nunca vê o pai, mas aceitei.

— Ele é um idiota. Tem de ser, se não vê como você é incrível e corajosa.

Margaret deu um sorriso vacilante.

— Ninguém jamais me verá como você me vê.

A minha mão se apertou em torno da dela.

— Acha que ele vai pedir o divórcio?

— Casais como nós não se divorciam, a gente "aguenta".

— Então você vai ficar?

— Eu nunca deixarei a biblioteca.

— Promete?

— É a promessa mais fácil que já fiz.

— Fico felicíssima porque você vai ficar, mas não quero que se meta em encrenca. E se você for presa como Miss Wedd? Por favor, pense em se registrar no *commissariat*. É a lei.

— Nem todas as leis são feitas para serem obedecidas. — Ela desembaraçou os dedos dos meus e fechou com firmeza o caixote de livros. Caso encerrado.

CAPÍTULO 28

Margaret

NA LUZ PRATEADA da noite, Margaret subiu a escada da estação do metrô se perguntando que livro leria para a filha na hora de dormir. *Bella, a cabra* ou *Homero, o gato?* Tarde demais, ela viu uma nova barreira. Recuou devagar.

Um soldado ordenou: "*Vos papiers.*" Falava francês com um ríspido sotaque alemão.

Ela lhe estendeu os documentos.

Ele os avaliou, depois a olhou com raiva.

— *Anglaise?*

Inglesa? O inimigo.

Ele segurou o braço dela. Os nós dos dedos dele lhe roçaram o seio, e ela se encolheu, manobrando o peito para longe do toque.

Margaret foi a única estrangeira que encontraram. Eles seguiram pela calçada, empurrando-a com eles. Ela nunca ficara tão apavorada. Sabia que os homens podiam empurrá-la para um pátio abandonado e fazer o que quisessem com ela, e a sua vida mudaria para sempre.

Seis quarteirões adiante, eles entraram numa delegacia requisitada. Lá dentro, havia umas mesas num dos lados da sala e, no outro, uma cela onde três senhoras grisalhas estavam sentadas num banco, de cabeça baixa. O rímel borrado e a roupa amassada mostraram a Margaret que estavam presas havia vários dias.

— Minha filha... — disse ela quando o soldado a empurrou para dentro da cela. — Posso telefonar?

— Aqui não é um clube campestre — respondeu ele. — Você não é nossa convidada.

As senhoras abriram espaço no banco, e Margaret se empoleirou aprumada na beirada. Normalmente, ela se apresentaria como Mrs. Saint James, mas parecia bobagem obedecer às formalidades numa cela.

— Eu me chamo Margaret. O meu crime é ser inglesa.

— O nosso também.

— Eles nos pegaram quando voltávamos a pé do clube do livro para casa.

— Somos um partido e tanto!

— Esses soldados robustos devem se orgulhar de impedir que senhoras leiam Proust.

Finalmente, os oficiais encerraram o expediente e só deixaram um jovem soldado, que lia sentado à mesa.

— *Entre nous*, acho que aquele guarda está encantado com a nossa nova amiga.

Margaret notara que o olhar dele viajava do livro para elas. Mas, nessa úmida delegacia, o que mais havia para olhar?

— Há quanto tempo estão aqui? — perguntou Margaret.

— Uma semana. Quando estivermos em número suficiente, vão nos mandar para um campo de concentração. Sem água, sem comida, só piolhos e soldados entediados.

Com o passar das horas e enquanto se preparavam para passar a noite outra vez ali, as senhoras ficaram angustiadas.

— E se nunca nos deixarem ir embora?

Margarida tirou *The Priory* da bolsa.

— Vou ler uma história. — As mulheres se acomodaram. — "*Estava quase escuro. Os carros, tecendo como navetes na autoestrada entre duas cidades a vinte e cinco quilômetros de distância, estavam com os faróis acesos. De tantos em tantos momentos, os portões do Priorado de*

Saunby se iluminavam." É uma casa velha e grandiosa. Juro que vocês vão se sentir confortáveis lá.

No fim do capítulo, uma das senhoras bocejou. As três se agacharam e fizeram a cama para dormir, o corpo no chão de cimento, a cabeça apoiada na bolsa. Margaret se uniu a elas.

— Use o banco, querida.

— Você não tem tanto estofo quanto nós. Fique lá.

Ela ficou comovida com essa simples gentileza.

— Prefiro ficar com vocês.

Com a cabeça descansando em *The Priory*, Margaret tocou suas pérolas. O colar tinha sido da sua mãe e não valia nada, não como as joias que Lawrence esperava que ela exibisse nas festas. Mas, quando usava as pérolas, Margaret sabia que estava cercada pelo amor da mãe, como uma criança, quando sentia o sussurro dos lábios da mãe na testa.

Estude bastante para não ter de trabalhar na fábrica como eu, dizia a mãe, mas a avó disse a Margaret que ela conseguiria qualquer homem que quisesse, que a sua aparência majestosa compensava o fato de ser de classe inferior. Vovó comparava pegar homens com pescar um peixe: vá aonde haja muitos, use a melhor isca e fique imóvel. Margaret e as amigas se demoravam diante de um bom restaurante, como moças recatadas na entrada. Quando viu Lawrence, tão distinto com o terno azul-marinho, ela deixou a bolsa cair. Ele a pegou. Anzol, linha e isca.

No casamento, ela usou um vestido de seda de Jeanne Lanvin. A boca doía de tanto sorrir. Ela não pensara um instante além da cerimônia, e não sabia nada sobre a noite de núpcias. O choque foi tão íntimo, tão estranho, que ela não se incomodou de não poderem viajar na lua de mel. Lawrence era um jovem diplomata, e ele e Margaret foram convidados para um jantar importante que, se esperava, poderia levar a conversações de paz.

No Putney, coquetéis foram servidos. Com a mão na lombar de Margaret, Lawrence a exibiu — "*Voici ma femme!*" — indo do embaixador italiano ao contingente alemão. Ela ficou surpresa que todos falavam francês; afinal de contas, estavam na Inglaterra.

— É o idioma da diplomacia — explicou ele. — Você disse que estudou francês.

E tinha sido exatamente assim que ela respondera quando ele perguntou. Fora cuidadosa para não mentir. Na verdade, ela fora reprovada nos quatro anos de francês. Mas, durante o namoro, ele é quem falava e conseguia preencher todas as lacunas dela. Ela não pensara que teria importância.

Enquanto engolia o seu coquetel, Margaret observou as outras esposas usarem expressões espirituosas para provocar sorrisos a contragosto e até risadas verdadeiras de diplomatas rígidos.

À mesa do jantar, ela foi incapaz de se comunicar com o russo rude à sua direita, com o tcheco tímido à sua esquerda. Esperara uma pequena demonstração de apoio de Lawrence, mas ele a olhava como a mãe dele fizera, com desdém. Misericordiosamente, as mulheres se retiraram para um salão, enquanto os homens baforavam os seus charutos. Margaret esperava conversar sobre moda, mas as senhoras falaram da situação política predominante. Ela não conseguiu acompanhar: um *duce* na Itália, um chanceler na Alemanha, um presidente e um primeiro-ministro na França. Era confuso.

Quando o desastre finalmente acabou, não acabou. Diante do hotel, enquanto ela e Lawrence esperavam que trouxessem o Jaguar, uma francesa com vestido de lantejoulas o beijou no rosto (bem perto da boca) e disse em inglês perfeito:

— Você terá de comprar para a pequena Margaret uma assinatura de jornal, para que ela tenha algo a contribuir.

No carro, Margaret disse:

— Não foi tão ruim. Vou contratar um professor para melhorar o meu francês.

Ele não respondeu. À luz da rua, ela viu que ele usava a mesma expressão da mãe dela quando voltava do mercado e percebia que as framboesas gorduchas que comprara estavam mofadas por dentro. Era um olhar de nojo, mas de nojo de si mesma por ter se permitido ser enganada.

— Diga-me o que fazer e farei — implorou Margaret.

Ele não a olhou. Nunca mais a tocou.

Na semana seguinte, ela convidou amigas para tomar chá. Elas ficaram empolgadas: uma casa luxuosa, um marido rico, um anel de brilhante.

— Você conseguiu tudo o que queria!

Na cela, uma das mulheres chegou mais perto, e o seu calor embalou o sono de Margaret. Ao adormecer, ela percebeu que era verdade, que conseguira tudo o que queria. E desejou que soubesse querer mais.

No MEIO DA noite, Margaret foi despertada do seu sono. Alguém lhe cutucava o ombro. O guarda estava agachado ao seu lado. Ela recuou para longe dele, mas havia pouquíssimo espaço de manobra.

— Vou deixar você ir embora — sussurrou ele.

A porta da cela estava aberta. Ela se mexeu para acordar as senhoras.

— Elas, não, só você.

— Por que eu?

— Você é bonita. Não deveria estar aqui.

Ele era como Lawrence. Via o que queria. Ela se deitou de novo.

— Eu deixaria vocês todas irem embora, se pudesse — disse ele —, mas não dá para explicar a cela vazia.

Ela o olhou com raiva, zangada porque ele esfregou na cara dela a possibilidade de liberdade só para depois tirá-la dela.

— A guerra não o ensinou a mentir?

— Vou me meter em encrenca.

— O seu comandante vai gritar e você vai se sentir mal. O que pode acontecer de pior? Podemos ser enviadas para uma prisão longe dos entes queridos, sem comida, sem aquecimento, sem livros.

— Deixarei vocês quatro irem embora...

— *Merci. Danke.*

— Deixarei todas irem se você concordar em ler o livro para mim.

— O quê?

— Nos encontraremos uma vez por dia. Nos degraus do Pantheon, ou onde você quiser.

— Isso é absurdo.

— Um capítulo por dia.

Ela desejou ver a expressão dele, mas ele estava de costas para a luz fraca.

— Por quê?

— Quero saber o que acontece depois.

Paris

9 de maio de 1942

Monsieur l'Inspecteur:

Estou escrevendo para lhe informar que, na Biblioteca Americana em Paris, a diretora Clara de Chambrun, née Longworth, escreve mentiras e desculpas para manter em Paris tanto o bibliotecário chefe quanto o zelador, em vez de permitir que sejam despachados para trabalhar na Pátria.

Boris Netchaeff visita lares de leitores judeus. Toda noite, leva vários lotes de livros. Não me surpreenderia se estivesse contrabandeando livros obscenos para os outros. Ele não tem moral e se recusa a manter a pureza do acervo da biblioteca. Diz que tirou nacionalidade francesa, mas tenho as minhas dúvidas.

Faça o seu serviço: livre Paris desses estrangeiros degenerados.

Assinado,
Alguém que sabe

CAPÍTULO 29

Odile

O CAFÉ DA MANHÃ foram algumas colheradas de aveia e um ovo que *maman* dividiu em três, com cuidado para pôr os pedacinhos esfarelados de gema de volta sobre a clara. As suas bochechas, antes ameixas frescas e gorduchas, eram agora ameixas secas e sugadas. *Papa* emagrecera tanto que ela tivera de apertar as calças dele. O bigode de vassoura não escondia mais a varredura triste da boca.

— Você devia estar casada em vez de ser uma bibliotecária solteirona — criticou ele. — O que há de errado com você?

Fitei a cadeira de Rémy. Sentia falta do seu apoio.

— Paul é um rapaz maravilhoso — continuou *papa*.

— Então por que *você* não se casa com ele?

— Chega! — disse *maman*.

Dessa vez, meu pai se calou. Quase ouvi Rémy dizer: *Só precisava disso? Uma palavra? Ah, se soubéssemos!*

No trabalho, mal passei pela soleira e Boris me encheu de livros. Não me importei. Todos enfrentávamos barreiras, e eu sabia que ele e a condessa entregavam tantos quanto eu. No caminho da casa da professora Cohen, tentei apreciar a exuberante manhã de junho, mas a crítica de *papa* ecoava: *O que há de errado com você? O que há de errado com você?*

Despenquei no sofá da professora. O meu olhar foi do relógio do avô que arrotava as horas ao vaso sempre vazio e às nuvens de preocupação nos olhos dela.

— Está tudo bem?

Não era profissional desabafar, mas ela perguntou.

— *Papa* acha que eu devia me casar.

Ela se inclinou à frente na cadeira.

— Você e Paul estão noivos?

— Estamos! — Foi bom revelar a ela o meu segredo. — Mas só Rémy sabe. E agora a senhora.

As nuvens se abriram.

— Isso pede champanhe. Ah, que pena, licor de cereja terá de servir.

No aparador, ela pegou uma garrafa e esvaziou as últimas gotas em dois copos.

— A você e ao seu rapaz.

Tomamos a bebida doce.

— Por que não contou aos seus pais?

— No minuto em que eu contar, *papa* marcará a data do casamento e batizará os netos. *Maman* tem costurado tanto que o meu enxoval ocupa um quarto inteiro; daria para se afogar em centrinhos. Mas, principalmente, quero esperar Rémy. A decisão é minha, não do meu pai.

— Compreendo, querida. Compreendo, mesmo. Mas a minha mãe costumava me dizer: "Aceite as pessoas pelo que são, não pelo que você quer que sejam."

— O que isso quer dizer?

— O seu pai é velho e não vai mudar. E cadelas não têm gatinhos, portanto você é tão teimosa quanto ele. A única coisa que você pode mudar é o modo como o vê.

— Não sei se isso é possível.

— Converse com ele — aconselhou ela. — Diga-lhe o que sente por Paul e que você quer Rémy ao seu lado.

— *Papa* só quer me casar para se livrar de mim.

— Ele também sente saudades do seu irmão. Com certeza entenderá.

Fiz bico.

— A senhora não conhece o meu pai.

— Quando você for mais velha...

Eu me despedi dela e desci a escada irritada, pisando firme. *Quando você for mais velha! O que há de errado em você?* Correndo pela rue Blanche, notei uma mulher de cabelos castanhos usando um casaco azul elegante, uma estrela amarela na lapela. Fiquei paralisada; de repente, o orgulho ferido era a coisa mais distante da mente.

Os judeus não podiam mais dar aulas, entrar em parques, nem mesmo atravessar a Champs-Elysées. Não podiam usar cabines telefônicas. Tinham de se sentar no último vagão do metrô. Ao vir na minha direção, a mulher ergueu o queixo, mas a sua boca tremia. Eu ouvira falar das estrelas amarelas, mas essa era a primeira que eu via. Não soube como reagir. Deveria dar um sorriso bondoso para que ela soubesse que nem todo mundo concordava com aquela identificação bizarra? Deveria olhar à frente como sempre, para que soubesse que nada mudara? Se não a olhasse, eu provaria que a via como qualquer outra. Quando nossos caminhos se cruzaram, desviei os olhos.

Os judeus não eram só proibidos, eles agora usavam alvos. E eu me queixara à professora Cohen dos meus problemas insignificantes.

A MANHÃ TODA, Margaret e eu consertamos livros gastos. Não podíamos mais encomendar novos, e cada um deles era precioso. Cansada e faminta, passei cola na lombada, de lá para cá, de lá para cá, devagar, então ainda mais devagar, como um disco parando de girar. Ela deixara de trabalhar fazia algum tempo. O canto direito da sua boca se ergueu num sorriso. Chamei o seu nome, mas ela não respondeu.

— Margaret? — Cutuquei o seu joelho.

— Desculpe, me perdi em pensamentos.

— Risco ocupacional — eu disse.

Ela riu. A luz nos seus olhos falava de amor. Ela e o marido teriam feito as pazes?

— Lawrence está em casa?

Ela me olhou boquiaberta, horrorizada.

— Céus, não! Por que achou isso?

— Você parece feliz.

Ela estava sempre bonita, mas a sua expressão tinha mudado nas últimas semanas, ficado mais animada. Era como se a neblina da manhã desse lugar ao sol da tarde, a mudança tão gradual que eu não percebera até ali.

Hesitante, quase surpresa, ela disse:

— Acho que estou.

— Alguma razão especial?

— Estou relendo *The Priory*, dessa vez em voz alta.

— Em voz alta?

— Para alguém que não poderia ler de outra maneira.

Antes que eu pudesse descobrir mais, a nossa atenção foi capturada pelo som de botas de soldados. O Bibliotheksschutz e dois lacaios tinham vindo fazer uma visitinha. Os sócios se enrijeceram. Os parisienses estavam acostumados aos *Soldaten* nas ruas, mas não na nossa biblioteca. Fazia vários meses desde a última visita do Dr. Fuchs, e muita coisa mudara: Miss Reeder partira, e agora a Alemanha estava em guerra com os Estados Unidos. Era por isso que ele estava ali?

Depois de endireitar os óculos de armação de ouro, o Dr. Fuchs pediu para ver a diretora, e eu escoltei os homens até a sala de Clara de Chambrun. Bitsi foi atrás com cautela.

Acostumada a oficiais com todas as insígnias nazistas, a condessa permaneceu *blasé* quando ele foi anunciado. O mesmo não se pôde dizer do Bibliotheksschutz. Os olhos dele se esbugalharam ao ver uma desconhecida à mesa de Miss Reeder. Ele deu uma olhada na sala e depois ralhou comigo como se eu tivesse escondido a diretora dentro do imenso cofre.

— Qual é o significado disso? — indagou ele.

— Permita-me lhe apresentar a condessa Clara de Chambrun, que dirige a biblioteca — eu disse.

— Onde está Miss Reeder?

Ele soava preocupado.

— Ela voltou para casa — respondeu a condessa.

— Garanti que ela estaria sob a minha proteção aqui. Por que partiu?

— Sem dúvida, ela considerou a ordem de retornar mais imperativa do que a sua garantia.

Fui encontrar Bitsi no corredor e perguntei:

— Por que ele está tão zangado?

— A diretora foi embora sem se despedir. Ele não está zangado, está magoado.

Ah. Não pude deixar de gostar dele por amar Miss Reeder.

Ele interrogou a condessa sobre as suas qualificações, o valor do acervo e a apólice de seguro da biblioteca. Satisfeito, impôs as regras: de não dar nenhum aumento aos funcionários a não vender livros.

— Dei a minha palavra de que esta biblioteca seria mantida — afirmou ele. — Caso a autoridade militar interfira de algum modo, a senhora encontrará o meu telefone aqui e em Berlim na gaveta de Miss Reeder. Ligue caso haja problemas.

KRIEGSGEFANGENENPOST

30 de novembro de 1942

Querida Odile,

Desculpe não ter escrito; não havia papel. Muitos de nós estão doentes. O meu ferimento ainda me incomoda. Os guardas não estão tentando nos matar, mas também não estão tentando nos manter vivos. Um deles disse que não há remédios nem para eles.

Marcel, meu colega de beliche, aprontou de novo. Depois do fiasco na ordenha, ele jogou o trator da velha *frau* numa vala. Está tão destruído quanto o trator; quando o veículo virou, o braço dele foi esmagado embaixo. O Kommandant se ofereceu para substituí-lo, mas a *frau* não quer mais ajuda francesa.

Outro sujeito trabalha para uma viúva jovem que tem o corpo de Mae West e o rosto de um anjo (ariano). Eles ficaram íntimos, e, quando ele fala em ficar aqui depois da guerra, sentimos pena dele.

Ela lhe passou um rádio em agradecimento pela colheita. Alguns alemães são tão violentos quanto Hitler, mas outros são antinazistas e escutam a BBC. Tem sido difícil ficar isolado de você, do mundo inteiro. Ficamos empolgados por ter notícias diárias, embora nem sempre tenhamos o pão de cada dia.

Vivo pelas suas cartas e pela esperança de vê-la. Tenho a sorte de ter uma família carinhosa. Muitos nunca recebem notícias de casa. Se conseguir mandar a Marcel Danez um pacote de doces, sei que ele ficará contente.

Com amor,
Rémy

NA SALA DAS CRIANÇAS, Bitsi mordeu o lábio ao ler a carta. Rémy tinha boas intenções, mas como mandaríamos comida a um desconhecido se não havia o suficiente para a família?

— *Bonjour, les filles* — disse Margaret ao entrar. — Odile, por que você não está no balcão de consulta? Já há uma fila de sócios.

— Recebemos notícias. — Então eu traduzi a carta.

A testa dela se franziu.

— Todo mês, você poderá enviar um pacote decente, juro.

No dia seguinte, ela trouxe um caixotinho de linguiça, cigarro e chocolate.

— Como? — perguntei, espantada.

— Não se preocupe com isso.

Ao lembrar dos retratos dourados na parede, imaginei Margaret vendendo os ancestrais um por um para alimentar Rémy. Ela era a amiga mais querida.

20 de dezembro de 1942

Querido Rémy,

Esperamos que o pacote que mandamos tenha chegado. O casaco coube? Reconhece as cores? A lã é de casacos que *maman* guardou de quando éramos crianças. Desculpe, as mangas não ficaram com o mesmo comprimento. No meu caso, a prática não leva à perfeição.

Ontem à noite, Paul e eu fomos à montagem de *Hamlet* da condessa no teatro Odéon. Foi maravilhoso fazer algo comum como fazíamos antes da guerra. Bitsi e eu vamos colher azevinho na floresta para decorar os pacotes de livros que entregamos. Ultimamente, tem havido menos pedidos, o que é esquisito.

Bitsi sente terríveis saudades suas. Todos sentimos. Queremos você em casa.

Com amor,
Odile

KRIEGSGEFANGENENPOST

1º de fevereiro de 1943

Querida Odile,

Obrigado pela comida deliciosa! Ainda mais maravilhoso foi ver a cara de Marcel quando recebeu o pacote. Por favor, não se privem por nós. Eu nunca deveria ter pedido.

Tudo está bem aqui. Exceto que Marcel quase foi morto. Na sala comum, alguns prisioneiros estavam amontoados em torno do rádio, escutando a BBC, o som não mais que um suspiro, quando os guardas entraram de repente. Nós outros nos afastamos rapidamente, mas o pobre Marcel estava tão absorto que não notou. Os guardas estilhaçaram o rádio e puseram nós cem em fila no pátio — sem agasalho, é claro — prometendo pegar leve se confessássemos. Nenhum de nós admitiu nada. O Kommandant forçou Marcel a se ajoelhar e encostou a pistola na cabeça dele. "Diga quem estava com você, senão vou matá-lo." Sabe o que aquele palerma respondeu? "Então vou morrer sozinho."

Com amor,
Rémy

Paris

1º de junho de 1943

Herr Kommandant:

Escrevi à polícia francesa, sem resultado. Agora recorro ao senhor.

A Biblioteca Americana em Paris tem caricaturas de Hitler em seu acervo, e qualquer um pode ver. Isso não é tudo. Como mencionei à polícia, os bibliotecários contrabandeiam livros para sócios judeus, inclusive livros proibidos que ninguém deveria ler.

A bibliotecária Bitsi Joubert diz coisas vis sobre os soldados alemães. Ela tem um deles alojado no seu apartamento, e só Deus sabe como o agride. A voluntária Margaret Saint James compra comida no mercado paralelo. Olhando as suas faces rechonchudas, não daria para adivinhar que muita gente está praticamente morrendo de fome. O sócio Geoffrey de Nerciat doa dinheiro aos Résistants e os abriga no seu grandioso apartamento.

Na sala dos fundos da biblioteca, o sócio Robert Pryce-Jones escuta a BBC, embora seja estritamente proibido. E esse não é o único ruído incômodo que se ouve. O ranger de passos ecoa no sótão, trancado o tempo todo, e gostaria de saber o que ou quem os bibliotecários estão escondendo.

Faça uma visita e veja com os seus próprios olhos.

Assinado,
Alguém que sabe

CAPÍTULO 30

Odile

QUANDO O CORREIO chegou, arrumei as revistas de moda nas prateleiras. *Mode du Jour* lembrava aos leitores que "Inteligência e bom gosto não estão racionados" e que, embora os sapatos se desgastem, isso não acontece com os chapéus. Eu sentia falta de *Time* e *Life*. Virei-me para me compadecer do homem ao meu lado, que eu nunca vira. Antes, eu teria observado os lábios franzidos e o terno de tweed verde e suporia que era um professor universitário arrogante. Agora, eu diria um espião plantado. Engoli em seco. Paranoia. A propaganda nazista tinha me pegado. Sem dúvida era inofensivo, embora tenha enfiado uma revista velha dentro do paletó.

Fiz uma careta.

— Os periódicos não saem daqui.

Ele o devolveu à prateleira e saiu pisando firme.

— Brava! — aplaudiu Boris. — Você é tão intimidadora quanto madame Mimoun, da Biblioteca Nacional, um verdadeiro dragão.

Fiz uma reverência.

— Eu tento.

Quando chegou ao trabalho, Bitsi apenas me cumprimentou com a cabeça. Nesses dias, ela estava tão calada que me assustava. Quis ficar de olho nela e insisti que precisava de ajuda para levar livros para a professora Cohen. Subimos as escadas em *escargot* até o segundo andar, onde a professora pegou as pesadas biografias dos nossos braços.

— Terminei o meu romance. — Ela indicou a pilha de papel sobre a mesa.

— Parabéns! — exclamei.

Fiquei surpresa ao ver que a fagulha animada nos seus olhos se extinguira e que o desapontamento passara a residir ali.

Ela suspirou.

— A editora não vai publicar.

Eu tinha certeza da razão, e sabia que ela também. Nenhuma editora francesa poderia publicar a obra de um escritor judeu.

— Sinto muito — eu disse.

— Eu também — falou ela. — Seja como for, eu nunca conseguiria terminar sem você. Não só pelos livros que trouxe para a minha pesquisa, mas pela sua companhia e gentileza. Você se tornou a minha janela para Paris. Livros e ideias são como o sangue; precisam circular e nos mantêm vivos. Você me lembrou que o bem existe neste mundo.

Eu deveria ter me emocionado com tamanho elogio. Em vez disso, um temor frio se instalou nos meus ossos.

— Parece que a senhora está se despedindo.

— Estou dizendo que não sabemos o que vai acontecer. — Ela me presenteou com o manuscrito. — Por favor, guarde-o em segurança.

Honrada com a confiança, beijei-a nos dois lados do rosto.

— Tem certeza de que não quer mandá-lo para algum colega?

— Essa é a única cópia. O romance ficará mais seguro com você.

— Qual é o título? — perguntou Bitsi.

— *La Bibliothèque Américaine.* — A Biblioteca Americana.

— Então é definitivamente um drama! — comentou Bitsi.

— Esperem até conhecer os personagens. Um elenco e tanto! — A professora piscou um olho. — Sem dúvida vocês reconhecerão alguns.

Luz, 535; manuscritos, 091; bibliotecas, 027.

Quando se despediu de nós, ela parecia estar com o humor melhor. Na escada, Bitsi e eu ouvimos o ágil tap-tap-tap da máquina de escrever. Torci para que a professora estivesse trabalhando na continuação.

No caminho de volta ao trabalho, Bitsi disse:

— É uma grande responsabilidade.

Enfiei as páginas na minha sacola.

—Vamos guardá-lo no cofre.

Ao entrar na nossa rua, passamos por três risonhas *filles de joie* de meias arrastão. De cabelo amarelo e desgrenhado, o trio gorducho passava despreocupado numa bruma de perfume pungente.

— Meretrizes! — Bitsi balançou a mão para afastar o perfume.

— Algumas pessoas não sabem que há uma guerra em andamento — continuou ela em voz alta enquanto entrávamos na biblioteca. — Ontem de manhã, vi um bando de prostitutas cambaleando para casa. Fediam a álcool. Ora, bom gosto existe!

Na sala dos fundos, pus o manuscrito na mesa e fiz Bitsi se sentar.

— As pessoas erradas recebem as coisas certas — disse ela, a voz áspera. — Estou com fome. Não consigo pensar. As estações passam, mas não sinto falta dos dias. Natal, Ano-Novo, fico contente porque se foram. Agora é Páscoa, e a única coisa que voltará a subir são os preços. Estou com saudade de Rémy. Se não fosse por ele, eu poderia...

— Vamos escrever para ele.

O desespero dela me assustou. Rémy ajudaria; pensar nele sempre fazia a gente se sentir melhor. Tirei um lápis da bolsa.

— Você usa minúsculas, eu uso maiúsculas.

querido RÉMY, saudações AQUI da BIBLIOTECA onde ES-TAMOS com SAUDADES suas. ODILE sugeriu ESSA ideia BRILHANTE maluca.

— A carta parece um pedido de resgate — disse ela. — Será que ele vai receber?

— Pelo menos, vamos confundir os censores.

Bitsi quase sorriu. Bastou.

— Acha que a professora Cohen se importaria se déssemos uma espiada no romance? — perguntou ela.

Dividida entre respeitar a privacidade da professora e consolar Bitsi, virei a página de rosto e li em voz alta: "A Vida após a Morte está cheia do aroma celestial de livros embolorados. As suas paredes são revestidas de estantes altas, cheias de tomos esquecidos. Nesse mezanino aconchegante entre os mundos, não há janelas nem relógios, embora o eco ocasional do riso das crianças ou um leve aroma de croissant de chocolate venha do andar térreo."

— É a minha seção favorita da biblioteca — falou ela.

— A minha também.

Eu estava prestes a ler a linha seguinte quando ouvimos uma mulher gritar:

— Estou cansada de esperar! Deem-me os meus livros, senão...

— Ai, querida... Outra briga.

Corremos para o balcão de registro, onde meia dúzia de sócios esperavam para levar os livros, e descobrimos que até Clara de Chambrun saíra da sua sala.

— O que está acontecendo aqui? — indagou ela.

— A Sra. Smythe está cansada de esperar — disse Boris à condessa. À sócia, ele falou: — Por favor, tenha paciência e volte ao seu lugar na fila.

— Vou informar à polícia — rosnou ela.

— Que somos ineficientes? — Ele levantou a sobrancelha. — A senhora poderia entregar o país inteiro.

As pessoas na fila deram risadinhas com o comentário.

— Vou denunciá-los por atenderem judeus.

— Já chega! — A condessa agarrou a Sra. Smythe pelo braço e a levou até a porta. — Não volte nunca mais.

A sócia começou a soluçar.

— Não consigo viver sem os livros que encontro aqui.

* * *

No BALCÃO DE REGISTRO, bem antes que a biblioteca abrisse para o público, enquanto Boris e eu enfiávamos cartões de volta nos espaços dos livros devolvidos, deixei que os meus pensamentos fossem até Paul. Ao meio-dia, tínhamos nos encontrado no apartamento, o único lugar onde a decepção nunca entrava pela porta. Tínhamos nos demorado no *boudoir* cor-de-rosa, onde os seus desenhos da Bretanha pendiam na parede. Eu amava todos eles: um trigal bordejado de papoulas, medas de trigo dourado, o velho cavalo de costas arqueadas.

Uma batidinha insistente me trouxe de volta. Vi o Dr. Fuchs espiando pela janela. Por que viera tão cedo e sozinho? Nós o convidamos a entrar, mas ele não se mexeu no degrau.

— Tomem cuidado — sussurrou. — A Gestapo está lançando armadilhas. Não deixem obras proibidas caírem nas mãos deles. Eles usarão qualquer pretexto para prendê-los. — Ele olhou por sobre o ombro. — Não posso ser visto aqui.

— Que tipo de armadilha? — perguntei, mas ele já saíra correndo.

— Dizem que a Gestapo está assumindo o controle de Paris — disse Boris enquanto acendia um cigarro — e que são ainda mais perigosos.

Mais perigosos do que os nazistas que tinham derrotado o exército francês? Mais perigosos do que os *Soldaten* que patrulhavam dia e noite?

Trabalhamos o resto da manhã num silêncio perturbado.

Na hora do almoço, quando saí da biblioteca, fiquei surpresa ao encontrar Paul no pátio.

— Não íamos nos encontrar no apartamento? — perguntei.

Naqueles dias, eu confundia tudo.

— Meu colega e a garota dele foram ontem. Havia móveis novos misturados com os antigos, mas ele não deu muita atenção. Eles estavam, hã, se beijando quando ouviram alguém entrar. Esconderam-se por algum tempo e depois escapuliram pela escada de serviço. Ele voltou depois, mas a fechadura tinha sido trocada.

O nosso ninho sumira, o lugar onde podíamos nos abraçar; o lugar onde podíamos dizer tudo ou nada; o lugar onde podíamos esquecer a guerra.

— E os seus desenhos? — perguntei, tristonha.

— Farei outros. — Ele passou o braço na minha cintura. — Alegre-se, achei um novo lugar para nós.

Na rua, encontramos Mme. Simon.

— Aonde pensa que vai? — indagou ela.

Ainda agoniada com a perda do apartamento, tentei gaguejar.

— Mademoiselle Souchet tem o direito de almoçar — declarou Paul.

— Espero que esteja de volta à uma — me disse madame.

— Mademoiselle não recebe ordens da senhora — disse ele, sua mão me apertando enquanto me conduzia pela calçada.

— Você não precisava ser rude — eu disse. — Ela é como a excêntrica tia March de *Mulherzinhas*. Rude por fora, mas bondosa por dentro.

— Nem todo mundo tem algo por dentro.

— E nem todo mundo é criminoso — afirmei, com brandura.

— Algumas pessoas são exatamente o que apresentam ao mundo. — Paramos diante de um grandioso prédio haussmanniano. — O lugar é aqui.

No saguão, os nossos passos foram amortecidos por um luxuoso tapete carmim. Fitando o lustre dourado, tive uma sensação formigante de *déjà-vu*. Talvez já tivesse entregado livros aqui.

No apartamento, as cortinas de brocado estavam fechadas. Eu não fazia questão da vista, eu só fazia questão de Paul. Queria um momento que pudéssemos esquecer tudo. Enquanto ele beijava os meus seios, a minha barriga, abaixo da minha cintura, todo o meu corpo crepitava.

Depois, ainda nus, visitamos o apartamento como se fosse um museu, admirando os vasos chineses em cima da lareira, os antigos mestres na parede. Mas o melhor foi a cozinha: chocolate no armário. O novo lugar não era tão ruim; explorar era empolgante.

Mas estávamos atrasados, então joguei a camisa social e as calças para Paul. Ele as enfiou, mas não fechou; em vez disso, ajudou a abotoar as costas da minha blusa. Atrás de mim, quase com reverência, ele beijou a minha nuca enquanto abotoava os botões de madrepérola. Era nesses momentos ternos que eu mais o amava.

Envolta nos meus sentimentos, mal percebi o clique da fechadura, o guincho das dobradiças.

— Quem diabos são vocês? — indagou um homem de peito largo.

Descalços e despenteados, Paul e eu nos separamos num pulo.

— Agora este lugar é meu.

Avancei um pouquinho na direção da porta. Paul agarrou a minha mão e me puxou para junto dele.

— Achamos...

— Saiam! E fiquem longe daqui!

De cabeça baixa, escapulimos para a biblioteca, envergonhados por termos sido pegos. Onde nos encontraríamos agora? Outra pergunta também se formava. *De quem era aquele apartamento?*

— Não fizemos nada errado — disse Paul.

Ele me deu um beijinho no rosto e continuou o caminho rumo à delegacia. *De quem era o apartamento?* Corada, entrei na seção de periódicos antes de me lembrar de que trabalhava na sala de consulta. Sem jornais atuais, pouca gente ficava por lá, e foi uma surpresa ver alguém remexendo nas revistas velhas.

— Posso ajudar?

— Vejo que alguns sócios são estrangeiros.

Ele parecia conhecido. Ah, sim, o homem de tweed que tentara sair com uma revista.

— Um dos nossos muitos orgulhos. Todos se sentem em casa aqui.

— Gostaria de entrar em contato com eles.

— Destruímos os nossos registros. Não queríamos que caíssem em mãos erradas — eu disse com azedume, e fui até o balcão de registro, onde Boris e Bitsi conversavam, as cabeças unidas.

— Ele me perguntou de onde sou — sussurrava Boris. — Eu lhe disse que era parisiense.

— Ele vem aqui cada vez mais — disse Bitsi. — Quando está atrás de mim, consigo sentir o seu hálito azedo na minha nuca.

Passei o pé sobre o dela.

— O que ele queria? — perguntou Boris.

— Perguntou sobre os nossos sócios estrangeiros.

— Por falar em estrangeiros — disse Bitsi —, onde está Margaret? Ela já deveria ter chegado.

— Ligue para ela — disse Boris.

Telefonei durante toda a tarde, mas ninguém atendeu. E se tivesse sido presa, como Miss Wedd? Não, havia uma razão para ela não vir, uma razão perfeitamente sensata. Olhei no relógio. O mostrador permanecia impassível, os ponteiros se recusavam a se mexer. Com o mostrador junto à orelha, escutei o pulso leve do relógio. O pânico cresceu no meu peito, dificultando respirar.

— Vá — incentivou Boris. — Podemos cuidar das coisas aqui.

Dei mais um telefonema e corri para a casa de Margaret.

CAPÍTULO 31

Odile

O MORDOMO ATENDEU à porta.

— Margaret está? — perguntei, olhando ansiosa o interior do apartamento às costas dele.

Imperturbável como sempre, ele me levou ao quarto onde ela estava deitada na cama, cercada de lenços amassados. Abracei-a.

— Graças a Deus você está aqui. Ficamos com medo de que tivesse sido presa!

— Estou doente — disse ela com voz rouca. — Tentei ligar, mas não consegui. O telefone está ruim a semana toda.

Empoleirei-me ao lado dela.

— Cheguei a pedir a Paul que viesse caso tivéssemos de dar queixa de desaparecimento.

— Você não precisava se preocupar.

Havia certeza na sua voz.

— É claro que me preocupo! A cidade está tomada de nazistas.

— Estou lhe dizendo, não precisa se preocupar. — Ela espiou o corredor para ter certeza de que nenhum criado passava por ali e sussurrou: — Conheci alguém.

— Conhecemos novos alguéns todo dia.

— Não, *conheci* alguém.

Estaria tentando dizer que tinha um namorado?

— Na biblioteca?

— Não. Eu não queria assustar você..., mas fui presa.

— Presa? — gritei.

— Shh! Foi exatamente por isso que não lhe contei.

Agarrei a seda azul da colcha e me perguntei como ela podia esconder de mim uma coisa dessas. É claro que não me ocorreu que eu não lhe contara que Paul e eu estávamos noivos.

— Depois de solta, Felix me deu um documento que permite liberdade de movimentos.

Ela o chamou pelo primeiro nome? Isso queria dizer que era o seu namorado? Era coisa demais para absorver. Ela guardara segredo. Ela andava com o inimigo. Todo o meu corpo se tensionou de raiva.

— Você disse que Paul está vindo? — Ela foi até a penteadeira e pôs pó de arroz no nariz rosado.

Agora era eu quem olhava o corredor.

— Você não está em condições de receber visitas — eu disse com rigidez. — Tenho de ir.

— Não faça como os parisienses que escondem os verdadeiros sentimentos atrás de um véu rígido de boa educação.

— Não sei do que você está falando.

— Se quiser ir embora, vá. Mas não finja que é porque estou resfriada. — Nossos olhos se encontraram no espelho. Os meus estavam perturbados; os dela, resolutos. — Se Felix não tivesse libertado a mim e às três senhoras idosas daquela cela úmida, estaríamos mofando num campo de concentração. E aí, o que a minha filha faria? Pense nisso.

As palavras dela me atingiram. Ela teria desaparecido como a nossa Miss Wedd. Eu tinha de parar de tirar conclusões precipitadas, parar de julgar. Eu era tão ruim quanto Madame Simon.

— Desculpe — eu disse. — O mais importante é que você está a salvo. Tem certeza de que está em condições de receber visitas?

— Só fico tonta quando me levanto. Peça a Isa que prepare o chá. Daqui a pouco irei tomar com vocês.

Na sala de estar, os homens engomados em molduras douradas ainda estavam lá. Toda vez que Margaret oferecera um pacote a Rémy, eu me sentira culpada, imaginando essas pinturas arrancadas da parede e vendidas para comprar suprimentos. Mas, se os retratos estavam ali, como ela conseguira a comida?

Ela pedira ao seu nazista.

Margaret e um nazista. Que esquisito juntar os dois. Pertenciam a livros separados em estantes separadas. Mas, com a continuação da guerra, as pessoas se emaranhavam. Coisas que eram pretas e brancas como letras numa página se misturavam para formar um cinza sombrio.

Quando Paul chegou, puxei-o para perto.

— O que houve? — Ele beijou o alto de minha cabeça.

— Nada. Estou contente em vê-lo, contente porque você é você.

— Não dá para acreditar nesses retratos. É como o Louvre aqui dentro.

— Nem tudo o que reluz é integridade — comentei.

— Hein?

Margaret entrou impetuosamente. Ela adorava entradas triunfais. Eu e Paul nos separamos.

— Desculpe tê-lo afastado do trabalho, Paul. Foi muita gentileza sua ter vindo. Odile tem sorte de ter você.

As orelhas dele queimaram, e ele sorriu com timidez.

— É sempre um prazer vê-la.

Dei-lhe uma cotovelada para lembrá-lo de que não estávamos ali para bater papo. Ele precisava alertá-la do perigo; eu não estava convencida de que um papelucho do namorado pudesse protegê-la.

— Dizem que os *Krauts* prenderam mais de duas mil estrangeiras — falou ele com firmeza em inglês.

— Eu sei — concordou ela.

— Você corre perigo aqui — disse ele. — Devia ir embora.

— Você poderia ter fugido para a Zona Livre no Sul — argumentou Margaret. — E ficou.

— Preciso ficar onde Rémy possa me achar.

— Quero ficar com Odile — disse Paul. — Pense na sua filha.

— Londres também não é segura. — Margaret tossiu e cobriu a boca com o lenço.

— Tome cuidado — pediu ele. — Se vir alemães se aproximando, atravesse a rua.

Ninguém podia evitar os nazistas, nem mesmo na biblioteca, e eu sabia que Margaret não queria evitá-los tanto assim.

UMA SEMANA DEPOIS, Margaret me encurralou na chapelaria e me estendeu uma caixa com uma fita prateada. Abri e senti o cheiro do chocolate — ouro no mercado parelelo. O meu estômago roncou. Eu não queria as suas mercadorias ilícitas, mas não consegui evitar pegar um pedaço. Enquanto o chocolate ao leite derretia na minha boca, me perguntei o que ela fizera para obter esses luxos, me perguntei o que mais recebera. Seda? Carne? Quais eram os números de Dewey? O mais perto que consegui foi 629 para bicho-da-seda e 636.2 para gado bovino. Não consegui achar os números certos. Não conseguia acreditar em tudo o que tinha, enquanto o resto de nós ficava sem.

— No fechamento anual da biblioteca, Felix e eu vamos sair de férias. Dizem que Deauville é deliciosa. A babá cuidará de Christina e, se alguém perguntar, direi que fiquei com você...

Ainda na sua nuvem de felicidade, Margaret foi flutuando para a sala de leitura.

Os chocolates eram deliciosos. Eu mandaria o resto a Rémy. Mandaria. Depois de mais um pedaço.

NAQUELE FIM DE TARDE, enquanto Boris e a condessa revisavam o orçamento na sala dela, fiquei no balcão de registro. Quando o telefone tocou, esperava receber um pedido de entrega de livros.

— Exijo ver Clara de Chambrun. — Quem ligava falava francês com um leve sotaque alemão. — Digamos, nove e meia amanhã. Diga a ela que entre diretamente e exprima as minhas desculpas por não poder visitá-la na biblioteca.

Ele não me deu a oportunidade de responder antes de desligar. O que o Dr. Fuchs queria com a condessa? Perderíamos outra amiga?

No andar de cima, dei uma olhada na sala da condessa. Quando me notou, Boris ergueu as sobrancelhas com preocupação. É claro que sabia que algo estava errado; ele era bibliotecário — meio psicólogo, meio *bartender*, leão de chácara e detetive.

— Tenho um recado — eu disse.

A condessa espiou por cima dos óculos de leitura.

— Então, o que é?

— Temo que o Dr. Fuchs insista em ver a senhora amanhã na sala dele — expliquei.

— Ah, é?

— A senhora e o general deveriam sair da cidade — disse Boris.

— Para que prendam você no meu lugar? — rebateu ela. — O que ele disse exatamente?

Repeti a mensagem.

— Vou com a senhora — disse Boris.

Eu não queria que ele fosse; Boris tinha mulher e uma filhinha que dependiam dele. Tentei encontrar um argumento convincente. Ele ficava com as chaves, portanto teria de abrir pela manhã? Não, ele simplesmente as deixaria comigo.

— Pelo que tenho visto — disse, devagar —, o Dr. Fuchs tem uma queda por mulheres. É melhor que eu acompanhe a condessa.

— Não vou levar você para visitar um nazista! — disse ela. — O que os seus pais diriam?

— Francamente, o meu pai também não queria que eu trabalhasse com os estrangeiros capitalistas daqui. *Papa é commissaire*, portanto a minha família já tem negócios com nazistas.

Eu só disse isso para ganhar a discussão. Nunca pensava no modo como o meu pai passava os dias nem com quem.

— Tem certeza de que quer me acompanhar? — perguntou ela.

Eu tinha medo de ir ao quartel-general dos nazistas, mas, quando pensei nos livros encadernados em couro das estantes da condessa, nos romances que eu entregava aos sócios e no manuscrito da professora Cohen escondido no cofre, decidi que valia a pena lutar pelas palavras, que elas valiam o risco.

— Absoluta.

Não havia tempo de pensar no que poderia ou não acontecer; estávamos ocupados demais administrando a biblioteca. Voltei ao balcão de registro, onde Mme. Simon perguntou:

— Onde diabos você estava? Eu poderia ter ido embora com esses livros!

Quando o último sócio do dia foi embora, enfiei os livros da professora Cohen na minha sacola e corri pela avenida. Passava um pouco das sete horas, mas as silhuetas sombrias dos prédios assomavam. Eu crescera na cidade e me sentia tão segura nas avenidas quanto nos braços de *maman*. Mas, naquela noite, toda vez que olhava em volta, o homem de terno de tweed estava lá. Quando atravessei a rua, ele atravessou também. Olhei para trás; ele parou e folheou uma revista na banca. Andei rápido. Ele continuou, como se fosse um passeio noturno, o semblante sinistro e fechado. Nas sombras, vi a sua pasta numa das mãos, e na outra... o brilho de uma arma, o cano apontado para mim.

Virei de repente à direita e me encostei no prédio encardido. Minhas pernas tremiam, insistindo para que eu saísse correndo. Espiei pela esquina. Quando ele se aproximou, vi que o que pensara ser o cano de uma arma era uma revista enrolada, provavelmente comprada na banca.

Saí do meu caminho para despistar ele e me apressei pelo luxuoso Faubourg Saint-Honoré, pela Hermès, pelo palácio presidencial, à procura de um lugar onde pudesse me esconder. Eu não estava longe do Le Bristol, onde Miss Reeder ficara no começo da ocupação. Entregara livros para hóspedes enfermos lá. Comecei a correr e, antes que o porteiro chegasse ao seu posto, escancarei a porta e mergulhei rumo à recepção, onde implorei ao *concierge* que me deixasse sair pelos fundos. Ele me levou pelo suntuoso salão oval, por uma porta *trompe l'oeil* e pela cozinha cacofônica até um beco.

Enquanto recuperava o fôlego, me perguntei se entregava os livros ou ia diretamente para casa. Decidi que tinha o direito de visitar quem quisesse.

— Eu não tinha certeza de que você viria — disse a professora Cohen.

— Peguei o caminho mais longo.

Ela passou a mão pela capa do livro de maneira tão amorosa quanto *maman* acariciando o meu rosto. A professora pedira *Bom dia, meia-noite* pelo menos dez vezes. Quando lhe perguntei por que gostava tanto do livro, ela respondeu:

— Jean Rhys é destemida. Ela diz a verdade e escreve para os desamparados e vulneráveis.

Abri uma página aleatória, do jeito que costumava fazer para conhecer um livro. *Paris está muito encantadora esta noite. [...] Você está muito encantadora esta noite, minha bela, minha querida, e, oh, que vadia você sabe ser!* Fiquei constrangida. Não era assim que eu pensava na minha cidade, de jeito nenhum.

Ao ver a minha reação, a professora disse:

— Lembre-se, Rhys descreve Paris como uma estrangeira com pouco dinheiro e ninguém que a ajude.

Eu amava a professora Cohen e queria amar o que ela amava.

— Prometa que vai me deixar ler quando terminar. Acha que vou gostar?

Ela apertou mais o xale em torno do corpo.

— Não tenho certeza. Não há final feliz.

ÀS NOVE HORAS da manhã seguinte, a condessa e o seu marido esperavam no carro diante do meu prédio. O chapéu-coco do general cobria quase todo o seu cabelo branco. Como muitos parisienses, ele tinha olheiras. Quando pisou no acelerador, o Peugeot avançou sobre os paralelepípedos como um pangaré velho que não queria ser montado. No banco de trás, notei que ele passava mais tempo observando a esposa do que a rua. Roncamos pela Champs-Elysées, pelo Arc de Triomphe e chegamos ao Hotel Majestic, escritório do Dr. Fuchs.

— Devo ir com você? — perguntou o general.

— Somos perfeitamente capazes de responder a algumas perguntas.

— Então vou esperar — disse ele, segurando o volante com força.

O saguão estava vazio. Uma loura nada elegante — os parisienses chamavam essas alemãs de "camundongos cinzentos" por causa da farda sem graça — nos levou até a sala espartana do Dr. Fuchs. Sentado rigidamente à sua mesa, o Bibliotheksschutz parecia tão perturbado quanto nós. Como não se levantou para nos cumprimentar, como seria o correto, eu soube que havia algo muito errado. Em francês, ele avisou:

— As senhoras têm de dizer a verdade.

A condessa se aprumou.

— Não há pergunta sobre a biblioteca que não possamos responder por completo.

— Recebemos uma carta anônima acusando a biblioteca de distribuir tratados contra Hitler.

Tinham nos denunciado?

— Essas caricaturas foram descobertas em seu acervo.

Ele jogou uma pasta para a condessa. Ela folheou as páginas.

— Os desenhos datam de antes da guerra, e periódicos como esses nunca vão além da sala de leitura. — Ela pôs a pasta na mesa. — Asseguro-lhe que nunca trairia a instituição que prometi salvaguardar.

— Se circularam — eu disse com azedume —, foi porque um dos seus compatriotas o levou. Vi um deles tentando furtar uma revista.

— Shh — sussurrou a condessa. — Pense antes de falar.

— Sei que vocês também fizeram circular livros proibidos — disse ele.

— O senhor disse a Miss Reeder que não tínhamos de destruí-los — argumentei.

À menção da diretora, a postura dele se suavizou.

— É verdade. Mas, de agora em diante, mantenham essas obras trancadas a chave. — Ele inspirou fundo. — *Mesdames*, parece que encontramos uma solução. — Passando a falar inglês, talvez para que o camundongo cinzento que escutava no corredor não entendesse, ele acrescentou: — Estou muito contente pelas senhoras. Não esconderei que também estou muito contente por mim.

Ele se levantou, e soubemos que a reunião acabara. Ao notar que até o Dr. Fuchs tomava cuidado perto do camundongo cinzento, a condessa e eu ficamos caladas até retornarmos ao carro.

No caminho de volta à biblioteca, fiquei pensando na estranha declaração do Dr. Fuchs. Talvez, se descobrissem que éramos culpados de algum crime, ele, como administrador das bibliotecas da Zona Ocupada, também seria envolvido.

Quando a condessa e eu cruzamos a soleira, Boris pegou um frasco na gaveta e serviu um pouco de *bourbon* em três xícaras de chá. A condessa se acomodou numa cadeira e tomou um gole. Rapidamente, expliquei as acusações.

— Fuchs sabe das nossas entregas especiais? — perguntou Boris.

— Acredito que não — disse ela. — Mas, como essa foi por um triz, decidi que, em vez de esperar até agosto para as férias anuais, será melhor fechar a biblioteca ao público amanhã.

Dia da Bastilha. Outro feriado sem razão para comemorar.

CAPÍTULO 32

Boris

BORIS E ANNA sempre jogavam cartas com os vizinhos nas noites de terça-feira. Com ou sem guerra, com ou sem Ocupação. Eles iam à casa dos Ivanov para uma taça de vinho e um jantar leve que ficava mais leve a cada semana. Hélène brincava com Nadia no quarto. A portas fechadas, Bach na vitrola, janelas cerradas, os casais relaxavam beliscando fatias de *salo*. À mesa, capaz de confidenciar, como se faz com os velhos amigos, Vladimir falava do aluno que ele e Marina escondiam no sótão da sua escola. Os pais dele tinham sumido, e ele ficara três dias escondido em casa antes de contar a alguém. Embora só tivesse 13 anos, Francis comia como um cavalo de tração, e era difícil obter provisões extras.

A conversa passou para os seus filhos. Boris adorava ouvir Anna falar de Hélène. A voz dela ficava terna. Os olhos também. Embora estivesse exausta das filas do pão, da manteiga, de tudo, Anna não deixara a guerra escrever nada no seu rosto. Nenhuma ruga de preocupação, nenhuma raiva. Às vezes, os ombros dele se curvavam, e, sim, a amargura com a vida — afinal de contas, eles tinham fugido da Revolução só para enfrentar uma guerra. Mas Anna se sentava ereta como sempre, até que a força dela se tornou dele.

284

Depois de tirados os pratos, Boris embaralhou e deu as cartas. Anna sorriu quando viu a sua mão, e ele ficou contente.

Uma batida à porta. Espantados, eles se entreolharam. Talvez fosse algo, talvez não. A pessoa irá embora. Esperemos.

Bam! Bam! Bam! à porta. Embora se entreolhassem, os amigos nada disseram. Vladimir, Marina e Anna baixaram as cartas. Boris manteve as dele. Vladimir foi até a porta e olhou por *le judas*. As costas se endireitaram, confirmando o que Boris sabia. Gestapo.

Ah, eles nos pegaram — jogando cartas e ouvindo Bach, enquanto as nossas filhas brincam de faz de conta no quarto. Vladimir abriu a porta devagar. Quatro nazistas empurraram para entrar. Um apontou a arma para Vladimir. Dois arrancaram os livros das estantes; outro, rasgou as almofadas do sofá. Malditos espiões, nunca ficavam satisfeitos. Talvez tivessem descoberto o menino. Vladimir e Marina eram professores, não revolucionários, mas ali estavam, encrencados por ajudar uma criança. Por que outra razão os nazistas estariam ali? Não que os nazistas precisassem de razões.

Boris não ficava mais surpreso ao ver esses homens. Os parisienses tinham visto os nazistas no seu melhor aspecto, botas engraxadas, comprando quinquilharias para as suas mães em casa. E no pior aspecto. Bebida demais, tropeçando pelas ruas. O rosto rubro depois da rejeição rude de uma *parisienne*. É claro que os nazistas tinham visto os parisienses no seu pior aspecto. Famintos e ressentidos, brigando entre si na fila do açougue. Não, eles eram inimigos íntimos. Um em cima do outro, ao lado do outro, além de si mesmos.

O nazista com a pistola rosnou algo em alemão. Anna, Marina e Boris tinham ficado sentados à mesa. Isso o enraiveceu, por que estavam sentados tão calmos?

— Levantem-se! — gritou em francês.

Anna se levantou com a graça da tzarina que se ergue do trono. Não mostraria que estava apavorada. Isso provaria que eles tinham vencido.

— Você, junto à porta — disse o nazista a Vladimir. — Fique com os outros. Mãos para cima!

Eles levantaram as mãos, e Boris percebeu que ainda segurava as cartas.

285

A arma se voltou para Boris. Eles o prenderiam? A Rússia e os Estados Unidos estavam ambos em guerra contra a Alemanha, e ele era um franco-russo trabalhando numa instituição americana. Sim, agora ele reconhecia o homem que brandia a pistola, embora o dedo-duro usasse um terno de tweed quando folheara o acervo, procurando provas de traição. O espião estivera na sala de leitura com tanta frequência que Odile dissera: "Alguém precisa dizer ao canalha que a coisa decente a fazer seria pagar um cadastro na biblioteca."

Aquela Odile! Ele tinha rido. Ele riu.

A Luger disparou. A dor pulou através do corpo de Boris. O sangue encharcou a camisa esbranquiçada. Ele largou as cartas. Elas esvoaçaram e caíram aos seus pés. A dor era grande demais. Ele cambaleou. E, naquela última dança, ele pensou: *Diga às crianças que as amo. Anna, oh, Anna. Você sabe tudo o que sinto.*

Ele não se lembrava de cair, não sentiu a cabeça atingir o chão. Sentiu Anna ao seu lado, viu o vermelho escorrer pela sua camisa sobre as mãos pálidas dela. Ouviu os nazistas gritarem. Era coisa demais. Boris teve vontade de subir deslizando pela escada em *scargot*, andar pelas fileiras de livros escondidos, perder-se no silêncio doce da Vida Após a Morte.

CAPÍTULO 33

Lily

FROID, MONTANA, AGOSTO DE 1987

A NGEL, A IRMÃ de Mary Louise, reinava na primeira página do *Froid Promoter*. Rainha da volta para casa. Diva de biquíni do lava-carros levantando recursos para os órfãos ou para o acampamento de líderes de torcida. O seu olhar podia transformar em esterco o cérebro de um homem adulto. Mary Louise e eu passávamos horas nos perguntando se conseguiríamos ser como ela. Para obter alguma resposta conclusiva, nos esgueiramos até o quarto de Angel, os ouvidos atentos a problemas, como qualquer sinal de Sue Bob vindo pelo corredor. Um sopro de perigo misturado ao aroma doce e enjoativo de perfume Giorgio.

Mary Louise apalpou as gavetas da cômoda. Do seu dedo pendia um sutiã preto com bojos tão grandes que conteriam bolas de softbol. Acariciamos os suéteres de angorá de Angel, mais macios do que pele, e os seguramos junto ao nosso peito plano. Como seria sentir a mão de Robby se enfiar sob o suéter, querendo chegar a mim? Delicioso. Embaixo da cama, achei uma caixa de sapato cheia de buquês de formaturas passadas e uma embalagem de plástico cor-de-rosa. Lá dentro, comprimidos se enrolavam como a concha de um caracol. O anticoncepcional na palma da minha mão era como uma arma: ambos tinham o poder de deter o corpo humano. Tirei um comprimido do alumínio, mas Mary Louise me disse que pusesse de volta.

Na penteadeira, a maquiagem estava arrumada numa bandeja como os instrumentos de um cirurgião. O delineador azul deixava os olhos de Angel parecidos com oceanos sem-fim. Quando experimentamos, pareceu que alguém tinha enlouquecido com uma Bic. Finalmente, nos perdemos no closet, cheio de sedosos vestidos Gunne Sax. Senti-los era como dar as mãos ao paraíso.

Quando voltei para casa, Odile e Eleanor estavam no sofá esperando.

— Sue Bob ligou — disse Eleanor, sombria, enquanto se levantava.

Não pude acreditar que o relatório da espionagem chegara à minha casa antes de mim.

— Você sabe que é errado bisbilhotar. — Eleanor não estava zangada. Ela parecia... preocupada. — Você gostaria que eu fosse revistar as suas coisas?

— Fique à vontade! — eu disse amargamente. — Não guardo nenhum segredo.

— *Ma grande* — disse Odile, levantando-se também —, todo mundo tem segredos e sentimentos particulares. Seu pai, Eleanor, eu. Agradeça pelo que os outros lhe disserem quando estiverem dispostos a falar. Tente aceitar os seus limites e entender que, em geral, os seus limites não têm nada a ver com você.

Ao ver que eu não sabia o que fazer com o conselho de Odile, Eleanor simplificou:

— Não bisbilhote, senão vai se meter em encrenca.

— Por que sou eu quem levo bronca se é Angel que tem anticon-cepcionais?

Eleanor ofegou, o que me encheu de satisfação.

Os dedos de Odile se enfiaram nos meus braços.

— Escute bem: não há nada pior do que espalhar os segredos dos outros. Por que você nos contaria, ou a qualquer pessoa, os interesses particulares de Angel? Está tentando criar problemas para ela? Arruinar a reputação dela? Feri-la?

— Acho que não pensei.

Odile fechou a cara para mim.

— Pois, na próxima vez, pense! E fique de boca fechada.

— Ninguém gosta de dedos-duros — acrescentou Eleanor.

Ela e Odile se instalaram no sofá, de volta à conversa.

— Então, acha que devo ir? — perguntou Odile. Para variar, era ela que parecia insegura.

— Ir aonde? — perguntei.

— Chicago! — guinchou Eleanor.

— Chicago — suspirei, desejando que pudesse fugir de pessoas que observavam cada movimento meu, que pudesse ir para uma cidade cheia de arranha-céus e restaurantes elegantes. — Você tem de ir!

— Não pego trem desde que vim para cá, há quarenta anos. E é o tempo que faz desde que vi a minha amiga Lucienne.

— Por que não foi antes? — perguntei.

— Ela nos convidava, mas Buck nunca quis ir. Depois que ele morreu, mantive o hábito de dizer não.

— Pense nas lojas, nos cinemas! — disse Eleanor. — Ah, se eu tivesse oportunidade... E não seria maravilhoso ver a sua amiga?

— Ela quer que eu fique um mês inteiro lá.

— Lily e eu podemos levar você de carro à estação — sugeriu Eleanor.

— Vou pensar — disse Odile, o que, na minha experiência, significava não.

Na cama, naquela noite, cochilei enquanto lia *Homecoming*, mas o som de uma discussão se esgueirou por baixo da porta até o meu quarto.

— Sue Bob não consegue controlar as filhas e acha que pode me dizer como criar a minha?! — retrucava papai. — Angel é uma causa perdida, e Mary Louise vai pelo mesmo caminho.

— Bobagem — disse Eleanor. — Mary Louise é só muito animada.

A gratidão envolveu o meu coração sonolento. A porta se abriu um pouquinho, e os chinelos Isotoner de Eleanor sussurraram pelo carpete. Ela apagou o meu abajur.

— Obrigada — sussurrei.

— Pelo quê?

Por não ficar zangada com a minha bisbilhotice. Por incentivar Odile. Por ver o melhor de Mary Louise. Por compreender. Eu não disse nada disso, só me aconcheguei sob o edredom, me sentindo mais feliz do que me sentia havia muito tempo.

DEZ DIAS DEPOIS, Eleanor e eu levamos Odile à estação de Wolf Point. No banco de trás, observei a terra árida passar e desejei que fosse eu a partir.

Enquanto esperávamos na plataforma, Odile perguntou:

— E se ela tiver mudado? E se não nos dermos bem? Eu ficaria presa.

— Você pode voltar mais cedo — disse Eleanor. — Froid ainda estará aqui.

— Não é de Froid que sentirei saudades — rebateu Odile.

Passei o pé sobre o dela.

— Também sentirei saudades de você.

O trem Empire Builder parou fazendo barulho, e ela embarcou. Na plataforma vazia, Eleanor e eu acenamos enquanto Odile escapulia.

DUAS SEMANAS DEPOIS, no jantar, enquanto eu picava o frango de Joe, pedi outra vez a papai que me deixasse fazer aulas de direção.

— Mary Louise já tem carteira.

— Por que se comparar com os outros? Você é uma moça bonita e única.

Limpei o ketchup que cobria o rosto de Joe.

— Sou única, claro, a última da turma a tirar carteira de motorista.

Queria lhe dizer que ele não podia me manter hermeticamente encerrada naquela casa para sempre. Mary Louise me ensinara a dirigir na estrada de terra que levava ao lixão. Não era tão difícil assim.

— Depois do que aconteceu com a garota Flynn, eu morreria de preocupação — disse ele. — Não quero que você corra riscos.

Jess Flynn estava numa picape com rapazes que bebiam e dirigiam. Quando o Ford saiu da estrada, ela morreu na hora. A nossa cidade chorou a morte dela durante cinco anos.

— Adolescentes não bebem e dirigem indo e voltando da escola — argumentou Eleanor. — Não há nada de errado em dar um pouco de independência a uma mocinha, e não é melhor que já tenha praticado um pouco antes de ir para a faculdade?

Papai a acusou de ficar do meu lado para que eu gostasse dela. Ela começou a tirar a mesa, jogando os talheres nos pratos. Agora eu estava presa no meio da briga deles, e que comecei sem querer.

Depois do jantar, Mary Louise veio me visitar. De pernas cruzadas no chão, as costas contra a cama, escutamos The Cure.

— Papai e Eleanor estão brigando de novo — eu disse. — Gostaria de poder fugir para Chicago.

— Vai levar a vida inteira para juntar dinheiro. Você só vai conseguir lá para os 30 anos.

— Quando eu estiver velha demais para aproveitar.

— Lily — guinchou Eleanor do outro lado do corredor. — Baixe essa música, está assustando Benjy! Por que vocês duas não vão regar as plantas de Odile? Provavelmente já estão quase mortas.

A sala de estar de Odile parecia a mesma — o cesto com lãs perto da cadeira, a mesinha de café que expunha as minhas artes: um sachê de lavanda, um marcador de livro de couro —, mas Bach não tocava e ninguém perguntou sobre o nosso dia. A casa não tinha aroma de biscoito recém-assado; o cheiro de bolor fazia o lugar parecer vazio. Com as cortinas fechadas, com Odile longe, a sala parecia um corpo sem alma.

A casa inteira estava aberta para nós. Poderíamos fazer o que quiséssemos. E nunca voltaríamos a ter essa oportunidade. Abri uma gaveta, mas não havia nada, só velhos recortes de jornal.

— O que você está procurando, afinal? — perguntou Mary Louise enquanto borrifava água nas samambaias encrespadas.

— Pistas.

Eu queria descobrir as coisas que Odile nunca contaria. Tirei livros das estantes, na esperança de achar outra foto, uma carta de amor, um diário. O proibido era empolgante. E de que outro modo descobrir coisas? *Não bisbilhote. Você vai se meter em encrenca.* Senti um *soupçon* de culpa, mas continuei a folhear páginas.

— A gente pode não conhecer Odile tão bem quanto pensa. E se ela se apaixonou por um nazista?

Eu me lembrei da foto do "Protetor de Bibliotecas". Não tinha má aparência para um nazista. Fiz que não.

— Sem chance. Ela estava na Resistência, decifrando códigos escondidos em livros. Aposto que se apaixonou por um dos guerrilheiros, ah, e talvez ele tenha sido morto numa missão secreta.

— Ela passou um ano inteiro sem rir — acrescentou Mary Louise. — Mas aí conheceu o Sr. Gustafson, e ele a ajudou a sorrir novamente. Seja como for, como eles se conheceram?

Tive um palpite.

— Ele pulou de paraquedas na França, foi derrubado pelo inimigo e levado ao hospital onde ela era voluntária uma vez por semana.

— Mas, quando o conheceu, passou a ser voluntária todo dia.

Estudamos a foto do casamento de Odile. A boca cerrada, ela olhava para a câmera. Buck a fitava de cima, os olhos bobos de amor.

— Não consegue vê-lo deitado no leito do hospital, fitando-a com adoração? — perguntei.

— E ela gostava dele também, mas não podia dizer, porque na época as mulheres tinham de fingir que eram tímidas.

— Com toda a certeza.

Imaginei Odile de boina, desafiando a Gestapo do mesmo jeito que questionava papai. Apostei que ela escondia judeus no seu apartamento.

— Se Odile tivesse escondido Anne Frank, ela estaria viva hoje.

— Com certeza — disse Mary Louise. — Vamos ver o que mais ela tem!

Deixamos os livros numa pilha e fomos para o quarto. Mary Louise desapareceu dentro do closet.

— Uma caixa de joias! Aposto que está cheia de rubis de um antigo amante!

Entrei atrás dela. Nós duas mal cabíamos. Meu rosto roçava pelas mangas das blusas de Odile. Num gancho, uma camisola de renda preta — algo tão sensual que só olhar nos fez corar — tremeluzia. A arma de Buck estava encostada no canto. Não devíamos estar no quarto de dormir de Odile, no seu closet, nas suas coisas. Eu sabia disso. Mas não conseguia parar de acariciar os seus casacos de caxemira, dobrados como se ainda estivessem na loja.

Mary Louise apontou uma caixa branca na segunda prateleira mais alta. Eu a peguei e ela abriu o fecho dourado.

— Não está trancada! — me espantei.

— Que chato! — Ela pegou um maço de papéis.

— Talvez sejam cartas de amor!

Era isso que eu esperava, um pedaço do passado de Odile redigido por um namorado. Buck ou outro, alguém ousado e estrangeiro. O papel era crocante como bacon e amarelado com a idade. Peguei a primeira página. A letra cursiva feminina lembrava a de Odile. Não de um amante, então. O francês não era fácil de entender. A carta estava cheia de palavras como "cabriolar" que eu só vira uma vez e abandonara havia muito tempo nos fundos do cérebro.

Paris

12 de maio de 1941

Monsieur l'Inspecteur:

Por que os senhores não estão procurando judeus não declarados escondidos? Aqui está o endereço da professora Cohen na rue Blanche, 35. Ela costumava ensinar a dita literatura na Sorbonne. Agora, convida alunos para irem à sua casa para aulas, para que possa cabriolar com colegas e estudantes, quase todos homens — na idade dela!

Quando sai, é possível vê-la a um quilômetro de distância, com aquela capa roxa esvoaçante, uma pena de pavão torta no cabelo. Peçam à judia a certidão de batismo e o passaporte, os senhores verão a sua religião anotada lá. Enquanto bons franceses e francesas trabalham, Madame le Professeur fica sentada e lê.

Minhas indicações são exatas, agora cabe aos senhores.

Assinado,
Alguém que sabe

O ódio de quarenta e cinco anos atrás subia da página. Era por isso que Odile não falava do seu passado, porque as palavras eram tão feias?

Senti que estava num globo de neve que alguém sacudira, só que as peças lá dentro não estavam coladas e tudo girava — a casa de tijolos, o poste de luz, o gato de rua, o carro da polícia. Todos nós cambaleamos com a neve que não era neve, só retalhinhos de papel amargo, confetes decadentes que fiz com a carta.

Mary Louise me deu um tapa.

— Por que rasgou?

— O quê? — perguntei, ainda tonta.

Ela apontou os retalhinhos aos nossos pés.

— Ela vai descobrir, com certeza. Estamos encrencadas.

Nada mais fazia sentido.

— Não me importo.

A foto do "Protetor de Bibliotecas" piscou na minha mente. Odile a guardava com fotos de pessoas queridas. Talvez tivesse namorado o nazista, talvez o tivesse ajudado a fazer o seu trabalho. Afinal de contas, ela nunca voltou à França, e a família nunca a visitou. Talvez a tivessem deserdado.

— O que a carta dizia?

Eu não queria que ela soubesse como as pessoas eram horríveis. Eu não queria contar a minha suspeita sobre o que Odile fizera. Se não foi ela que escreveu aquela carta, por que estava com ela?

— O que dizia? — repetiu ela.

— Não entendi.

— Tudo bem. — Ela me deu um tapinha nas costas. — Talvez você não fale francês tão bem quanto pensei.

Tínhamos achado a pista que eu queria. E agora... eu sentia frio. E náusea.

— Se não entendeu aquela, leia outra. — Ela apontou as cartas na caixa.

— Não há o que entender. São um lixo. Lixo velho.

Tentei rasgá-las, mas Mary Louise pegou as cartas e a dobrou exatamente como as encontramos.

— Quero ir para casa — eu disse.

— Talvez você tenha razão. Talvez a gente deva ir.

— É, talvez devam mesmo — disse Odile.

Odile.

Nós nos viramos para encará-la. As sobrancelhas estavam erguidas, curvadas como pontos de interrogação. O que estávamos fazendo no quarto dela? O que eram aqueles pedacinhos de papel aos nossos pés?

Ela estava feliz em me ver. Pude perceber no erguer dos lábios, no olhar gentil.

Mary Louise e eu estávamos acostumadas a nos meter em encrenca, embora nunca tivessem nos dado um flagrante. Uma parte minha queria pedir desculpas a Odile por invadir a sua privacidade, mas a maior parte queria que *ela* se desculpasse por aquela carta horrível, por me ensinar aquelas horríveis palavras francesas, por me fazer pensar que ela estivera na Resistência quando era só uma mentirosa.

— Foram vocês que tiraram os meus livros da estante? — A voz dela era serena.

Mary Louise largou as cartas, me empurrou para passar e saiu correndo. Mas, se Odile tinha me ensinado uma coisa, era defender a minha posição. Olhei dentro de seus olhos. Diretamente nos seus suaves olhos castanhos.

— Quem é você?

CAPÍTULO 34

Odile

PARIS, JULHO DE 1943

BITSI NÃO SE incomodou em dar *bonjour*. Entrou a toda no meu quarto, onde eu escrevia a Rémy em minha escrivaninha. Desgrenhada e sem fôlego, ela anunciou:

— Boris estava jogando cartas!

— Cartas?

— E aí levou um tiro!

— Tiro? — Minha mão voou para o peito. — Ele... ele está vivo?

— Eles o levaram para o hospital Pitié para um interrogatório.

Sob o controle da Gestapo, o hospital "Piedade" era praticamente uma pena de morte. Não, Boris não. Eu não aguentaria perder outro amigo.

— Em casa, fiquei andando de um lado para o outro, nervosa — continuou Bitsi —, então fui à biblioteca para trabalhar um pouco. A condessa tinha acabado de voltar da conversa com o Dr. Fuchs. Disse que a esposa de Boris ligou para ela à meia-noite. Pela manhã, a condessa foi diretamente ao Bibliotheksschutz. "Boris Netchaeff trabalha na Biblioteca Americana há quase vinte anos", ela lhe informou. "Ele nunca faria nada que pudesse comprometê-la. O senhor prometeu ajudar se houvesse um problema."

296

— Ele lhe pediu que preparasse um relatório por escrito. Rá! A condessa sabe dos nazistas e dos seus relatórios! Ela fez um relato completo do incidente, datilografado e assinado por uma testemunha. Ele telefonou para alguém que lhe informou que Boris estava na lista para deportação.

— Deportação!

— Mas o Dr. Fuchs prometeu intervir.

Já era alguma coisa. Eu sabia que ele manteria a sua palavra. O Bibliotheksschutz não era tão ruim quanto os outros.

— Como podemos ajudar Boris?

— Ajudando Anna.

Pedalamos até a casa dos Netchaeff no bairro próximo de Saint Cloud. Anna está em casa? Fomos postas para dentro do apartamento, cheio de amigos e parentes que conversavam em voz baixa. Sim, Hélène estava no quarto ao lado e ouvira tudo. Pobre repolhinho, ela só tem 6 anos. O que os nazistas procuravam? Torci para que deixassem Anna ver Boris. Você acredita que a Gestapo teve o desplante de voltar às três da manhã? Queriam os cigarros que tinham visto na mesa.

Mais tarde, naquela noite, Anna voltou, pálida como a lua. A Gestapo a enfiara numa sala úmida no porão e lhe mostrara fotos e mais fotos de homens que ela não conhecia, as mesmas que tinham mostrado a Boris, antes de permitir que ela o visse. Ainda com a camisa endurecida de sangue, ele não fora examinado por um médico.

Em agosto, Boris foi transferido para o Hospital Americano, graças à intervenção do Dr. Fuchs. O tiro atingira o pulmão e, como ele ficou vários dias sem tratamento, a ferida acabou infeccionando, e Boris corria risco de morte. Dali a um mês, os médicos permitiram que ele recebesse outros visitantes além da esposa. No grandioso saguão de entrada do hospital, Anna disse a mim e a Bitsi:

— Ele está se sentindo melhor. Ontem, brincou comigo sobre lhe trazer um maço de Gitanes.

Sorri, não completamente certa de que ele brincava.

— Olá! — disse Margaret, correndo na nossa direção. — Desculpem meu atraso.

Eu não a vira durante semanas. Bronzeada e tranquila, ela transbordava felicidade.

— Pobre Boris! — disse Margaret. — Por que não me contaram antes?

— Telefonei — eu disse, ríspida. — Você não ligou de volta.

— Eu estava na praia com... — Ela olhou para Bitsi e Anna. — Eu estava na praia. Deveria ter mantido mais contato.

Quando estávamos indo ver Boris, uma das enfermeiras me cumprimentou calorosamente. Foi comovente ser lembrada. Ela e eu conversamos no corredor enquanto Anna ia ver se ele estava acordado.

No quarto, fui em linha reta até Boris. Alvoroçada como *maman* ficaria, ajeitei o cobertor sobre o seu peito. Os olhos verdes dele estavam zonzos de analgésico, mas o canto da boca se ergueu como fazia quando ele estava prestes a dizer algo bobo.

— O nosso país realmente se tornou France Kafka.

— Tem sido uma *Metamorfose*. — Tentei manter o tom leve.

— Desculpe deixar você sozinha no balcão de registro — disse ele.

— Não me importo. Gosto de ajudar os leitores. É claro que os nossos *habitués* não deixaram o fechamento anual impedir que aparecessem todo dia! Agora, prometa que não vai exagerar.

— Atrasar? — brincou ele.

Emocionada demais para falar, Bitsi beijou o rosto dele e foi para o canto do quarto.

— Boris, é preciso admirar o seu *timing* — disse Margaret —, de levar um tiro e se recuperar durante o fechamento anual.

— Não foi o primeiro tiro que levei — disse ele, sonolento —, mas espero que seja o último.

— O quê? — gritou ela.

As pálpebras dele se fecharam devagar.

— Ele se cansa facilmente — disse Anna enquanto nos acompanhava até a entrada —, mas insiste que logo voltará ao trabalho.

— Acredito nele — disse Bitsi. — Quando podemos visitar outra vez? Precisa que cuidemos de Hélène?

Enquanto as duas conversavam, Margaret me puxou para o lado.

— Não posso apresentar Felix à minha filha, ela é pequena demais para guardar segredo. Mas preciso que uma pessoa o conheça para ver como ele é bom. Gostaria que você o conhecesse.

Ela realmente esperava que eu tomasse chá com o seu amante?

— Você não devia estar saindo com ele — ralhei.

— Ele salvou a minha vida. Está salvando a vida de Rémy.

Ela tinha razão. Mas estava errada.

— Estou pedindo uma hora do seu tempo — insistiu ela.

Era comum Margaret falar sem pensar, mas pedir algo tão vil não era meramente irrefletido, era loucura.

— Até cinco minutos seria demais!

— Quando você precisou de mim, eu não neguei! — bufou ela, ressentida.

— Vocês duas estão brigando? — perguntou Bitsi.

— Não é nada — eu disse. — Você sabe que eu posso ser muito espinhosa às vezes.

— Só às vezes? — Ela levantou a sobrancelha.

KRIEGSGEFANGENENPOST

Setembro de 1943

Queridíssima Odile,

Esta talvez seja a minha última carta a você. Estive doente, e os rapazes me dizem que andei delirando. Meu ferimento nunca sarou e, sem remédios, a infecção só faz piorar.

Não permita que esta guerra ou qualquer outra coisa separe você de Paul. Case-se com ele, durma nos braços dele toda noite. Não há razão para nós dois ficarmos sofrendo. Se eu estivesse aí, estaria com Bitsi. Passaria cada minuto com ela.

Aconteça o que acontecer, por favor, não sofra. Acredito em Deus. Tente ter fé.

Com amor,
Seu Rémy

Imaginei-o deitado em tábuas frias de madeira, longe de todos os que já amou. Ah, Rémy. Por favor, volte para casa. Por favor, volte para casa. Minha barriga vacilou, e corri para o banheiro, onde me agachei enquanto o meu estômago se contorcia. Por favor, não morra. Por favor, não morra. Quando não restou mais nada dentro de mim, fui para o corredor e me encostei na parede. Todo o meu corpo doía, a barriga, a cabeça, o coração. Passei as mãos pelo rosto, pelo cabelo, pelo pescoço, tentando aliviar a dor. Tinha de haver algo que pudéssemos fazer. Abri o armário de remédios e peguei pomadas, emplastros de mostarda, um vidro de aspirina (restavam três comprimidos), qualquer coisa que pudesse ajudar. Com os braços cheios, fui procurar uma caixa na cozinha.

— O que é tudo isso? — *Maman* olhou a bagunça sobre a mesa. — O que aconteceu com o seu cabelo? Você parece uma louca!

Li a carta para ela.

— Oh, querida... — Ela me ajudou a preparar o pacote, embora ambas soubéssemos que já tínhamos excedido a quantidade do que podíamos mandar naquele mês. — As autoridades talvez não aceitem — disse ela —, mas tentaremos.

Que espantoso o fato de que ela era quem estava calma. Até receber aquela carta, eu estava convencida de que Rémy voltaria para casa. Talvez *maman*, que passara pela Grande Guerra, soubesse que não, e por isso recebera tão mal a notícia do aprisionamento dele.

Uma semana depois, quando voltei do trabalho, fiquei surpresa ao encontrar o apartamento às escuras, como se não houvesse ninguém ali. Acendi a luz do hall de entrada e espiei a sala de estar. M*aman* estava sentada sozinha, de preto. "A notícia chegou", disse ela. O rosto e até os lábios eram de um branco fantasmagórico. A emoção fora drenada do seu rosto como o sangue.

Uma folha de papel jazia aos seus pés, e eu soube que Rémy estava morto.

Certa vez, quando ele e eu tínhamos 10 anos, brigamos e caí com força, com tanta força que perdi o fôlego. De costas, incapaz de me mexer, não consegui levantar a cabeça, não consegui dizer "não foi culpa sua". Achei que estava paralisada, que algo havia se rompido. Eu me sentia assim agora, incapaz de tirar o casaco, de piscar, de ir até *maman*. Fiquei ali parada, tanta coisa congelada dentro de mim.

— Durante muito tempo, esperei que fosse libertado — disse ela —, que encontrasse o caminho de volta a nós.

— Eu também, *maman*. — A minha voz falhou. — Eu também.

Doera ter esperança, mas agora eu sabia que era mais doloroso abandonar a esperança. Despenquei ao lado dela. Ela agarrou a minha mão. As rosas do seu terço se enfiaram na minha palma.

— Mas aí, mesmo antes da última carta dele — continuou ela —, eu sabia. Não sei como, mas sabia.

— Você estava sozinha quando a notícia chegou? — perguntei.

— Eugénie estava aqui, graças a Deus.

Acendi o abajur.

— Onde ela está?

— Quis vestir o luto.

— Devíamos mandar buscar *papa*.

Ela apagou o abajur.

— Ele não merece saber.

— Ah, *maman*...

— Rémy se alistou para provar a *papa* que era um homem.

Mesmo que fosse verdade, a culpa não traria Rémy de volta. Se ela levasse só isso em consideração, *papa* estaria morto para ela, tão morto quanto Rémy. Eu tinha de afastar *maman* do ressentimento.

— Precisamos contar a Bitsi — eu disse.

— Amanhã é tempo suficiente. Deixe-a ter uma última noite antes de lhe partirmos o coração.

Em silêncio, *maman* e eu mergulhamos no choque do luto. Por quanto tempo, não sei. *"Óbvio que não estava morto. Nunca podia estar morto, enquanto ela mesma não acabasse de sentir e pensar."* 813. *Seus olhos viam Deus.* Eu só tinha de continuar pensando nele. Rémy redigindo um artigo em sua escrivaninha... Rémy bebendo café aos poucos no nosso café favorito, o gato malhado no colo. Rémy rindo com Bitsi. Rémy. Ah, Rémy. *Os rapazes me dizem que andei delirando.* Rémy se fora. Mas como podia ser, quando havia tanto que eu queria lhe contar?

CAPÍTULO 35

Paul

À SUA MESA no *commissariat*, Paul só tinha uma coisa em mente: Odile. Se conseguisse se concentrar nela, conseguiria esquecer tudo o mais. Odile quando se conheceram — ela estava zangada, e ele não sabia por quê. Odile quando ele lhe deu um buquê e o olhar dela se suavizou. A boca doce e ácida como cereja. O balanço dos quadris. Odile de vestido preto, Odile sem ele. Os seios. Ele adorava acariciá-los, prová-los.

O chefe deu um soco na mesa.

— Não tem trabalho a fazer?

Paul se remexeu na cadeira.

— Tenho, senhor. Mas por quê...

— O seu serviço não é perguntar. O seu serviço é calar a boca e obedecer às ordens. Eis a lista.

Paul não entendia. Quando a guerra fora declarada, a polícia prendera comunistas, *Krauts* pacifistas que moravam na França, alguns ingleses — até senhoras, e depois judeus. No cartaz ao lado da sua mesa, o regulamento afirmava: "Judeus de ambos os sexos, franceses ou estrangeiros, serão submetidos a verificação sem aviso. Também podem ser presos. Os agentes da força policial são encarregados da execução da presente ordem."

Alguns colegas tinham gostado de chutar gente para fora de casa. Outros fingiram estar doentes para se livrar do trabalho desagradável, mas esse não era o jeito de Paul. Ele pensara brevemente em fugir para a Zona Livre, mas se recusou a abandonar as suas responsabilidades, como fizera o seu pai. Paul queria lutar no norte da África com os franceses livres, mas não conseguiria abandonar Odile. Ele recusara a promoção que o pai dela lhe oferecera para que *ela* soubesse que estava em primeiro lugar. Ele lhe contara coisas que nunca confidenciara a ninguém. A sua escolha: Odile ou tudo e todos. A decisão foi fácil.

Ele partiu para o endereço mais distante da lista. Não queria pensar no trabalho. Só Odile conseguia tirá-lo da sua cabeça. Odile na cama. Odile nua na cozinha, batendo *chocolat chaud* na panela de cobre de um desconhecido. A princípio, as escapadelas tinham sido empolgantes, mas agora Paul estava cansado de se esconder. Queria se casar com Odile. E se Rémy nunca voltasse? Ninguém ousava citar a possibilidade. O que Paul poderia fazer? Tirar uma licença especial, e no segundo que ela dissesse sim... Ele chegou ao endereço. Não queria pensar no que estava prestes a fazer. Odile dizendo *je t'aime*. Odile elogiando os seus desenhos. Odile lendo Éluard em voz alta para ele. Odile. Odile. Odile.

Paul subiu dois lances e tocou a campainha. Uma senhora de cabelo branco apareceu à porta, e ele disse:

— Madame Irène Cohen? Devo escoltá-la até a delegacia.

— O que foi que eu fiz?

— Provavelmente, nada. Quer dizer, a senhora é... — Ele teria dito *velha*, mas não era educado lembrar a idade a uma mulher. — É uma verificação de rotina.

Quando ela se virou para pegar um livro na mesa, Paul notou uma pena de pavão enfiada no coque.

— A senhora faz bem em levar um livro — disse ele. — A burocracia fica mais demorada a cada dia.

— Eu o conheço. Você é o noivo de Odile. — Ela enfiou o volume fino no peito dele. — Por favor, entregue isso a Odile, ela saberá o que fazer.

303

Surpreso, ele titubeou, e o livro caiu. Quando a lombada bateu no chão, as páginas se abriram, e Paul viu o ex-libris da Biblioteca Americana em Paris — *Atrum post bellum, ex libris lux*. Odile lhe dissera que significava "depois da escuridão da guerra, a luz dos livros".

Ele pegou o livro.

— Madame, sou policial, não garoto de recados. A senhora estará em casa na hora do jantar e poderá devolvê-lo pessoalmente.

— Você é ingênuo, meu rapaz.

Paul se eriçou, pronto a retrucar. Ingênuo! Ele era um homem do mundo! Só porque não era soldado não significava que não tivesse visto nada. Ora, ele viajara a França toda. Era o arrimo da mãe. Quem era ela para julgá-lo, essa senhora maluca com uma pena no cabelo? Pena no cabelo. Ele agora se lembrava dela, bom, não dela exatamente. Havia muitos velhos na biblioteca, e ele não conhecia todos pelo nome. Ele recordou o respeito máximo de Odile quando falava da sua sócia favorita, a professora com uma pena de pavão no cabelo.

A professora Cohen vestiu o casaco. Quando viu a estrela amarela na lapela, Paul começou a suar, e gotas de vergonha escorreram pelo seu corpo. Ele quisera contar a Odile sobre a *rafle*, aquela terrível manhã de julho em que ele e outros da polícia, inclusive o pai dela, tinham prendido milhares de judeus, famílias inteiras, até crianças. Mas não era só o seu trabalho, era o do pai dela também.

Paul contemplou o livro da biblioteca nas suas mãos. Deveria proteger Odile ou confiar nela? Deveria cumprir o seu dever e prender a professora Cohen ou sair do apartamento dela e nunca mais voltar?

CAPÍTULO 36

Odile

DESDE QUE A notícia chegara, *maman* não me deixava ir a lugar nenhum. Durante dez dias, ela me seguiu dentro do apartamento. Eu ansiava por Rémy e pela solidão para chorar por ele, mas *maman* ficava de vigia. No sofá, abri *O silêncio do mar*, 843, e o segurei erguido como escudo. Eu só precisava de um momento de silêncio ou, melhor ainda, me jogar de volta no trabalho. A biblioteca precisava de mim, e eu estava presa em casa.

— É melhor que esse livro não a deixe nervosa — disse *maman*.

Baixei-o.

— Perdi o primeiro dia da volta de Boris. Tenho certeza que ele não está conseguindo trabalhar.

— Nem você! Tivemos um choque terrível.

A única visita que *maman* permitia era Eugénie. Eu observava as duas, ambas de preto, enquanto acariciavam as cenouras que cresciam nas floreiras da janela.

— Mais um dia ou dois — disse *maman*.

— Elas ficarão maiores — concordou Eugénie.

No banheiro, elas preparavam a roupa para lavar. A criada fugira de Paris, e ninguém a condenou. Mas isso deixava a roupa suja. *Maman* e Eugénie vestiam aventais velhos para fazer o trabalho sujo. Despejavam água fervente sobre a roupa de cama e mesa na banheira. Esfrega, enxágua, torce. O esforço trazia um brilho de satisfação ao rosto delas. O trabalho dava a *maman* algo a fazer, algo melhor do que chorar.

Tentei ajudar, mas Eugénie me afastou.

— Vai arruinar as suas mãos. Você terá a vida inteira para cumprir essas tarefas.

Elas torceram, eu me senti inútil.

— Esta guerra — disse *maman*.

— Esta guerra — concordou Eugénie.

Esta guerra criara aliados estranhos.

— Deixe. — Briguei com uma toalha molhada e mal torci o suficiente para sair água.

— Ela nunca daria certo na fazenda — riu Eugénie.

— A minha filha é uma moça da cidade — disse *maman* com orgulho. — Mais cérebro do que músculo. Quando eu tinha a idade dela, conseguia torcer o pescoço de uma galinha sem pensar.

Bem quando achei que ia enlouquecer de saudades de Paul, de saudades da biblioteca, Bitsi escancarou a porta da frente e empurrou *maman* para passar. Como nós, estava de luto.

— Precisamos de você. — Ela cutucou o meu peito com censura, como se achasse que ficar em casa fosse ideia minha. — A condessa é idosa. Boris não deveria ter saído da cama. Todos sofremos.

O olhar de Eugénie pairou até *maman*.

— Odile precisa descansar.

— Eu também — disse Bitsi. — A senhora também.

— Preciso de Odile aqui. — *Maman* tremeu. — Se alguma coisa lhe acontecer...

Abracei-a, entendendo de repente por que eu havia sido obrigada a ficar em casa.

ENCOSTADA NO BATENTE gasto da porta, observei Boris ocupado no balcão de registro. Estava esquálido no seu terno. Agora fios brancos marcavam o cabelo das têmporas. Se não fosse a condessa e o Dr. Fuchs... Quando me viu, ele se levantou devagar, vacilante sobre os pés. Preocupada com o seu ferimento, beijei-lhe o rosto com cautela; ele me esmagou nos seus braços emaciados.

Embebida no cheiro terroso dos Gitanes, eu disse:

— Anna mata você se descobrir que andou fumando.

— Ainda tenho um pulmão bom — protestou ele.

Ri. Ainda sem vontade de parar de tocá-lo, espanei um fiapinho da sua gravata.

— Sinto muito pelo seu irmão — disse ele.

— Eu sei. Eu também.

Logo fomos cercados. A condessa, Mr. Pryce-Jones, Monsieur de Nerciat e Madame Simon prestaram as suas condolências. Tão jovem. Tão triste. Uma pena. Esta guerra... Bem na hora em que achei que começaria a chorar, Mr. Pryce-Jones disse:

— Sentimos falta da nossa árbitra preferida.

Sorri.

— Brigar não tem graça sem você — acrescentou M. de Nerciat.

O tom era leve, mas a preocupação nos olhos deles contava outra história.

Eu me senti com sorte por ter amigos assim, por estar de volta ao meu lugar. A caminho da sala de consulta, inspirei o meu cheiro favorito no mundo: livros, livros, livros.

Margaret surgiu entre as estantes, tão hesitante agora quanto no primeiro dia. Eu me encolhi ao lembrar que ela quisera me apresentar o seu *Leutnant*.

— Soube de Rémy — disse ela.

Ao som do nome dele, dito tão raramente agora, caí em lágrimas.

— Sobre antes — continuou ela. — Foi pedir demais. Agora vejo.

— Tenho certeza de que Felix é adorável, e a minha família apreciou a comida que ele conseguiu para... — Não quis dizer o nome do meu irmão na mesma frase do nome do amante dela.

— Rezei tanto por você e pela sua família. Desculpe não ter ido vê-la em casa; eu não sabia se seria bem recebida.

A guerra roubara tanto. Agora eu tinha de decidir se permitiria que reivindicasse a nossa amizade.

— Teria sido perda de tempo — falei. — *Maman* não deixou ninguém entrar.

— Nem mesmo Paul?

— Nem mesmo Bitsi.

— Você não estava brincando quando disse que ela era durona.

— Tenho certeza de que há muito trabalho. — Apontei para as pastas sobre a minha mesa. — Gostaria de me ajudar a responder perguntas?

— Mais do que tudo.

A cadência da biblioteca se impôs, e passamos o dia resolvendo enigmas. (Onde encontro informações sobre Camille Claudel? Qual é a história de Cleveland?) Eu mantive a mão no bolso, na última carta de Rémy. Já tinha a coisa toda decorada, mas, quando os últimos sócios foram embora, um verso voltou como uma enchente: *Não permita que esta guerra separe você de Paul.*

Liguei para a delegacia.

— Estou livre! Venha à biblioteca.

Enquanto eu andava de um lado para outro no pátio, a condessa se aproximou.

— Tentei levar livros para a professora Cohen duas vezes, mas ela não estava em casa. Poderia tentar agora?

— Tenho planos com alguém hoje à noite. Pode ser amanhã?

— Creio que sim — disse ela com indulgência. — Esse alguém não terá "a face magra... um olho azul"?

— É. — Reconheci o verso e acrescentei: "mas não um espírito inquestionável."

Ela continuou sob as acácias, as suas folhas sussurrantes iluminadas pela luz fosca dos postes da rua. Lembrei-me de outro verso de *Do jeito que você gosta: "essas árvores serão meus livros / E em sua casca meus pensamentos farei de personagens."*

Quando Paul chegou, me enfiei no seu abraço.

— Sinto muitíssimo pelo seu irmão — disse ele.

Aninhei-me mais.

— Tentei visitá-la — explicou ele. — A sua mãe é um dragão.

— A guerra a mudou.

— Mudou todo mundo.

Eu não queria pensar na guerra, nas pessoas queridas que perdemos, no meu amado Rémy. A caminho de casa, perguntei:

— Como vai o trabalho?

— Bizarro.

A pergunta costumava ser banal, mas agora parecia uma arma carregada. Enquanto andávamos, lhe perguntei da tia (eu sabia que não devia mencionar a mãe), mas ele não respondeu. Perguntei se o colega voltara da licença de saúde. Nenhuma resposta.

— Está tudo bem?

Paramos. Pude ver que ele queria me dizer alguma coisa.

— Conte.

— Alguns dias atrás... bem... O seu pai diz que o que estamos fazendo...

— O meu pai? — perguntei. — O que ele tem a ver com o caso?

Paul deu de ombros e saiu andando em passos largos. Alcancei-o.

— O que há de errado?

Ele fitou diretamente à frente.

— Por que haveria algo errado?

No DIA SEGUINTE, pela primeira vez, Paul não passou na biblioteca na sua ronda. Torci para que nada tivesse lhe acontecido. No trabalho, ele lidava com todo tipo de gente. Separara várias brigas de bêbados, e todos sabiam que os vendedores do mercado paralelo surravam policiais que tentassem tomar os seus ganhos ilícitos. Distraída pela preocupação, esqueci os livros que deveria entregar à professora Cohen e fui direto para casa.

Pela segunda noite seguida, Paul não apareceu. Na hora de fechar, enfiei os romances para a professora Cohen na minha sacola. Ao subir a escada em *escargot*, esperava ouvi-la datilografando, mas só havia um silêncio fantasmagórico. Bati.

— Professora?

Nada.

Encostei a orelha na porta. Silêncio.

Bati com mais força.

— Professora? É Odile.

Onde ela estaria àquela hora da noite? Estaria visitando alguém? Ou algo lhe acontecera? Talvez tivesse ido ao campo visitar a sobrinha. Mas ela não mencionara nenhum plano de viagem. Talvez fosse por causa de um mal-estar, embora, apesar das privações, ela tivesse mantido a resistência. Bati de novo, depois esperei mais vinte minutos antes de voltar para casa arrastando os pés.

No trabalho, na manhã seguinte, contei a Boris.

— Pela primeira vez, a professora não atendeu à porta. Não soube o que fazer. Deveria ter chamado alguém? Devo voltar hoje?

Eu esperava que ele me dissesse que eu estava preocupada à toa, mas ele falou:

— Vamos agora.

No caminho, ele me confidenciou que três sócios judeus a quem entregava livros tinham sumido. Não sabíamos o que pensar. Teriam fugido de Paris e da vigilância ameaçadora dos nazistas ou algo lhes acontecera?

Quando chegamos, Boris bateu; eu gritei "Professora! É Odile", mas ninguém respondeu.

Quando Paul ficou mais uma semana afastado, me senti arrasada. A tia Caroline perdera o tio Lionel; Margaret perdera Lawrence. Talvez Paul tivesse perdido o interesse por mim. Desde que a minha família recebera a notícia do meu irmão, eu não fora boa companhia. Estava chorosa e tinha dificuldade de me concentrar no que as pessoas diziam. Talvez Paul estivesse com outra pessoa. Paris estava apinhada de mulheres ardentes. Eu me lembrei da vez em que passamos por cafés cheios de *Soldaten* com as suas garotas e ele fitara as meretrizes de blusa decotada.

No crepúsculo, quando saí da biblioteca, vi Paul me esperando. Aliviada, fiz menção de abraçá-lo, mas ele me segurou à distância de um braço.

— O que está havendo? — perguntei.

Ele não me olhou nos olhos.

— Não fique zangada.

Eu sabia. Ele ia partir o meu coração.

— Sinto muito não ter aparecido mais, principalmente depois que você soube de Rémy. É só o trabalho. Tem sido horrível.

O quê? Tudo aquilo não se devia a nenhuma assanhada, se devia ao trabalho? Eu me senti péssima por duvidar dele.

— Estou contente por você estar aqui.

Estendi a mão para acariciar o seu cabelo, mas ele baixou a cabeça.

— Prendi alguém que conhecemos. A professora Cohen.

Aquilo era absurdo.

— Deve haver algum engano.

Cohen era um sobrenome bastante comum.

Ele puxou um livro da bolsa. *Bom dia, meia-noite*. O último romance que eu entregara. Tirei-o das mãos dele.

— Quando?

— Semanas atrás. Eu queria lhe contar...

— Por que não disse nada?

Era por isso que a professora não estava em casa. Não, não podia ser. Parti na direção do apartamento dela.

Ele foi atrás.

— Deixe que eu vou com você.

— Não.

— Sinto muito não ter lhe contado — disse ele, agarrando o meu braço.

Eu me soltei e comecei a correr. As solas de madeira dos meus sapatos batiam na calçada e faziam um barulho alto que ecoava. Passei pelo açougue fechado com tábuas, pela *chocolaterie* sem *chocolat*, pela *boulangerie* onde as donas de casa tinham esperança de comprar pão, pela *brasserie* onde os *boches* tragavam a sua *bier*.

Subi de dois em dois a escada em *escargot* e soquei a porta. Alguém se mexeu do outro lado, provavelmente a professora preparando um bule de chá. Ela tinha saído antes, era tudo. Estava em casa agora. Ouvi o ranger dos tacos, a giradinha da chave na fechadura. Ela está bem. Foi um mal-entendido. Encostei-me na parede e tentei recuperar o fôlego.

A porta se abriu. Uma loura de vestido azul justo disse:

— Sim?

Eu me endireitei.

— Quero falar com a professora Cohen.

— Quem?

— Irène Cohen.

Espiando atrás da mulher, vi o relógio do avô, os ponteiros fixos em 3h17. O vaso de cristal estava cheio de rosas. As estantes agora guardavam uma coleção de canecas de cerveja.

— Você está no endereço errado.

— Esse é o endereço certo — insisti.

— Ela não mora mais aqui. Este apartamento agora é meu.

— Sabe aonde ela foi?

A mulher bateu à porta.

Quem era aquela? Por que estava na casa da professora, entre as suas coisas? Por que dissera que o apartamento era dela? Necessitada de respostas, fui até a porta de Paul na pensão.

Ele me fez um gesto para entrar, mas fiquei no corredor.

— Por que você prendeu a professora Cohen?

— O nome dela estava na lista de judeus.

— Lista? Há uma lista?

Ele fez que sim.

— Você prendeu outros?

— Prendi.

Pensei no primeiro apartamento abandonado onde Paul e eu tínhamos nos encontrado. Embora eu perguntasse de quem era, não me preocupara muito. Agora entendia a quem pertenciam os apartamentos, por que os seus tesouros tinham sido deixados para trás.

Cobri a boca, horrorizada, ao lembrar como Paul e eu brincamos na casa dos outros, como cabriolamos nos seus lençóis.

— Perdoe-me por não lhe contar antes — disse ele. — Nunca mais esconderei nada de você.

Eu o olhei, sem certeza do que via.

— Como posso encontrá-la?

— Sou um peão na hierarquia. Você sabe a quem precisa perguntar.

Fui embora sem dizer uma palavra. A tola bibliotecária do acervo. O meu trabalho era encontrar fatos; em vez disso, eu dera as costas à verdade. Deveria ter feito perguntas em vez de descansar a cabeça nos travesseiros de plumas de ganso de desconhecidos.

Em casa, percebi que Paul tinha razão; era com o meu pai que eu devia falar. Depois que explicasse tudo a ele, ele conseguiria que a professora fosse libertada, talvez em uma hora.

A mesa já estava posta. *Maman* serviu a sopa em nossos pratos. O macarrão cinzento nadava na água.

— O que eu não daria por um alho-poró — disse ela.

Papai sugou o conteúdo da colher.

— Você faz tanto com tão pouco.

— *Merci.*

Para variar, ela se permitiu aceitar um fiapo de elogio.

— *Papa*, uma das minhas amigas foi presa.

A colher dele ficou parada no ar. Os seus olhos foram nervosamente até *maman*.

— Quem, querida? — perguntou ela.

— A professora. Eu lhe falei dela, a que me ajudou a arranjar o emprego na biblioteca. Paul disse que a prendeu.

Trêmula, *maman* olhou para *papa*.

— Por que ele prenderia uma pobre mulher? Ah, esta guerra...

— Agora você deixou a sua mãe nervosa — ele me disse.

Vi que ele não diria mais nada.

* * *

Depois do café da manhã, fui para o *commissariat* de *papa*, compondo argumentos na cabeça. *Nunca lhe pedi nada. Você pelo menos não tentaria ajudar?* Passei pelo guarda sonolento e segui apressada pelo corredor até a sala dele. Era cedo; o secretário não estava lá para protegê-lo. Abri a porta.

Ele se levantou da mesa.

— *Maman* está bem?

— Está.

— O que você está fazendo aqui?

Sem saber direito o que dizer, dei uma olhada em volta. Dezenas de envelopes estavam empilhados no perímetro. No chão, junto à mesa, as cartas se amontoavam, como se varridas por um punho zangado.

Peguei algumas.

Roger-Charles Meyer é um judeu puro, bom, tão puro quanto essa raça pode ser, e não vou esconder o fato de que ficaria contentíssimo se fosse levado... É, bem simplesmente, o que esse indivíduo merece. Eu ficaria muito grato se o senhor pudesse facilitar a sua queda.

Passei à seguinte.

O senhor não vai me dizer que aprova esses judeus imundos. Já tivemos mais do que o suficiente. Enquanto os nossos entes queridos são mortos ou aprisionados, os judeus administram as suas empresas. Nós, pobres franceses imbecis, estamos morrendo de fome. E não basta morrer de fome. Quando há provisões, são para os judeus.

E a seguinte.

Senhor,

Escrevo-lhe para informá-lo de um caso que precisa conhecer na rue Du Couedic, 49, onde um certo Maurice Reichmann, comunista de origem judia, está morando com uma francesa. Com frequência, assistimos a cenas terríveis à sua porta. Acho que o senhor se dignará a fazer o que tem de ser feito e, com antecedência, os negociantes da rua dizem *Merci*.

A última listava nomes com endereços e profissões correspondentes, anotando no fim: *74 gros Juifs*. Setenta e quatro judeus importantes.

— Não entendo.

Joguei as cartas na lata de lixo.

— Denúncias — disse *papa* com relutância. — Nós as chamamos de "cartas do corvo".

— Cartas do corvo?

— De gente de coração sombrio que espiona vizinhos, colegas e amigos. Até membros da família.

— São todas assim? — perguntei.

— Algumas são assinadas, mas, sim, a maioria é anônima, e nos fala de vendedores do mercado paralelo, *résistants*, judeus, pessoas que ouvem a rádio inglesa ou falam mal dos alemães.

— Há quanto tempo isso acontece?

— Desde 1941, quando o marechal Pétain foi à rádio dizer que esconder informações é crime. Esses "corvos" se convenceram de que estão cumprindo o seu dever patriótico. O meu trabalho é confirmar a veracidade de cada carta.

— Mas *papa*...

— Já deixaram claro que, se eu achar o trabalho desagradável, há dúzias de homens na fila para ocupar o meu lugar.

— Isso não está certo.

— Deixar você passar fome também não.

Eu supunha que ele passava os dias ajudando os outros...

— Isso... é por mim?

— Tudo o que *maman* e eu fizemos nas últimas duas décadas foi por você e pelo seu irmão! O professor de latim dele. As suas aulas de inglês. E aquele enxoval. *Maman* quase ficou cega de tanto bordar. Quando você se casar, terá peças suficientes para encher uma loja de departamentos.

— Mas eu nunca pedi nada.

— Você nunca precisou.

A compreensão me atingiu como um golpe de cassetete. Toda a minha vida, eu fora orgulhosa. Nunca hesitara em me rebelar contra *papa* e em pensar por conta própria. Vi o que tinha acontecido com a tia Caro e trabalhei duro pela minha independência. Agora, com clareza perturbadora, entendia que, embora nunca tivesse pedido nada, nunca precisara: meus pais tinham estendido roupas, oportunidades e até pretendentes à minha frente como um tapete vermelho. Eu me senti atordoada. Paul não era quem eu achava que era. *Papa* não era quem eu achava que era. Eu não era quem eu achava que era.

O meu pai pescou as cartas da lata de lixo.

— Cumprirei o meu dever e investigarei cada uma delas.

— Dever?

— O meu trabalho é defender a lei.

— E se a lei estiver errada? E os homens e mulheres inocentes prejudicados por essas acusações? — Ouvi a minha voz falhar, como sempre falhava quando eu brigava com o meu pai. Lembrei-me de que estava ali por uma razão. — *Papa*, por favor, podemos falar sobre a professora Cohen?

— Todo dia, dúzias de pessoas pedem a minha ajuda para procurar parentes. Não posso ajudá-las e não posso ajudar você! — Ele agarrou o meu braço e me forçou a sair pela porta. — Já lhe disse antes, não quero você aqui. Aqui não é lugar para uma moça de respeito.

Lá fora, no frio, me enrolei no xale. *Como posso ajudar a professora?*, perguntei a Rémy.

Informe a condessa, ouvi-o dizer. Ele estava certo. A condessa tinha muitos contatos nas altas fileiras. Sem dúvida poderia ajudar. Corri diretamente para a sala dela.

À mesa, ela fitou a xícara de chá, a boca com expressão triste.

— Já disse aos outros e agora tenho de lhe dizer — falou ela, abalada. — A nossa amiga Irène Cohen seria deportada.

Não era tarde demais. A condessa e o Dr. Fuchs poderiam salvá-la como tinham salvado Boris.

— Ela estava em Drancy.

Um campo de concentração ao norte de Paris. Espere. Estava?

— As condições lá são deploráveis. Mal pude acreditar no que ouvi quando o meu marido as descreveu. Tentamos intervir a favor de Irène, mas, infelizmente...

Não. A professora Cohen também, não. O chão sob mim oscilou e estendi o braço, a palma encostada na parede, sentindo que, se não me segurasse, tudo se desintegraria.

— Ela tentou me passar uma mensagem — falei. — O meu pai... as cartas... A culpa é minha.

— Você não deve se culpar — disse a condessa. — Soubemos que o filho e a nora de Mme. Simon se mudaram para o apartamento da professora. Não é preciso ser Sherlock Holmes para entender o que aconteceu. Ao que parece, Madame e o filho estavam em comunicação com várias delegacias de polícia e até com a Gestapo.

A rabugenta com dentes de lápide tinha escrito cartas do corvo? Nós a víamos quase todo dia e só agora descobríamos quem realmente era?

— É melhor que não volte nunca mais!

— Não voltará, acredite em mim. Mas não terminei. Irène desapareceu. Meu marido acredita que ela pode ter fugido do campo de concentração.

A professora aguentara o treinamento exaustivo de uma *prima ballerina* e o curso quase impossível da Sorbonne. Dera aulas lá apesar de tudo e sobrevivera a três maridos. Se alguém conseguiria fugir de uma prisão, seria ela. Não poderia voltar ao seu apartamento, mas poderia ficar com amigos no campo... Eu precisava acreditar que ela estava a salvo, precisava que ela tivesse um final feliz. Pensei numa frase de *Bom dia, meia-noite*. *"Quero um livro longo e calmo com gente de renda alta... um livro como um prado plano e verde com as ovelhas pastando. [...] Leio quase o tempo todo e sou feliz."*

CAPÍTULO 37

Odile

QUANDO ME SENTEI à minha mesa com a caneta na mão, não conseguia parar de pensar nas cartas do corvo. Era verdade que os parisienses se preocupavam com a aparência, com o modo de se vestir de amigos e desconhecidos. Admirávamos a *écharpe* usada do jeito certo, a inclinação elegante do chapéu, mas agora essa apreciação se transformara em crítica, até em inveja. Quem ela pensa que é, exibindo aquelas peles? Por que ele tem sapatos novos? O que Margaret fez para ter aquela pulseira de ouro?

Eu me perguntei quem teria escrito aquelas cartas. Olhei o homem com o terno destruído pelas traças. Você escreveu uma? O meu olhar passou para a mulher de boina azul. Ou foi você? Todo mundo parecia normal. Ou o que se tornara normal: famintos e exauridos.

Boris veio me lembrar que teria de sair cedo para ir ao médico.

— Você parece distraída.

— Só meio triste — revelei.

Aquelas cartas. Tinha de haver um jeito de salvar os outros do destino da professora Cohen. No balcão de registro, enquanto Margaret e eu carimbávamos livros para sócios, percebi que, se não houvesse cartas do corvo, não haveria prisões.

318

Puxei a gola da blusa. Como podia fazer tanto calor em novembro?

— Você está corada — brincou ela. — Pensando em Paul?

Não notei o tom leve e fiz que não.

— Onde ele está, aliás? Não aparece aqui há séculos.

— Tenho de sair — eu disse. — É só uma horinha. Você cuida das coisas aqui?

— Mas sou só voluntária.

— Seja tão mandona quanto Boris. Vai dar tudo certo.

— Mas por que você tem de sair? Está se sentindo mal?

— É — respondi, distraída. — Só estou me sentindo mal.

A toda pela avenida, pensei em explicações caso o secretário de *papa* estivesse de guarda. "Eu estava no bairro." Caso ele estivesse trabalhando: "*Maman* quer saber se você estará em casa para o jantar." Torci para que não houvesse ninguém lá, que eu conseguisse entrar, sair e voltar antes que alguém além de Margaret soubesse que eu saíra.

Diante do *commissariat*, hesitei. Tinha medo de ser pega. Quando *papa* se zangava, seu mau humor torrencial era assustador. Mas eu tinha mais medo da pessoa que me tornaria se não agisse. Pensei naquelas cartas, mais e mais chegando a cada dia, e entrei marchando. Evitei os homens fardados que andavam de um lado para o outro e segui o perímetro da parede.

O secretário de papai tinha saído, e a porta da sala dele não estava trancada. Contemplei os montes de cartas sobre a mesa, no armário, no parapeito da janela, antes de enfiar um punhado na minha bolsa. Ao fechar a aba, dei uma espiada lá fora. Homens se aglomeravam de todos os lados no corredor. Agarrada à bolsa, me esgueirei pelo corredor.

— Você aí, pare! — gritou um guarda.

Mantive a cabeça erguida e fui em frente.

— Pare!

Eu estava prestes a sair correndo quando dedos gordurosos me agarraram pela nuca.

— Por que a pressa? — perguntou o policial, uma das mãos em mim, a outra na arma no seu coldre.

Eu tinha me preocupado com *papa* e não pensara que haveria perigo vindo de outro alguém. Estava tão apavorada que não consegui falar.

Homens saíram das suas salas. Alguns pareciam severos; outros, apreensivos. Um comandante de cabelo branco perguntou:

— O que é essa perturbação?

— Encontrei essa moça se esgueirando por aí, senhor.

O comandante franziu a testa.

— O que acha que está fazendo, Mademoiselle?

Não respondi. Não consegui.

— Mostre os seus documentos — ordenou o guarda.

A minha *carte d'identité* estava na bolsa. Se eu a abrisse, ele veria as cartas.

O guarda agarrou a minha bolsa e, instintivamente, como se ele fosse um baderneiro no *métro*, arranquei-a das mãos dele.

Finalmente, achei a minha voz.

— Queria ver o meu *papa*, mas ele não estava na sala. — Apontei para a sala dele.

A expressão do comandante se atenuou.

— Você deve ser Odile. O seu pai tem razão, você é a moça mais adorável de Paris. Sinto ter sido grosseiro. Dobramos a segurança por causa de *saboteurs*.

— *Saboteurs*? — perguntei com voz fraca.

Era isso o que eu era? *Saboteurs* recebiam prisão perpétua. Na biblioteca, tínhamos sabido recentemente que um sócio fora condenado a trabalhos forçados por imprimir folhetos para a Resistência.

— Não precisa ficar assustada — afirmou ele. — Manteremos seu pai a salvo.

Tentei dizer "obrigada", mas a minha boca só tremeu.

— Você é bem tímida, não é? Não preocupe a sua linda cabecinha. Vá para casa.

Abraçada à minha bolsa, corri de volta para a biblioteca.

— E então? — quis saber Margaret, indo atrás de mim até a lareira. — O que era tão importante assim?

Joguei as cartas no fogo e as observei se queimando.

— Aconteceu uma coisa.

— Percebe o risco que correu?

Ela teria descoberto o que eu fizera?

— C-como assim?

— Deixar a biblioteca sozinha é completamente irresponsável! A condessa está exausta; sabia que ela está tão decidida a proteger este lugar que passa a noite na sala dela? Bitsi é praticamente muda, a não ser que você esteja aqui. Boris não deveria estar trabalhando. Contamos com você.

Do pátio, Paul me fitava pela janela, o rosto cheio de tristeza. Fiz que não. Ele foi embora. De tantos em tantos dias, ele tentava outra vez. Ele me seguia pelas estantes, pelas ruas, pela chuva cinzenta do inverno. Estava comigo mesmo quando não estava. Fiquei zangada porque ele não me falou da professora logo. Zangada comigo por ser cega. Zangada porque, apesar de tudo, sentia falta dele.

Segui o caminho de pedra pela neblina da manhã e estava perto da biblioteca quando ele me alcançou.

— Pode me perdoar? — perguntou.

— A professora Cohen foi mandada para Drancy, sabia?

— Não.

— Ninguém sabe o que foi feito dela.

De cabeça baixa, ele se afastou. Senti os meus ombros se curvarem. Vê-lo me lembrou que eu fechara os olhos alegremente e brincara nos lares dos que tinham partido.

Todo dia, na hora do almoço, eu corria para o *commissariat*, passava pelo guarda beligerante e ia à sala de *papa*, onde enfiava cartas na bolsa. De volta à biblioteca, eu as queimava. Com o passar das semanas, ganhei confiança. Em vez de cinco, pegava uma dúzia. Centenas ficavam, e outras mais chegavam a cada dia. Embora tivesse vontade de destruir todas, eu sabia que isso só atrairia suspeitas.

Ainda assim, temia ser pega. No caminho de volta ao trabalho, olhava para trás. Em casa, desenvolvi um tique nervoso. Antes da missa de domingo, amarrei a minha *écharpe* no *foyer*. *Papa* parou para endireitar a gravata. Os nossos olhos se encontraram no espelho.

— *Ça va?* — perguntou ele com gentileza.

Fiz que sim.

— Sinto muito porque não pude...

— Não pôde o quê? — perguntei bruscamente.

Ele desviou os olhos.

Quando foi pegar o paletó, *maman* disse:

— Você não está normal nessas últimas semanas. O que aconteceu?

— Nada.

— Você está claramente... evasiva. Por que Paul não veio mais aqui?

— Se não sairmos agora, vamos nos atrasar.

Ela pôs a mão na minha testa.

— Vai ver que você está ficando doente. Ou então...

Ela deu uma olhada horrorizada na minha barriga.

Corada, eu disse:

— Não é o que você pensa.

— Fique em casa. Descanse.

Depois que eles saíram, escrevi no meu diário. *Querido Rémy, tenho sido cega e egoísta. Abandonei a professora, mas estou tentando compensar.*

A campainha tocou e atendi, achando que *maman* esquecera a bolsa.

— Eu não devia ter vindo — disse Paul. — Mas eles podem me achar em casa.

O sangue escorrera e secara, formando uma crosta em torno das narinas.

— O que aconteceu? — Fiz um gesto para que entrasse.

Ele não se mexeu.

— Não quero que os seus pais me vejam assim.

— Eles estão na igreja. Agora, o que aconteceu? — perguntei enquanto o fazia se sentar.

— Um daqueles canalhas nazistas cambaleava pela rua, completamente bêbado. Agarrei-o por trás e comecei a socá-lo. Queria que se arrependesse de ter posto os pés aqui. Ele revidou, mas quebrei o nariz dele, com certeza. Talvez algumas costelas também. Depois, saí correndo. Não me arrependo do que fiz, mas, hoje em dia, a gente nunca sabe quem está olhando.

— Agora você está a salvo. — Limpei o rosto dele com o meu lenço.

Eu sentia saudades de tocá-lo, sentia saudades do toque dele. Estava contente porque ele viera, mas queria que pudéssemos voltar àquele dia na Gare du Nord, a uma época em que eu só sentia uma coisa por ele: amor absoluto.

— Antes, a maior prisão que já fiz havia sido por conduta desordeira. Quando eu... Bom, nunca achei que ficariam com uma senhora de idade como ela.

— Você não podia saber. — Recordei os livros que eu deveria ter entregado. — Todos temos arrependimentos.

— Amo você — disse ele. Diga que me perdoará.

CAPÍTULO 38

Odile

N A SALA DA condessa, olhei para o colchão improvisado onde ela dormia toda noite para ficar de vigia na biblioteca; ela estava com 70 anos, mas se dispunha a enfrentar soldados nazistas. Alguns livros descansavam ao lado do travesseiro. Inclinei-me para ver os títulos, mas Bitsi me puxou pela manga, levando-me na direção dos outros, que estavam reunidos junto à mesa. As reuniões que antes eram cheias de funcionários tinham minguado para a secretária, o zelador, Bitsi, Boris, Margaret, eu e Clara de Chambrun.

— O Mr. Pryce-Jones foi preso — começou a condessa — e mandado para um campo de concentração.

Não, não outro amigo perdido, trancado por ser um "estrangeiro inimigo".

— M. de Nerciat tem lutado pela sua libertação — continuou ela.

— Li relatórios angustiantes — disse Boris. — Eles não estão sendo mandados para campos de concentração, mas para campos de extermínio.

— Propaganda — disse ela com desdém. — Pense nos boatos que já ouvimos.

— Ele foi denunciado? — perguntou Bitsi.

— É provável — respondeu Boris.

Esta guerra estava levando todos os que eram importantes para mim. Tudo — o meu país, a minha cidade, os meus amigos — tinha sido saqueado e traído, e eu precisava fazer isso parar do único jeito que conhecia. Precisava destruir aquelas cartas. Não me importava mais de me meter em encrenca. Uma coisa era certa: algo queimaria. Saí correndo da biblioteca, Boris e Bitsi gritando atrás de mim.

— Volte!

— Você teve um choque!

No *commissariat*, corri até a sala de meu pai e fechei a porta. Agarrei uma carta e a rasguei no meio, depois outra e mais outra. O farfalhar de papel rasgado nunca soara tão satisfatório. Ao perceber que *papa* poderia entrar a qualquer momento, enfiei um punhado de cartas na minha sacola, amassando-as num maço feio.

A maçaneta fez barulho e a porta se abriu. Afastei-me da mesa, tentando fechar a aba da bolsa.

— Minha filha obediente — disse *papa* secamente. — Veio me fazer uma visita?

Eu não sabia como agir.

Ofendida? Desconfia da própria filha?

Despreocupada? Estou aqui, grande coisa.

Honesta? Sim, sou uma ladra.

— Recebi cartas perguntando por que a polícia não investigara informações de "correspondência" anterior. Foi estranho, porque investigamos todas as acusações. Não consegui entender. — Ele olhou para as cartas que eu rasgara. — Agora entendo.

A minha mão se apertou na bolsa.

— Não tem nada a dizer em sua defesa? — perguntou ele.

Fiz que não.

— Eu poderia ser preso — disse ele. — Eles condenam os traidores à morte.

— Mas com certeza não o culpariam.

— Meu Deus, como você ainda pode ser tão ingênua? — Ele pôs a palma das mãos na mesa e baixou a cabeça, quase derrotado.

— Mas *papa*...

— Se fosse qualquer outra pessoa, eu a prenderia. Vá pra casa. E não volte nunca mais.

Saí só com um punhado de cartas. A coisa mais importante que eu podia fazer e fracassara.

CAPÍTULO 39

Lily

FROID, MONTANA, AGOSTO DE 1987

ENCURRALADA NO CLOSET, entre suéteres e segredos, fitei Odile, que ainda segurava o seu *nécéssaire*, elegante como sempre. As cartas jaziam no chão entre nós. *Por que os senhores não estão procurando judeus não declarados escondidos? Minhas indicações são exatas, agora cabe aos senhores.*

— Quem é você? — perguntei.

A boca de Odile se abriu, depois se fechou e se transformou numa linha tensa. O queixo se ergueu e, assim como eu a olhava de forma diferente, ela me olhou de forma diferente. Em guarda, e com grande tristeza. Como ela não disse nada, peguei as cartas e as joguei na sua cara. Ela não se mexeu.

— Por que tem isso? — indaguei.

— Não as queimei como as outras... Pretendia.

— Achei que você fosse uma heroína, que escondia judeus.

Ela suspirou.

— Ah, não. Só cartas.

— De quem?

— Do meu pai.

— Isso é loucura. Ele não era policial?

Os olhos dela se assombraram, como se vissem um fantasma. O silêncio encheu o closet, o quarto, a nossa amizade. Só havia o grito solitário de uma gaivota distante, o caminhão do lixo passando pelo beco, os batimentos do meu pobre coração.

— No começo da guerra — contou ela —, a polícia prendeu comunistas. Durante a Ocupação, prendeu judeus. As pessoas escreviam para denunciar vizinhos. Algumas cartas foram enviadas ao meu pai. Eu as furtei para que ele não pudesse caçar inocentes.

— Você não as escreveu?

No momento em que fiz a pergunta, soube que não.

Odile fitou as cartas que tremiam na minha mão.

— Não condeno você por bisbilhotar as minhas coisas porque estava entediada ou curiosa. — Os olhos dela ficaram frios até virarem fendas que me observavam como se eu não fosse nada. — Mas acreditar que eu poderia escrever essas palavras! O que fiz para que você achasse que eu seria capaz de tamanha maldade?

Ela fitou a janela, e eu soube que era porque não aguentava olhar para mim. Eu não tinha o direito de mexer no seu closet, de violar o seu passado. De trazer à luz coisas que ela enterrara por alguma razão. A guerra, o papel do seu pai, talvez até a razão para ter deixado a França.

— E pensar que voltei mais cedo porque estava com saudades de você.

Ela despencou na cama. Ficou sentada, não ereta como na igreja, mas com as costas curvadas de tristeza.

— Vá — disse ela. — E não volte.

— Não, por favor!

Balançando a cabeça, avancei na direção dela. Como pude acusá-la de uma coisa daquelas? Eu a compensaria. Capinaria o seu jardim, cortaria a grama, tiraria a neve o inverno inteiro. Eu a faria esquecer a minha pergunta tola e impulsiva.

— Sinto muito.

Odile se levantou e saiu do quarto. Ouvi a porta da frente se abrir. Ela saíra.

Na sala, fechei a porta e guardei os livros na estante, na esperança de colocá-los na ordem certa. Esperando por ela, sentei-me no sofá, ereta como no domingo. Mal ousando me mexer, esperei uma hora, depois duas. Ela não voltou.

A VOZ DELA parecera definitiva. Foi o que eu disse a Eleanor. Esperei que gritasse, mas ela disse:

— É claro que ela está zangada. Agora você entende por que papai e eu lhe dissemos que não bisbilhotasse?

O que eu fizera era pior do que bisbilhotar, mas estava envergonhada demais para admitir o meu verdadeiro crime.

No dia seguinte, bati à porta de Odile, mas ela não respondeu. Naquela noite, escrevi uma carta de desculpas e a coloquei na caixa de correio dela. Quando saí para a escola pela manhã, encontrei-a fechada no nosso capacho. Na missa, enquanto alguns rezavam para esmagarmos os soviéticos antes que eles nos esmagassem, me ajoelhei e implorei pelo perdão de Odile. Depois da cerimônia, ela e padre Maloney foram conversar no vestíbulo. Ela brilhava e falava de Chicago. Quando me aproximei, ela pediu licença e foi para casa, em vez de seguir para o salão. Na semana seguinte, sentei-me no seu banco, na esperança infantil de que, depois do "Pai-Nosso", quando os paroquianos se apertavam as mãos e diziam "A paz do Senhor esteja com você", ela pelo menos me olhasse. Mas Odile parou de ir à missa.

No salão, as senhoras se reuniam atrás do bufê, servindo suco e rosquinhas. Odile perdera um mês de domingos.

— Alguém viu a Sra. Gustafson? — murmurou a Sra. Ivers.

— Tentei ver como ela estava — respondeu a velha Sra. Murdoch. — Pude ouvi-la se movendo dentro de casa, mas ela não atendeu à porta.

— Como antes.

— Devíamos ter sido mais gentis naquela época.

— Também acho.

— Deve ter acontecido algo terrível. Nem quando o filho morreu, ela faltou à missa.

Eleanor decidiu que o tratamento do silêncio já durara o suficiente e marchou até a casa de Odile.

— Lily sabe que agiu mal — ela me defendeu na varanda. — É uma mocinha que cometeu um erro. Uma mocinha que a ama e sente saudades suas.

Odile deixou Eleanor falar e depois, gentilmente, fechou a porta.

Necessitada de intervenção divina, levei Joe à igreja e acendi todas as velas que encontrei.

— A gente reza — disse ele.

Dei dois dias a Deus. Como ele não respondeu, tentei uma abordagem mais direta. Na casa paroquial, o padre me convidou a ir à cozinha. Sem a batina, parecia o avô de alguém. Ele empurrou um prato de Oreos na minha direção, mas dessa vez eu não estava com fome. Imaginando que meias-verdades eram melhores do que verdade nenhuma, inventei uma história, com cuidado para não dizer nada sobre as minhas acusações.

— Só isso? — perguntou Garrote com ceticismo.

Durante muito tempo, quis guardar um segredo no coração. Algo que só eu soubesse. Agora eu o tinha, mas o segredo não era empolgante, era patético.

— Ela me pegou bisbilhotando. Foi muito feio.

— O suficiente para ela parar de vir à igreja?

— Por que ela não me deixa pedir desculpas?

— Às vezes, quando a pessoa passou por situações difíceis ou foi traída, a única maneira de sobreviver é se isolar de quem a feriu.

Ela nunca voltara à França, nunca mencionava os pais, tias, tios ou primos. Odile abandonara a família inteira; não seria difícil me deixar para trás.

Na tarde de sábado, o carro de Garrote parou junto ao meio-fio. Abri a janela e me abaixei para que ninguém me visse espionando. Ele e Odile conversaram amistosamente na varanda sobre a campanha para levantar recursos para a sopa dos pobres. No minuto em que ele mencionou o meu nome, ela voltou a entrar em casa.

A VIDA CONTINUOU sem Odile. Comecei o primeiro ano do ensino médio sem as nossas aulas de francês. Eu não havia sofrido uma perda tão grande desde que a minha mãe morrera. Mas mamãe não teve opção. Odile escolheu se manter afastada. Arrastando-me da escola para casa, passei pela casa dela. As cortinas estavam fechadas. Eu sabia que, se tentasse a porta, estaria trancada.

NA HORA DO ALMOÇO, Mary Louise e Keith se enfiaram sob a arquibancada, o que me deixou sozinha no refeitório. Tiffany Ivers veio, sorrateira.

— Aposto que a sua madrasta mal consegue esperar que você se forme e saia de perto dela.

Tiffany implicava com John Brady porque o pai dele era o zelador; fez todo mundo chamar Mary Matthews de "Pizza de Pepperoni" por causa da acne. Eu era a única aluna da escola que tinha madrasta. O divórcio era um problema da cidade grande, e graças a Deus a morte de uma mãe tão jovem era rara. Eu não gostaria que ninguém passasse pelo que passei.

— Sabe como se diz "madrasta" em francês? — perguntei.

Ela me fitou, os olhos burros semiocultos pela franja fofa. Por que passei anos comparando a minha sorte com a dela, a minha aparência com a dela? Lembrei-me do agasalho que mamãe tricotara e que eu tinha me preocupado mais com a opinião de Tiffany Ivers do que com os sentimentos da minha mãe.

— *Belle mère* — continuei. — Significa mãe bonita.

— Isso é francês? Parece que você tem algum defeito de fala.

Há alguns anos, isso me faria chorar. Agora eu sabia que as pessoas que diziam coisas cruéis deveriam ser cortadas da nossa vida. Saí de perto. Longe dos seus comentários maldosos, da sua mente estreita, me senti mais forte.

Mesmo com o seu silêncio, Odile me ensinava.

Às 7H33 DA MANHÃ de sábado, acordei com os guinchos de Scooby-Doo.

— Tem gente querendo dormir — gritei no corredor.

— Tá — gritou Joe de volta, e baixou o volume um tiquinho.

Joe e Benjy, Benjy e Joe. Eu os amava, mas eles me deixavam maluca. Toda vez que eu me sentava, Benjy se agarrava à minha cintura e subia para o meu colo. Se havia um coro em casa, era "Joe, querido, tire o dedo do nariz! Joe, tire esse dedo do nariz neste minuto. Tire esse dedo daí! Agora!" Meu Deus, que saudade de Odile. Não havia um minuto em que eu não tivesse consciência do que perdera, do que jogara fora por ser negligente e egoísta.

Eleanor deu uma espiadela no meu quarto.

— Por que eu e você não damos uma volta? — sugeriu. — Vamos usar aquela carteira de motorista.

— E os meninos?

Nunca íamos a lugar nenhum sem eles. Nunca íamos a lugar nenhum, ponto.

— Seu pai não vai morrer se cuidar deles. Só nós, meninas, hoje. Vamos a Good Hope.

Adorei a sensação do volante nas minhas mãos, o ronronar do carro quando pisei no acelerador, as grandes extensões de pasto, as vacas que nos observavam passar a toda. Adorei quando nos aproximamos da cidade porque havia mais de uma estação de rádio. Adorei me afastar da escola, dos meninos, do pensamento de que ferira Odile.

Good Hope tinha trinta mil habitantes. Pouco antes de chegarmos ao limite da cidade, parei no acostamento para Eleanor dirigir. Passamos por um Dairy Queen e um Best Western, cadeias de lojas que existiam no resto do mundo. Froid tinha placas de Pare onde ninguém parava; Good Hope tinha semáforos com luz vermelha de verdade. As calçadas tinham o dobro da largura das nossas, e os motoristas tinham de pagar para estacionar. Paramos bem na frente da maior loja de departamentos do estado de Montana, The Bon. Isso é "bom" em francês. Cinco andares de tijolos dourados cintilavam ao sol. Até as portas eram grandiosas, latão e vidro sem nenhuma sujeirinha. Lá dentro, fomos recebidos pelo aroma de Wind Song. Ilhas de cosméticos acenavam. Eleanor me guiou até o balcão da Clinique, onde a vendedora usava um guarda-pó branco comprido, como um médico, como alguém em quem confiar. Ela riscou no pulso vários tons de batom. Pareciam retalhos de seda. Nós três os examinamos com atenção, como se escolhêssemos cortinas para a mansão do governador.

Escolhemos Pêssego Perfeito, e Eleanor puxou o talão de cheque.

— Você não vai levar nada? — perguntei.

— Acho que não.

— Você merece algo legal.

— Veremos.

Ela ficou sem graça, mas não consegui entender por quê. Era uma senhora casada. O dinheiro era dela também. Não era?

Finquei os calcanhares.

— Poxa, dirigimos o caminho todo até aqui.

Eleanor se deixou convencer. Ela escolheu um batom da cor Papoula Real. E ficou radiante.

No Mezzanine Bistrô, que dava para o andar térreo, escolhemos uma mesa perto da borda de acrílico para observar as pessoas como se estivéssemos num café parisiense. Depois de fazermos os pedidos, vi uma vendedora elegante puxar a meia fina quando achou que ninguém estava olhando.

Quando trouxe o *club sandwich* de Eleanor e o meu *french dip* de carne assada no pão francês, a garçonete perguntou:

— Estão tendo um bom dia?

— *Mais oui* — respondi, mergulhando o meu sanduíche no molho.

Depois do almoço, Ellie e eu lavamos as mãos no banheiro feminino. Diante do espelho, fizemos biquinho e retocamos o batom.

Nunca me senti tão próxima dela. Se fôssemos francesas, seria nesse momento que eu passaria do *vous* formal para o *tu* informal.

Entramos na camionete, e ela nos levou para fora da cidade. O rock que tocava no rádio se desintegrou, e Ellie rolou o botão até a nossa estação campestre local. A torre d'água de Froid, "castelo d'água" *en français*, surgiu *dans le horizon*.

Ao entrar na nossa rua, vimos o caminhão dos bombeiros. Era difícil dizer a cinco quarteirões de distância, mas parecia estacionado diante da nossa casa. "Os meninos!", ofeguei. Ellie acelerou. No único dia em que saíamos... Será que Joe tinha achado os fósforos na gaveta? *Que eles estejam bem*, rezei.

O caminhão estava diante da casa de Odile. Nuvens de fumaça subiam da janela. Um bombeiro puxava da casa uma mangueira vazia. Ellie pisou no freio e pulamos do carro. Os vizinhos estavam reunidos na calçada, onde encontramos Odile curvada no meio-fio. A Sra. Ivers pôs uma colcha de retalhos em torno de Odile, mas ela nem notou.

— O que aconteceu? — perguntou Ellie ao comandante.

— Fogo na cozinha — respondeu ele. — Algo esquecido no forno.

— Os biscoitos da professora Cohen — disse Odile. — Penso nela cada vez mais. A culpa foi minha.

— Essas coisas acontecem — disse Ellie para acalmá-la. Nós nos agachamos, uma de cada lado de Odile.

— Culpa minha — insistiu ela.

— Você não fez de propósito — eu disse.

Odile me olhou. Fiquei tão feliz que nem me importei que ela me encarasse de olhos arregalados, como se eu fosse uma desconhecida.

— Desculpe — disse ela.

Engoli em seco.

— Não, eu é que...

Havia tantas coisas que eu queria dizer. Amo você. O seu perdão significa tudo para mim. Ainda sinto muito.

— Por que não vem até a nossa casa? — convidou Ellie.

Eu a conduzi até a nossa casa, até o meu quarto, onde ela se deitou.

— Quer que eu saia? — perguntei.

— Sente-se. — Ela deu um tapinha na cama. — Quero que você saiba. Houve coisas que aconteceram durante a guerra sobre as quais ninguém fala, nem mesmo hoje. Coisas tão vergonhosas que as enterramos num cemitério secreto e abandonamos os túmulos para sempre.

Com a mão agarrada à minha, ela apresentou o elenco de personagens. A querida *maman* e Eugénie, de pé no chão. O exaltado *papa*. Rémy, o irmão gêmeo travesso que eu veria toda vez que olhasse para Odile. A namorada dele, Bitsi, a bibliotecária corajosa. Paul, tão bonito, me apaixonei por ele também. Margaret, tão divertida quanto Mary Louise. Miss Reeder, a condessa e Boris, o coração, a alma e a vida da biblioteca. Pessoas que eu nunca conheceria, nunca esqueceria. Elas viviam na memória de Odile e agora viviam na minha.

Quando ela terminou, senti que a história era um livro que eu tinha lido, uma parte de mim para sempre. Quando os nazistas entraram na biblioteca, tremi nas pernas. Ao entregar livros à professora Cohen, tropecei nos paralelepípedos, com medo de que os nazistas descobrissem a minha missão. Quando a comida ficou escassa, a minha barriga roncou, o meu mau humor explodiu Li aquelas cartas terríveis e não soube o que fazer.

— Você foi corajosa — eu disse a Odile. — Manter a biblioteca aberta, garantir que todos pudessem pegar livros.

Ela suspirou.

— Só fiz o mínimo.

— *Le minimum?* O que você fez foi extraordinário. Deu esperança aos sócios. Mostrou que, durante o pior dos tempos, as pessoas ainda eram boas. Salvou livros e pessoas. Arriscou a sua vida para desafiar nazistas enfurecidos. Isso é enorme.

— Se eu pudesse voltar, faria mais.

— Você salvou pessoas quando escondeu aquelas cartas.

— Se eu tivesse destruído todas as cartas do corvo na primeira vez que as vi, mais vidas teriam sido salvas. Levei tempo demais para entender o que precisava ser feito. Estava com muito medo de ser pega.

Eu queria continuar conversando, mas os olhos dela se fecharam.

* * *

No jantar, enquanto Odile cochilava, Ellie e papai decidiram que ela ficaria conosco enquanto a cozinha era reformada, e depois passaram a conversar sobre isso e aquilo. Eu não conseguia parar de pensar nas cartas dos corvos. Embora gostasse de pensar que não prenderia inocentes, eu provara que era capaz de acreditar cegamente e atacar. Observei papai comendo o seu feijão e notei que o cabelo dele estava ficando grisalho. E me perguntei que preocupações o deixavam acordado à noite, o que ele se disporia a fazer para proteger a família. Repassei de novo a história de Odile, sentindo que faltava alguma coisa.

Todo verão, a vovó Jo e eu passávamos a tarde tomando limonada no alpendre cercado de vidro. A paixão dela eram os quebra-cabeças. Espalhávamos as peças na mesa e reconstruíamos o céu azul sobre castelos bávaros. Como estávamos isoladas no meio dos trigais, aquelas fotos fragmentadas foram a minha primeira olhada no mundo exterior. O hábito dos quebra-cabeças de vovó, dois por semana, ficou caro, e mamãe passou a comprá-los de segunda mão. O pró: barato. O contra: horas passadas num quebra-cabeça só para descobrir que faltavam peças, perdidas muito tempo antes do brechó da igreja.

Já fazia algum tempo que eu não sentia a frustração de um quebra-cabeça incompleto, mas agora reconheci a sensação. Faltava um elemento na história de Odile. Uma parte da moldura ou um dos cantos. Se Odile amava Paul, por que se casara com outra pessoa?

CAPÍTULO 40

Odile

PARIS, AGOSTO DE 1944

OS ALIADOS ESTÃO *se aproximando*. A notícia rolou pela rue de Rennes, demorou-se nas ruas laterais. Sussurrava pelos caminhos do Père Lachaise até chegar ao Moulin Rouge. *Eles estão se aproximando*. A notícia subiu as escadas do metrô e reverberou pelos seixos brancos do pátio até o balcão de registro. Haviam dito que os aliados desembarcaram nas praias da Normandia mais de dois meses antes, então onde eles estavam? A imprensa, cheia de propaganda, não ajudava. Dependíamos do boca a boca.

— Os aliados devem estar se aproximando — disse Boris enquanto emprestávamos livros.

— Vi os alemães carregando os seus veículos diante dos hotéis ocupados.

— Placas de "Há vagas" logo vão aparecer! — respondeu Boris.

Mr. Pryce-Jones, abalado pelo período passado no campo de concentração, entrou pela porta apoiado numa bengala. Fora libertado havia três semanas; M. de Nerciat vinha logo atrás, as mãos estendidas, com medo de que o amigo caísse.

— Eu não devia estar de volta a Paris — murmurou Mr. Pryce-
-Jones. — Não quando outros continuam presos. E você teve de usar
a minha idade como pretexto para me tirar de lá?

— Não, meu caro amigo, eu poderia ter lhes dito que você tinha
a mente fraca.

Escondi o sorriso atrás de *A outra volta do parafuso*, 813. Algumas
coisas não tinham mudado.

— Onde estão os aliados? — perguntou M. de Nerciat.

— Devem estar a caminho — respondeu Boris.

Eu mal podia esperar para contar a Margaret, que estava de volta
depois de passar uma semana cuidando da filha que teve caxumba.
Quando Margaret chegou depois do almoço, mal a reconheci. A aba
de um chapéu branco novo escondia os seus olhos, e o vestido de seda
combinando era tão alvo quanto uma roupinha de batizado. *É chique
estar puído*, me lembrei quando passei a mão no meu cinto gasto.

— Essa coisa tem mais buracos do que couro — disse ela quando
veio ficar comigo à minha mesa. — Deixe que eu lhe ofereça uma roupa.

— Não — respondi, com mais rispidez do que pretendia.

Todo mundo sabia o que roupas como as de Margaret significavam.
Paul chamava as mulheres que dormiam com *Soldaten* de "colchões
estofados". Mas talvez eu estivesse sendo injusta. Ela sempre tivera
roupas bonitas; eu mesma usara muitas peças dela. O novo conjunto
não era necessariamente do amante.

— O que eu perdi? — perguntou ela.

— Dizem que os aliados estarão aqui qualquer dia desses!

Eu esperava que ela se empolgasse como nós, mas ela só disse:

— Ah.

Bitsi veio cumprimentar, com a opala perolada da minha avó no
dedo. Quando os meus pais conversaram sobre a possibilidade de dar
a herança a Bitsi, insisti que sim. Queria que ela ficasse com ele, que
soubesse que a considerávamos da família. Cheguei a lhe mostrar o
lugar secreto meu e de Rémy. Em meio aos lenços amassados e aos rolos
de pó, nos deitamos juntas, eu segurando o soldado de brinquedo dele,
ela com o seu livro favorito, *Ratos e homens*. Eu crescera acreditando

que o amor durava até que uma amante separasse o casal, mas Bitsi provara que nem a morte conseguia destruir o verdadeiro amor. Naquele ventre escuro, soluçamos, as nossas lágrimas nos unindo como irmãs mais do que qualquer casamento conseguiria.

Recebi uma carta de um dos amigos de Rémy e a entreguei a Bitsi para que a lesse.

> Querida Odile,
>
> Chamávamos o seu irmão de "Juiz" porque era a ele que recorríamos para resolver as nossas disputas. Até fiz para ele um martelinho com uma pedra, um graveto e um pedaço de barbante. Presos aqui, longe de casa, estamos frustrados e zangados. Entediados e famintos. Não precisa muito para alguém explodir. "Juiz", eu perguntava, "o tribunal está aberto? Louis não para de dizer o nome de Deus em vão. Isso irrita Jean-Charles, que acabou de bater em Louis." As nossas discussões podiam parecer mesquinhas, mas o Juiz levava todas elas a sério e conseguia acalmar homens que tinham chegado ao fim de uma paciência já exaurido. Estamos com saudades dele.
>
> Fielmente seu,
> Marcel Danez

Ao ver a expressão de Bitsi se alegrar enquanto lia, fiz questão de que ela ficasse com a carta. O tributo de Marcel significava o mundo para mim, mas para ela significava mais. Ela segurou o pedaço de papel junto ao peito e foi para a sala das crianças.

Ao vê-la ir, Margaret sibilou:

— Aquele cabelo dela parece uma coroa de espinhos! A pequena Bitsi vai se cansar do papel de viúva chorosa e arranjar um namorado.

A insinuação dela de que o luto de Bitsi por Rémy era encenação me atingiu como um soco. Eu não suportava a ideia de que Bitsi esqueceria o meu irmão. O meu peito doeu tanto que mal consegui respirar. Saí correndo da sala. Se desacelerasse, se parasse para pensar, eu teria me lembrado de uma época em que a virtude de Bitsi fizera com que eu me sentisse manchada também; o desdém de Margaret era menos sobre Bitsi e mais sobre a sua própria vergonha.

Quando me viu sair, Boris disse:

— Vai mesmo deixar Margaret sozinha na sala de consulta?

— Pode acreditar, ela acha que tem todas as respostas!

— Ela tem sido uma boa amiga para você e para a biblioteca.

— Por que está do lado dela?

Ele fez uma careta

— Vá, vá logo.

Eu precisava conversar com alguém que entendesse. Na delegacia, Paul me ofereceu a sua cadeira.

— Você não vai acreditar no que Margaret disse.

— É a guerra. Todos dizemos e fazemos coisas de que nos arrependemos.

Ele raramente se referia ao passado. A minha recusa de entregar livros naquela vez. Quando prendeu a professora Cohen. O modo como brincamos nos lençóis dos que tinham partido. Era a única maneira de continuarmos sendo um casal.

— Eu sei.

— A vida voltará ao normal.

— Dizemos isso há anos. E se este for o normal?

— Nada dura para sempre — disse ele, massageando suavemente as minhas costas.

— Na semana passada, quando contei a Margaret que *maman* ia ao açougue de madrugada e que já havia dez donas de casa na fila, ela disse: "Por que ela não compra no mercado paralelo?" Com que dinheiro, eu gostaria de saber. Seja como for, toda a comida dela vem de Fe...

Parei. *Não, não, não, você sempre faz isso. Não desta vez. Fique de boca fechada!*

— O que você ia dizer? — perguntou ele.

Soltei o ar.

— Nada.

— Margaret é uma boa pessoa — disse Paul —, para uma moça nglesa, quero dizer.

— Boa? Ela insinuou que Bitsi estava fingindo o luto.

— As pessoas falam sem pensar. Tenho certeza de que ela não tinha má intenção.

Ele não se apressaria em defendê-la se soubesse do seu nazista. Margaret tinha tudo fácil. Só precisava estalar os dedos esguios e tinha festas, alta-costura, joias e viagens à praia.

— Ela insinuou que Bitsi arranjaria um amante.

— É claro que Bitsi sempre amará o seu irmão, mas, talvez, algum dia...

— Talvez algum dia? — retruquei com rispidez. — Ela nunca esquecerá Rémy. Nunca! Nem todo mundo é uma meretriz como Margaret.

As mãos de Paul ficaram imóveis no meu ombro.

— Você não quis dizer isso.

Como ele podia acreditar no pior de Bitsi, mas no melhor de Margaret?

— Você não quis dizer isso — repetiu.

Virei-me para encará-lo e tive um prazer cruel em dizer:

— Ela tem um amante alemão.

Minha declaração pairou no ar entre nós, o espaço de uma respiração. Os lábios de Paul se franziram com nojo.

— Meretriz!

Com ele ecoando a minha palavra, percebi que deixara a minha irritação tomar conta de mim. Eu tinha de ser mais cuidadosa e menos condenatória.

— Eu não deveria ter dito o que disse. Você tinha razão, sempre tem. Ela é gentil, tão boa com a minha família. Graças a ela, Rémy sempre teve comida. Na biblioteca, não sei o que faríamos sem ela. Ela está lá agora, fazendo o meu serviço.

— Prostitutas como ela terão o que merecem.

— Por favor, não fale assim. O marido dela é um cafajeste. Ela merece coisa melhor. Você tem razão, as pessoas falam sem pensar, como acabei de fazer. Por favor, jure que não vai contar a ninguém.

Paul se manteve calado.

— Você não vai contar nada, não é?

— A quem eu contaria?

Ele me virou e continuou a massagear os meus ombros, os seus dedos apertando com mais força dessa vez.

CAPÍTULO 41

Odile

Em Paris, o gás fora cortado e quase ninguém tinha luz, mas havia certa eletricidade no ar. Cartazes colados nas laterais dos prédios incentivavam os parisienses a "atacar o inimigo onde ele estiver". A polícia entrou em greve, assim como ferroviários, enfermeiros, carteiros e metalúrgicos. Paul ajudou a arrancar paralelepípedos e montar barricadas, qualquer coisa para prender e emboscar o inimigo.

Combate era algo sobre o qual eu lera, algo que acontecia muito longe, mas agora eu ouvia tiros em ruas próximas, e pessoas punham fogo em carros e tanques. Os boatos ricocheteavam como balas. Foram os americanos que vieram nos libertar! Não, foi De Gaulle! Não, os parisienses não aguentaram mais e estavam lutando! Os alemães estavam recuando! Não, eles não desistiriam sem lutar!

Indo e voltando do trabalho, eu me esgueirava junto aos prédios, com medo de franco-atiradores, com medo de bombas, com medo de que nada mudasse e vivêssemos assim para sempre.

Na noite do dia 24, enquanto eu tentava terminar *Voyage in the Dark* antes que o toco de vela tremulasse uma última vez e se apagasse, os sinos de igreja de Paris tocaram. Levantei-me e fui me encontrar com os meus pais no saguão. Usando um *peignoir, maman* olhava os céus, como se estivesse maravilhada com o milagre de Deus. *Papa* estendeu os braços, do jeito que fazia quando Rémy e eu éramos pequenos e galopávamos na direção dele. Eu sabia que os meus pais e eu estávamos pensando a mesma coisa — ah, se Rémy estivesse aqui. Sem falar nada, nos abraçamos, sabendo que a Ocupação estava no fim.

Paris fora libertada. Mr. Pryce-Jones mancou pela biblioteca, gritando: "Os alemães fugiram!" Nos seus calcanhares, M. de Nerciat exclamou: "Estamos livres!" Depois de me beijar no rosto, os dois homens se abraçaram e logo se separaram. Eles foram os únicos discretos. Abracei Bitsi, Boris e a condessa. Os criados dela trouxeram todo o champanhe que restava na adega. Bebi mais em um dia do que na minha vida inteira.

— A guerra não acabou — avisou Mr. Pryce-Jones.

— Mas é o começo do fim — disse a condessa.

— Beberei a isso — disse M. de Nerciat.

— Você beberia a qualquer coisa, meu velho!

No gramado irregular, os funcionários e sócios riram, beijaram-se e choraram. O grupo musical formado por seis sócios oscilava entre "Stars and Stripes Forever" e "La Marseillaise". Paul e eu dançamos a noite inteira. Era como se eu tivesse prendido a respiração durante meses e agora pudesse expirar. Vivera no presente, quase temendo o futuro. Mas a luta para sobreviver acabara, e Paul e eu podíamos começar a fazer planos. Eu me deixei pensar num lar e em filhos.

Apesar da festa na cidade inteira, Margaret estava taciturna. O seu *Leutnant* fora preso, e ela não sabia aonde o tinham levado. Pior: depois de quatro anos de ausência, o marido retornara. A vida com Lawrence se estendia diante dela como uma desolada estrada no campo. Para tirar a sua mente dessas coisas, convidei-a para um passeio nas Tulherias. Entre as árvores, entre um feixe de luz e outro, observei-a mexer as pérolas. Queria consolá-la, mas não sabia o que dizer.

Houve um alvoroço do outro lado da cerca, o bater de um tambor e parisienses gritando. Talvez um desfile para comemorar a Libertação, ou mesmo a vitória! Na esperança de alegrá-la, conduzi Margaret pelo portão.

Dos dois lados da rue de Rivoli, centenas de homens, mulheres e crianças batiam palmas enquanto um homem passava batendo num bumbo. Ao lado, um velho de terno esfarrapado balançava uma galinha depenada e a agitava no ar. Por baixo da cadência das batidas, achei ter ouvido um choro.

— Não pode ser.

Margaret apontou para o velho.

Quando ele se aproximou, vi que não era uma galinha, mas um bebê nu que ele segurava. Ao ver a criança aos prantos, fiquei dormente com o choque.

— Os *Krauts* deixaram um *souvenir* — gritava ele, balançando o bebê pelas pernas.

— Bastardo, bastardo — entoava a multidão. — Filho de uma puta!

Atrás dele, dois homens arrastavam uma mulher pela rua. Estava nua. E careca. Os pés estavam ensanguentados por serem arrastados pelos paralelepípedos, o corpo branco de horror. Uma mancha escura de pelos pubianos se destacava vívida contra a pele. Ela tentava se soltar, alcançar a criança, mas os carcereiros a jogaram para trás de novo.

— Vagabunda! — berrou um homem na multidão. — Cadê o seu amante agora?

Eu nunca vira uma mulher desnuda, e agora me sentia nua e violada. Avancei para ajudá-la, mas Margaret agarrou o meu braço.

— Não podemos fazer nada — disse ela.

Margaret tinha razão. Não era um desfile, era uma turba. Não havia como detê-los. As pessoas eram selvagens; eu tinha anos de prova.

— Bastardo, bastardo — entoavam. — Filho de uma puta!

As lágrimas correram pelo meu rosto. Completamente cercadas, Margaret e eu tentamos avançar pelo mar de cotovelos ossudos e dedos apontados com desdém.

344

— Os alemães nunca permitiriam isso — censurou uma mulher de meia-idade.

— Está vendo quem segura a moça, lá à direita? — disse outra. — Semana passada, servia cerveja e *saucisses* aos Fritz.

— Quem se importa com ele! — falou um homem. — Aquela meretriz quebrou as regras.

— Ninguém escolhe quem ama — sussurrou Margaret.

— Não é uma questão de amor — rebateu ele. — Só putas fazem o que ela fez.

Margaret tremia. Estava chocada pela condenação da multidão ou se via no lugar da jovem mãe? Apertei o seu tronco contra o meu e a guiei para casa.

O dia não acabara. A quatro quarteirões dali, num cadafalso improvisado no meio da praça, um funcionário público da cidade, com uma faixa azul, branca e vermelha na cintura, estava em pé atrás de uma mulher e segurava a sua nuca. Vestida com roupas que pareciam de domingo, ela olhava para a frente enquanto um barbeiro raspava a sua cabeça. Zip, zip, zip, como se fosse a coisa mais natural do mundo, como se tivesse raspado a cabeça de dezenas de mulheres. Enquanto a máquina deslizava pelo seu couro cabeludo, tranças cor de areia caíram nos seus ombros. *Le barbier* as jogou no chão como lixo. Ao lado do palco, cercadas por homens fardados, cinco *françaises* observaram o que lhes aconteceria enquanto a multidão vaiava. Não houve julgamento, só essa condenação indecente. Ao ver as mulheres dignas, de olhos secos, enxuguei os meus.

CAPÍTULO 42

O quarteto da barbearia

DE PATRULHA, PAUL e os colegas Ronan e Philippe encontraram Margaret, que voltava da feira, um maço de cenouras murchas na cesta.

— Que adorável vê-lo — disse ela a Paul.

Os homens trocaram olhares, *É ela, a prostituta com o Fritz. Bom, cadê ele agora?* As pérolas em torno do pescoço de Margaret lembraram a Paul tudo o que não pudera oferecer a Odile. O vestido e o chapéu de seda branca de Margaret lembraram a Ronan e Philippe que fazia anos que não compravam roupas novas para as esposas. Impulsivamente, Paul segurou o cotovelo de Margaret e a levou consigo. Philippe agarrou o seu outro braço.

— Céus, Paul! Aonde vamos? Pare! As minhas cenouras caíram!

Margaret riu, achando que eles ainda estavam empolgados com a alegria da Libertação, quando completos desconhecidos se beijaram e dançaram. Esse riso deu um nó no estômago de Paul e o deixou mais zangado do que nunca. Ela não sentia o perigo, o que deixou os homens ainda mais inflamados. *Como ousa rir de nós?* Eles eram perigosos, droga. O fato de não terem lutado no exército não os transformava em covardes. Tinham passado a guerra patrulhando a cidade e conheciam cada centímetro perigoso e deserto.

Philippe e Paul arrastaram Margaret para um beco abandonado. Ronan arrancou a cesta das mãos dela, que sorriu alegremente achando que ele iria catar as suas cenouras. Quando ela disse *merci*, ele jogou a cesta pela janela imunda de uma portaria abandonada.

Paul jogou Margaret no chão. Ela tentou se levantar, tentou várias vezes, mas os homens se revezaram jogando-a no chão. Margaret olhou em volta, na esperança de ver alguém passar. "Socorro!", gritou para uma *parisienne*, que saiu correndo, tomando o cuidado de olhar para o outro lado.

— Cadela inglesa — disse Paul. — Abandona a luta, afunda os nossos navios e volta quando praticamente acabou!

— Fiquei aqui o tempo todo! — gritou Margaret. — Com você e Odile.

— Você estava com algum Fritz. Foi o que ela disse.

— Estão punindo as prostitutas que dormiram com nazistas — disse Philippe.

— *Collaboration horizontale*. Eu as vi, raspadas na praça.

— É o que ela merece — afirmou Paul.

Margaret se apoiou nas mãos e ficou de joelhos.

Eles gostaram dela de joelhos.

— Por favor. Não.

Os homens não tinham planejado isso. Nunca tinham machucado uma mulher. Nunca quiseram machucar. Mas, diante deles, ali estava ela, uma marafona na terra. Estrangeira. Suja. Comendo bife enquanto eles passavam fome. De vestido novo enquanto as mulheres deles usavam o que tinham.

Para eles, ela não era uma mulher, não mais. Eles tinham sido surrados e humilhados. Agora era a vez deles de bater, atacar, cortar.

Paul tocou as pérolas dela.

— Quem lhe deu isso?

— Minha mãe.

— Mentirosa! — Ele as puxou até que elas se enfiaram no pescoço dela.

347

— Eram da minha mãe.

— Aposto que são do seu amante.

Ele deu um puxão no colar, e o fio se rompeu. Pérolas caíram em torno dela, numa triste constelação.

— Eram da minha mãe — choramingou ela quando Philippe as catou e as pôs no bolso.

— Cale-se, senão vai se arrepender. — Ronan estendeu uma faca a Paul. — Quer fazer as honras?

Ela queria lhe dizer: "Jantamos juntos. Você foi à minha casa. Quando Odile ficou insegura a seu respeito, eu o defendi", mas a sua voz sumiu junto com a coragem.

Paul pegou a faca.

CAPÍTULO 43

Odile

A SALA PROIBIDA cheirava a naftalina. Talvez fosse o único lugar de Paris que não tinha mudado durante a guerra. A última vez em que *maman* me permitira entrar, eu tinha 15 anos. Com fantasias sobre o futuro vagando em minha mente, eu me deliciara com o meu enxoval, com os tesouros que as mulheres da família tinham confeccionado para o meu casamento. Um baú de madeira guardava uma manta de bebê de crochê feita pela minha avó. Logo, Paul e eu teríamos um pequenino. Desdobrei a camisola branca e esvoaçante que *maman* costurara. "Para a sua lua de mel", dissera ela timidamente. Eu não estivera com Paul desde que ele me falara da professora Cohen, e também não tínhamos procurado um novo lugar para encontros. Ele e eu nos sentávamos formalmente no divã enquanto *maman* papeava acerca das lascas na porcelana. O casamento seria um recomeço. Imaginei percorrer a nave da igreja na direção dele. Envolta no meu devaneio, mal ouvi alguém bater à porta. Fui na direção das batidas insistentes e encontrei Paul na entrada, o rosto banhado de suor.

— O que aconteceu? — Ri. — Até parece um garotinho, batendo desse jeito. Você é mesmo tão impaciente?

Ele agarrou as minhas mãos.

— Vamos nos casar.

Foi como se ele lesse os meus pensamentos.

— Vamos fugir — disse ele. — Hoje. Uma cerimônia civil.

— Os proclamas não têm de ser publicados? *Maman* ficará arrasada se não nos casarmos na igreja. Além disso, eu queria que Margaret fosse a minha dama de honra.

— Casamento é só para nós dois, mais ninguém. Os seus pais vão entender. Esqueça os proclamas, tenho uma licença especial. Trago-a no bolso faz muito tempo, na esperança...

— Uma licença especial?

— Por favor, diga que sim.

Paul sempre sabia o que eu queria.

— *Embrasse-moi* — eu disse.

Nos meus braços, ele tremia.

— Amo você. — Amo você demais. Vamos embora, nunca voltaremos.

Se Paul e eu fugíssemos, os meus pais ficariam desapontados ou secretamente aliviados? Não havia dinheiro para um vestido de noiva, muito menos para uma festa de casamento. Uma coisa era certa: depois do longo limbo da Ocupação, eu queria ficar com Paul.

— Sim!

— Deixe um bilhete para os seus pais. Passaremos a lua de mel na casa da minha tia. Preciso sair daqui! Precisamos sair daqui!

— Você está bem? Você não parece normal. Talvez fosse melhor esperar.

— Já não esperamos o bastante? Quero me casar com você. Quero uma lua de mel.

Lua de mel, pensei, sonhadora, embalando alguns vestidos puídos, a camisola do meu enxoval (com quase certeza de que *maman* não se importaria) e a querida Emily Dickinson para a viagem de trem. Paul ligou para o mestre da estação e lhe pediu que desse a notícia à sua tia. Mal saí pela porta, a minha mala na mão dele, eu disse:

— Espere! Não posso abandonar o emprego.

— Diga a eles que precisa de uma semana para a lua de mel. Como poderiam dizer não ao verdadeiro amor?

Enquanto eu rabiscava um bilhete para a filha do vizinho entregar, me perguntei se fugir era romântico ou precipitado.

No balcão da *mairie*, a secretária nem levantou os olhos da papelada.

— Voltem na semana que vem. O prefeito está com a agenda cheia.

Eu não tinha muita certeza de que devia fugir, mas agora que havia oposição...

— Por favor — eu disse —, estamos apaixonados.

— Paris pode ter sido libertada — acrescentou Paul, um toque de histeria na voz —, mas a guerra continua. Ninguém sabe o que o futuro nos reserva. Vamos nos casar, e você vai nos ajudar.

Ela percebeu a nossa expressão tensa e foi ver se o prefeito poderia celebrar uma cerimônia no calor do momento. Paul andava de um lado para o outro; eu me sentei numa cadeira de madeira machucada. Devíamos ter feito isso há muitos anos, mas eu queria Rémy comigo. Toquei o lugar vazio ao meu lado.

— Eu também gostaria que ele estivesse aqui — disse Paul.

A secretária nos levou à *salle des mariages*, onde nuvens delicadas cobriam a pintura azul-clara do teto. O prefeito pôs a faixa azul, branca e vermelha e começou a cerimônia. Paul limpou o suor da testa com as costas da mão. Estava tão nervoso que, quando chegou a hora de dizer "Sim", o prefeito teve de cutucá-lo.

Na cabine do trem, Paul pegou o jornal, leu uma linha, dobrou-o apressadamente e o pôs no colo. Cruzou e descruzou as pernas. Toda vez que se remexia, o joelho dele empurrava o meu.

— O que há de errado? — perguntei, esfregando a perna.

— Nada.

— Sem arrependimento?

— Arrependimento?

Ele me olhou com cautela.

— Por se casar.

Ele pôs a mão suada sobre a minha.

— Amei você desde o primeiro instante em que a vi.

— Você amava o assado de porco de *maman*.

— Ah, o que eu não daria por uma fatia bem grande agora.

Tínhamos achado que tanta coisa era eterna.

A tia de Paul, Pierrette, nos buscou na estação com a carroça e o cavalo de costas curvadas.

— Ah, você é aquela de que tanto ouvimos falar! É um prazer conhecê-la.

A pele rosada dela parecia couro, mas a sua aparência era mais saudável do que a da maioria dos parisienses.

Na lareira, um faisão assava no espeto. A gordura chiava no fogo; as labaredas saltavam e soltavam fumaça. Eu não sentia esse aroma delicioso havia anos, e fiquei com água na boca. À mesa, o vapor subia do purê de batata num prato de cerâmica. Desejei poder mergulhar de cabeça.

— Não chega a ser um banquete de casamento — disse a tia Pierrette. — Mas também não fui avisada com antecedência. — Ela beliscou Paul, que sorriu com timidez.

— É um banquete para nós — eu disse.

Tentei comer devagar, mas o jantar estava delicioso demais; Paul e eu devoramos tudo. A tia nos deixou a sós para apreciar a sobremesa à luz do fogo. Paul me dava colheradas de pudim. O creme deslizava pela minha garganta, gotas orvalhadas de felicidade.

No nosso quarto, Paul enfiou a mão sob a minha saia enquanto eu fechava as janelas.

— Tenha paciência! Preciso vestir a minha camisola.

— Não consigo esperar.

Ele me empurrou para a cama. Beijei-o suavemente. Ele desabotoou as calças e levantou a minha saia.

— Devagar — murmurei enquanto ele afastava a minha roupa de baixo. — Temos a vida inteira.

— Amo você. — Ele mergulhou dentro de mim. — Prometa que nunca vai me deixar. Aconteça o que acontecer.

— É claro que prometo.

* * *

Na manhã seguinte, ele atrelou o cavalo e fomos de carroça até a aldeia comprar as alianças. Na vitrine da joalheria, dezenas de *alliances* brilhavam, com certeza vendidas por poucos francos por gente desesperada.

— Não dá azar? — perguntei a Paul quando ele enfiou uma no meu dedo.

— O casamento feliz não depende da sorte, mas das intenções — respondeu o joalheiro.

A aliança de ouro coube perfeitamente. Nos sete dias seguintes, mal consegui parar de sorrir.

O trem para Paris estava atrasado. Como fiquei nervosa porque me atrasaria para o trabalho, Paul insistiu que fôssemos para a biblioteca diretamente da estação.

— Você não precisa me acompanhar — falei.

— Mas eu quero, Madame Martin. E você precisa de alguém para levar a sua mala.

— Você não vai se atrasar?

— Esta semana, estou no turno da noite.

Na sala de leitura, na mesa diante das janelas, me espantei ao ver um bolo de casamento, bombons, champanhe e um samovar para o chá.

— Você planejou isso? — perguntei-lhe.

— Eles planejaram.

Ele indicou os nossos benquerentes. Lá estava a condessa, parecendo orgulhosa. Boris e Bitsi com grandes sorrisos. M. de Nerciat e Mr. Pryce-Jones implicando um com o outro.

— Eu lhe disse que eles se casariam.

— Não, *eu* é que lhe disse.

E Eugénie com os meus pais?

— Agora entendo por que você gosta de trabalhar aqui — disse meu pai. — Gostaria de ter vindo visitar antes.

— Oh, *papa*! Fico contente porque você está aqui agora.

— Parabéns, *ma fille* — disse *maman*, quando ela e Eugénie me abraçaram.

Elogiei muito o açucarado bolo de casamento (Ah, as comidas que todos doaram! Para mim, isso significava mais do que tudo!) e os regalei com o apaixonado pedido de casamento de Paul. Então, ele contou sobre a cerimônia.

— Onde está Margaret? — perguntei a Bitsi.

— Ela não apareceu esta semana. Mandamos um convite, mas ela não respondeu.

Franzi a testa. Estaria doente? Ou seria Christina? Segui em direção ao telefone, mas uma rolha estourou — sinal de comemoração, meu som preferido no mundo inteiro — e a condessa ofereceu uma taça de champanhe. Paul e eu ouvimos as homenagens de familiares e amigos enquanto devorávamos o bolo. Mal notei quando ele me beijou no rosto e saiu de fininho para trabalhar.

Tonta com a comemoração, fui cambaleando para a casa de Margaret, ao longo da dourada ponte Alexandre III, de onde vislumbrei a Torre Eiffel.

— Olá, bela dama de ferro! — gritei-lhe.

À porta, Isa me recebeu. Uma criada à porta? Que estranho. Talvez o mordomo também estivesse doente.

— Madame não está.

— Quando ela volta?

Isa tentou fechar a porta.

— Ela não vai a lugar nenhum no atual estado.

Empurrei a porta para entrar.

— No atual estado? Ela está... grávida?

— Eu bem que gostaria que fosse isso — disse Isa, lacrimosa.

— Ela está doente? O marido dela está?

— Ele pegou a senhorita e foi para a Inglaterra.

— Isso não faz sentido. — O champanhe me subira à cabeça, e eu estava com dificuldade de entender o que ela dizia. — Espere. Você disse que ela não iria a lugar nenhum. Ela está em casa?

— Madame não quer ver ninguém.

— Mas sou a melhor amiga dela.

Isa hesitou.

— Ela pode estar dormindo.

— Se estiver, volto mais tarde.

Pé ante pé, avancei pelo corredor, tocando a parede de vez em quando para me equilibrar. Apesar de todas as loucuras, é claro que Margaret queria me ver. Uma pena que tivesse perdido a festa. Que momento terrível para adoecer. Só Margaret poderia ter tanta falta de sorte.

Na soleira do quarto escurecido, vi que dormia e soube que deveria deixá-la descansar, mas não pude conter a empolgação e me aproximei na ponta dos pés. Tufos de cabelo se aglomeravam perto da orelha, e o resto tinha poucos milímetros de comprimento. O pescoço parecia machucado. Pisquei. Era óbvio que eu bebera demais. *Mais non*, mesmo depois que esfreguei os olhos, o cabelo dela estava curto, e os hematomas permaneciam. O pulso dela, enrolado em gaze branca, descansava sobre a colcha. Parecia que sofrera algum tipo de acidente. Não. Ela parecia raspada, surrada e raspada como a jovem *maman* na rua. A ideia me deixou sóbria.

Sem abrir os olhos, ela perguntou:

— Quem estava à porta, Isa?

— Eu.

Margaret se sentou.

— O que aconteceu? — perguntei.

— Como se você não soubesse. — A voz dela era um sussurro rouco.

Fitei os hematomas cinzentos que contornavam a garganta de Margaret.

— Quando?

— Uma semana atrás.

Recordei o nervosismo de Paul, a sua insistência de que fugíssemos. Algo estava errado. Como é que não vi?

— Por que você lhe contou sobre mim e Felix? — perguntou ela.

— Eu não... — Eu não queria.

— *Você* é a razão para isso ter acontecido!

Ela ergueu a mão até a parte calva da cabeça.

Comecei a tremer, e segurei a cabeceira da cama.

— Não.

— Então por que ele fez isso?

— Não sei.

— Mentirosa! — exclamou Margaret. — E eu pensava que os círculos diplomáticos eram cruéis. Diga-me, *amiga,* o que exatamente você falou?

— Nada, na verdade...

— É, Felix me deu coisas. Mas dividi, acreditando que você faria o mesmo por mim. Você sabia exatamente de quem vinham os presentes.

— É, mas eu nunca me rebaixaria...

— Rebaixar-se? Você não precisou, porque fiz isso por você. E por Rémy.

— Não lhe pedi nada!

— Você não precisou.

— A culpa não é minha.

— Então de quem é? — perguntou ela.

Seu olhar calvo me incomodou. Olhei a janela, a penteadeira, o retrato de Christina.

— O que há de tão errado em querer alguém? — continuou Margaret. — Em ser querida? Foi você quem me disse que eu estava num país estrangeiro, que podia fazer o que eu quisesse.

— Eu falava de andar de bicicleta, não de andar com nazistas!

Margaret estendeu a mão como se fosse tocar as pérolas, como fazia quando se aborrecia, mas dessa vez não as estava usando.

Ela precisava saber que eu não quisera feri-la.

— Não fiz isso.

— Paul foi a arma, mas você puxou o gatilho.

— E *você*? O que você disse sobre Bitsi fingindo luto...

— Foi imperdoável — disse Margaret. — Pelo menos consigo admitir os meus erros.

— Só contei a uma pessoa.

— Como pôde me trair?

— Estava com inveja.

— Inveja de mim, quando tinha um emprego perfeito, uma família amorosa e um homem dedicado?

Nunca parei para pensar no que eu tinha, só no que eu queria ter.

— Com certeza não é tão ruim assim. O seu cabelo voltará a crescer.

— Acha que o pior que ele fez foi com meu cabelo? Por sua causa, perdi tudo. — Ela ergueu o pulso quebrado. — Viu o que me fizeram? Não posso me vestir, não posso escrever à minha filha. Se me odiava tanto, era melhor que tivesse contratado um assassino, porque, para a minha família, é como se eu estivesse morta. Os funcionários tiveram a opção de ficar comigo ou ir para a Inglaterra com Lawrence e Christina. Ninguém, só Isa, quis ficar no apartamento com uma meretriz como eu.

— Eu nunca quis que...

Margaret puxou a colcha e ergueu a bainha do *négligé*, revelando os vergões que marcavam as pernas. Fechei os olhos com força, desejando que pudesse engolir de volta as minhas palavras, desejando que pudesse desfazer o mal.

— Covarde! Se eu posso suportar as cicatrizes, você pode aguentar olhar.

Ela fervia de raiva. O seu espírito fora ferido, mas não destroçado.

— Lawrence me fotografou, sabia? Se eu ousar criar problemas, ele usará as fotos no tribunal para provar que sou uma mãe inadequada. Só prostitutas têm o cabelo raspado, não é? Como é que vou conseguir minha menininha de volta?

— Posso telefonar para Lawrence, explicar...

— Telefonar para Lawrence, explicar — zombou Margaret. — Você devia ir embora.

— Posso ficar e ajudar. Fazer sua comida, escrever à sua família.

— Não quero mais nenhuma "ajuda" sua. Por favor, vá embora.

Avancei na direção da porta.

357

— Espere! — disse ela.

Eu me virei. Eu faria qualquer coisa por outra chance. Sem dúvida ela me perdoaria. Tínhamos passado por muita coisa juntas.

— Há uma caixa azul na estante do quarto de vestir. Traga para mim.

Tentei lhe dar a caixa, mas ela disse:

— É para você. Pedi a Félix que o arranjasse. Quando o usar, espero que se lembre do que fez e perceba o que significa ser uma amiga de verdade.

Lá dentro, havia um cinto vermelho. O couro era macio como manteiga, comprido e fino como um chicote.

— Como posso compensá-la? Por favor, me dê uma chance.

Margaret virou o rosto para a parede.

— Vá. Nunca mais quero vê-la.

CAPÍTULO 44

Lily

FROID, MONTANA, JUNHO DE 1988

— A MULHER DE PAPAI me tirou *O primeiro amor!* — eu disse a Odile, entrando na cozinha e deixando a porta bater. — Ela disse que Judy Blume escreve "sujeira". Censurar não está certo!

— Também não está certo dar um ataque em vez de se sentar e conversar. — Odile terminou de enxugar o último prato. — Você deveria perguntar a Ellie do que ela tem medo.

— Hein?

— Ler é perigoso.

— Perigoso?

— Ellie teme que o livro ponha ideias na sua cabeça, teme que você queira experimentar o sexo.

— Eu li *A fazenda africana* e não fui plantar café no Quênia!

Odile deu um sorrisinho que queria dizer que achava que eu tinha dito uma bobagem.

— Pouca gente planta. O sexo é uma parte natural da vida. Mas é um grande passo, e Ellie está preocupada.

— Nunca tive um namorado — eu disse. — Nesse ritmo, nunca terei. Ellie está querendo arruinar a minha vida.

— Você sabe que não é verdade.

— Ela só se preocupa com papai e com os meninos.

— Você não se cansa desse refrão? Ellie faz o que pode. Tente se pôr na pele dela.

— Argh!

— No *lugar* dela. Já pensou como Ellie se sente? Todos esses anos, ela e o seu pai nunca compraram um sofá novo, um abajur. Ela cozinha nas panelas da sua mãe, come nos pratos dela. Não acha que isso é meio estranho? Tem certeza de que *você* é que está de fora?

Ela tinha certa razão.

— O amor não é racionado. Ellie pode se importar com todos vocês. Você deveria conversar com ela.

— Mas e se...

— Dê o primeiro passo.

A caminho de casa, observei os meninos correndo no quintal. Joe brandia uma pistola de água vazando para Benjy, que usava o seu cobertor de bebê como uma capa. Eles vieram correndo na minha direção, e cada um agarrou uma perna.

— Minha — disse Benjy.

— Não — discutiu Joe —, ela é minha.

— Vocês dois são meus. — Eu os abracei.

Lá dentro, passei a mão sobre a mesa da sala de jantar de mamãe, as cortinas que ela costurara, os quadros de passarinhos em cor pastel que escolhera. Nada ali pertencia a Ellie, a curadora sem salário do museu Brenda.

No quarto do casal, na cadeira de balanço da minha mãe, Ellie cerzia as meias do meu pai.

— O ataque passou? — perguntou ela.

— Desculpe eu ter saído correndo — eu disse, a vontade de lutar esgotada. — Não foi muito maduro.

— Querida, eu só quero o melhor para você.

— Eu sei. — Fui até ela, e ela me abraçou.

* * *

PARA COMEMORAR A minha carteira de motorista, Odile convidou a mim e a Ellie para tomarmos um *sundae* na Husky House. Numa espécie de cabine alaranjada, Odile pôs um presente sobre a mesa.

— Encomendado em Chicago.

Com cuidado, retirei a fita de veludo e abri a caixa. Lá dentro estava uma boina, cinza e macia como uma pomba.

— *J'adore!* — Estiquei-me sobre a mesa para beijá-la nos dois lados do rosto. — Nunca mais vou tirar!

Ela endireitou a boina sobre as minhas sobrancelhas.

— Você parece francesa — disse Ellie, o melhor elogio possível que ela poderia me fazer.

Em casa, no meu quarto, a boina na cabeça, peguei o disco de Josephine Baker que Odile me emprestara e passei os dedos pelo rosto de Josephine, com inveja do seu sorriso fácil, da sua pele orvalhada, da sua confiança. Chutei longe os sapatos e arranquei a camisa e as calças. De calcinha e sutiã branco, fitei o meu reflexo esquelético, me perguntando como me sentiria se fosse um símbolo sexual com meias de seda. Agarrei um marcador preto e desenhei círculos em torno das coxas, onde imaginei que o alto das meias chegaria. Não bastou. Eu queria me desenhar uma vida toda nova.

NAQUELE VERÃO ANTES do nosso último ano, Mary Louise e eu trabalhamos no motel O'Haire. Passávamos aspirador, fazíamos camas, limpávamos banheiros, esfregávamos banheiras. Pagava melhor do que trabalhar de babá, e a Sra. Vandersloot nos dava uma Coca-Cola na hora da pausa.

Na primeira semana de agosto, o motel se encheu de trabalhadores agrícolas. Os homens trabalhavam do amanhecer ao anoitecer e, em sua maioria, eram velhos e grisalhos, embora sempre esperássemos que alguns fossem jovens e bonitos. Do Texas até o cabo de panela do Oklahoma, passando por Dakota do Sul até nós em Montana, eles ajudavam a colher os Estados Unidos. Os homens não estavam amarrados a uma cidade, não como nós. Eram livres, e nós os invejávamos.

Os seus elogios nos faziam corar. Eles nos olhavam como se fôssemos mulheres. Na noite passada, sob a vigilância da lua crescente, Mary Louise escapuliu para ficar com um deles. Eles beberam bastante e deram uns amassos, como se a traseira do caminhão fosse uma cama. Ela disse que Johnny sabia o que estava fazendo, muito mais do que Keith, o namorado dela.

Os colhedores iriam embora hoje, levando consigo as suas máquinas e a promessa de aventura. Enquanto passava o aspirador no corredor, esbarrei num deles. Ele segurou o aparelho com uma das mãos e me firmou com a outra. Senti o cheiro do trigo na camisa surrada de algodão. Endireitei a minha boina e espiei o seu rosto. Meu Deus, como era bonito. Bronzeado pelo tempo passado ao sol. Vinte um ou vinte e dois anos. Olhos que tinham visto estados inteiros, longos trechos de estrada e luzes verdes, muitas luzes verdes. Um homem.

— O que uma mocinha bonita como você está fazendo nesse lugar velho? Trabalha aqui?

— Trabalho.

— Onde ponho isso?

— No quarto quatro.

— Não precisa sussurrar, querida. Não estamos na igreja.

Destranquei a porta. Ele pôs o aspirador diante da TV. Os lençóis estavam amontoados no chão. Mary Louise teria assoviado e dito: "O pessoal se divertiu aqui ontem à noite!" Mas eu não era Mary Louise.

— Gosto do seu chapeuzinho. — Ele se aproximou até ficarmos a centímetros de distância. Eu sabia que ele conseguia sentir o meu coração bater. — Você é linda como uma corça.

Os meus olhos se fecharam com o choque dos lábios dele nos meus. Nada jamais parecera tão bom.

— Vamos, Mike — gritou um trabalhador no saguão.

Nós nos afastamos. Prendi a respiração. A mão calejada dele acariciou o meu rosto.

— Você está bem? — perguntou.

Fiz que sim. Ele me esqueceria assim que chegasse à estrada, mas eu lembraria daquele beijo para sempre. No resto da manhã, meus dedos tocaram a minha boca.

362

Depois do trabalho, Mary Louise e eu paramos na minha casa para encher o bebedouro de beija-flores de mamãe. Continuamos e passamos pelas bandeirantes no parque. Bem depois dos limites da cidade, ela e eu nos deitamos na pradaria, o capim duro como feno. A poucos metros, um esquilo tirou a cabeça de um buraco. Estava quente e seco, estava sempre quente e seco. À distância, ouvimos uma colheitadeira retumbar pelo campo. Cruzei as mãos atrás da cabeça. Mary Louise mascava um pedaço de capim. As nuvens passavam rolando, nunca ficavam muito tempo. O resto do mundo assistia à MTV enquanto vivíamos reprises de *A pequena casa na campina*. A escola só começaria dali a uma semana. Achei que morreríamos de tanta paz e tranquilidade.

— Prometa que vamos sair daqui — disse ela.

No MEU ÚLTIMO primeiro dia de aula, usei uma saia que combinava com a minha boina, e todo mundo ficou boquiaberto; em Froid, quem não usasse jeans era mutante. Mary Louise e eu não tínhamos nenhuma aula juntas. Toda vez que eu a avistava, ela estava no corredor com Keith. Eu vadeava entre calouros confusos, mas nunca a alcançava. Robby e eu pegamos o mesmo horário. Ele estava a um corredor de distância, como na igreja, como sempre. Em algum lugar lá no fundo, eu sabia que ele gostava de mim. Mas não conseguia confiar inteiramente.

Depois da aula, chez Odile, tomei *café au lait* e contemplei a foto do seu casamento. Será que algum dia um homem me olharia do jeito que Buck a olhava? Do jeito que Keith olhava Mary Louise?

— Mal vejo Mary Louise hoje em dia — eu disse, magoada porque ela me largara com tanta facilidade quanto as aulas de Matemática Avançada.

— A questão da amizade é que nem sempre a gente vai estar no mesmo lugar na mesma hora — explicou Odile. — Lembra-se de quando você ficou ocupadíssima com Ellie e os meninos? Agora é a vez de Mary Louise estar ocupada. O primeiro amor é assim. Ocupa todo o nosso tempo.

— Você faz o amor parecer uma sanguessuga.

Ela riu.

— Pois é.

— Não, não é! — eu disse, fervente.

— Ela vai voltar. Dê-lhe tempo.

Pensei no modo como Mary Louise corava quando Keith passava o braço em torno dela. Quando eu me aproximava, ele a puxava pela cintura e dizia "Vamos". Ela ia atrás porque eles queriam ficar sozinhos. Mary Louise conseguia tudo primeiro. Primeiro beijo. Primeiras carícias. Primeiro amor.

— É normal ficar com ciúmes — falou Odile.

— Não estou com ciúmes!

— É normal — repetiu ela. — Só que...

— Só quê?

— Tente se lembrar de que o seu dia chegará — terminou ela, pouco convincente.

Ah, tá bom.

Em casa, Ellie preparou o meu jantar favorito, bife com batata frita, servido com uma salada verde. Todo mundo comia a salada primeiro, mas comi a minha por último, seguida por um pedaço de queijo, como uma *parisienne*.

— Você tem de usar esse chapéu o tempo todo? — perguntou papai.

— É uma boina. *C'est chic.*

— Faz meses que você não o tira. É chique feder?

Ignorei.

— *Le steak est délicieux!*

— Não consegue obrigar essa menina a falar inglês? — perguntou papai a Ellie.

Ela sorriu. Acho que ela gostava quando eu falava francês.

— Já pensou no que eu disse sobre se candidatar à faculdade? — perguntou papai.

— Já lhe disse, vou ser escritora.

— Escrever não é profissão — disse ele.

— Diga isso a Danielle Steel — comentou Ellie. — Ela é mais rica do que Jonas Ivers!

— Você vai estudar contabilidade — disse papai. — É preciso ter um plano B.

— Um plano B? Acha que vou fracassar? Aliás, nem é da sua conta o que vou estudar.

Ele apontou o garfo na minha direção.

— É, se eu pago a conta.

— Com você, tudo se resume a dinheiro.

— Um dos serviços do gerente de banco — disse ele — é garantir que todo mundo tenha um plano.

Eu não fazia ideia de como tínhamos passado de um jantar agradável a uma discussão sobre a faculdade.

— Acho — interveio Ellie — que seu pai está tentando lhe dizer que ele já viu pessoas perderem o lar, empresários perderem os seus negócios, e que ele não quer que você sofra como eles sofreram.

Depois do jantar, fui à casa de Odile.

— Quando tinha a minha idade, você sabia o que queria ser?

— Eu adorava livros e me tornei bibliotecária. Você precisa descobrir a sua paixão.

— Papai disse que eu devia aprender um ofício.

— Ele não está errado. Você precisa se sentir viva, mas também tem de pagar o aluguel. É importante que a mulher tenha o próprio dinheiro. Trabalhei como secretária da igreja e me agradava ter um salário. É bom ter opções.

— Eu gostaria que ele não me repreendesse.

— A querida professora Cohen sempre dizia: "Tente aceitar as pessoas como são, não como você quer que sejam."

— O que ela queria dizer?

— Ela falava do meu pai. Dizia que, no fundo, ele queria o melhor para mim, mas eu não acreditava nela. Você e o seu pai são diferentes, mas isso não significa que ele não a ame e não se preocupe com você.

* * *

No DIA DO Baile de Inverno, eu disse a mim mesma que não importava o fato de que ninguém tivesse me convidado. Os garotos de Froid não tinham cérebro. Eu encontraria a minha alma gêmea em Nova York; já me inscrevera em Columbia. Com cinco milhões de homens, um deles estava fadado a gostar de mim. Simone de Beauvoir só achou Sartre quando tinha 21 anos.

No refeitório, Mary Louise veio até mim e me convidou para ir à casa dela depois do jantar para ver o seu vestido. Durante meses, ela esquecera que eu existia. Agora, queria se exibir.

— Não posso — menti. — Tenho dever de casa demais.

— Por favor!

Parte minha queria ser uma boa amiga. Uma parte maior queria que Keith a largasse, para que ela sofresse tanto quanto eu.

Depois do jantar, desfaleci na cadeira de Odile.

— Mary Louise me abandonou. De novo.

— Ela não convidou você a ir até lá para ver o vestido?

Fitei os livros na nossa prateleira 1955.34. *Ponte para Terabítia, Negras raízes, Minha Ántonia.*

— Não quero ir.

— E se eu for também? — perguntou Odile.

Animei-me.

— Pode ajudar.

Durante todo o caminho até a casa de Mary Louise, ela me observou. Como um falcão, diria mamãe. No minuto em que atravessamos a porta, Mary Louise deu um rodopio na nossa frente. No vestido de cor pastel, o pescoço e os ombros expostos, ela parecia mais delicada do que nunca.

O corpo dela mudara quase da noite para o dia. Os seios se erguiam ousados como as Rochosas, enquanto os meus continuavam chatos como as planícies. Os quadris dela se curvavam como um sino, mas o meu corpo, reto como um lápis, nem se mexia.

— O que você acha? — Ela puxou o corpete.

— Estonteante — disse Odile.

Cruzei os braços sobre o meu peito raquítico e pensei um minuto, até achar o elogio que teria mais significado:

— Mais bonita do que Angel.

— Não! — Mary Louise espiou o espelho ao lado do cabide de casacos. — Tem certeza?

Fiz que sim, incapaz de proferir mais palavras. A inveja se acumulava como as lágrimas, e, naquele momento, no qual ela jamais fora mais bela, eu mal aguentava olhá-la.

Keith chegou. Ele ficou perto da porta, e Sue Bob o cutucou na direção de Mary Louise. O jeito como ele a olhava me deixou desamparada. Uma bile amarga subiu pela minha garganta; engoli em seco várias vezes. Sem saber se aguentaria muito tempo, dei um passinho na direção da porta. Mary Louise veio correndo, e Sue Bob tirou uma foto de nós duas. "Por que você tem de ficar sozinha, sofrendo?", dizia a bile. "Uma amiga de verdade não a faria se sentir culpada e vir. Ela está se gabando, não vê? Diga ao atleta espinhento o que ela falou, que o trabalhador agrícola com quem ela ficou beijava melhor, fazia tudo melhor."

Com o braço de Mary Louise em torno da minha cintura, eu disse:

— Keith...

Odile franziu a testa.

— Você deveria saber... — continuei.

— Não — sussurrou Odile. — Basta uma palavra. Estou vendo os corvos voando em torno da sua cabeça.

CAPÍTULO 45

Odile

PARIS, SETEMBRO DE 1944

COMO PÔDE ME *trair?* A pergunta de Margaret ecoava na minha cabeça enquanto eu descia a calçada rumo ao rio, rumo à minha casa. Embora a magnífica ponte Alexandre III assomasse à minha frente, eu só via a cabeça raspada de Margaret. Queria me esconder no meu quarto ou confessar a *maman* e Eugénie. Mas ambas ficariam horrorizadas com o jeito como eu pusera minha amiga mais querida no caminho do perigo. No caminho de Paul. Não, eu estava envergonhada demais para encarar *maman.* Não podia ir para casa. E não podia ir para a biblioteca, onde todo mundo amava Margaret. Ela deixara claro que nunca mais queria me ver. Isso significava que não voltaria à biblioteca se eu ainda trabalhasse lá, e perderia os amigos e a sua vocação.

Não fazia muito tempo, eu lançara olhares suspeitos aos sócios e me perguntara que tipo de pessoa escreveria uma carta do corvo. Agora eu sabia: alguém como eu. *Monsieur l'Inspecteur, Margaret Saint James, súdita britânica, ousou se apaixonar por um soldado alemão. Eu* até entregara a minha queixa a um policial.

Comecei a atravessar o Sena, a fivela do cinto na mão, o couro balançando como uma chibatada. Inclinada sobre a amurada, observei a água. Eu era um monstro, igualzinha a Paul. Tirei a aliança de casada e a joguei no rio. Pronto. Ele não era mais meu marido. Nós nos divorciaríamos e nunca mais nos falaríamos. Divórcio. As divorciadas estavam abaixo das mulheres caídas. "O que os vizinhos vão pensar?", perguntaria *maman*. Minha mãe não se importaria com o *porquê* de eu me divorciar. Ela me jogaria fora, como fez com a tia Caro.

Uma hora atrás, eu comemorara o meu futuro. Agora, só havia trevas. Eu não sabia o que fazer comigo. Perambulei pela Champs-Élysées, por casais que jantavam num café ao ar livre, contornei a fila do cinema e continuei, sem saber aonde ia até chegar ao Hospital Americano. Quando passei pela ambulância na entrada, uma enfermeira disse: "Que bom que você voltou. Estamos precisando de ajuda."

Margaret não queria ter mais nada a ver comigo, mas eu podia cuidar dos feridos. Ficaria no hospital — funcionários e voluntários dormiam em catres —, como no começo da guerra. Não teria de enfrentar a minha família e os meus amigos, e Paul nunca me acharia. Aliviada, enfiei-me no pórtico de cimento da entrada dos fundos.

Margaret tinha razão. Eu nunca admiti que fiquei com raiva quando ela insultou soldados como Rémy ou quando insinuou que o luto de Bitsi era encenação. Nunca admiti que tinha inveja da sua vida glamorosa. Eu sufocara o meu ressentimento e, como uma garrafa de champanhe que alguém sacode, as emoções sufocadas saíram numa explosão. Naquele momento, eu queria castigá-la, e um momento bastou para arruinar uma vida — a de Margaret e a da filha.

Um soldado americano de muletas se aproximou.

— Olá, mocinha.

Funguei, e ele estendeu um lenço.

— O que aconteceu?

Mordi o lábio, com medo de abrir a boca, com medo de que a história inteira se despejasse.

Ele se sentou ao meu lado.

— O que aconteceu?

— Fiz algo terrível.

— Bom, isso é algo que a maioria das pessoas consegue compreender.

O olhar dele era tão intenso que tive de desviar a sua atenção.

— De que estado você vem?

— Montana.

— Como é lá?

— Um paraíso.

Sócios do Kentucky tinham dito a mesma coisa, assim como soldados do Kent e de Saskatchewan.

— Você terá de me convencer.

— Montana é o lugar mais bonito na face da Terra, e isso é dizer muito, sentados onde estamos, na alegre Paris. Eu queria sair da minha cidade da roça, mas, se tiver a sorte de voltar, juro que nunca mais saio de lá. As pessoas de lá são decentes. Honestas. Eu costumava achar chato.

— Chato deve ser bom para variar.

— Como é que você fala inglês tão bem?

— Aprendi na Biblioteca Americana em Paris quando criança.

— Há um Hospital Americano e uma Biblioteca Americana?

— Não esqueça a American Radiator Company e a Igreja Americana! M. de Nerciat, um dos nossos sócios, costumava brincar que os americanos tinham colonizado Paris sem contar a ninguém.

Ele riu.

— Que sócios?

— Sou bibliotecária. Ou era.

— Eu adoraria conhecer a sua biblioteca. Talvez você pudesse me levar até lá.

Franzi a testa.

— Você tem razão. — Ele esfregou a coxa. — Com esta perna capenga, eu devia ficar parado. Mas gostaria de passar mais tempo com você.

Na tarde seguinte, fizemos um piquenique no pórtico. Ele trocou seus cigarros por presunto e uma *baguette*. E me contou que os campos de Montana pareciam uma colcha de retalhos. E me contou que não havia uma única nuvem no grande céu. E me contou que eu precisava provar o guisado de carne da mãe dele. Dois dias depois, ele me pediu em casamento.

Eu queria ir embora sem nunca mais voltar a ver ninguém que eu conhecesse. Recomeçar e me tornar outra pessoa, uma pessoa melhor. Sentiria saudades dos meus pais, mas eles ficariam melhor sem mim. Sentiria saudade dos colegas e dos meus *habitués*, mas, na minha ausência, Margaret poderia permanecer. Eu amava a biblioteca, mas Margaret significava ainda mais para mim, e eu lhe provaria isso.

— Mocinha? — Buck me fitava com tanta compreensão que senti que poderia lhe contar tudo. Mas, de certo modo, senti que ele já sabia.

— É claro que me caso com você.

Ele me puxou para perto. Senti o calor do seu peito, o algodão macio da camisa. Eu me senti segura.

No dia em que voltara da Bretanha, eu levara a minha mala para a biblioteca. Ao amanhecer, quando só o zelador estava lá, fui buscá-la junto com o último lote de cartas do corvo que furtara. Na mesa de Bitsi, coberta de desenhos de crianças, canetas grudentas e sua xícara de chá favorita, que ninguém mais queria porque estava lascada, escrevi: *Queridíssima Bitsi, por favor, cuide com carinho de Margaret. Diga a maman e papa que estou bem, diga-lhes que peço desculpas. Cuide do manuscrito da professora. Amo você como uma irmã, como uma irmã gêmea. Sua Odile.* Perambulei pela biblioteca para me despedir. Primeiro, a sala dos periódicos, onde tudo começou. Depois, a sala de consulta, onde aprendi tanto quanto os sócios. Depois, a Vida Após a Morte, onde passei a mão pela lombada dos livros para que eles soubessem que não seriam esquecidos. E saí da biblioteca pela última vez.

CAPÍTULO 46

Lily

FROID, MONTANA, JANEIRO DE 1989

NO CAMINHO DE VOLTA da casa de Mary Louise, Odile me perguntou o que foi que eu quase disse a Keith.

— Nada.

— Lily — repreendeu-me ela.

— Ela o traiu com um trabalhador agrícola.

— Isso não é da sua conta. Por que contaria a ele?

— Não sei.

— Bom, pense nisso.

— Eu queria que ela voltasse para mim.

— É possível que você esteja com raiva dela? — perguntou Odile.

— Talvez.

— Qual foi o crime dela?

— Não quero falar sobre isso.

— Cabeça-dura!

Eu sabia que ela não desistiria.

— Não tenho namorado, mas ela já teve dois. Nesses últimos meses, ela me esqueceu completamente.

— Compreendo — disse Odile.

Foi muito bom ouvir essa palavra. A bile amarga se dissipou.

— Se Mary Louise fez alguma coisa para feri-la, diga a ela — continuou Odile. — Não sufoque o que sente e não ache que, se ela for infeliz, você se sentirá melhor. Mary Louise tem um grande coração, com espaço para você e Keith.

Quando subimos a entrada de carro de Odile, ela disse:

— Você também terá namorados.

— Ah, tá.

— Acredite em mim. — Sob as estrelas, consegui ver a sua expressão solene. — O amor virá, irá embora, voltará. Mas, se você tiver sorte de ter uma amiga de verdade, dê valor. Não a deixe ir embora.

Ela tinha razão, eu tinha de dar valor a Mary Louise. Mas, se tivesse de confessar a Mary Louise o que quase fizera, eu tinha certeza de que ela nunca mais falaria comigo.

Odile destrancou a porta da frente e afundamos no seu sofá.

— Quero fugir.

— Não fuja — disse Odile.

— Por que não?

— Vou lhe dizer por quê. Porque eu fugi.

— O quê?

— Como você, fiquei envergonhada. Fugi dos meus pais. Do meu emprego. E do meu marido.

— Você deixou Buck?

— Não, do meu primeiro marido. Do meu marido francês.

Fiquei confusa.

— Você não é a única que teve inveja da sua amiga mais querida — admitiu Odile.

— Você?

— Eu a traí. — Ela tocou a fivela escurecida do cinto. — Margaret disse que nunca mais queria me ver. Ela e eu estávamos no mesmo círculo social, e ambas adorávamos a biblioteca. Mas para ela era um trabalho de amor; ela se voluntariou de forma altruísta, dando sem receber um *centime* em troca.

— Como você pôde ir embora?

— Se eu ficasse, ela perderia tudo, principalmente o lugar que chamava de lar. Eu amava a biblioteca, mas amava mais Margaret. Com vergonha demais para contar a verdade aos amigos e à minha família, com medo demais das consequências, eu me casei com Buck e fui embora da França sem me despedir. Nunca vi o túmulo do meu irmão, e espero que os meus pais tenham sido capazes de recuperar o seu corpo. — Ela inspirou fundo. — Fugi. E, antes de você, nunca contei a ninguém.

Joguei os braços em torno dela, mas ela não me abraçou.

— Nunca vou me perdoar — sussurrou ela.

— Pelo que fez a Margaret?

— Por abandoná-la.

— Ela lhe disse que fosse embora.

— Às vezes, é aí que devemos ficar.

Atordoada com o que ela disse, examinei as samambaias perto da janela, a pilha arrumadinha de discos, a estante com os nossos livros favoritos. Depois do tornado de revelações, eu quase esperava descobrir que essas coisas tivessem sido lançadas ao chão.

— Mas... você sempre sabe a coisa certa a dizer.

— Porque disse muitíssimas coisas erradas.

— Você é mesmo bígama?

— Buck está morto, portanto não sou mais.

Rimos, embora não fosse engraçado. Mas meio que era.

— O que você fez? O que foi tão ruim?

Quando Odile terminou de contar a história de Margaret e do seu amante e de como Paul e seus colegas a tinham atacado, as peças que faltavam se encaixaram no lugar e pude ver o quadro todo.

— Mesmo que o que você diz seja verdade...

— É verdade — disse ela com rispidez. — Eles quebraram o pulso dela.

— Não foi culpa sua. Você não quebrou nenhum osso dela.

— Mas poderia. Eu contei.

— Toda pessoa é responsável pelas suas ações.

— Em geral, eu concordaria — disse ela —, mas não nesse caso. Havia coisa demais em jogo. Pus Margaret em perigo. Nunca contei uma palavra disso a ninguém, nem mesmo a Buck. — Ela me olhou bem nos olhos. — Mas estou contando a você porque não quero que cometa o mesmo erro. Controle a sua inveja, o seu ciúme, senão eles a controlarão.

Eu queria convencer Odile de que aquilo que eu sentia era verdade, que ela nunca faria mal a ninguém.

— Já se perguntou o que aconteceu com Margaret? Acha que ela foi à Inglaterra buscar a filha? Tentou fazer contato com ela para ver se estava bem?

Odile abriu uma gaveta e pegou um recorte do *Herald* de junho de 1980, e examinei o perfil de Margaret Saint James:

Perdemos amantes, família, amigos, o nosso meio de vida. Muitas tivemos que catar os cacos da nossa vida, embora alguns pedaços tivessem se perdido para sempre. Tivemos de nos recriar.

Eu tinha uma conhecida que lidou com essa perda destruindo coisas. O barulho dos pratos batendo no chão era o seu consolo. Talvez quisesse quebrar as coisas antes que elas a quebrassem, mas a destruição me incomodava. Aqueles foram anos magros em Paris; o racionamento continuou forte depois da guerra. Estávamos cansados e com fome.

Pedi à criada dela que me desse os cacos, achando que conseguiria consertá-los, mas não foi possível. Juntei fragmentos para dar uma alegria às roupas surradas da minha filha. Os sócios da biblioteca admiraram os broches. Comecei a vendê-los, e *parisiennes* usaram o meu trabalho. O que entra na moda em Paris logo é usado no mundo inteiro.

Fiquei empolgada ao vislumbrar Margaret, viva e bem, e uma verdadeira *artiste*.

— Tem certeza de que ela perdeu a custódia da filha?

— Ela tinha certeza de que perderia...

— De acordo com essa reportagem, a filha morava com ela.

Odile estudou o recorte de jornal.

— Nunca interpretei assim.

— Talvez a situação não tenha ficado tão ruim para Margaret. Eis o endereço da butique dela em Paris. — Apontei para a página. — Você deveria escrever para ela.

— Talvez ela não queira falar comigo.

— Você deveria tentar.

— Quero respeitar os sentimentos dela.

— Você tem medo de que ela não responda.

— Isso também.

— Escreva para ela!

Talvez fosse nesse sentido que eu me parecesse com a minha mãe, uma guerrilheira do otimismo. Senti que poderia haver um final feliz para Odile e Margaret, senti com todo o meu coração. *O amor virá, irá embora, voltará. Dê valor a uma amiga de verdade. Não a deixe ir embora.*

— Vou pensar.

Tínhamos descido uma estrada escura, cheia de sentimentos feios, mas ela vira o meu pior e ainda me amava. Beijei-a nos dois lados do rosto e lhe dei um boa-noite. Mais uma vez, Odile me salvara.

CAPÍTULO 47

Odile

FROID, MONTANA, 1983

Passei outro aniversário sozinha, com atletismo na televisão, porque Buck e Marc gostavam de esportes. Lembrei-me de nós três assistindo juntos no sofá, e Buck apertando o botão *mute* ("Os malditos anunciantes nunca dizem nada de bom, de qualquer modo"), para que eu pudesse escutar Bach no aparelho de som.

Talvez eu vivesse demais no passado. Era fácil quando muitas lembranças eram doces. Saboreava a minha noite de núpcias com Buck, um tanto surpresa de ter reencontrado o prazer. *"O amor é como o mar. É uma coisa em movimento, mas ainda assim assume a forma do litoral que encontra e é diferente em cada litoral."* 813, *Seus olhos viam Deus.*

É claro que houve tempos difíceis. Conhecer os pais de Buck, na casa deles, em termos que eram muito próprios a eles.

— Ma, Pop, eis a surpresa de que lhes falei. Aqui está minha garotinha, Odile — disse Buck, com orgulho, e me puxou para o seu lado.

— É um prazer conhecê-los — eu disse, articulando as palavras como a condessa.

— *A deal?* — falou o pai.

— *Ordeal* — corrigiu a mãe.

— *Oh-deal* e me casei na França — disse Buck.

O pai dele me observou atentamente. O sorriso vago da mãe se tornou um muxoxo amargo.

— Como pode estar casado se não estávamos lá? — perguntou ela.

— E Jenny? — perguntou o Sr. Gustafson.

— Ela é como uma filha para nós — disse a Sra. Gustafson. — Enquanto você estava... longe, passamos as festas juntas.

Longe? Buck não estava se divertindo na Europa; estava em combate.

— Todo mundo achava que você e Jenny tinham um acordo — continuou ela.

Olhei para Buck.

— Ela foi a minha namorada no ensino médio — explicou ele. — Nunca lhe pedi que esperasse. Não sou mais um garoto. A guerra... Ela nunca vai entender como você entende. De todo mundo, você é a única que sabe.

Era verdade, Buck e eu tínhamos a guerra; a mãe dele nem conseguia se forçar a dizer a palavra. Mas o tempo avançou, e ele e eu tivemos muito mais... um lar, um filho, felicidade.

Meus sogros nunca gostaram de mim, mas o padre Maloney foi bondoso. Ele me contratou como secretária da igreja, e gostei de escrever o boletim e de montar uma pequena biblioteca no vestíbulo. Levou tempo para os aldeões me perdoarem por "roubar" Buck da sua namorada do ensino médio, mas, quanto mais amargas eram as pessoas da cidade, mais doce ele ficava. Quando mostrei a Buck uma foto do pátio da BAP, ele plantou uma orla de petúnias como a da biblioteca. Por meio de um colega do Exército que voltava do Oriente, ele arranjou livros em francês, e a minha estante se encheu de romances da professora Cohen, publicados no Egito, depois da guerra. Embora o manuscrito que ela me confiara nunca tivesse sido publicado, eu gostava de pensar que estava em segurança na biblioteca. Buck nunca se queixou da despesa com a minha assinatura da edição parisiense do *Herald*, nunca ressaltou que as notícias chegavam com uma semana de atraso.

— Algumas mulheres querem joias, você quer jornal — dizia ele.
— Eu sabia disso quando me casei com você.

Eu lia todas as colunas BAP Notícias, e foi assim que soube que Miss Reeder voltara a trabalhar na biblioteca do Congresso; que Miss Wedd fora libertada do campo de concentração e voltara a cuidar da contabilidade da Biblioteca; que Bitsi fora promovida a diretora assistente; que a condessa publicara as suas memórias; que Boris se aposentara. Era uma satisfação saber que a biblioteca continuara. Com o passar dos anos, vi o meu pai ser entrevistado sobre o aumento do consumo de drogas na cidade, e Margaret intitular um perfil de uma revista. Sentia saudades deles, principalmente de Margaret.

Agora eu perambulava pela casa, um fantasma sem ninguém para assombrar. Comia sozinha. Dormia sozinha. Estava enjoada de ficar sozinha. No armário, fitei a minha caixa de joias, onde guardara as cartas que não conseguira me obrigar a queimar. Eu cometera erros. Aprendera, mas nunca com rapidez suficiente. Se a minha vida era um romance cheio de capítulos chatos e empolgantes, dolorosos e engraçados, trágicos e românticos, agora estava na hora de refletir sobre a página final. Eu me sentia sozinha. Ah, se a minha história terminasse. Ah, se eu tivesse coragem suficiente para fechar o livro de uma vez por todas.

A espingarda de Buck estava encostada no canto. A poeira se juntara na mira. Fiquei me perguntando se estaria carregada. Conhecendo Buck, estaria. *Você foi a arma, Paul foi o gatilho.* Não, não foi isso o que Margaret dissera. *Ele foi a arma, mas você puxou o gatilho.* Você puxou o gatilho. Levante a arma e puxe o gatilho. Peguei-a.

A campainha tocou. Não me importei. A campainha tocou. O meu dedo se aproximou lentamente do gatilho. Alguém entrou e disse: "Olá!" Reconheci a voz. Era a menina da casa ao lado. Enfiei a espingarda de volta no lugar.

— Alguém em casa?

Tonta, andei até a sala de estar.

— Tenho de escrever um relatório sobre a senhora. Quer dizer sobre o seu país — disse a menina. — Talvez a senhora pudesse ir lá em casa para que eu a entrevistasse.

Era estranho ver outra pessoa na minha sala de estar.

— Aqui parece uma biblioteca — acrescentou ela.

A última vez fora há quatro anos, quando a funerária levou o corpo de Buck.

A menina se virou para ir embora.

— Quando? — perguntei.

Ela olhou para trás.

— Que tal agora?

Parecia que a vida me oferecera um epílogo.

CAPÍTULO 48

Lily

FROID, MONTANA, MAIO DE 1988

— A FACULDADE será um novo capítulo na sua vida — me disse Odile quando saímos da missa. — Cabe a você torná-lo empolgante.

Seria. Eu tinha sido aceita na Columbia, Mary Louise, no New York Institute of Art. Graças a Deus, porque eu não conseguia imaginar a vida sem ela. Keith se inscrevera na escola vocacional Vo-Tech de Butte, mas prometera lhe escrever. Robby ficaria ali mesmo. Tiffany ia para a Northwestern, ou talvez Northeastern. Senti uma saudade inesperada dos meus colegas, até dos que eu não gostava.

No salão paroquial, cada mesa fora especialmente decorada com cestas de flores nas cores da última série, vermelho e branco. Perto da cafeteria, os homens falavam sobre o ardiloso presidente Reagan, em Moscou para uma reunião de cúpula. Nós, mulheres, esperávamos em fila pelos doces.

— Você deve ter muito orgulho de Lily — disse a Sra. Ivers a Odile.

— Creio que ela irá para a faculdade e voltará mais inteligente do que todas nós — completou a velha Sra. Murdoch.

— Ela já é mais inteligente do que algumas de nós — ressaltou Odile, olhando diretamente para as outras senhoras, que se afastaram depressa.

Eu me lembrei da expressão *envoyer balader*, que literalmente significa mandar alguém andar, mas na verdade significa mandar todo mundo para o beleléu.

— Elas sempre tentam puxar assunto com você — eu disse a Odile.

— Quem?

— Essas senhoras. Elas dizem "Lindo dia" ou "Ótimo sermão", e você as manda andar.

— Elas foram más comigo.

O tom petulante me surpreendeu. Surpreendeu-a também; vi uma faísca nos olhos dela.

— Elas estão tentando compensar — eu disse. — Não está na hora de lhes dar uma chance?

Odile olhou as senhoras que se serviam de café. Foi até elas junto à máquina e pegou a cremeira.

— Revigorante o sermão de hoje — disse a elas.

Com um sorriso trêmulo, a Sra. Ivers disse:

— Foi mesmo.

— O padre estava inspirado — acrescentou a Sra. Murdoch, estendendo-lhe a xícara. Odile lhe serviu o creme.

NA MANHÃ DA FORMATURA, pus a minha boina, o meu vestido Gunne Sax, peguei o discurso e fui para a casa de Odile. No gramado, *robins* bicavam o chão. *Você quase se chamou Robin. Tenha coragem.* Ah, mãe, eu tentei...

Odile estava tão empolgada quanto eu com a formatura. Ela até substituíra o cinto vermelho puído por um preto elegante.

— *Très belle* — elogiei.

Ela corou.

— Leia o seu discurso para mim.

Fingi estar no palco.

— As pessoas dizem que adolescentes não escutam. Pois bem, escutamos. Ouvimos o que vocês dizem e o que não dizem. Às vezes, precisamos de conselhos, mas nem sempre. Não escute quando alguém lhe disser que não incomode os outros; estenda a mão para fazer amigos. Nem sempre as pessoas sabem o que fazer ou dizer. Tente não usar isso contra elas; nunca se sabe o que há no seu coração. Não tenha medo de ser diferente. Defenda o seu terreno. Em períodos difíceis, lembre-se de que nada dura para sempre. Aceite as pessoas pelo que são, não pelo que você quer que sejam. Tente se colocar no lugar delas. Ou, como diria a minha amiga Odile, "na sua pele".

Ela sorriu para mim.

— Você guarda muita gente no seu coração.

Eu lhe dei um abraço. Ela parecia pequena, como um beija-flor.

Ellie veio com a câmera, e Odile insistiu em retocar o batom antes de posar para uma foto comigo. Então chegou a hora. Os meninos quiseram que Odile se sentasse nos "fundos" da camionete junto com eles. Ellie e vovó Pearl se sentaram no meio. Papai me deixou dirigir. Ele nem deu o seu conselho de sempre: *Não passe por cima das crianças que estão brincando na calçada.*

Na escola, Mary Louise, já de túnica e capelo, pôs uma borla preta na minha boina. Na quadra coberta, a nossa turma de cinquenta alunos estava sentada nas fileiras da frente. Como cabeças pesadas de trigo sussurrando umas às outras logo antes da colheita, os nossos murmúrios ondulavam. Olhei rapidamente para trás, para ver amigos e parentes que tinham vindo nos apoiar. A cidade estava sempre atrás de nós. Eles já estavam atrás de nós. Isso era uma despedida. Isso era um olá. Eu terminara, podia partir. Era o que eu queria havia anos: partir. Ainda assim...

Quando fiz o meu discurso, a minha voz tremeu. Examinei a plateia, vi a expressão orgulhosa de papai e acrescentei: "Finalmente, o conselho da filha de um bancário: encontre a sua paixão, mas não se esqueça de ter um emprego para pagar as contas." Todo mundo riu. A banda tocou "Only the Young", de Journey. Um a um, o nome de cada aluno foi chamado, e recebemos os nossos diplomas no palco. Depois, com um rugido de empolgação, jogamos os nossos capelos para cima. Mary Louise e eu nos abraçamos. Uma porta se escancarara.

Em casa, Joe Benjy e eu saímos aos tropeços do carro, e os adultos vieram atrás. Amigos chegaram para a minha festa, e Ellie os arrebanhou para dentro de casa.

— Carol Ann fez o bolo de chocolate, é claro, você conhece Lily! Olhei para Odile.

— Uma aula de francês?

— Bem rápida.

À mesa da cozinha dela, fiquei contente de ter Odile só para mim, como sempre. Ela me entregou um envelope. Lá dentro havia uma passagem de avião para Paris e um cartão-postal em preto e branco. Eu a abracei.

— Nem consigo acreditar!

Examinei a passagem. Era só uma.

— E a sua? — perguntei. — Você não vem?

— Não dessa vez.

Li o cartão. "Para Lily, para o seu verão, com todo o meu amor." Paris. Não parecia real. Onde eu ficaria? Com o quarto no alojamento e a reunião de orientação dos estudantes, Nova York era pouco em comparação. Mas Paris? Eu não conhecia ninguém lá. Onde encontraria as pessoas?

Quando virei o cartão e vi a foto, a resposta ficou óbvia. Diante de uma majestosa mansão antiga, havia um caminho de seixos ladeado por amores-perfeitos ou, talvez, petúnias. Em pé lá dentro, olhando pela janela, havia uma mulher de branco cujo rosto estava escondido pela enorme aba do chapéu. Embaixo, as palavras "Biblioteca Americana em Paris. Aberta diariamente."

NOTA DA AUTORA

Em 2010, quando eu trabalhava como gerente de programas na Biblioteca Americana em Paris, os meus colegas Naida Kendrick Culshaw e Simon Gallo me contaram a história da corajosa equipe que manteve a BAP aberta durante a Segunda Guerra Mundial. Naida foi curadora de uma exposição sobre a biblioteca durante e após a guerra e consultou bibliotecários até em Boise, no estado de Idaho. Ela é brilhante, e penso nela como a minha Miss Reeder. Simon está na biblioteca há cinquenta anos e sabe tudo sobre a BAP. Além de dividir o seu conhecimento, ele revisou todos os números do Sistema de Dewey deste livro. Os números que são os usados hoje, não os de 1939. Ele explicou que cada biblioteca tem o seu modo próprio de classificar livros.

Fico espantada com a bravura e a dedicação dos bibliotecários da BAP durante a Segunda Guerra Mundial, características que continuam na equipe de hoje. A pesquisa para este romance levou vários anos. Nesse período, a diretora Audrey Chapuis e a diretora assistente Abigail Altman deram todo o apoio, compartilhando histórias, documentos e contatos. Conheci os filhos de Boris Netchaeff, Hélène e Oleg. Com eles, soube da experiência de Boris nas Forças Armadas e tive informações sobre a sua família. Anna, a esposa de Boris, era condessa, Comtesse (*née*) Grabbé; Boris não tinha títulos, mas os seus ancestrais eram príncipes ou condes. Quando saíram da Rússia, Anna e Boris deixaram tudo para trás. Hélène foi mencionada em *A biblioteca de Paris*; estava no apartamento quando a Gestapo invadiu e atirou em seu pai. Ela escreveu: "Durante a minha infância, passei muitos dias na Biblioteca Americana [...] Eu só tinha alguns meses quando papai me levou à biblioteca [...] Ainda me lembro do som do lindo assoalho de tacos que rangia ou estalava quando alguém andava depressa, ou o cheiro dos livros, e outros detalhes como salas fechadas onde eu não tinha permissão de entrar. Eu me perguntava por quê, e ainda acho que podia haver pessoas escondidas..." A biblioteca usava cada centímetro quadrado disponível de espaço, e o comentário de Hélène me fez pensar na possibilidade de os bibliotecários esconderem sócios judeus durante a guerra.

Boris trabalhou na biblioteca até os 65 anos. Morreu em 1982, com 80 anos. Hélène disse que ele era "*increvable*" (incansável ou à prova de furos), apesar de ser atingido no pulmão três vezes pela Gestapo e inalar um maço de Gitanes por dia.

Quando voltou aos Estados Unidos, Miss Dorothy Reeder levantou recursos e divulgou a Cruz Vermelha na Flórida. Depois, trabalhou na Biblioteca Nacional de Bogotá, na Colômbia, antes de voltar à equipe da Biblioteca do Congresso. Graças aos arquivos da American Library Association, o relatório secretíssimo de Miss Reeder sobre a vida em Paris durante a guerra está disponível na internet. Sou grata a Cara Bertram e Lydia Tang, dos arquivos da ALA, pela ajuda. Foi um prazer ler a correspondência de Miss Reeder e dividi-la com vocês neste livro. A minha carta favorita foi à colega Helen Fickweiler. "Uma das coisas mais difíceis que já tive de fazer foi pedir a você e a Peter que deixassem a biblioteca e voltassem para casa. Sei, contudo, que essa é a única decisão justa e correta, e tanto a minha cabeça quanto o meu coração funcionarão muito melhor no dia em que souber que você está sã e salva em Nova York.

"Palavras não podem exprimir a minha profunda gratidão pela sua lealdade e devoção ao ficar conosco num período tão difícil e exigente. O seu trabalho sempre foi excelente e, sem o seu conhecimento e a sua eficiência, duvido que tivéssemos condições de continuar."

Miss Reeder menciona o dinheiro que Helen receberia do fundo da biblioteca em Nova York quando chegasse — cem dólares, o equivalente a um mês de salário — e a carta de recomendação que também receberia. A diretora encerra a carta com "Quanto a você, se algum dia eu tiver uma equipe, não importa onde eu esteja, você será a primeira na minha lista de colegas, querida Helen. Não sei como poderei jamais lhe agradecer ou dizer o que sinto".

Helen Fickweiler e Peter Oustinoff se casaram quando voltaram aos Estados Unidos. Kate Wells, da Providence Public Library, me mostrou uma reportagem de 19 de junho de 1941 do *Evening Bulletin*. "Miss Fickweiler perdeu seis quilos durante sua permanência na Paris ocupada pelos nazistas e diz que não queria ver outro nabo enquanto vivesse depois de ser forçada a consumir o legume sob tantos disfarces diferentes..." Alexis, neta de Helen e Peter, escreveu: "Helen trabalhava com o movimento de resistência em Paris e conheceu Peter lá. Ele também estava com as forças aliadas e trabalhou com as tropas americanas, francesas e russas. Helen foi bibliotecária no Chemists Club de Nova York e depois na Universidade de Vermont."

A contadora Miss Wedd voltou do campo de concentração e trabalhou na biblioteca até se aposentar. Tenho uma foto adorável dela na festa da aposentadoria. O seu rosto é radiante, e ela usa um ramo de flores preso ao pulso. Evangeline Turnbull e a filha trabalharam na biblioteca até a guerra ser declarada. Como canadenses e, portanto, parte da Commonwealth, eram consideradas súditas britânicas e estrangeiras inimigas. Voltaram ao Canadá em junho de 1940.

O Dr. Hermann Fuchs, o Bibliotheksschutz ou "Protetor de Bibliotecas" encarregado da atividade intelectual na França, na Bélgica e nos Países Baixos ocupados, voltou a Berlim depois da guerra e continuou sendo bibliotecário. Não foi Fuchs, mas o Dr. Weiss e o Dr. Leibrandt, este último especialista em Europa Oriental, que organizaram a pilhagem das bibliotecas eslavas de Paris. Martine Poulain, especialista em bibliotecas francesas, escreve: "O papel exato que Fuchs desempenhou continua difícil de determinar. Visto com boa vontade (*bienveillance*) pelos colegas franceses antes, durante e após a guerra, sem dúvida estava mais envolvido nos delitos nazistas do que a memória coletiva aceitará." O Dr. Fuchs deixou Paris com os soldados alemães em 14 de agosto de 1944. Escreveu a um colega francês: "Parto como vim, amigo das bibliotecas francesas e de determinados bibliotecários franceses [...] Primeiro sob as ordens do Sr. Wermke, depois como chefe do serviço de bibliotecas, fiz o possível para não deixar que os laços que nos unem se rompessem. Nem sempre tive sucesso no que quis fazer, e não pude ajudar todos os que pediram. Muitas vezes, as circunstâncias foram mais fortes do que eu; muitas vezes, necessidades militares me forçaram a desistir de ações que iniciara. Cabe a vocês, franceses, julgar a minha conduta."

Em seu livro de memórias *Shadows Lengthen* (Charles Scribner' Sons, 1949), Clara de Chambrun escreveu que o Dr. Fuchs pediu à equipe da BAP que tivessem cuidado porque a Gestapo estava espalhando armadilhas e que ela mais tarde foi convocada por ele para explicar por que o acervo da biblioteca continha material antialemão. A condessa também descreveu a vez em que uma sócia ameaçou denunciar a Biblioteca Americana. As cartas com denúncias eram desenfreadas nessa época. Uma fonte afirma que três a cinco milhões dessas cartas foram enviadas; outra, que foram 150.000 a 500.000. Criei as cartas de denúncia sobre a biblioteca; no entanto, elas se basearam em cartas nos arquivos do Mémorial de la Shoah, o Museu do Holocausto da França. As cartas que Odile encontra na sala do pai são reais. Essas cartas, cheias de muita raiva e ódio, são difíceis de ler. Muitas são violentas e irracionais. A maioria é anônima e critica familiares, amigos e colegas de trabalho. Além de denunciar judeus, as acusações vão de escutar a BBC a dizer coisas negativas sobre os alemães, da infidelidade de esposas cujos maridos eram prisioneiros de guerra a pessoas que compravam ou vendiam produtos no mercado paralelo.

Os acontecimentos do livro se baseiam em pessoas e eventos reais, mas mudei alguns elementos. Na vida real, foi a secretária Miss Frikart que acompanhou a condessa ao quartel-general nazista para responder ao Dr. Fuchs. Foi Miss Reeder que disse sobre os livros que "não há outra coisa que possua aquela faculdade mística de fazer as pessoas verem com os olhos dos outros. A Biblioteca Americana em Paris é uma ponte de livros entre culturas" quando divulgou o *Soldiers' Service*. Também condensei o tempo após o primeiro encontro de Miss Reeder com o Dr. Fuchs. A condessa estava na sua casa de campo. A sua reunião com Miss Reeder e com a equipe ocorreu alguns meses depois.

A minha meta ao escrever este livro foi contar esse capítulo pouco conhecido da história da Segunda Guerra Mundial e registrar a voz dos corajosos bibliotecários que desafiaram os nazistas para ajudar os sócios e compartilhar o amor à literatura. Quis examinar os relacionamentos que nos transformam em quem somos, além do modo como nos ajudamos e nos atrapalhamos. A linguagem é um portão que podemos fechar e abrir aos outros. As palavras que usamos configuram a percepção, assim como os livros que lemos, as histórias que contamos uns aos outros e as histórias que contamos a nós mesmos. Os funcionários e sócios estrangeiros da biblioteca foram considerados "inimigos", e vários foram detidos. Os sócios judeus não tinham permissão de entrar na biblioteca e muitos foram mortos em campos de concentração mais tarde. Uma amiga diz acreditar que, ao ler histórias passadas na Segunda Guerra Mundial, as pessoas costumam se perguntar o que teriam feito. Acho que uma pergunta melhor é o que podemos fazer agora para garantir que as bibliotecas e a cultura sejam acessíveis a todos e que tratemos os outros com dignidade e compaixão.

AGRADECIMENTOS

Un grand merci à extraordinária agente Heather Jackson pela gentileza e por encontrar o lar perfeito para *A biblioteca de Paris* e à sua coagente Linda Kaplan por levar o livro à atenção de agentes e editoras do mundo inteiro.

Um enorme agradecimento à equipe da Atria, de minha editora Trish Todd, que me convenceu com as suas primeiras palavras ("Você me conquistou com o Sistema Decimal de Dewey"), a Libby Mcguire, Lindsay Sagnette, Suzanne Donahue, Leah Hays, Mark Laflaur, Ana Perez, Kristin Fassler, Lisa Sciambra, Wendy Sheanin, Stuart Smith, Isabel Dana e Dana Trocker pelo apoio e entusiasmo. Agradecimentos sinceros a Lisa Highton e Katherine Burdon e à equipe da Two Roads, no Reino Unido. Uma salva de palmas às revisoras Tricia Callahan e Morag Lyall pela atenção a cada detalhe.

Gratidão ao meu marido, à minha irmã e aos meus pais, assim como aos amigos e colegas que leram vários manuscritos e cujo incentivo me sustentou: Laurel Zuckerman, Diane Vadino, Chris Vanier, Wendy Salter, Mary Sun de Nerciat, Adélaïde Pralon, Anna Polonyi, Maggie Phillips, Emily Monaco, Jade Maître, Anca Metiu, Alannah Moore, Lizzy Kremer, Kaaren Kitchell, Rachel Kesselman, Marie Houzelle, Odile Hellier, Clydette e Charles de Groot, Jim Grady, Susan Jane Gilman, Andrea Delumea, Maddalena Cavaciuti, Amanda Bestor--Siegal e Melissa Amster.

Cresci amando bibliotecas e livrarias. Precisamos mais do que nunca desses espaços, e agradeço aos livreiros e bibliotecários dedicados que criam esses paraísos literários.

Este livro foi composto na tipografia Adobe Jenson Pro,
em corpo 12,25/15,1, e impresso em papel off-white.
no Sistema Cameron da Divisão Gráfica
da Distribuidora Record.